U0721795

改革开放40周年
高校纪念文库

沐浴光辉的历程

——《西南交大报》上的40年改革奋进之路

汪 铮◎主编

光明日报出版社

图书在版编目（CIP）数据

沐浴光辉的历程:《西南交大报》上的40年改革奋进之路 / 汪铮主编. -- 北京：光明日报出版社，2019.3

ISBN 978-7-5194-5119-6

Ⅰ.①沐… Ⅱ.①汪… Ⅲ.①新闻报道—作品集—中国—当代 Ⅳ.①I253.4

中国版本图书馆CIP数据核字（2019）第040602号

沐浴光辉的历程:《西南交大报》上的40年改革奋进之路

MUYU GUANGHUI DE LICHENG:《XINAN JIAODA BAO》SHANG DE 40 NIAN GAIGE FENJIN ZHILU

主　　编: 汪　铮

责任编辑: 许　怡　　责任校对: 赵鸣鸣

封面设计: 中联学林　　责任印制: 曹　诤

出版发行: 光明日报出版社

地　　址: 北京市西城区永安路106号，100050

电　　话: 010-67014267（咨询），63131930（邮购）

传　　真: 010-67078227，67078255

网　　址: http://book.gmw.cn

E-mail: xuyi@gmw.cn

法律顾问: 北京德恒律师事务所龚柳方律师

印　　刷: 三河市华东印刷有限公司

装　　订: 三河市华东印刷有限公司

本书如有破损、缺页、装订错误，请与本社联系调换，电话：010-67019571

开　　本: 170mm×240mm

字　　数: 377千字　　印　　张: 21

版　　次: 2019年6月第1版　　印　　次: 2019年6月第1次印刷

书　　号: ISBN 978-7-5194-5119-6

定　　价: 85.00元

编委会

主　编：汪　铮

副主编：朱正安　陈姝君　夏小童

前　言

1978 年对每一个中国人而言是极具意义的一年，1978 年 12 月 18 日至 22 日，中国共产党第十一届中央委员会第三次全体会议在北京隆重召开，改革开放的大潮至此席卷大江南北。此前，中国盛行过这样的一句话，“社会主义就是楼上楼下电灯电话”，人们想不到斯时贫困的中国能一跃成为国内生产总值稳居世界第二的大国；人们想不到五层的大楼不算什么，全球最高的十个大厦有八个在中国；人们想不到稀有的座机电话可以变成人手一只手机 + 互联网的手机；人们想不到慢悠悠的火车可以开到 350km/h 甚至更高的速度，逾 2.2 万公里的高速铁路营里程稳居世界首位，中国高铁成为一张闪亮的“名片”……然而，经过几十年如一日的努力奋斗，久经磨难的中华民族在中国共产党的领导下，迎来了从站起来、富起来到强起来的伟大飞跃，迎来了实现中华民族伟大复兴的光明前景。

肇始于山海关，辉煌于唐山，历经十八次搬迁，西南交通大学从中国近代民族危亡的艰难困顿的环境下一路前行。至今，厚重的历史赋予西南交通大学爱国爱校的优良传统，给予交大人“竢实扬华，自强不息”的精神财富；改革开放的 40 年来，西南交大扎根四川沃土，不忘初心，以实业兴国为己任，积极开展人才培育、科学研究、社会服务、文化传承的工作，于钟灵毓秀的峨眉和物华天宝的锦绣成都书写了新的历史篇章。学校培育的一大批国内外顶尖科学家、学界翘楚活跃在科技前沿，一大批知名专家学者投身于国民经济建设主战场，特别在轨道交通领域，轨道延伸到哪里，哪里就有西南交大人的汗水与脚印。筚路蓝缕启山林，艰难困苦，玉汝于成，时光不会辜负努力奋斗的人，西南交大因势而谋、应势而动、顺势而为，扎实推进一系列改革开放举措，让学校迎来了新的腾飞。

1977 年 6 月 10 日，《西南交大》（现名《西南交大报》）在经历十年“文化大革命”后正式复刊，担负起“贯彻落实党的教育方针，传播国内外先进教育思想，搭建人文交流平台，展示学校文化建设成就，弘扬‘竢实扬华，自强不息’的交大精神”的职责。也正因此，改革开放 40 年来，在一个个重要的历史节点上与学校的发展朝夕相伴的校报，用文字、图片，记录着 40 年来学校峨眉办学的自强不息、锦绣蓉城的复兴之路,以及学校实施人才强校、国际化和数字化“三大战略”和工科登峰、理科振兴、文科繁荣、生命跨越“四大学科行动计划”的每一个瞬间;精心制作了许许多多师生喜闻乐见的新闻信息和五彩缤纷的文艺作品,推出了专家学者们有关学术和文化领域的理论精品……

在时光中奔跑,在责任中坚守,在理想中奋斗,在信念中笃行。时至今日,700余期报纸、200余万文字、上万张图片,让人们可以从那泛黄的纸堆里,找寻到西南交大成长的印记;让大家树立起全新的交大自信,助力学校“双一流”建设;让全体交大人团结一心,努力建设轨道交通领域世界第一的西南交大,实现“建设交通特色鲜明的综合性研究型一流大学”三十年奋斗总目标!

目　录

CONTENTS

第一篇　拨乱反正　万象更新(1978～1988) …… 1
(一)我校七七届新生到校学习 …… 2
(二)我校提升一批教授、副教授、讲师、技师 …… 3
(三)我校决定在七八级全部试行学分制 …… 5
(四)中国共产党西南交通大学委员会正式建立 …… 5
(五)全校师生员工热烈欢呼党的十一届三中全会公报发表 …… 6
(六)中共西南交大第六次代表大会隆重召开 …… 8
(七)我校与美国康乃尔大学签订校际合作协议 …… 11
(八)交大校友当选中国科学院学部委员情况简介 …… 13
(九)经国务院批准我校为首批博士硕士学位授予单位 …… 13
(十)我校完成首批硕士学位授予工作 …… 14
(十一)我校首批出国进修教师陆续学成回国 …… 15
(十二)一曲教学科研为铁路建设服务的颂歌 …… 17
(十三)交通大学校友总会成立 …… 24
(十四)中共西南交通大学第七次代表大会隆重举行 …… 25
(十五)我校又一科研成果通过技术鉴定 …… 28
(十六)李植松副校长宣布十五条教改设想 …… 29
(十七)我校举行首届博士学位论文答辩会 …… 32
(十八)我校评出一九八四年度“教学优秀奖”和“教学改革成果奖” …… 33
(十九)我校首届教代会胜利召开 …… 34
(二十)我校电教室摄影员尧茂书同志在只身漂流长江过程中不幸遇难 …… 36
(二十一)新型复数旋转编码译码器荣获首届全国发明优秀奖 …… 37
(二十二)我校首届五佳运动员评选揭晓 …… 38
(二十三)我校校友和教师作出了积极的贡献 …… 39
(二十四)我校举行磁浮列车可行性研究学术会 …… 40
(二十五)五百师生聚会新址参加庆典活动 …… 42

(二十六)中国共产党西南交通大学第八次代表大会隆重举行…………………… 43
(二十七)冲击波:双向选择 …………………………………………………… 45
(二十八)我国最大的铁路起重机在我校设计成功……………………………… 48

第二篇　把准航向　接续百年(1989～1998) ………………………………… 49
(一)我校在川黔线远动国际招标中夺标……………………………………… 50
(二)我校向获得一类课程和优秀课程的教研室颁奖…………………………… 50
(三)她为什么要求复学………………………………………………………… 51
(四)计算机编制列车编组计划通过铁道部技术鉴定…………………………… 54
(五)我校获一项国特奖一项国优奖…………………………………………… 55
(六)我国第一列单元万吨列车运行试验成功………………………………… 56
(七)我校提出发展高速铁路客运的建议……………………………………… 57
(八)开学前夕学校召开全校中层干部会议…………………………………… 58
(九)国际隧协第十六届年会及学术报告会在我校举行………………………… 60
(十)副校长李植松教授谈近期教改重要措施………………………………… 61
(十一)我校首次进行学科方向公开论证……………………………………… 63
(十二)学校成立教学质量评估专家组………………………………………… 64
(十三)中共西南交通大学第九次党员代表大会隆重召开……………………… 65
(十四)我校高速铁路技术研究掀起攻坚战…………………………………… 67
(十五)一批青年教师将受到重点培养………………………………………… 68
(十六)沈志云教授当选为中国科学院学部委员……………………………… 69
(十七)我校内部管理体制改革正式启动……………………………………… 71
(十八)四十颗新星在我校教坛升起…………………………………………… 72
(十九)努力为铁路历史性大发展做贡献……………………………………… 73
(二十)中国共产党西南交通大学党员代表会议隆重召开……………………… 75
(二十一)我校召开产学研联合办学研讨会…………………………………… 78
(二十二)第四届全国大学生田径锦标赛在西南交大隆重开幕………………… 79
(二十三)我校牵引动力国家重点实验室通过国家验收………………………… 81
(二十四)中共西南交通大学第十次党员代表大会隆重召开…………………… 83
(二十五)翟婉明获国家杰出青年科学基金重点资助…………………………… 85
(二十六)我校研制的国内第一条常导磁浮车实验线通过鉴定………………… 86
(二十七)江泽民总书记与四所交大负责人座谈……………………………… 87
(二十八)钱清泉教授当选中国工程院院士…………………………………… 89

(二十九)国家发展计划委员会正式批复铁道部批准西南交通大学成为“211工程”项目院校 …… 91
(三十)我校开展教育思想大讨论 …… 92
(三十一)我校对中青年科技拔尖人才实施重点培养 …… 93

第三篇 跨越世纪 奋蹄扬鞭(1999～2008) …… 95
(一)李芾博士成为我校第一批特聘教授 …… 95
(二)校产突破千万元目标大关 …… 96
(三)我校三位校友喜获功勋奖章 …… 98
(四)扩招之后看高校 …… 98
(五)中国共产党西南交通大学第十一次代表大会隆重召开 …… 101
(六)我校重点实验室向本科生敞开大门 …… 104
(七)西南交通大学划转教育部管理 …… 106
(八)我校研究生院宣告成立 …… 107
(九)我校援建西藏大学 …… 108
(十)张卫华博士论文入选 …… 109
(十一)教育部专家组考察我校本科教学工作 …… 111
(十二)江总书记喜乘“世纪号” 全校师生备受鼓舞 …… 113
(十三)网络学院举行首批新生开学典礼 …… 115
(十四)“一把手”工程启动 …… 116
(十五)我校举行首届茅以升班开班典礼 …… 118
(十六)“育人是我人生最大的乐趣” …… 119
(十七)中国共产党西南交通大学第十二次代表大会召开 …… 122
(十八)我校将实施“323实验室工程”计划 …… 124
(十九)一卡通将助校园迈进数字化 …… 125
(二十)喜迎六千新学子 犀浦校区正式启用 …… 126
(二十一)全国一级学科评估排名 交通运输工程学科列全国第一 …… 128
(二十二)沈志云院士提出高速交通新构想 …… 129
(二十三)“磐石计划”让每个学生得到关怀 …… 132
(二十四)我校国家大学科技园建设通过评估 …… 135
(二十五)我校先进性教育活动顺利完成各项任务 …… 137
(二十六)我校与京沪铁路客运专线公司开展全面合作 …… 142
(二十七)张卫华获颁 Thomas Hawksley 金奖 …… 144

(二十八)我校首次主持“973 计划”项目 …………………………………… 145
(二十九)中国共产党西南交通大学第十三次代表大会隆重召开 ………… 146
(三十)我校北京研究院正式挂牌成立 ……………………………………… 148
(三十一)大难之中有大爱　风雨同舟显真情 ……………………………… 150
(三十二)花开遍地只为桃李芬芳 …………………………………………… 173
(三十三)我校获准进入国家优势学科创新平台 …………………………… 182
(三十四)我校顺利通过军工保密资格审查 ………………………………… 183

第四篇　谱绘蓝图　创新精进(2009 ~ 2018) ………………………………… 185
(一)西南交通大学希望学院鸣笛启航 ……………………………………… 185
(二)我校举行深入学习实践科学发展观活动暨群众满意度测评大会 ……… 187
(三)胡锦涛总书记的鼓励使我校师生备受鼓舞 …………………………… 190
(四)第五届交通大学全球校友商界领袖峰会在我校隆重举行 …………… 191
(五)我校新一轮人才培养模式改革拉开序幕 ……………………………… 194
(六)首届“交大杯”海峡两岸大学生创业竞赛在我校成功举行 …………… 196
(七)我校成为教育部“卓越工程师教育培养计划”首批试点高校 ………… 201
(八)世界首套同相供电装置成功投试运行 ………………………………… 202
(九)我校第一所海外孔子学院成立 ………………………………………… 203
(十)世界最高时速动车组试验平台在我校建成 …………………………… 204
(十一)翟婉明教授当选中国科学院院士 …………………………………… 207
(十二)国内首辆氢燃料电池电动机车研制成功 …………………………… 209
(十三)“轨道交通安全协同创新中心”入选首批“2011 计划”……………… 210
(十四)西南交通大学发布国内首个教育部直属高校国际化水平排行榜 …… 212
(十五)“中国高铁走出去战略高峰论坛”在西南交通大学隆重举行 ……… 214
(十六)西南交通大学召开人才强校主战略推进工作大会 ………………… 220
(十七)西南交通大学召开党的群众路线教育实践活动总结会 …………… 224
(十八)西南交通大学召开国际化战略推进大会 …………………………… 228
(十九)西南交大与成都市第三人民医院、成都医学院、成都军区总医院开展战略合作 ……………………………………………………………………… 230
(二十)以“交通天下”为特色的一批通识教育课程在西南交大诞生 ……… 234
(二十一)西南交通大学数字化战略推进大会和大数据高峰论坛隆重举行 … 239
(二十二)土木工程学院迎来西南交大史上首次学院学科国际评估 ………… 243
(二十三)世界首台 220kV 超低损耗卷铁心节能型牵引变压器研制成功 …… 245

(二十四)中国共产党西南交通大学第十四次代表大会隆重召开 …………… 246
(二十五)《西南交通大学章程》正式颁布实施 …………………………… 248
(二十六)西南交大运达科技在深交所上市 ……………………………… 250
(二十七)"一核三片区"打造世界知名创新驱动示范区——"环交大智慧城"建设启动 ……………………………………………………………………… 252
(二十八)西南交通大学——利兹学院正式揭牌运行 ………………… 254
(二十九)西南交通大学宣布峨眉校区定位实施方案 ………………… 256
(三十)学校部署安排"两学一做"学习教育方案 ………………………… 260
(三十一)王顺洪书记率队赴马尔康扎实推进精准扶贫工作 ………… 263
(三十二)繁荣文科 以文化人 学校召开"文科繁荣计划"推进大会 ……… 266
(三十三)核心技术助力世界最长中低速磁浮线载客运行 …………… 272
(三十四)四川省与西南交通大学签署战略合作协议 ………………… 274
(三十五)职务科技成果混合所有制将带来什么 ………………………… 275
(三十六)世界首条新能源空铁试验线成功运行 ………………………… 277
(三十七)我校校院两级管理体制改革拉开序幕 ………………………… 279
(三十八)习近平邀请纳扎尔巴耶夫一同登上我校研制的高铁列车模拟驾驶舱 ……………………………………………………………………………… 280
(三十九)西南交通大学思想政治工作会议隆重举行 ………………… 282
(四十)我校科研团队助力"复兴号"研制成功 …………………………… 286
(四十一)以教育服务"高铁走出去" 助力实现"一带一路"蓝图 ……… 288
(四十二)我校入选世界一流学科建设高校 ……………………………… 293
(四十三)党委办公室、校长办公室合并成立党政办公室 校园规划与建设处、后勤保障处合并成立后勤与基建管理处 …………………………… 294
(四十四)Panda Girl 的石墨烯之路 ………………………………………… 297
(四十五)我校中标世界最大跨度桥梁风洞试验项目 ………………… 301
(四十六)中共西南交通大学委员会召开全面从严治党工作会议 …… 303
(四十七)西南交通大学人工智能研究院揭牌 ………………………… 306
(四十八)从数字看西南交大在 2018 世界交通运输大会中的精彩呈现 ……… 308
(四十九)学校召开三校区一体化办学管理方案及干部宣布大会 …… 312
(五十)西南交通大学召开"理科振兴"推进大会 ………………………… 317

后 记 …………………………………………………………………… 320

第一篇 拨乱反正 万象更新(1978～1988)

(一)

“文化大革命”给国家的经济、文化、科技发展和人才培养带来巨大损失,1976 年 10 月,粉碎“四人帮”,终结了绵延十年的“文化大革命”。1977 年底,教育部作出在全国恢复统一高考的决定,从应届及以往高中毕业生中直接招收学生,实行德智体全面考核、择优录取的原则。这一决定,点燃了全国的青年人心底希望的火焰。积极准备迎战高考后,1978 年 3 月,西南交通大学迎来了 521 位七七级新生。该消息刊登在 1978 年 3 月 17 日出版的《西南交大》第 13 期上。随着党中央作出把工作重点转移到社会主义现代化建设上来的战

77 级学生在上课

略决策,学校开始了整顿学校秩序,恢复严谨治学的优良传统,保证人才培养质量。在1977级同学入学以后,学校严格期中教学检查,恢复严格的考试制度,并加大了教学改革的力度。

我校七七届[①]新生到校学习

3月13日举行隆重开学典礼

【本刊讯】在欢庆全国五届人大、五届政协会议胜利闭幕的大喜日子里,我校1977年招收的新生521人,怀着无比喜悦的心情,从祖国15个省市,以及16个铁路局,24个部属机车车辆工厂陆续来校报到。

党中央贯彻执行毛主席的革命路线和毛主席的教育方针,对高等学校招生制度进行了重大改革,认真的组织了文化考试,坚持了德智体全面衡量,择优录取的原则,广开了才路,使我校七七年新生质量显著提高。据录取的431名普通班学生统计,工人、贫下中农、革命干部、革命知识分子和其他劳动人民出身的子女共401人,占新生总数的93%。党员、团员371人,占新生总数的88%。文化考试成绩也有显著提高,我校普通班招生的15个省市中,大部分省市总分平均在240分以上,尤其是单科成绩数学最高分111,河北省录取的35名新生,数学平均成绩为81.8分,理化平均成绩为70.3分,文化程度较齐。今年新生年龄一般较小,平均在20岁左右,最小的只有15岁。在新生中还有白族、傣族、水族、回族、满族、壮族等少数民族以及华侨子女。

批判了"四人帮",教育战线有希望,不少新生接到入学通知书,激动万分,高兴得热泪盈眶,有的把入学通知书紧紧抱在怀里,向亲友报喜;有的学生家长知道自己孩子被录取后,写信给学校,表达自己对党中央无比热爱,对新的招生制度坚决拥护的心情;有的学生家长还从河北、陕西、四川省其他地区亲自把子女送来学校,左叮咛,右嘱咐,教育子女为革命好好学习,一定不辜负党中央的期望。

被"四人帮"埋没的优秀青年今又复学,以前艰苦朴素、为革命刻苦读书的好传统也开始树立起来了。内燃机车专业夏春同学来到学校后,每天坚持复习功课,隧道专业谢洪昌同学穿着土布衣、土布鞋,全部行李是用背篓背来的。我校还处在建校时期,生活等各方面还有不少的困难,但同学们表示来学校是学习革命本领的,不是来享受的,艰苦环境,更能锻炼人。昨天是新生,今天是主人。新同

① 彼时级与届还是混用,后教育部门统一规定,入学之年称"级",毕业之年称"届"。

学一来到学校,有的主动打扫卫生,有的忙着给后来的新生搬行李;隧道专业新生谢洪昌、景本玉冒雨接待新生,还主动去后勤领取新生用的生活用品;已经上课的七五级、七六级老同学见到新同学的到来,也主动帮搬行李,问寒问暖,热情接待。

目前,工程力学、客车车电以及站场设计三个进修班已经正式上课,七七级普通班从3月13日至18日为期进行一周的入学教育,20日正式开始上课。他们表示要在新的学年里,为革命刻苦学习,把被"四人帮"干扰破坏所造成的损失夺回来,为在本世纪末把我国建设成为伟大的社会主义强国做出贡献。

3月13日学校举行了隆重的开学典礼,全体新同学意气风发地参加了大会,表示一定要努力学习,不辜负党和人民的希望。在开学典礼会上,校党的核心组副组长沈正光同志、苏光同志都讲了话,希望新同学在校学习期间,要人人争当"三好学生",使自己成为德智体全面发展的社会主义铁路建设人才。

(学生组)

(二)

在1978年3月17日出版的第13期《西南交大》第三版上,同时刊登了题为《我校提升一批教授、副教授、讲师、技师》的消息。这是学校自1962年来第一次提升技术职称,提升职称的闸门由此打开。1978年6月学校革委会核心小组决定,提升200名助教、教员、教辅人员为讲师。一年之内,两次提职,在学校历史上尚属首次。1978年12月17日,西南交通大学学术委员会成立,并召开了学术委员会第一次会议,审议提升教授、副教授职称问题。直至1979年底教育部下发"关于试行《高等院校教师职责及考核的暂行规定》的通知",学校依规办事,职称评定工作形成制度,每年均进行评审。

我校提升一批教授、副教授、讲师、技师

【本刊讯】为贯彻党中央提出的落实知识分子政策,恢复技术职称的指示精神,经省革委文教组批准,我校第一批提升黄克欧、朱育万、孙训方三同志为教授,车惠民、潘启敬、王兆祥三名同志为副教授;经我校党的核心组讨论决定,提升王金诺、卢传贤、赵善锐、曾永根、杨明伦、邓介曾、诸昌钤、秦世荣、陈建华九名同志为讲师,提升濮文兴同志为技师。并由校党的核心小组副组长、政治部主任苏光同志在全体教师、干部大会上正式宣布。

这些被提升的同志,大多是解放后"文化大革命"前17年培养的,他们不仅是

教学和科研的骨干,有的同志担负着教学和科研的领导工作。他们多年来特别是在“四人帮”横行之际,一直坚持学习,认真读书,有的写出了学术论文,有的在科研上取得了可喜的成果,有的在教学中做出了贡献。六十多岁的黄克欧教授是这次提升中年岁最长的一个,早在20世纪50年代,他在翻译苏联教材时,就以认真的态度指出其错误之处;现在他虽年老体弱,仍然坚持教学工作,而且一丝不苟。潘启敬同志是新中国成立后的,这次由讲师提升为副教授,多年来他一直坚持科学研究工作,在为我国铁道电气化、自动化方面作出了一定贡献。王金诺讲师,敢于理论联系实际,在科研、教学、生产三结合中作出了成绩,并与其他教师一道和北京局协作,研制成功了百吨吊车。在我校有史以来第一次由实验员提升为讲师的陈建华、秦世荣同志和由工人提升为技师的濮文兴同志,他们也都是多年来认真学习,刻苦钻研,工作认真负责,技术精益求精,已经具备了讲师、技师水平。

3月1日,校党的核心组召开了被提升的同志的座谈会,领导同志对他们提升职务表示祝贺,并且勉励他们今后要更好地发挥作用,在教学、科研与日常工作各方面取得更好的成绩。这些同志们表示,“四人帮”把十七年说得漆黑,对我们打棍子、扣帽子;党中央揭穿了“四人帮”炮制“两个估计”的阴谋,现在又给我们这么大的荣誉,这是党和人民对我们的鼓励。我们一定要解放思想,勇于挑起教育革命和向科学技术现代化进军的重担,努力贡献我们的力量。

(三)

在推进拨乱反正工作的同时,学校积极响应党中央的号召,牢牢抓住人才培养这一关键,在全国高校中较早地开始了试行学分制的改革,在教育教学中迈出了改革第一步。1978年9月14日,学校在全校系主任会上部署了1978级试行学分制的工作;1978年10月13日校报第20期上,刊登了这则消息。学校从1978学年至1979学年第一学期开始,在全校各专业的1978级本科生和研究生试行学分制,克服了年级制教学中,对学生专业学习模式要求“一刀切”的弊病。积极贯彻因材施教原则,不少优秀学子因此脱颖而出。当时,数学专业1977级的汤里、运输工程系1983级学生王忠刚和王明慧通过三年半的紧张学习,修完了全部学分实现了提前毕业。

我校决定在七八级全部试行学分制

【本刊讯】根据“全国普通高等学校暂行工作条例”(草案)规定,高等学校要试行学分制。学分制教学能贯彻因材施教原则,较年级制有较大优越性,铁道部教育局指示我校进行试点。经过上学期的反复酝酿讨论,我校已制定出“学分制教学暂行草案”,经校党委批准,决定在七八级全部试行学分制。9月14日由刘圣化校长、阎𥙿副校长主持的系主任会议上布置了七八级实行学分制的工作。目前各系均已组织教师学习讨论有关学分制文件,并积极制定学分制的教学计划。电机系已将各专业学分制教学计划制定完毕,并拟定出选修课的门数和名称。其他各系也在积极准备中。

(**教学研究室**)

(四)

当学校工作重点开始逐步转向教学与科研时,为了调整和充实学校领导班子,当时的铁道部经过与各省、市组织部门的协调,选派了一批经过革命战争考验的老干部,安排了一些老教授担任学校领导职务。经铁道部任命,刘圣化为学校党委书记、校长,苏光为党委副书记,何志先、曹建猷、许守祜为副校长。9月9日,根据上级决定,学校撤销了“革命委员会、革命委员会党的核心小组”,实行党委领导下的校长分工负责制。同时,各系在“文化大革命”中建立的“革命小组”等机构也一并取消。11月6日,中国共产党西南交通大学委员会正式恢复建立。1978年11月20日的《西南交大》第23期刊登了这一消息。

中国共产党西南交通大学委员会正式建立

【本刊讯】铁道部政治部最近下达关于建立中国共产党西南交通大学委员会的通知。内容如下:

中共西南交通大学委员会:

经部党组决定:

建立中共西南交通大学委员会。委员由刘圣化、沈正光、阎𥙿、苏光、何志先、许守祜、何英杰、姚玉飞、岳秉武、顾文汉、高渠清、周美玉十二名同志组成。

刘圣化同志任党委书记，沈正光、阎焘、苏光同志任党委副书记。

（五）

1978年12月18日至22日，中国共产党第十一届中央委员会第三次全体会议胜利举行。这次会议彻底否定了“两个凡是”的方针，重新确立解放思想、实事求是的思想路线；停止使用“以阶级斗争为纲”的口号，作出把党和国家的工作重心转移到经济建设上来，实行改革开放的伟大决策；会议实际上形成了以邓小平为核心的党中央领导集体。十一届三中全会结束了粉碎“四人帮”后的两年内党的工作在徘徊中前进的局面，实现了新中国成立以来党的历史的伟大转折。当《中国共产党第十一届中央委员会第三次全体会议公报》发表的消息传到学校后，全校师生员工异常欣喜，均就公报进行了认真学习，并举行了各类庆祝活动。1978年12月29日的《西南交大》第26期刊登了题为《全校师生员工热烈欢呼党的十一届三中全会公报发表》的消息。

学校热烈庆祝十届三中全会公报发表

全校师生员工热烈欢呼党的十一届三中全会公报发表

【本刊讯】正当我们迎接伟大领袖和导师毛主席诞辰八十五周年纪念日到来之际，党的十一届三中全会公报发表的喜讯传到了峨眉山下，西南交大，全校师生员工及家属喜气洋洋收听、阅读公报，举行各种庆祝活动。

从23日晚和次日全天，人们一遍又一遍收听着来自首都北京的声音——三中全会会议公报。24日下午不少人很早就等候在收发室门前领取报纸。收发室里一派繁忙景象，工作人员怀着喜悦的心情，以最快的速度把报纸分发给大家。不少同志自动地围在一起喜读公报，有的人情不自禁地高声朗读。许多同志表示说，公报句句说到了咱心里,感到无比兴奋。校广播台也及时播送了欢庆十一届三中全会公报发表的稿件。正在召开的共青团西南交大第十二次代表大会全体代表,满怀激情表示:"党的十一届三中全会是一次具有伟大历史意义的重要会议。我们坚决拥护党中央关于迅速地把全党工作的着重点转移到社会主义现代化建设上来的重大战略决策。这对于我们加快社会主义建设,实现四个现代化,赶超世界先进水平具有巨大的鼓舞作用"。运输系全体教职工们表示:"两年多来,党中央英明领导下,胜利地挖掉了隐藏在党内的祸国殃民的'四人帮',使我们的党和国家转危为安,由乱到治,出现了安定团结、欣欣向荣的崭新变化。""三中全会公报充分反映了全国人民的心愿,代表了无产阶级的根本利益,是一个划时代的伟大文件。"铁七六党支部来稿表示,热烈拥护党中央的一系列英明决定,坚决响应党中央的号召,大力宣传落实全会精神,高举毛泽东思想伟大旗帜,发扬党的优良传统和作风,努力学习好文化科学知识,树立一颗全心全意为人民服务的红心,为实现四个现代化贡献自己的一份力量。

24 日晚上,校团代会主席团为热烈庆祝党的十一届三中全会公报发表及庆祝共青团西南交通大学第十二届代表大会胜利召开,在名山电影场举办了内容以青年友谊舞为主要内容的生动、活泼的庆祝活动,使整个校园沉浸在一片欢乐的节日气氛中。刘圣化、苏光等领导同志以及很多教职工同志们也都前来参加这一庆祝活动。

晚会上,供电 76 张继元和工程处祁新民同志当天赶排演出了学三中全会公报的相声;桥 76 苏宏喜、刘宪成二位同志写作和朗诵的欢呼三中全会的诗篇以及独唱、独奏等短小精悍的节目,为晚会锦上添花,抒发了人们的喜悦心情。

25 日下午在校团代会闭幕式上,刘圣化同志到会向全体代表和校各级党的干部畅谈了自己学习三中全会公报的体会和感想,使与会同志受到启发,加深了对全会决定指出的"鉴于中央在二中全会以来的工作进展顺利,全国范围的大规模的揭批林彪、'四人帮'的群众运动已经基本上胜利完成,全党工作的着重点应该从一九七九年转移到社会主义现代化建设上来"的伟大历史意义和具有划时代的重要性的认识。

在 25 日晚,校党委还召开了学习十一届三中全会公报的座谈会。校党委、校领导部分成员、教师、学生代表和部分干部参加了座谈,刘圣化、阎焘、曹建猷、李泳、韩敬民、许晋堃、周美玉等许多同志发了言,畅谈自己的感受。

目前,全校师生员工、干部正欢欣鼓舞地深入领会三中全会公报精神,斗志昂扬地迎接 1979 年的到来。

(综合本刊通讯员来稿)

（六）

十一届三中全会后，解放思想如涌动的春潮在祖国大地上迅速蔓延。1979年，学校迅速开始了学习贯彻落实十一届三中全会精神工作，结合我校具体情况，通过召开党委会、党委扩大会议、教师及学生座谈会等，热烈讨论了如何迅速把我校的工作着重点转移到教学、科研上来，把学校办成既是教学中心，又是科研中心，把提高教学质量当作头等大事来抓，解放思想成了当时学校工作的一个关键词。在“解放思想，开动脑筋，实事求是，团结一致向前看”精神的指导下，1979年10月召开的中国共产党西南交通大学第六次代表大会一致通过了“我校工作重点转移，真正把我校办成教学科研中心”的决议。1979年11月5日的第41期《西南交大》刊登了相关报道。

向着教学科研两个中心目标前进

中共西南交大第六次代表大会隆重召开

刘圣化同志在会上作了《解放思想，振奋精神，为把我校真正办成教学科研中心而奋斗》的工作报告、选举了第六届委员会

【本刊讯】中国共产党西南交通大学第六次代表大会于1979年10月27日至29日隆重召开。

这次代表大会，是在粉碎“四人帮”三年来取得一系列伟大胜利，在贯彻党的十一届三中全会、四中全会精神，党的工作着重点转移到社会主义现代化建设上来的新形势下举行的。大会的主要任务是总结我校三十年的工作经验教训，讨论今后一个时期的工作任务和选举中国共产党西南交通大学第六届委员会。

27日上午大会举行预备会议，苏光同志作了党代会的筹备工作报告；姚玉飞同志作了代表资格的审查报告；大会一致通过了由王剑秋、冯建国、刘圣化、许守祜、杨明伦（女）、苏光、李彦培、宋金昇、张凤游、何英杰、何志先、何振吾、沈正光、闵志麟、周美玉（女）、孟庆源、岳秉武、姚玉飞、顾文汉、奚惠翔、高渠清、阎燾、韩铭、曾广令、路湛沁（按姓氏笔划为序）等25位代表组成的主席团。苏光同志兼秘书长。

27日下午大会在热烈的掌声和《东方红》乐曲声中隆重开幕。大会由主席团执行主席苏光同志主持，沈正光同志致开幕词，刘圣化同志作工作报告，曾广令同

志作党费收缴和使用的情况报告。铁道部政治部组织部邸修章同志宣读了铁道部党组给大会的贺信。

刘圣化同志的工作报告,共分三个部分。第一部分主要是:回顾了我校三十年的历史,肯定了“文化大革命”前的十七年,教育战线在毛主席为首的党中央领导下,高等教育取得了显著成绩,根本不存在修正主义教育路线,也不存在资产阶级知识分子统治学校的现象。指出“文化大革命”的十年,由于林彪、“四人帮”的干扰破坏,高等教育受到极大的摧残,教育质量严重下降。粉碎“四人帮”三年来,在党中央领导下,我校在拨乱反正,正本清源方面做了许多工作,取得了很大成绩,初步总结了历史经验,基本分清了路线是非。第二部分强调指出:高等学校要适应社会主义现代化建设的需要,就要完成党交给我们的培养人才、发展科学的重任,要把我校工作重点真正转移到教学和科研上来,并具体指出今后二三年内要抓好的六项工作。报告的第三部分,着重指出要搞好我校工作重点转移,真正把我校办成教学科研中心,必须端正思想政治路线,坚持四项基本原则,加强党的建设,加强党的纪律检查工作,端正党风。刘圣化同志在报告结束时,号召全校共产党员,解放思想,振奋精神,为把我校真正办成教学科研中心而奋斗!

出席这次大会的有 195 名代表,代表着全校九百多名党员。代表中有抗日战争、解放战争时期入党的党员,也有新中国成立以后和粉碎“四人帮”以后入党的党员;有来自教学、科研、生产第一线的党员代表,也有来自为教学、科研、生产服务的后勤、机关的党员代表和家属代表。这些代表,都是根据《关于党内政治生活的若干准则》中有关民主选举的规定,由广大党员直接民主选举产生出来的。他们经过革命斗争实践的锻炼,具有一定的政治思想觉悟,能够代表广大党员的意志和愿望,使大会开成一个团结战斗、朝气蓬勃的会议。

出席大会的还有铁道部政治部组织部、铁道部教育局的领导同志。

还有老干部、老教授党员以及有关方面的负责同志也应邀出席了会议。

29 日上午进行了大会发言,在大会上发言的有阎焘、苏光、韩铭、姚玉飞等同志。

阎焘同志发言的题目是《向着两个中心目标前进》;苏光同志发言题目《为造就又多又好的人才,大力加强思想政治工作》;韩铭同志发言题目《树立全心全意为教学、科研服务思想,认真搞好后勤、基建工作》;姚玉飞同志发言题目《坚决维护党规党法,做好党的纪律检查工作》。

29 日下午大会进行了民主选举,在大会执行主席许守祜同志主持下,首先通过了选举办法和总监票员、监票员、总记票员、记票员名单,接着开始了投票选举。选举结果:一次成功地选出了 22 名委员组成了中国共产党西南交通大学第六届委员会。最后，阎焘同志向大会致了闭幕词。

为了开好这次大会，校党委今年二月就发出了通知，成立了大会筹备组，进行了充分准备。党委先后召开了党委扩大会、干部会、全校大会，组织党员和全校师生员工认真学习了党的十一届三中全会、四中全会和中央工作会议、五届二次人大会议文件；学习了叶剑英同志在庆祝中华人民共和国成立三十周年大会上的讲话；学习了优秀共产党员张志新烈士的事迹和中越边界自卫还击作战的英雄事迹。在党内还学习了《关于党内政治生活的若干准则》，对广大党员进行了民主集中制和党规党法的教育。为了补好真理标准这一课，党委最近集中时间举办了两批中层干部学习班，进一步解放了思想，统一了认识。在党代会召开的前夕，党委又召开了党委民主生活会。会上回顾了工作，开展了批评与自我批评，对广大群众对党委和党委成员提的一些意见和建议，都作了研究，并建议新的党委产生后，采取一些措施加以解决。

在组织上，调整了各级组织机构和领导班子，民主改选了党总支、党支部，选举了出席党代会的代表，酝酿提出了第六届党委候选人等等。通过这些活动，从思想上、组织上为党代会的召开作了充分准备。

（大会报道组）

（七）

改革开放是党的十一届三中全会作出重大决策，是我国的强国之路。面对当时我校人才奇缺的状况，学校紧紧抓住这一时机送师生出国留学，逐步与世界各国的高校、科研机构等建立合作关系，招收留学生……迈开了西南交大国际化的步伐。1980 年，峨眉山下的西南交大迎来了一群美国客人。7 月 11 日，美国康乃尔大学代表团访问我校，代表团于 7 月 13 日与我校签署《中国西南交通大学与美国康乃尔大学谅解备忘录》。校报对此开展了系列报道，不仅在前期介绍了康乃尔大学的校情及与我校的渊源，还在 1980 年 7 月 25 日的第 58 期校报上，大版面报道康乃尔大学代表团来访情况。

康乃尔大学代表团来校访问

我校与美国康乃尔大学签订校际合作协议

双方在平等与相互协作的基础上就交换访问教授、访问学者,互培研究生,进行科研合作及交换教学资料,两校间建立联系和合作计划等方面进行了会谈,达成并签订了协议。

西南交通大学与美国康乃尔大学签订校际合作协议视频

【本刊讯】美国康乃尔大学代表团访问我校期间,于11日下午同我校代表团开始举行了会谈。

我校代表团参加会谈的有:刘圣化、沈正光、曹建猷、高渠清、刘钟华、郭可詹、杜庆萱、高家驹、韩敬民、路湛沁。

康乃尔大学代表团参加会谈的有弗兰克·罗德思、凯斯·肯尼迪、艾利森·卡萨利特、托马斯·埃弗哈特、阿兰·塞兹内克、唐纳德·霍尔库姆、米尔顿·埃斯曼、顾慰华、李莉、约翰·麦科伊。

校友、中国铁道科学研究院副院长唐振绪也参加了会谈。

会谈开始,双方校长首先讲了话。

刘圣化校长在致词中说,美国康乃尔大学代表团,远道前来访问,我们感到很荣幸。目前我校正处在兴建中。我校创建于1896年,搬迁四川峨眉是近年的事,因此,也可以说我校是一所古老而年轻的学校。

他接着说,中国西南交通大学同美国康乃尔大学是有悠久的联系的,我校最早的罗忠忱、茅以升、顾宜孙、唐振绪、陆凤书、张鸿逵等教授都相继在康乃尔大学深造。由于历史原因,中断了三十多年,自从中美建交才恢复了这种联系。去年,我和高渠清教授访美期间,去康乃尔大学,受到了卡萨利特、怀特教授的热情欢迎,是我一直难忘的。

刘圣化还说,今年5月,我校就加强两校联系的协议,曾征求贵方意见。今天承蒙校长和诸位教授先生来校,就双方共同感兴趣的问题交换意见,为加强中美两国人民之间的友谊而感到高兴。

罗德思校长在致词中说,校长和诸位教授,我们对您刚才的讲话和需要商谈的这种关系感到非常重要。

他接着说，如果允许的话，我介绍一下我们学校的现在和他的历史。它是由康乃尔和怀特两位教授于1865年创建的，被认为是一所真正的综合性大学。

罗德思校长还接着详细介绍了康乃尔大学的四个特点和它的组成情况，并放映了代表团带来的介绍康乃尔大学的幻灯片。

他们的讲话博得了双方到会代表的热烈鼓掌。

双方在以平等与相互协作基础上，就交换访问教授、访问学者，培养研究生，科研合作以及交换有关教学和参考资料，对两校间建立联系和合作计划方面，十分诚恳、友好地交换了意见，并在双方满意的基础上，于13日上午由我校校长刘圣化与康乃尔大学校长罗德思在《中国西南交通大学与美国康乃尔大学谅解备忘录》上进行签字，并互赠礼品，宾主举杯，为增进中美两国人民的友谊，为继续发展两校间联系和合作相互祝酒。

刘圣化校长代表学校向客人赠送了岩石标本、国画和一部记录代表团访问我校期间的电视录像。罗德思校长将他的一本著作赠送我校，作为康乃尔大学在双方交往中赠送给西南交通大学的第一件礼品。

签字仪式在十分友好的气氛中圆满结束。

（八）

曹建猷院士

1981年3月30日，中国科学院公布“文革”后首批400名学部委员①名单，我校曹建猷教授当选为学部委员，同时当选的交通大学校友和毕业生还有40名。这一喜讯传来，西南交大沸腾了。在1981年5月15日出版的《西南交大》第73期的题眼位置刊登了相关新闻。从公布首批学部委员至今，西南交大一直致力于人才培养。至2018年，从交大走出的院士共计62名。其中，轨道交通行业的院士几乎全部为我校校友。

① 中国科学院学部委员于1993年10月改称为中国科学院院士。

交大校友当选中国科学院学部委员情况简介

【本刊讯】中国科学院最近公布400名学部委员名单,在这些委员中交通大学校友和毕业生有钱学森等41名。其中曾在我校任过教的有:严东生、王鸿桢、袁见齐、朱物华、吴自良、魏寿昆、曹建猷(现仍任教)等七名;在我毕业或肄业的有:庄育智、刘恢先、肖纪美、严恺、茅以升、张沛霖、张维、陈能宽、周惠久、徐采栋等10名。

另外,中国科学院已故学部委员中我校毕业生有:竺可桢、汪菊潜;在我校工作过的师长有刘仙洲。

(科研处)

(九)

1981年12月2日,我校成为全国第一批有权授予博士、硕士学位的单位,首批有3个专业具有博士学位授予权,11个专业具有硕士学位授予权。这篇新闻被刊登在1981年12月14日出版的第84期校报题眼位置。至2018年,我校有19个一级学科博士学位授权点,39个一级学科硕士学位授权点,11个博士后科研流动站。学位点的分布覆盖经济学、法学、文学、历史学、理学、工学、军事学、管理学等13个学科门类,实现了学科门类的全覆盖。

经国务院批准我校为首批博士硕士学位授予单位

【本刊讯】接国务院学位委员会通知,我校已被批准为我国首批博士和硕士学位授予单位之一。

批准我校首批授予博士学位的学科、专业和指导教师有:固体力学孙训方教授,桥梁、隧道及结构工程吴炳焜教授、钱冬生教授、高渠清教授,铁道牵引电气化与自动化曹建猷教授。

批准我校首批授予硕士学位的学科和专业有:基础数学、结构力学、固体力学,金属材料及热处理、电磁场与微波技术、计算机应用、工程地质、铁道工程、桥梁、隧道及结构工程、铁道牵引电气化与自动化、机车车辆。

(学诗)

（十）

我校成为首批博士硕士学位授予单位的半年后，学校首批36位硕士研究生获得学位，这一事件标志着我校谱写了研究生培养的新篇章。该消息刊登在1982年5月7日的校报第91期上。

我校完成首批硕士学位授予工作

36名研究生获得硕士学位，他们的部分论文受到有关方面的好评

【本刊讯】我校首批硕士学位授予工作已顺利完成。通过各分委会的认真讨论，经校学位评定委员会研究和表决，决定授予36名研究生硕士学位。

在这次授予硕士学位的36名研究生中，他们的毕业论文普遍取得了较好的成绩。如研究生周德培的论文内容，经与合作者撰写后，题为《多轴压缩下红砂岩的强度变形和破坏特性》，经中国科学院地球物理所岩石力学组评选鉴定后，被推荐参加1983年国际岩石力学会议宣读，并已为中国小组接受。袁文忠的论文内容，亦经与合作者撰写，题为《不连续面对圆形洞室围岩应力分布的影响》，被接受作为候补推荐参加1983年国际岩石力学会议。王士午的论文《箍筋对钢筋混凝土偏心受压杆件正截面裂缝影响的探讨》，在南京裂隙鉴定会上作了介绍，受到与会者的赞许。强士中、郑明训两人在有国内铁路、公路设计部门与高等学校等十多个单位参加的设计技术座谈会上分别作了题为《钢筋混凝土连续梁的约束扭转分析》及《箱梁支座沉陷分析》的报告，得到好评，其中部分论文内容已被引用到参加中美桥梁和结构学术会议的论文中。又如范文理的论文《关于钢压杆弹塑性状态时的刚变系数和传递系数的一种推算方法》，用导师同他合写的方式，提到1982年2月我国土木学会桥梁及结构工程学会交流，并被推荐到1982年9月将在北京举行的中美桥梁及结构工程学术交流会上发言。陈克济的论文《钢筋混凝土拱桥面内承载力的非线性分析》，受到现场同志们的好评，已由四川省公路学会预约讲演。李津发、杜申华、刘昕明、郭征远等人的论文，已被选为西南设计技术年会的分组报告和大会报告。有的论文由于写作时间较晚，尚未向外推荐。

这批研究生的毕业论文，将在各铁路院校巡回展出。

（研究生部）

（十一）

改革开放打开了中国人放眼看世界的大门。在敞开校门欢迎国内外学者来校交流的同时，学校也积极组织师资力量走出国门，在国外汲取先进知识、经验，开展学术交流。学校派出了赵善锐、靳藩、陈大鹏等一批教师奔赴美国、德国、法国等欧美国家进修两年。他们在国外认真学习，刻苦钻研，取得了优秀的成绩。1982 年上半年，他们陆续学成归国，有关报道刊登在 1982 年 5 月 25 日第 92 期校报上。也就在 1982 年，学校又陆续派出沈志云、苗邦均、奚绍中、潘启敬、连级三、王夏鋆、刘世楷、李克钊、何广汉 10 名骨干教师出国进修。

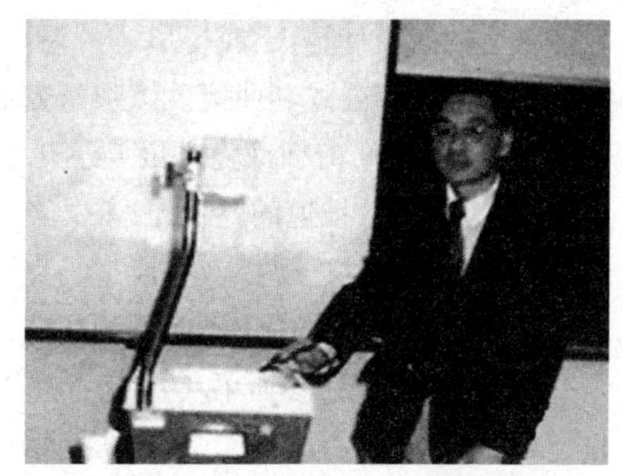

陈大鹏教授在麻省理工学院讲学

高淑英副教授(左)在德国不伦瑞克工业大学进行科研

我校首批出国进修教师陆续学成回国

【本刊讯】我校首批出国进修的教师赵善锐、靳蕃、陈大鹏三同志，已于最近分别从法国、西德、美国进修两年后陆续回国。他们牢记祖国和人民的嘱托，十分珍惜在国外学习和研究的机会，奋发工作，刻苦学习，周末和节假日多在实验室和机房中度过。他们可贵的爱国精神和高度的事业心，受到外国专家和同行们的称赞。

赵善锐讲师，在法国学习期间，完成学术报告和论文 3 篇，题目是“水压侧胀式触探仪的结构、原理和实际应用”“摩擦桩的桩顶位移和轴向荷载之间的关系”与“用水压侧胀式触探仪得到的两基本参数来推算粘性实土中轴力钻孔桩的桩顶位移”，均在法国国家土木工程研究院正式发表，受到了法国同行的称赞。

靳蕃副教授，在西德学习期间，与指导教授合作探索出了利用电子计算机绘制三度空间曲面的方法，受到指导教授的赞赏，并由此获得德方的资助，15 个月不再需要国家供给学习费用。在“非高斯通道的信息传输量问题”的研究方面,经过十分艰巨的研究计算,已经得出了一些非高斯通道如均匀分布、三角分布和拉普拉斯分布的计算公式和曲线。该项研究成果受到西德专家的赞扬。并于1982年4月27日,西德布劳斯威克日报上还刊登了靳蕃副教授与指导教授合作取得科研成果的一篇报道,报道的题目是“中国客人——西南交通大学靳蕃副教授参加的一项科研使邮电部门可以节省成亿马克”。在报道下方还醒目的刊登了靳蕃副教授与指导教授共同讨论学术问题的照片,给予了较高的评价。

陈大鹏副教授,参加了美国麻省理工学院卞学璜教授主持的有限元科研项目,与卞教授合作完成论文两篇:“建立杂交应力元的另一途径”与“杂交混合有限元的一种新公式”,两文将在教育部今年暑期在大连举办的“杂交和混合有限元研究讨论班”上进行学术交流。陈大鹏同志除参加科研外,还为研究生讲授了部分有限元课程,并协助指导研究生的论文工作。

他们除进修学习、研究方面取得了成绩外,在思想上也受到了锻炼。两年多来,他们身居国外,心向祖国,十分关心祖国的四化建设,并时刻警惕资本主义国家各种腐朽思想意识的侵蚀。他们通过若干具体事例的对比,更深刻地体会到社会主义制度的优越性。赵善锐同志说:“通过和一些法国朋友和侨胞的接触和交往中,使我深深体会到我们伟大的祖国已经在世界人民的心目中赢得了她应有的地位。”靳蕃同志说:“通过两年在西德的亲身体验,使我比过去更加热爱社会主义祖国了。”陈大鹏同志说:“美国是一个科学技术发达的、讲求实际、注意效率的国家,但冷酷自私、道德低落、犯罪率高,生活很不安全,很不安定,失业率很高,年老有病没人管……,这是其社会制度本身无法克服的痼疾。看到遇到这些,更加体会到我国社会主义制度的无比优越。”

三位同志,在国外进修期间,为学校收集复制了大量技术资料。靳蕃同志还用自己获得的资助,为学校购买了部分有关数字电路书籍、仪表和纪念品,为外语教研室购买了部分德语教学录音带及书籍等。

（师资科）

（十二）

1983年7月,在当时的铁道部运输局和科技局组织召开的30.5吨集装箱龙门起重机设计方案审查讨论会中,我校提出的设计方案和施工设计获得好评并获得了该项目。该起重机对于发展我国集装箱运输,提高运输效率,开展铁路——港口联运和国际联运等意义重大。学校直面经济建设需求,组建跨学科团队。设计组师生表现出了敢于担当、敢于胜利的精神头,直言要为祖国的四化建设处理,令人感佩。关于设计组师生奋力工作的事迹刊登在1984年4月10日第120期校报上。最终，1989年10月中旬，30.5吨轨行式集装箱龙门起重机通过铁道部鉴定，为这件科技攻关、服务国家的好事画上一个圆满的句号。与此同时，设计组也开展了刚性防摆五吨集装箱专用龙门起重机的设计和研制，最终在1986年10月20日，我国第一台刚性防摆五吨集装箱专用龙门起重机在天津南集装箱货场投产使用。

龙门起重机

编者按：如何把我校的科研工作搞上去，使之尽快地取得更多更好的成果，是全校师生员工普遍关心的一个问题。30.5吨集装箱龙门起重机的设计过程，给了我们几点有益的启示：(一)必须坚持科研工作面向经济建设的方针，坚持教学、科研与生产结合，为生产服务的方向；(二)组织全校各方面的力量，开展跨学科的联合攻关，同时和现场工程技术人员密切合作，这是搞好科研工作的一个有效的方法；(三)严密的科学态度，埋头苦干的革命精神，以及力争为四化建设多做贡献的责任感和紧迫感，是搞好科研工作必不可少的条件。

4月6日的《四川日报》，已摘要刊登了这篇通讯。

一曲教学科研为铁路建设服务的颂歌

——**30.5** 吨集装箱龙门起重机是怎样设计出来的？

一九八三年七月。

峨眉山下的西南交通大学，师生们正忙着期终考试。

主楼会议室里，专家云集。由铁道部运输局和科技局组织召开的30.5吨集装箱龙门起重机设计方案审查讨论会正在这里举行。

30.5吨集装箱龙门起重机的研制，是铁道部的一项重点科研项目，又是国家38项重大科研项目的内容之一。它对于发展我国的集装箱运输，提高运输效率，以及开展铁路——港口联运和国际联运,都有重大的实用价值。这项重点科研项目的进展情况如何,一直是路内外很多科技工作者关心的问题。因而,这次方案审查讨论会的召开,自然引起了会场内外很多人的注视。

会议已经进入第五天了。五天来,在浓厚的学术空气中,专家们对提交会议审查的各种设计方案,进行了认真的讨论。通过反复地提问、回答、论证、分析、对比、选择,大家对西南交大提出的以刚性防摇为特点的设计方案,普遍给予了肯定。不少专家在发言中说:“西南交大的方案,设计合理,性能先进,论证详尽,图纸齐全,特别是在设计中运用了当今世界最先进的空间计算理论,并以电子计算机进行了精确的计算,这在国内外的同类产品中,都处于领先地位。”铁道部科技局高级工程师朱建文风趣地说:“如果要用电视机的品种来形容摆在我们面前的这几种设计方案的话,西南交大的方案无疑是向我们奉献了一台高质量的彩色电视机!”

亲爱的朋友,你想知道这台“彩色电视机”是怎样设计出来的吗?

来自北京的电话

去年3月下旬的一天,西南交大机械系党总支副书记、副系主任徐保林接到北京打来的一个长途电话。打电话的是铁道部运输局装卸处副处长陈彭,他在电话里说:“根据我国开展港口——铁路联运和国际联运的急需,30.5吨集装箱龙门起重机的研制工作必须加快步伐。从去年开始,部内已有几个单位承担了这项科研项目的设计工作,部里希望你们也能参加这个项目的攻关!”徐保林同志放下电话,立即找到副系主任张质文副教授和起重教研室主任兼党支部书记王金诺副教授一起商量。他们从各方面反复议论了自己有无条件接受部里这项重点科研任务后,张质文副教授说:“要完成这个任务,对我们来说确实有不少困难,但我看这个任务我们还是该接。铁道部找我们,是对我们的信任,我们是铁道部的重点大学,对铁路建设中急需解决的问题,我们应该当仁不让地上!”王金诺副教授也说:“我同意接受这个任务,我们可以结合79级同学的毕业设计去开展这项工作。党的领导人最近多次强调指出,科学技术工作一定要面向国家的经济建设,我们应该坚持教学、科研密切为铁路建设服务的方向。”

第二天,他们把自己的想法向学校科研处负责同志和校领导作了汇报。校、处领导非常支持他们的想法,并明确地向他们表示:“在今后开展工作中,你们的力量不够,可以组织全校的科研力量进行跨学科的联合攻关!”

第三天,他们派往铁道部去具体接受这项任务的汪春生讲师,就登上了成都开往北京的164次直达快车。

两天后,当这位风尘仆仆的中年知识分子出现在陈彭副处长面前的时候,陈副处长不禁感慨地说:“没想到你们来得这么快,你们可真是急国家所急啊!”

然而,更令陈副处长感慨和惊奇的是,当他向汪春生讲师讲完了这项设计任务的具体要求后,特意说道:“部里运输局和科技局将全力支持你们搞好这次科研设计,7 月份前后部里将准备召开方案设计审查会,时间已经不多了,到时候你们如果拿不出整机设计方案,就先搞出几个部件的设计图也行。”可汪春生却回答他说:“我来之前,系领导和教研室领导要我明确告诉你,我们要在 79 级学生 7 月份毕业离校前,拿出这套机器的整机设计方案和全套设计图纸,并且希望方案审查会能在我校召开。”

任务就这样定下来了!

陈副处长望着汪春生渐渐离去的背影,心里不由得又想起另外一件事情:一年多以前,铁道部运输局装卸处曾派人到路外一家科研单位,打算委托他们进行 30.5 吨集装箱龙门起重机的设计,而人家提出的第一个条件,就是要先收委托设计费 12 万元。是啊,这几年一提到科研和设计任务,有的单位首先提出来的是一个“钱”字,个别人甚至不择手段地想从中捞上一把,越是国家的重点项目,他们的要价也越高。而今天,当西南交大的同志来部里接受这项重要的科研设计任务时,自始至终没有提到过一个“钱”字,难道他们的心里真的没有算过经济账吗……?

心里装着一本大账

西南交大的同志何曾没有算过经济账呢?他们确实算过,而且算的很深,很细。

首先,他们知道,如果接受部里的这次科研设计任务,不但拿不到一分钱的设计费,而且还要同时辞去原来已打算接受的路外一家起重设备厂的委托设计任务,眼看可以拿到手的五千元委托设计费就只能放弃。其次,当时 79 级毕业生的毕业设计工作即将全面铺开,不少教师已为此作了大量的准备工作,包括收集资料、现场参观和考察、编写设计指导书等等。如果现在接受了部里的这项任务,原来的整个毕业设计规划就要全部被打乱,这又得重新花费多少人力和物力啊!

然而,在教研室党支部召开的动员会上,起重教研室的 16 名教师,还是一致地表示赞同接受这项任务。因为他们每个人的心里,装着一本更大的经济账。正如王金诺副教授在会上说的那样:“陈彭同志在电话里告诉我们说,部里原来打算从国外引进一台 30.5 吨集装箱龙门起重机,可是和外商洽谈的结果,要花近百万美元。而我国自己设计制造,成本顶多是它的三分之一。我们为什么要让外商白白赚去我们国家这么多宝贵的外汇呢?”谢川讲师在会上的发言,更是说出了教研室全体教师的心声:“党的十一届三中全会以来,从各方面落实了知识分子政策。我看最大的落实知识分子政策,还是让我们能真正地为四化建设做点实际贡献,现在也确实是该我们知识分子出力的时候了!”

系党总支又向起重专业的79级毕业生做了动员,并明确地告诉同学们,由于任务急、时间紧、工作量大,凡是愿意选择这个题目作为自己的毕业设计的同学,其要完成的工作量至少将是正常情况下毕业设计工作量的2~3倍。可是,当同学们听完动员以后,在这个专业的64名毕业生中,就有46名同学报了名。

于是,一个由9名教师、16名同学组成的30.5吨集装箱龙门起重机设计小组,很快地就正式成立起来了。

小组成立后的第二天,他们就兵分三路开始了正式工作。一路北上,到天津、沈阳、哈尔滨等地;另一路南下,到苏州、上海等地。这两路的主要任务都是参观实习,开阔眼界,收集资料,并约定好十天以后,两路人员在天津会合,共同商讨初步方案。当时,正值仲春四月,到处春光明媚,鸟语花香,是人们旅游的大好时节。然而外出的师生们,却无心去游览沈阳的故宫,也无意去欣赏苏州的园林,更没有时间去逛上海的南京路。他们整天奔忙在车站、码头、货场、工厂、车间、设计所,参观、询问、勾画草图、摘抄资料,短短的五天时间里,就勾画了各种草图90多份。

离预计在天津会合的时间还有两天了,在上海的15名师生,由于没有时间去排卧铺票,结果在只弄到了两张座号签的情况下,15名师生仍毅然登上了火车。由于在峨眉买不到比较好的绘图纸,他们为了画出高质量的设计图,趁这次来上海的机会,特意买了一百张高级绘图纸。谁知从驻地赶往火车站的路上,碰上了一场瓢泼大雨,同学们怕把图纸打湿了,纷纷脱下自己的衣服和雨衣包住图纸,而自己却被淋得浑身滴水。上了火车,两个座位15名师生轮流坐,就在这样的情况下,他们却没有忘记抓紧时间讨论设计的初步方案。友好地商讨,热烈地争论,不时还有同学拿出随身携带的书和纸,趴在另一个同学的背上画起草图来。这哪是在坐火车啊,他们简直是把车厢当成了设计室。列车员被他们的精神感动了,主动与旅客们协商,想办法为他们调换了座位,以便让他们列车上的讨论会,开得更好、更方便一些。

与此同时,以张质文副教授为首的几名教师,在学校的图书馆、资料室、科技情报检索服务点等处,收集、查找、翻阅了大量的中外资料,很快地翻译、整理和影印出中外资料16万余字,并编写出了一本约7万多字的设计指导书。

为了一个共同的目标

外出的两路师生返校以后,紧张的方案设计、技术设计、施工设计一个接一个地开始了。

师生们分成七个小组,朝着一个共同的目标,奋发地工作着。多少次绞尽脑汁的计算,多少回坚韧不拔的攻关,多少次失败后的再反复,多少遍反复后的再登攀,师生们硬是靠集体的智慧,靠高昂的革命精神,靠严谨的科学态度,攻下了一个个技术难点,闯过了一道道技术难关。在整整三个月的时间里,大家成天埋头在设计室里,没有休息过一个星期天,没有看过一场电影,其间涌现出了多少令人感动的人和事啊!

张永甡讲师,是不久前刚被接受为中国共产党的新党员。大学毕业后的二十多年里,他曾连续不断地向党组织递交过入党申请,打倒“四人帮”以后,他终于实现了自己的愿望。他在参加30.5吨集装箱龙门起重机的设计过程中,经常在设计室里工作到深夜,有时连饭也顾不上吃。同志们发现他越来越消瘦,多次提醒他注意休息,他总是一笑了之。设计工作全部完成后,他的体重竟整整下降了八斤。同志们非常感慨地对他说“你可真是个张铁人啊!”而他仍是那样乐呵呵地回答说:“我觉得干四化就得像个干四化的样子,我能为祖国的四化建设出点力,再累一些心里也痛快!”

看,这就是我们的知识分子,这是多么朴实而又感人的语言啊!

张质文副数授身为副系主任,又带了三名研究生,工作本来已是十分繁忙的了,但他仍然担当了30.5吨集装箱龙门起重机设计组的技术总顾问。他经常来到设计室,和同志们一起商量研究在设计过程中遇到的各种技术问题,他通过深入的理论研究,在如何解决30.5吨集装箱龙门起重机的刚性防摇,以及升降系统采用多大功率的电机等一系列关键性技术问题上都起到了巨大的作用。同志们常说:“张老师是我们的主心骨,是我们的后盾,关键的技术问题他拍了板,我们就放心了。”

王金诺副教授承担了整体设计任务,工作量相当大,他常常工作到深夜才离开设计室,第二天一大早又继续进行工作。他还和张玉贞讲师一起承担了金属结构部分的设计,他们在设计中第一次采用的小偏轨箱形结构,使这部机器受力好,自重轻,成为国内首创。

这台设备的电气系统的设计比较复杂,特别是对电器调速装置的性能要求比较高。为了保证能选出最好的电器调速方案,负责这项设计的余敏年讲师,领着两位学生,在广泛地收集了中外有关资料的基础上,又专门从校图书馆里先后借阅了近50本有关的技术书籍。为了分析比较国内主要的四种电器调速装置的优缺点，他们还专程登门请教了电工教研室张维廉副教授。经过大量艰苦细致的工作，他们最后选用的涡轮制动器调速方案，使这台设备调速系统具有结构简单、制作方便、坚固耐用、调速比高等优点，受到了专家们的好评。

在老师们模范行动的影响下，同学们的积极性也充分地调动起来了。单说绘图这一项，在近三个月的时间里，16位同学总共绘制了各种大小图件517张。平时的一般毕业设计，只要求每个同学绘制两张零号图，而这次他们却平均每人绘制了零号图六张半。同学们夜以继日地工作在设计室里，常常是晚上的熄灯铃早就响过了，他们却仍然在埋头画图，有时得老师到设计室去“轰”好几遍，同学们才肯回宿舍去休息。万力同学的家就在校内，他的父母都是本校的教职工，可是这三个月内，他却没有回过一次家。一次，他患了病，发烧到39°C，仍一边打针一边坚持工作。他的妈妈特意为他做了可口的饭菜，几次让他的妹妹来设计室叫他回家去吃，他却仍然忙得离不开身。最后，他的妹妹只好把饭菜给他送到设计室来。同学们说得好：“我们能在毕业之前，为祖国的铁路建设做点贡献，这就是我们的心愿！”

的确，在这个集体里，师生们想得最多的就是如何能为祖国的铁路建设做点贡献。为了这个共同的目标，他们丢掉了一切个人的名和利，团结得就像一个人。他们在开始讨论方案设计时，围绕30.5吨集装箱龙门起重机如何防摇这个关键性问题，全组同志一共提出了三种主要设计方案。谢川老师原来是积极主张采用柔性防摇方案的，可是当更多的同志提出采用刚性导杆防摇方案时，他并没有因为自己的意见未被采纳而不高兴。相反，他全力投入了刚性导杆防摇的研究工作，积极地出主意，想办法，并为完美地实现刚性导杆防摇，做出了宝贵的贡献。

也正是为了这个共同的目标，他们的工作得到了全校师生员工的关心和支持：

土木工程系钢结构研究室陈坚讲师、董春灵讲师，利用本教研室多年来关于对大型结构的空间计算的科研成果，为这个设计中的金属结构部分，进行了空间受力的计算分析，并做了几种方案的比较，从而保证了结构的合理和可靠；

电机系诸昌钤副教授，放下自己手里正在研究的科研项目，为实现30.5吨集装箱龙门起重机用微处理进行半自动控制，作了大量的非常有益的研究工作；

车辆实验室、焊接实验室、电机厂、机械厂的教职工，连续加班加点，精心地为这项设计制作了一个美观大方的整机模型；

当30.5吨集装箱龙门起重机的全部设计方案初步完成后，学校集中了28位教授、副教授专门召开了技术鉴定会。大家既“挑毛病”、“找问题”，又出主意，想办法,有力地保证了整个设计的先进性和合理性。

同样,为了这个共同的目标,他们的工作还得到了路内很多兄弟单位的大力支持:

铁道部专业设计院无私地向他们提供了自己设计的5吨集装箱龙门起重机的有关参考图纸;铁道部郑州装卸机械厂的三位工程师,自始至终参加了设计工作,为解决设计工作中应考虑的各种工艺问题,提出了很多宝贵的意见。

每当设计组的同志向以上这些单位和同志一再表示感谢的时候,常常听到的是这样的回答:"别分什么你们的设计、我们的设计,我们大家还不都是为了一个共同的目标吗?"

西南交大科研处的一位负责同志说得好:"30.5吨集装箱龙门起重机的设计成功,是跨学科联合攻关的胜利,是科研人员和现场工程技术人员充分合作的成果,是一曲教学、科研为铁路建设服务的颂歌!"

※　　　※

30.5吨集装箱龙门起重机设计方案审查讨论会胜利结束了,专家们怀着十分满意的心情离开了会场。

七月的峨眉,风光秀丽,景色宜人。一批又批中外游客,络绎不绝地来到这举世闻名的避暑胜地。西南交大的师生们,这时候也开始进入愉快的暑假生活了。然而,我们的30.5吨集装箱龙门起重机设计小组的同志们,既没有去过暑假,更没有为已经取得的成绩而沾沾自喜。他们深知,30.5吨集装箱龙门起重机的设计成功,仅仅是为研制30.5吨集装箱龙门起重机的工作迈出了第一步。方案审查讨论会结束以后,他们立即整装出发,来到赤日炎炎的中原大地,和郑州装卸机械厂的工程技术人员一起,又投入了试制30.5吨集装箱龙门起重机的准备工作……

本刊记者　本刊通讯员

(十三)

五所交大,同气连枝,1984年4月8日,上海交通大学、西安交通大学、北方交通大学、西南交通大学和台湾新竹交通大学共计2200余名校友齐聚上海,共同庆祝交通大学校友总会的成立。该消息刊登在1984年4月10日出版的校报第120期上。随着校友总会的成立,校友与交通大学的联系加强了,校友之间的情感交流也更加顺畅。校友们积极地为祖国的统一和现代化建设作贡献的同时,也大力支持了包括我校在内的五所交大事业的发展。

交通大学校友总会成立

总会会长由五所交大校长轮流担任

据新华社上海 4 月 8 日电(记者刘军)来自全国各地的交通大学校友 2200 多人,今天上午在上海交通大学欢聚一堂,共庆交通大学校友总会成立。

目前我国共有五所交通大学:上海交通大学、西安交通大学、北方交通大学、西南交通大学和台湾新竹交通大学。交通大学源远流长,创建于 1896 年,培养了许多知名科学家,校友近十万人,遍布祖国各地和世界各国。为发扬交大优良的传统,振兴中华,增进同世界各国人民的团结和友谊,经过海内外校友长期酝酿筹备,决定成立交大校友总会。

中共中央政治局委员、上海交通大学校务委员会主任王震发来了贺电。贺电说:"交通大学是历史悠久的著名学府,桃李满天下。交大校友为人类文明、社会进步和祖国繁荣做出了卓越贡献。我希望交大校友总会,在中国共产党的路线指引下,继承发扬交大优良传统,为振兴中华,实现四化,统一祖国和维护世界和平而努力奋斗。"中央顾问委员会常委、交大校友陆定一题词:"路漫漫其修远兮,吾将上下而求索。"

校友总会会长由五所交大校长或相当这一职级的校领导轮流担任。每一届任期二年。五所交大推派代表共同组成理事会,理事会已为台湾新竹交大保留名额,欢迎台湾校友回大陆交流。中央顾问委员会常委陆定一、国防科委副主任钱学森、上海市市长汪道涵、中国科协副主席茅以升、上海市人大常委会副主任赵祖康、原北方交通大学第一副校长金士宣、原北美洲交大校友会会长唐振绪七人为校友总会名誉会长。上海交通大学顾问、原校长、中国科学院学部委员朱物华为第一任会长。

又讯 根据交大校友总会筹备会的分工,由我校负责联络四川、云南、贵州、湖南、湖北五省的校友分会的筹备工作。目前,重庆地区和成都地区的校友分会已分别于 2 月 16 日和 3 月 31 日正式成立,昆明、长沙、武汉等地区的校友分会正在积极筹备之中。

(十四)

1984年10月6~7日,中共西南交通大学第七次代表大会隆重举行。大会提出了把我校建设成以工为主,工、理、管、文相结合的具有现代化水平的万人规模的综合性重点大学的总的奋斗目标。1984年10月10日的第126期校报刊登了有关报道。

学校第七次党代会

中共西南交通大学第七次代表大会隆重举行

【本刊讯】中国共产党西南交通大学第七次代表大会于10月6~7日隆重举行。

这次代表大会,是在举国欢庆中华人民共和国成立35周年的日子里,在党中央决定即将召开十二届三中全会的时候召开的,也是在我校即将开始全面整党的前夕召开的。它对进一步实现全校党员在思想上和政治上的高度一致,更加自觉地贯彻执行党的十一届三中全会以来的路线、方针和政策,团结全校师生员工,加快改革步伐,开创我校各项工作的新局面,具有十分重要的意义。

出席这次大会的正式代表共175人,他们代表着全校近千名共产党员。

10月6日下午2时,大会在雄壮的《国际歌》声中正式开始。阎焘同志首先致开幕词。他说:“从1979年10月召开的我校第六次党代会到现在已经整整五年了,在这期间,我们的国家实现了历史性的伟大转变。”“五年来,我们在铁道部党组、四川省委和乐山地委的直接领导下,组织全校共产党员和全校师生员工,认真贯彻执行了党的十一届三中全会以来的路线、方针和政策,努力拨乱反正,实现工作重点转移,使我校的整个面貌发生了明显的变化,教学、科研以及其他各项工作都取得了较快的进展。”“我们这次代表大会的主要任务是:继续深入贯彻党的十二大和十二届二中全会以及即将召开的十二届三中全会精神,贯彻落实全国高校及四川省委和铁道部召开的思想政治工作会议精神，集中全体党员的智慧，认真总结我校第六次党代会以来的工作，特别是总结我们贯彻执行党的十一届三中全会以来的路线、方针、政策的主要经验和教训，明确今后的工作方向和工作任务，加快改革步伐，开创我校各项工作的新局面。同时，要按照党章的规定，选举产生中共西南交大第七届委员会和纪律检查委员会。”

阎泰同志致开幕词后，子弟学校的18名少先队员向大会献了辞。然后由杨清春同志宣读了中共铁道部党组给大会发来的贺电(全文另发)。

王润霖同志代表第六届党委向大会作了题为《振奋精神，加快改革，努力开创我校工作新局面》的工作报告。报告在回顾和总结了自上届党代会以来的五年时间里，我校在各个方面的工作中所取得的成绩后，就今后如何进一步发展大好形势，加快改革步伐，努力开创我校各项工作的新局面，提出了我们的奋斗目标和实现这个目标的具体措施。报告强调指出：“党的十二大把教育、科学作为发展国民经济的战略重点，这就要求高等学校要多出人才，快出人才，出好人才，出更多更好的科研成果。这是中央提出的总的要求。铁道部《八十年代铁路教育发展规划》要求西南交大要争取办成全国第一流的重点大学。四川省委要求把西南交大建设成为高标准、现代化的高等学府。这是上级党委对我们的具体要求。为此，我们要把我校建设成为一所以工为主，工、理、管、文相结合的具有现代化水平的万人规模的综合性重点大学。这就是我们的奋斗目标。这就要求我们有一些学科必须进入国内或国际先进行列；在一些学科内拥有在国内外有一定影响的专门人才、学术水平和科研成果；具有现代化的实验设备；能培养出具有国内先进水平的博士生。”

“为了达到上述奋斗目标，我们必须加强党的领导，进一步改进思想政治工作，全面贯彻落实党的各项方针政策，切实改革和加强学校管理，提高工作效率和工作水平。为此，我们要努力做好以下几方面的工作：一、加快改革步伐，建设好教学、科研两个中心，迎接新的技术革命的挑战；二、加强思想政治工作，把学校建成社会主义精神文明的坚强阵地；三、坚决贯彻十二届二中全会精神，严肃认真地搞好整党。”

会上，顾文汉同志还代表上届党的纪律检查委员会，向大会作了纪委工作报告。

10月7日上午，各代表团举行分组会议，着重讨论了王润霖同志所作的工作报告。很多代表在发言中指出，报告对过去五年来我校各方面工作的回顾和总结是实事求是、符合实际的，这几年来我校各方面的工作确实取得了比较明显的进展。在讨论中代表们一致认为，把我校建设成为以工为主，工、理、管、文相结合的具有现代化水平的万人规模的综合性重点大学，这个总奋斗目标是鼓舞人心的，它符合“三个面向”的总指导思想，符合我校的实际，表达了全校师生员工的共同愿望，必将激励全校同志更加勤奋地学习和工作。很多代表还对如何实现这一总的奋斗目标，提出了很多很好的建议。

10月7日下午，大会举行第二次全体会议。通过无记名投票，选举产生了中共西南交大第七届委员会和纪律检查委员会。选举结果是：中共西南交大第七届委员会由下列19名同志组成（按姓氏笔划为序）：于润森、王润霖、毛子洄、白家棣、孙勋、孙济龙、李万青、李凤岭、李春荣、李植松、陈禄生、沈大元、何振吾、杨明伦、杨清春、孟庆源、张凤游、徐保林、顾文汉；中共西南交大第七届纪律检查委员会由下列七名同志组成（按姓氏笔划为序）：王长凯、孙勋、刘宛云、齐树英、陈树昌、张齐友、顾文汉。

大会一致通过了《中国共产党西南交通大学第七次代表大会关于第六届委员会工作报告的决议》。

最后，由杨清春同志致闭幕词。他说：“我校党的第七次代表大会，经过全体代表的共同努力，圆满地完成了预定的任务。”“我们相信，只要我们坚决不移地沿着党的十二大指引的方向前进，按照这次代表大会确定的目标和任务，扎扎实实地干，我们的各项工作就会取得新的成绩，整个学校必然会发生更大的变化。”

（十五）

1984年11月6～8日，我校电机系受成都铁路局委托研制的接触网检测微机数据处理系统通过了技术鉴定，这是我国自行研制的第一套检测车微机数据处理系统，也是在电气化铁道上实施运行的第一套微型机应用系统。关于这一系统的消息刊登在1984年11月16日的第128期《西南交大》上。

我校自主设计的接触网检测车

我校又一科研成果通过技术鉴定

【本刊讯】11 月 6 日至 8 日，在我校召开的一次科研成果鉴定会上，我校电机系受成都铁路局委托研制的接触网检测车微型机数据处理系统，通过了技术鉴定。

电气化铁道接触网技术状态的良好与否，对保证行车安全、提高运能等具有十分重要的意义。虽然我国电气化铁道现场已采用了各种接触网参数的自动测试设备，但所测得的结果大都是以曲线的形式记录下来的。为了求出某一参数的数值，必须对曲线进行度量和换算。对于一条上百公里乃至上千公里的接触网，如果采取这种手工处理的方式，其人力消耗之大，时间拖延之久是不难设想的。我校接受这项科研题目后，为了及时取得各处接触网的有关参数，并能判断出是否超出相应的界限值，课题组采用了先进微型机技术进行实时数据处理，取得了良好的结果。该项目在成都铁路局和我校双方领导的关怀下，在绵阳供电段等现场单位的大力支持下，经课题组全体同志的努力，经过三年的奋斗，克服了人力、物力不足和信息闭塞等种种困难，于去年 6 月份，圆满地完成了系统的研制任务。自 1983 年 11 月开始至今，该系统已经运行了一年，处理了大约八千公里的接触网测试参数，达到了预定的指标。

在这次鉴定会上，来自铁道科学研究院、成都铁路局、北京铁路局、郑州铁路局和电气化工程局等单位的 30 多位有关专家和工程技术人员，对该项目进行了认真的鉴定，一致认为该项目达到了规定的技术指标，系统硬、软件设计合理，性能可靠，在高速运行的列车上工作，不受强电磁场干扰，是我国自行研制的、在电气化铁道上实施运行的第一套微型机应用系统。这一科技成果，对我国铁路实施运用微型机提供了有益的经验。

（电・科）

（十六）

改革开放以来，我校率先在全国工科院校为非新闻专业大学生开设新闻选修课，在 1985 年 4 月 18 日举办的一次新闻选修课新闻信息发布会上，时任副校长李植松向大学生们发布了西南交通大学 15 条教改设想信息，时称“教改十五条”。这些教改设想是针对以往对大学生的培养统得过死、包得过多，缺乏弹性，忽视能力和素质等问题而提出的。在其后的实施过程中，这些举措在学校提升教育教学质量的过程中发挥了重大作用。这则消息刊登在1985年4月30日的第134期校报上,后《四川日报》等媒体相继报道了我校的“教改十五条”。

在学校召开的第二次新闻信息发布会上

李植松副校长宣布十五条教改设想

本刊讯　在4月18日下午学校召开的第二次向大学生发布新闻的会上,李植松副校长向同学们宣布了15条教学改革设想,进一步征求全校师生的意见。

教改十五条广受关注

这15条教改设想,是学校在认真总结筑八四班全面教改试点和其他单项教改实践的基础上,吸收了兄弟院校一些教学改革的成功经验,根据广大师生的意见和要求,结合我校具体实际提出的。它主要包括如何加强学生能力的培养和如何贯彻因材施教的原则两个大的方面。这15条教改设想具体是:

(一)全面修订85级教学计划。为了加强学生自学能力的培养,贯彻因材施教的原则,将85级必修课的课内学时控制在2000~2100学时,选修课学时增加到400~500学时,也就是在150个总学分中,必修课为120~130个学分,选修课为20~30个学分,其中管理科学和社会科学的学分要有一定的比例。

(二)减少学校统一安排的课程。从85级开始,学校只控制马列主义理论、外语、体育和高等数学四门课,其余课程由各系安排,使教学计划、课程体系和学生的知识结构更加趋于合理。学校做好协调和检查教学质量、总结和交流教学经验的工作。

（三）完善学分制。从下学期开始，实行新的学分制条例，学生只要读满学分，可以提前毕业或提前报考硕士研究生，可以选修第二专业课，获得两个专业的毕业证；也可以选修理科、文科和管理科学等专业，获得双学士学位。

（四）选拔和培养优秀生。从二年级开始，每年经过评定，选拔出优秀生，对优秀生单独拟定培养计划。优秀生在借阅图书、资料等方面可以享受研究生待遇，并免试升入本届研究生。优秀生享受一等奖学金，每年发给一定金额的书报费。

（五）更新教材。为适应新技术革命的挑战，学校要抓好教材的更新工作，新编教材既要增新削旧，又要重点突出，详略得当，适合教师讲授，又便于学生自学。在高年级学生中提倡用原版教材。

（六）改革传统的教学方法和考试方法。教学法上主要是搞启发式、讨论式或专题讲授，把重点、难点讲深讲透，提高学生的自学能力和分析问题的能力。提倡考试方法的改革，强调抓好考试的命题质量，把重点放在学生分析问题、运用知识的能力上。

（七）试行长短学期制。短学期安排在每年夏季，把选修课、实验课、专题讲座和实习都相对集中在短学期内。教师和实验人员的工作负荷均同长学期一并考虑，在具体政策上要有利于调动教师积极性的发挥。

（八）85 级试行单节排课和部分课程挂牌上课。改现在两节一讲课为单节排课，确保课堂教学质量。将一门课程排在同一时间内，允许不同系的学生自由选择老师听课，并作为检查课堂教学效果的指标之一。

（九）全面试行导师制。根据机辆系试点的经验，导师制是促使教师教书育人的一种好方法。导师既指导学生选修课程，指导自学，选拔优秀学生；又教书育人，帮助学生树立正确的人生观和世界观。

（十）从 85 级开始实行中期筛选制。第二学年时，实事求是地筛选不符合本科要求的学生，并安排这部分学生选修一定学分的专业课程，发给大专毕业证。对学业很差的学生应予淘汰，使学生有活力、动力和压力。

（十一）改革招生办法。结合学校实际，争取每年以 5% 的名额从省级重点中学中选拔优秀学生免试入学。对现有尖子学生，除发给奖学金外，还给学生母校发给感谢信。

（十二）改革实习办法。学生实习的时间和内容由各系自行安排，允许学生分组实习或利用寒暑假实习。学校着重检查实习质量。毕业设计可以写毕业论文，也可以参加科学实验，允许形式灵活多样。

（十三）全天开放实验室和图书馆。所有专业实验室坚持全天开放，让学生根据自己的要求、爱好去实验室作实验。图书馆不仅全天开放,还要为优秀学生和单项发展突出的学生提供借阅图书和资料的优越条件。

(十四)改进毕业设计。毕业设计的题目在第七学期期末向学生公布,以便学生提前查阅和积累资料。第八学期可以分散进行,也可以集中安排。

(十五)加强外语训练。基础外语延至三年级、四年级,要指定学生阅读一定量的外语资料。有条件的专业要开设专业外语。

(十七)

1985 年 4 月 8 日,固体力学专业陈君礼(指导教师为孙训方教授)作为我校历史上首位开展毕业答辩的博士研究生进行了答辩。该消息刊登在 1985 年 4 月 30 日的第 134 期校报的头条位置。最终,陈君礼同学获得工学博士学位,他成为了新中国成立以来铁路系统培养的第一位博士。当年,还有四名博士研究生也通过了毕业答辩。桥梁、隧道及结构工程专业博士研究生强士中(指导教师为钱冬生教授)的毕业答辩邀请到了著名科学家钱伟长教授主持答辩会。另外三位通过答辩的博士研究生是张界明、谢用九(指导教师均为吴炳焜教授),以及陈世君(指导教师为高渠清教授)。五名博士研究生于 1985 年全部毕业,他们是自实行学位制以来,我校为国家培养出来的第一批博士。

"文革"后首届博士生强士中毕业答辩会
(前排右三卞学鐄、右四钱伟长、右五蒋平)

我校举行首届博士学位论文答辩会

固体力学专业博士研究生陈君礼通过论文答辩

本刊讯 4月8日,我校首届博士学位论文答辩会(固体力学专业)在主楼第一会议室隆重举行。

我校数理力学系固体力学专业博士研究生陈君礼,在指导教师孙训方教授的指导下,经过三年的勤奋学习,学完了规定的博士课程,完成了博士学位论文,成为我校自实行学位制以来为国家培养的第一个高层次的高级技术人才。这次博士论文答辩会的召开,是我校历史上一件具有重要意义的事情。

学校首届博士学位论文答辩会视频

答辩会由答辩委员会主任委员,华中工学院教授李灏主持,答辩委员会委员有:清华大学黄克智教授、湘潭大学袁龙蔚教授、重庆大学范镜泓教授、成都科技大学杨金林副教授、我校孙训方教授、高庆副教授。

陈君礼在会上宣读了他的博士学位论文——《Ⅰ型裂纹尖端的蠕变损伤与扩展速率》,并回答了答辩委员会委员们提出的问题。委员们在评议时指出,陈君礼的论文是从当今断裂力学的发展迫切需要引入损伤力学以及喷气式航空发动机涡轮盘槽底裂纹与孔边裂纹的实际问题提出的,选题有较大的理论意义和实际意义,论文具有一定的深度和难度。委员们还指出把损伤力学和断裂力学结合起来研究的方法,是一个值得注意的研究方向,陈君礼的论文在这一方面作了有益的尝试,是一项开拓性的工作。委员们一致通过了陈君礼的论文,并建议授予他博士学位。

王润霖校长,孟庆源、李植松副校长,研究生部代主任姚先启,数理力学系主任奚绍中等出席了答辩会。

(十八)

为了培养高质量人才,不断提高教学质量,我校在1985年首次开展了“教学优秀奖”和“教学改革成果奖”的评选,最终41名同志获教学优秀奖,22个小组(或个人)获教学改革成果奖。这对学校教师积极提升教学质量,推进教学改革起到了很好的激励作用。对此事的报道刊登在1985年4月30日第134期《西南交大》上。

我校评出一九八四年度"教学优秀奖"和"教学改革成果奖"

本刊讯　为了培养高质量的人才,不断提高教学质量,积极地进行教学改革,按校教字〔84〕第245号文件的要求,我校最近已评选出1984年度的教学优秀奖和教学改革成果奖(以下简称双奖)。

评选工作是从1984年12月开始进行的。各系按文件要求,结合年终考核及教学检查了解的情况,提出了校级双奖名单,在此基础上,学校经过评审,并经校长办公会议研究通过,我校有41名同志获校级"教学优秀奖",有22个小组或个人获校级"教学改革成果奖"。

获得"教学优秀奖"的条件是:在1984年教学工作中,能认真贯彻党的教育方针,热爱党的教育事业,治学严谨,努力钻研教学业务,教学工作比较勤勉,教学效果好;或"教学改革成果奖"的条件是:在1984年中,对学校的教学管理工作提出较重大的改进意见,并取得成效;提出新的专业培养方案;开出高质量的课程;用外文讲授或外文教材教学;改进教学方法和考试方法;指导青年教师有突出成绩;贯彻因材施教原则有突出成绩。

凡获得校级奖者,获奖材料归入个人档案,并发给奖状和奖金。

各系还将按文件要求评出系级双奖名单,由各系发给奖状和奖金。

研究生部和子弟学校获校级双奖的名单另行公布。

获得校"教学优秀奖"名单是:郭可詹、周海东、郭淑英、贺百玲、徐国忠、杨茂林、高淑英、范子亮、杨明珏、黄瑞霖、那小川、杨宁、金祖卿、王凤兰、谢进、濮德章、唐昌荣、夏永承、程超、刘远久、王岫霏、张延寿、魏安、王夏鍪、刘应清、刘可正、王浩吾、高强、朱茂礼、蔡树英、杨季美、朱怀芳、曹建猷、江月娥、于万聚、张云豪、姚一民、李世洪、刘旭、徐行言、夏健生。

获得"教学改革成果奖"的小组或个人名单是:工程机械84教改试点小组、体育教学大纲调查修订小组、普通化学实验教学小组;周其刚、关宝树、黄棠、胡厚田、华瑞敖、张维廉、廖艾贤、刘锡彭、陶树、秦世荣、王家祥、王世馥、梁鹏飞、严梦兰、朱铃、廖重华(路伯祥、许提多、刘泉江共4人),王刚(章音、杨美传共3人)、奚绍中(金心全、贺百玲、李庆华、许留旺共5人)、范文田(徐昌尧、袁光伦、王传绚共4人)。

(教务处)

（十九）

为发扬广大教职工的主人翁作用，学校在1985年6月举行了首届教职工代表大会，大会讨论了学校的工作报告，认真研究了学校的发展规划和改革措施，以达到发扬民主，集思广益，增强团结，同心同德，促进改革，加快学校发展步伐的目的。这也开创了我校民主办学的新局面。有关首届教代会的新闻刊登在了1985年7月10日的第138期校报上。

我校首届教代会胜利召开

本刊讯 我校首届教职工代表大会于6月22、23、30日在9号阶梯教室举行。

这次会议的正式代表有329人，特邀代表34人，列席代表25人。四川省教育工会副主任王兴才同志出席了大会。

22日上午9时，大会执行主席、校党委书记兼校长王润霖同志宣布："西南交通大学首届教职工代表大会正式开幕！"校党委副书记孙勋同志首先致开幕词。他说："中共中央关于经济体制改革、科技体制改革和教育体制改革的决定，为我们开好这次大会指明了方向。我们的这次大会就是要在党中央的三个《决定》的指引下，以讨论学校的工作报告为中心，认真研究学校的发展规划和改革措施，以达到发扬民主，集思广益，增强团结，同心同德，促进改革，加快学校发展步伐的目的。"

会上，宣读了铁道部教育局给大会的贺电和九三学社西南交大支社、中国民主同盟西南交大支部给大会的贺信。校学生会主席陈尚荣代表校团委、校学生会和校研究生会向大会致了贺词。

沈大原副校长代表学校行政向大会作了题为《加快改革步伐，踏实工作，振兴西南交大》的工作报告。

李植松副校长受大会主席团委托，向大会作了关于提案征集和初步处理情况的报告。他说，截至6月15日，共收到代表们交来的书面提案357件，涉及学校的教学、科研、发展规划、人事制度、机构设置、生活后勤、财务管理、治安保卫、思想政治工作等十个方面的问题。校党委、校行政非常重视提案的处理工作，在这次会议正式召开之前，已将提案由校领导审阅批示后，分发到了各有关部、处和单位，要求尽快提出处理意见。很多单位的领导同志接到提案后，都立即召开了有关同志参加的工作会议，对提案逐条进行了研究，并提出了处理意见或作出了明确的答复。李植松副校长还将其中部分提案的处理和答复情况,向代表们作了汇报。

四川省教育工会副主任王兴才同志在大会上讲了话。他首先代表省教育工会向大会致以热烈的祝贺,并转达了省委宣传部和省高教局对大会的热烈祝贺。他说:“西南交大首届教代会的召开,是全校教职工政治生活中的一件大事。”“我们相信,在上级有关部门的领导和支持下,通过这次代表大会,经过全校师生员工的共同努力和卓有成效的工作,几年后,一所新型的、现代化的、综合性的全国第一流的重点大学——西南交通大学总校,将出现在美丽而富饶的古城——成都!”

22 日下午,各代表团举行分组会议,讨论了沈大元副校长的工作报告和大会主席团提交给代表们的各种文件。

23 日上午和下午,大会继续举行全体会议。在热烈和充满民主的气氛中,有二十四位同志先后在大会上发了言,有的汇报了本代表团的讨论情况,有的对学校某些方面的工作提出了批评和建议。

6 月 30 日下午,大会举行第三次全体会议。

通过民主选举,产生了由 19 人组成的西南交通大学首届教职工代表大会常设主席团,同时组织建立了提案审查处理委员会,房屋管理委员会和基金管理委员会。

大会一致通过了《西南交通大学第一次教职工代表大会决议》。

王润霖同志代表校党委在会上讲了话。他说:“我校首届教职工代表大会,从 6 月 10 日开始进入预备会议,到今天已历时 20 天。会议期间,代表同志们从关心学校出发,以主人翁的姿态,认真参加讨论,对学校工作积极提出意见和建议,做到了畅所欲言。在到会同志的一致努力下,会议基本上达到了预期的目的,取得了好的效果。会议开得成功,它标志着我们在民主办学当年又迈出了重要的一步,也是我校教育体制改革的重要步骤,必将对我校各方面的工作产生深远的影响。”接着,王润霖同志就大家在讨论过程中提出的意见和建议,结合我校的实际,讲了四点意见:第一,要清醒认识我们肩负的历史重任,全校教职工都要争做推动学校发展的先锋;第二,全校教职工都要互相尊重,共同克服困难,团结战斗,努力奋进;第三,要高度重视社会主义精神文明的建设;第四,要勇于探索,开拓前进。

王润霖同志讲话结束后,由校党委秘书长、工会主席杨桂林同志致闭幕词。他说:“我校首届教职工代表大会,在学校各级党政部门和全校师生员工的大力支持下,经过全体代表的共同努力,胜利地完成了这次会议的主要任务。”

下午 5 点 25 分,大会宣布胜利闭幕。

（二十）

“我是一个中国人，无论如何要赶在外国人之前漂流长江，只有这样，才能为国争光，使龙的子孙不受外国人的嘲笑”，为抢在外国人之前首漂长江，开创人类首次漂流长江的记录，我校电教室摄影员尧茂书从1985年6月20日开始漂流长江，然而，就在7月23进入金沙江后，尧茂书不幸落水遇难。虽然尧茂书已经去世，但他赤忱的爱国热情和用于探索的献身精神仍然值得后人学习。1985年9月27日的第140期校报报道了尧茂书在只身漂流长江过程中不幸遇难的消息。全国几十家新闻媒体先后发表了关于尧茂书漂流万里长江和不幸遇难的消息与通讯。1986年12月，民政部批准尧茂书为烈士。

我校电教室摄影员尧茂书同志在只身漂流长江过程中不幸遇难

本刊讯 只身漂流万里长江的探险者、我校电教室青年摄影员尧茂书同志在漂流长江过程中不幸遇难。

只身漂长江第一人尧茂书

尧茂书同志今年32岁。早在五年多前，他就立下了宏愿，要做世界上第一个单枪匹马征服长江的中国人。在经过了几年的训练和准备之后，他于今年5月27日携带各种设备离校奔赴长江源头。6月20日，他乘“龙的传人号”橡皮筏，从长江源头唐古拉山下姜古迪如冰川附近下水，开始了有史以来的第一次漂流万里长江的探险活动。经过近一个月的奋战，他克服了种种艰难险阻，先后漂过了三百多公里长的沱沱河和七百多公里长的通天河，于7月16日到达了青海省玉树州的直门达水文站。沿途，他对长江源头及上游地区的地质、水文、风貌等方面的情况进行了考察，拍下了大批珍贵的电影和摄影镜头，并坚持写了漂流日记。在直门达，他与我校派去给他送补给品的曾国强同志相聚，并向曾国强讲述了在前一段漂流过程中的种种情况。

7月23日上午十时，曾国强和直门达水文站的同志们送尧茂书再次下水，向金沙江漂去。

7月24日下午2点多钟,在距直门达几十公里的相古村的藏民群众,发现有一红色橡皮船倒扣在江中一块大石头上,并看见一个红色漂浮物正被激流卷走。人们把橡皮筏打捞上来后,发现是尧茂书的"龙的传人号",船上有尧茂书的挂包,内有他的证件和介绍信等物。

四川省有关部门和我校得到通知后,立即派出工作组,日夜兼程赶赴现场调查。在当地政府、公安部门和群众的帮助下,经过反复核实后得出结论,尧茂书同志因漂流遇险,落水遇难。

(二十一)

1985年11月10日的第143期校报上,题为《我校的一项科研成果——新型复数旋转编码译码器荣获首届全国发明优秀奖》的消息,报道了我校获得首届全国优秀发明奖的讯息。据悉,当年7月,该技术通过鉴定,与会专家高度评价了该研究成果,认为是国内外首创,有较广泛的应用前景。

我校的一项科研成果——

新型复数旋转编码译码器荣获首届全国发明优秀奖

本刊讯 我校的一项科研成果——新型复数旋转编码译码器,获得了首届全国发明优奖。

10月9日至20日,首届全国发明展览会在北京隆重举行。国家主席李先念为展览会的开幕剪了彩。展览会举行期间,不少中央领导同志及很多著名的科学家都兴致勃勃地参观了展览。经全国29个省、市、自治区和30个部门的科委、发明协会推荐出来的348项科技发明成果参加了展出。由我校计算机科学与工程系靳蕃副教授主持研究,青年教师彭晓红、罗文辉、陈小平共同参加取得的科研成果——新型复数旋转编码译码器,也参加了展出。(关于新型复数旋转编码译码器这项科研成果的详细报道,请见本刊140期)。

展览会上,我校展出的新型复数旋转编码译码器引起了很多参观者的极大兴趣,并得到了很多中外专家、教授和同行们的重视和好评。一些专家指出,这项科技发明理论严谨,结构简单,使用方便,经济效益高,具有很大的实用价值。经过中国发明协会和国家科委的专家和学者的评审,在全部送展的348项科技发明成果中,最后评选出了44项授予首届全国优秀发明奖,其中包括我校的新型复数旋转编码译码器。

10 月 18 日,在北京举行了首届全国发明优秀奖发奖大会。靳蕃副教授专程前往北京出席了大会,并领取了首届全国发明奖奖杯和证书。

（计算机科学与工程系）

（二十二）

1986 年 4 月 10 日的第 148 期报纸上,刊登了学校五佳运动员评选的结果。当时校刊编辑室与大学生记者协会联合举办了这一评选活动,活动得到了广大师生的支持,顺利评选出了蔡力勋、肖守纳、王亚萍、田蕾、江浩五位运动员。这次评选也在无形中大大推动了学校体育事业的发展,形成了良好的运动氛围。此后,越来越多的运动员走出校门,去参与省市、国家,乃至国际的赛事,并取得好成绩。

我校首届五佳运动员评选揭晓

他们是:蔡力勋、肖守纳、王亚萍、田蕾、江浩

本刊讯 我校首届五佳运动员评选活动,已于 4 月 1 日揭晓。

当选的五名最佳运动员是(依得票多少为序):蔡力勋(733 票)、肖守纳(730 票)、王亚萍(724 票)、田蕾(426 票)、江浩(297 票)。

参加投票选举的七百多位同志中,有 85 人获得一等奖,63 人获得二等奖,589 人获得纪念奖。

这次评选活动是由本刊编辑室和大学生记者协会举办的。这项活动得到了校领导、校体委、校团委、校学生会和研究生会及广大师生员工的热烈支持。当评选通知及选票在第 147 期校刊上公布后,短短的两个多星期,就收到了七百多张选票。校体委主任、副校长李植松在接受大学生记者采访时说:“评选五佳运动员是一项很有意义的活动,是发动全校师生员工关心和支持我校体育工作的好办法,是推动我校群众性体育活动更加深入开展和提高我校体育运动水平的有力措施,这次评选活动一定会取得圆满成功!”77 岁高龄的徐家增老教授也高兴地对本刊记者说:“评选五佳好,我也要投一票。学校要争创第一流,体育也得有一份。”

（二十三）

大瑶山隧道位于广东省北部韶关市西北坪石至乐昌间的京广铁路衡广(衡

阳——广州)复线上,自北向南穿越大瑶山,全长14295米。它是中国第一条通车的超长双线电气化铁路隧道。隧道动用4000多名工人,历时五年,于1987年5月6日贯通,是当时中国最长的铁路隧道。隧道的贯通标志着我国在隧道及地下工程技术领域中已跨入世界先进行列。在这一利国利民的大工程的设计施工过程中,我校师生校友作出了积极贡献。1987年5月26日,校报第169期刊登了相关消息。

在举世闻名的大瑶山隧道的设计和施工中

我校校友和教师作出了积极的贡献

本刊讯　举世闻名的大瑶山隧道于5月6日胜利贯通了。本刊编辑室从参加设计和施工的铁道部隧道局、铁四院和我校土木系等有关单位了解到,在谱写我国铁路建设史上这一光辉篇章的过程中,我校的校友和教师作出了积极的贡献。

我校师生参与大瑶山隧道设计

我校向来以土木工程一流的教学质量和学术水平著称全国。1991年来,培养出了象茅以升、林同棪①、佘畯南、许宁等国内外著名的土木工程大师,和一大批活跃在土木工程战线(特别是铁道建设战线)负责主要技术工作的高中级工程技术人才。据了解,在大瑶山隧道负责施工的铁道部隧道局的职工中,我校校友约占助理工程师以上技术人员的40%,从局工程指挥部到施工现场,到处都可以见到我校校友忙碌的身影。例如:吴鸣刚,人称"吴大师",我校1958年土木系毕业生,现任隧道局副局长、大瑶山工程总指挥长,他常年督阵大瑶山,负责全面工作;戴根法,我校1939年毕业生,局高级工程师、机械专家,他长期带病坚持工作,在

① 林同炎原名林同棪。

大批进口的现代化大型施工设备运到现场，工人不会操作的情况下，他夜以继日地翻译资料、自编讲义，并亲自上机示范，很快培训出1042名能掌握世界最先进掘进设备的技术工人；王安龙，我校1978年土木系毕业生，三处一队主管工程师，负责隧道出口一端的技术工作，他主持编制通过的FF15号两个断层带的施工方案，大胆采用全断面开挖过断层的方法，为国家节约了施工费71000元。本刊编辑室还从铁四院了解到，负责大瑶山隧道设计的技术人员中，有七名我校校友，如该院桥隧处副处长、副总工程师周心培，工程师崔尚彦、鲁其勋、赵尚林和朱丹等。

我校参与大瑶山隧道设计施工视频

大瑶山隧道在设计和施工过程中，由于首次在国内采用"新奥法"设计原理和施工方法，遇到了一系列急需解决的理论问题和实践问题。在了解这些问题的过程中，我校的教师和奋战在第一线的校友们一起，作出了自己应有的贡献。土木系高渠清教授、麦倜曾教授、关宝树副教授，航地系蒋爵光教授、李隽蓬副教授，机工一系唐经世教授等人曾多次来到施工现场，除承担了多项专题研究和攻关工作外，还在现场举办了"新奥法"学习班、新技术培训班，同时还编写了几十万字的技术情报资料。随着工程的不断进展，现场需要更多的技术人员，为保证这项重点工程的急需，近几年来，我校先后为隧道局输送了86名本科毕业生。

（二十四）

1987年6月12日的校报第170期头版上，刊登了《我校举行磁浮列车可行性研究学术会》的消息。与会的十余位专家形成了共识：我国应尽快开展有关磁浮列车的科研工作。自此，西南交大正式拉开了磁浮列车研究的大幕。

我校举行磁浮列车可行性研究学术会

本刊讯　6月2日，我校举行了磁浮列车可行性研究专题学术报告会，十几位专家、教授和教师一致认为，应尽快在我国开展有关磁浮列车的系统科学研究工作。

磁浮列车是利用磁铁两极之间相斥或相吸的作用实现列车的悬浮并用直线电机驱动的一种运输工具，具有安全、高速、节能和无污染等优点。随着近年来超导技术获得了突破性的进展,为磁浮列车的研究和发展提供了新的广阔前景。近年来,不少国家对磁浮列车的研究取得了较大的进展,有的国家已进入了实用化研究阶段。我国在这方面的研究工作目前还处于起步阶段。

在我校召开的这次磁浮列车可行性研究专题学术报告会上,共宣读了 18 篇研究论文,分别介绍了磁浮列车的基本原理、设计、实验及国外的研究情况。很多同志在发言中指出,磁浮列车在我国有着广泛的应用前景,开展这方面的系统研究已经提上了议事日程。我校在超导、电机、土木、动力学、运输与管理科学、计算机及自动控制等学科领域内有较强的研究力量,应发挥我校的综合优势,进一步开展对这一世界前沿学科的综合研究,为发展我国的运输事业,赶上世界先进水平作出我们的积极贡献。

(二十五)

“经研究,同意你部对西南交通大学进行扩建,在成都成立总校。”1984 年,国家计委正式下达文件,批准了铁道部关于我校在成都扩建和成立总校的报告。1986 年 8 月 2 日,我校成都总校破土动工;同年 9 月,86 级新生在西南交通大学成都分部入学。直至 1988 年 3 月 30 日,学校在成都挂牌正式对外办公。1988 年 4 月 14 日的第 183 期《西南交大报》对此进行了大篇幅报道。1989 年 10 月,学校迁入成都,我校顺利实现重心向成都的转移。

成都新址正式办公典礼合影

3月30日我校开始在成都新址办公
五百师生聚会新址参加庆典活动

本报讯 我校在成都新址正式办公的日子——3月30日，在上万名师生员工的盼望之中来到了。这一天，成峨两地的师生员工代表共五百多人聚会在我校成都新址，参加了庆祝我校成都新址正式办公典礼。

成都新址正式办公典礼视频

庆典活动在计算中心大楼前举行，计算中心门厅外右侧悬挂着披着红绸的校牌。上午11点，当庆典主持人、副校长兼建校指挥长胡正民正式宣布："西南交通大学在成都新址正式对外办公典礼开始！"五百多名前来参加庆典活动的老教授、离退休干部、大学生及研究生的代表，自动地站成弧形，围在计算中心楼前。党委书记王润霖同志首先宣读了铁道部关于批复我校在成都正式开始办公的文件。然后，支持人宣布："挂校牌！"顿时鞭炮声、掌声、欢笑声、锣鼓声齐鸣。王润霖书记、沈大元校长、校友会四川分会负责人袁仲凡和教代会主席郭可詹教授走到校牌前，揭开了校牌上的红绸。一面崭新的精心雕刻的"西南交通大学"校牌展现在人们面前。校牌字体仍为毛泽东同志手迹。

沈大元校长、校友会负责人袁仲凡和郭可詹教授先后在庆典上讲话。

参加庆典活动的同志们怀着极大的兴趣参观了总校。一群又一群的师生，争相在新校牌前合影留念。在已竣工的宿舍楼，记者看到了临时设立在这里的校机关办公室，门上已经挂出了写有"党委书记室""校长室"与"副校长室"等字样的牌子。

（本报记者）

(二十六)

中共西南交通大学第八次代表大会在1988年5月14～15日举行,大会提出了此后三年学校的发展目标和思想工作任务。这次大会实际上是在党的十三大精神指引下,进一步解放思想,结合我校实际,深化改革,努力完成学校重点工作任务的动员会。1988年5月24日的《西南交大报》第186期刊登了该消息。

第八次党代会

中国共产党西南交通大学第八次代表大会隆重举行

本报讯 中国共产党西南交通大学第八次代表大会,于5月14～15日隆重举行。

第八次党代会视频

出席这次大会的正式代表共138人,代表着全校一千多名共产党员。列席代表4人,特邀代表1人(来自唐山留守组)。上级党委代表、中共乐山市委副书记陈德玉同志和铁道部政治部曾宪恒、郝沁绥同志专程前来参加了大会。参加大会的还有各民主党派在我校的负责人和我校部分党外的省、市人大代表、政协委员。

14日下午3时,大会在雄壮的"国际歌"声中正式开始。杨桂林同志主持了第一次全体会议。

沈大元同志首先致开幕词。他说,我们这次代表大会是在全国人民认真贯彻党的十三大和七届人大一次会议精神,在全国和铁道部、四川省高教工作会议之后,深化改革特别是教育改革不断加快的情况下召开的。同时,又正值我校即将向成都新址转移,学校面临竞争激烈、任务繁重,又要加速发展,争创一流的新形势。这次代表大会的主要任务是全面贯彻十三大精神,认真总结我校第七次党代会以来的工作,在实事求是地总结经验、认清差距的基础上,研究制定我校在新形势下加快和深化改革、全面实现学校"七五"发展规划的决策和措施,并按照党章规定,选举产生第八届党委会和纪委会。

紧接着，王润霖同志代表上届党委会作了题为《进一步解放思想　深化教育改革　沿着十三大指引的方向前进》的工作报告。王润霖同志的报告分为两个部分：一、团结奋斗、改革发展的三年；二、抓紧有利时机，加快深化改革，为全面实现“七五”发展规划努力奋斗。

孙勋同志代表上届纪委会向大会作了工作报告。孙勋同志说，三年来在校党委和上级纪委的领导下，我校纪律检查委员会做了以下五个方面的工作：一、认真贯彻执行中央的整党决定，积极参加整党；二、协助党委端正党风，纠正不正之风；三、查处了违纪案件；四、抓党性教育，提高党员的政治素质；五、充分发挥纪委的作用，认真做好党内监督工作。孙勋同志说：新的纪委会要全面履行“保护、惩处、监督、教育”四个方面的职能，做好今后三年的纪检工作。他代表上届纪委会对下一届纪委会今后的工作提出了建议。

上级党委代表、中共乐山市委副书记陈德玉同志在会上讲了话。他首先祝贺我校第八次党代会的胜利召开，然后对我校今后的工作提出了要求和希望。

第一次全体会议之后，代表团分组讨论审议两个委员会的工作报告，讨论选举办法和两委候选人推荐名单。

15 日上午 9 时 30 分，大会举行第二次全体会议，由王润霖同志主持。大会通过无记名投票方式，选举产生了第八届党委会委员（10 名），选举结果（以姓氏笔划为序）是：王长凯、王润霖、孙勒、孙济龙、李万青、李凤岭、杨桂林、沈大元、陈树昌、黄平，和新一届纪委会委员（5 名），选举结果是（以姓氏笔划为序）：刘启明、孙勋、张齐友、张秉田、顾文汉。然后，大会一致通过了《中国共产党西南交通大学第八次代表大会关于第七届委员会工作报告的决议》和《中共西南交通大学第八次代表大会关于上届纪律检查委员会工作报告的决议》。

孙勋同志最后致闭幕词。他说：我们这次大会，是在十三大精神指引下，进一步解放思想，结合我校实际，深化改革，努力完成学校“七五”规划后三年任务的动员大会。从开始筹备到大会期间，全体代表发扬民主，就加强党的自身建设及学校面临的形势、加快和深化各项改革以及加速学校发展和振兴升位等重要问题，进行了认真的讨论，统一了思想认识，明确了奋斗目标。今后的三年是我校的转折时期，发展时期，我们必须按照大会的决议，深入学习和贯彻十三大精神，以改革统揽全局，推动我校的管理体制改革和教育改革，加强党的自身建没，充分发挥党组织的保证监督作用和党员的先锋模范作用。

中午 12 时，大会在“国际歌”声中闭幕。

（本报记者）

（二十七）

毕业生供需见面会

如何牢牢抓住办学主动权,建立起主动适应社会经济发展的办学机制,培养“全面发展、面向实际”的人才? 1988年,学校在全国率先以毕业生就业分配为突破口,开展了毕业生就业双向选择预分配改革。预分配冲击着传统的办学思想和模式,使学校上上下下有了紧迫感和危机感,是学校一次带有突破性意义的重大改革。人民日报记者陈祖甲采访的《冲击波:双向选择——西南交大预分配引出的思考》刊登在当年8月4日的《人民日报》第三版上,《西南交大报》在1988年9月25日的第189期报纸上予以转载。

编者按　人民日报记者陈祖甲应邀来我校参加全国高校校报新闻业务研讨会期间,采访了我校正在进行的85级同学预分配,并写了这篇报道,刊登在8月4日人民日报第三版上,本报现特予以转载。

冲击波:双向选择

——西南交大预分配引出的思考

人民日报记者　陈祖甲

7月上旬,峨眉山脚下西南交大幽静的校园里来了一批客人。他们来自全国铁路内外的82个单位,是到这里选“对象”的。西南交大正举办1989年毕业生预分配“供需见面”会。“预分配”就是在三年级末,由学生和用人单位“供需见面”,双向选择,然后由用人单位与学校一起确定学生最后一年的课程内容。这是西南交大新近在教育改革方面迈出的步伐。

“供需见面”会开得热热闹闹。学校第九阶梯教室等9个地点形成了一个临时的人才市场。学生们三三两两地这里打听一下,那里询问几句,选择自己的理想单位;各单位的代表则仔细地审阅学生递来的表格,看看他们的学业成绩、在学校担任的社会职务及校方的评语,以考虑合适的人选。3 天时间,学生同用人单位签订了 420 份协议书,占应分配学生的 71%。这个比例超过了校方的预想,它像一股冲击波,在校领导和学生心中激起了层层波澜。

办学机制:主动适应社会需要

“擅长什么,就办什么专业,招什么学生。”西南交大副校长李植松在见到记者时,用这样一句话来概括以往的办学机制。双向选择,首先冲击了这条不顾实际、自我完善的道路。

工程力学系系主任奚绍中也说,原先我们以为理论课一门也不能少,有意无意地降低了应用性课程的地位。学校说我们系有的专业是长线,我们还听不进去。这次双向选择,使我们看到了教学方面的短处,应该建立主动适应社会需要的办学机制,增加一些实用课程。

学校领导其实对这个弊端已有所察觉。继 1985 年学生教学质量检查之后,今年 4 月,由校长沈大元、党委书记王润霖等校领导带队,分 4 路到东北、华北、华东、中南用人单位走访,了解到铁路现代化所需的人才。双向选择,更使他们摸准了社会所需的人才的信息。

学校已确定按照社会需要人才的标准培养人才,“拓宽专业,打好基础,加强实践,培养能力,全面发展”等要求重新组织教学,准备把按专业招生改为按系招生,根据预测再分专业。新生入学后实行“两长两短”的新学期制,在短学期内大量安排选修课和实践活动,以求改变学生的知识结构,增加新知识、新理论、新工艺、新技术的内容。前三年“淡化”专业,强化基础课,到最后一年,根据学生情况和用人单位的要求,缺什么补什么。在部分专业实行四五年拉通制度,也就是学生在第八学期先去用人单位实习锻炼,由学校和用人单位共同安排计划。第五年带着用人单位对学生今后工作的安排和实习中的问题,回校选修课程,并以用人单位的生产实际课题作为学生毕业设计或论文的题目。

双向选择也使学校感到有责任对学生进行就业指导。大学生都已成年,选择职业似乎不成问题。其实不然。李副校长说:双向选择中暴露出一些学生的自身价值观、就业心理与社会需求对不上号。学校准备开设就业指导课。校学生处的同志介绍说:学校已利用最近的社会实践,组织 40 名学生,对已毕业的学生追踪调查,了解他们的表现和事业,把这些作为就业指导的一个内容。

学生的任务:全面提高素质

双向选择,对于只在一个狭小范围内考虑自身价值的学生也是一个冲击。我听到这样两个故事:

有一名工业和民用建筑专业的学生,向离自己家乡比较近的一家工厂提出就业申请。工厂代表表示可以接受,但因协议书用完,希望他吃完晚饭再来订约。晚上,这名学生来到工厂代表的住址,说能不能把签约时间推到明天。他还想到上海铁路局试探就业的可能性。他得到的答复是:我们需要有决断能力的人才。当断不断,必受其乱,你这样优柔寡断,干这项工作不合适。结果这名学生被拒绝了。

有一名已找到"婆家"的学生,很替他没有找到"婆家"的学友着急。于是,他充当"媒人"的角色,向用人单位竭力推荐。哪知,用人单位代表见他善于辞令,便询问起他的情况来了,并说,你到我们单位来吧。"姑娘"未被相中,"媒人"差一点被拉去当"新娘"。真实的故事,向学生展示了人生价值的多元性。选择理想的单位,除需要优秀的学业成绩之外,还需要全面提高素质。良好的气质,文雅的谈吐,较强的社交能力,政治上的进步等,往往使部分学生在分配竞争中略胜一筹。否则,是皇帝女儿也要愁嫁。

走后门现象能杜绝吗?

校领导告诉我:过去,在毕业分配的时候,他们总是或多或少地接到一些条子或电话。这次,双向选择透明度高了,没有收到一张条子,也很少听到学生中议论什么人走后门。

一些学生说,也有同学往家里打电话求援的,只不过这次"供需见面"会比较仓促,"迅雷不及掩耳",一些人来不及走后门罢了。

校方介绍,这次供需见面会上,只有一个单位的代表直截了当地指名要两名毕业生,说是到来之前,单位领导打了招呼的。据了解,这两名学生确有困难,家庭需要照顾。这是不是走后门呢?当时在场的同学没有一个人站起来提出异议,事后也没有学生表示反对。他们认为这是在情理之中,并不算走后门,还是感到反对无济于事,表示默许呢?

我同一些同学讨论了这个问题。部分同学的看法是家庭有困难,要照顾,并非不合理。作为学生本人应该有选择职业的独立意识。找家长商量虽在情理之中,但靠家长的力量来谋取一个别人所得不到的或大家在竞争的好职业,并不是一件光彩的事。竞争应当在平等的基础上进行。

（二十八）

1988 年 10 月，我校团队成功设计了当时国内最大的铁路起重机，该 160 吨铁路起重机，主要用于铁路机车车辆颠覆、脱线事故的救援工作和其他起重作业，是当时铁路现代化急需的关键设备。该消息刊登在 1988 年 11 月 25 日第 193 期校报上。

QTJS160 伸缩臂铁路救援起重机

我国最大的铁路起重机在我校设计成功

该机的设计、工艺审查会在我校召开
武汉桥机厂将投入试生产

本报讯 由我校机工二系周志鳌副教授为首的设计组，经过 9 个月的艰苦努力，完成了 QTJ160/32 型铁路起重机的全部设计工作，并于 10 月中旬在我校召开了该机的设计、工艺审查会。由铁道部、广州局、北京局、华中理工大学的专家、教授组成的评审组认为，该机设计布局合理，结构新颖，计算严密，符合铁道部制订的 160 吨铁路起重机主要技术条件，设计的主要技术经济指标达到和接近国际先进水平，可以投入试生产。与我校联合中标的大桥局武汉桥机厂将承担试生产工作。

160 吨铁路起重机，主要用于铁路机车车辆颠覆、脱线事故的救援工作和其他起重作业，是铁路现代化急需的关键设备，其吨位目前暂居国内首位。

（机工二系　劳　增）

第二篇　把准航向　接续百年(1989～1998)

(一)

电气化远动装置

"以前,我们没有自己的远动装置,外国人欺负我们。1985 年,他们每台装置要价 500 多万元,现在要价上千万元,而我们自己生产一台仅要四五十万元。学校远动研究室的同志们,正是咽不下这口气,硬是苦干了两年多的时间,终于研制出自己的多机远动装置。"①这是我校钱清泉院士适值副教授时,于 1987 年接受校报记者采访时说的话。我校自 1986 年研究出国内第一套电气化铁道多微机远动装置后,这一远动系统先后应用在了大秦线、兰武线。值得一提的是,在 1988 年的川黔线牵引供电远动系统这一由世界银行贷款项目的国际招标中,我校电气化与自动化研究所以良好的技术和合理的价格击败了包括日本、英国和国内等 5 家对手而一举中标,展示了学校参加实用技术国际竞争的强劲实力。1989 年 1 月 18 日的第 196 期校报头版刊登了这则振奋人心的好消息。

① 张涛. 有志者不畏艰辛:记多机远动装置研制中的二三事[N]西南交大报,1987－03－25.

我校在川黔线远动国际招标中夺标

本报讯 在电气工程系举办的新年联欢晚会上，我校电气化与自动化研究所所长钱清泉教授宣布了一条最新消息，该所在川黔线牵引供电远动系统的国际招标中，以良好的技术和合理的价格击败了包括日本、英国和国内的其他5家竞争对手而一举中标。这一由世界银行贷款的项目的合同书已经得到世界银行的批准。

由我校研制的国内第一套远动系统已用于国内的大秦线和兰武线，这次川黔线的远动系统，我校将采用美国HP公司提供的具有最新水平的32位超微机及外部设备，整个系统的水平又有提高。这次中标证明，高等院校确有能力参加实用技术的国际竞争。

（二）

1988年，学校开展了一类课程的评选。12月24日，理论力学、材料力学、土力学被评为我校一类课程。此举很大程度上推动了学校教研室建设和课程建设。1989年1月18日的第196期校报刊登了相关消息。

我校向获得一类课程和优秀课程的教研室颁奖

本报讯 上月24日下午，我校在七上阶召开了个各系系主任和教研室主任会议。会上，首先由材料力学教研室主任李志君、中国革命史教研室主任张先智等六位教研室主任分别介绍了他们在课程建设和师资队伍建设等方面的经验。然后王润霖书记、李植松副校长、白家棣副校长向被评为一类课程的三个教研室和被评为优秀课程的六个教研室颁发了奖状和建设基金。（理论力学、材料力学、土力学被评为我校一类课程；工程测量、普通物理、画法几何与工程制图、结构力学、高等数学、机械设计被评为我校优秀课程）。最后，李植松副校长传达了国家教委和省教委关于国家级和省级优秀教学成果奖的评选办法。

（记协　张文）

(三)

读书到底有用还是没用？20 世纪 80 年代末，面对商品经济大潮的冲击，读书无用论开始在社会盛行，对此，校报在 1989 年 3 月 25 日的第 198 期上，报道了一个弃学又要求复学的学生的新闻事件。此报道引起了广大师生对当时社会上出现的知识贬值、读书无用论与脑体倒挂现象开展大型讨论与思考，对新的读书无用论给予了有力的回击。

编者按　正当厌学思潮泛滥的时候，我校研究生王红兵弃学后又坚决要求复学的事情，在校园里引起阵阵议论，确实发人思考。

我们希望大家能读一读本报记者采写的这篇专访，并从王红兵的经历和她前后的思想变化中认真的思考，应如何认识当前社会上出现的知识贬值、读书无用与脑体倒挂等现象。读后有些什么感想，欢迎写成短文寄给我们。

她为什么要求复学

——访弃学后又要求复学的我校研究生王红兵

本报记者

(一)

当前，“读书无用”“知识贬值”的思潮在许多高校蔓延，不少学生产生了厌学情绪，有些人干脆离开学校，到社会挣大钱去了。

然而，新学期刚开始，去年从我校退学后已去某公司工作的女研究生王红兵却又回学校，她一次又一次地找指导老师、研究生部负责人与校领导，坚决要求复学。

校园里，人们议论纷纷：“她为何要复学呢？”“听说她退学后在一家公司里混得很不错，好好的为什么又要回来呢？”“当初退学时那么坚决，现在又一个劲儿要求复学，真叫人不可理解！”“学校又不是旅店，哪能那么随便，想走就走，想来就来。”“这是件好事，是个信号，它证明金钱并不等于理想，读书无用论早晚要破产。”……

(二)

王红兵今年 22 岁，出身于一个知识分子家庭，父亲在一家企业当工程师，母亲是成都某高校的讲师。她 1988 年毕业于北京大学数学系应用数学专业，同年秋天考入我校攻读硕士学位。刚入学才两个月，就提出退学申请，同学说，老师劝,领导谈,她一概听不进去,最后硬是离开学校,到成都一家专门经营快餐和餐馆的外资公司当总经理的秘书兼公关小姐去了。

也许是当过几天公关小姐的缘故吧,王红兵很健谈。我采访她时,她十分大方、直率,毫不隐讳自己的观点。当我简单地说明来意后,她点点头说:"行,你有什么问题,请问吧!"于是,我们的交谈就这样一问一答地开始了。

"当初,导致你坚决要求退学的主要原因是什么?"

"当时,我觉得读书没有什么用。社会上知识贬值、一切向钱看的种种现象,使我的思想受到很大的冲击。看看自己的父母,自己的老师,他们一辈子兢兢业业,埋头苦干,到头来还是两袖清风,过着十分清贫的生活。而那些开公司、搞买卖、当倒爷的人,大多数文化水平并不高,却有不少人成了万元户,一个个腰缠万贯,神气活现。我羡慕他们,又很不服气,决心要到社会上闯一闯,我不信自己就挣不了大钱!"

"当时老师和同学们没有劝你吗?"

"劝了,很多人都对我说,你这样做太可惜了。可是,当时我就是听不进去,觉得自己认准了的事,就要坚持下去。"

"你父母同意你退学吗?"

"我没有告诉他们我要退学的事,当他们知道这件事时,坚决反对,但我的退学手续已经都办好了。父亲为了这件事,气得生了病,几天吃不下饭。"

"你在公司里干得怎么样?"

"我的工作很轻松,写写材料,接接电话,再就是和总经理跑跑外交,搞那些对外联络方面的事情。"

"那么,你又为什么非要回学校来读书呢?"

"当我工作了一段时间之后,便开始后悔了。原来,一切并不像我想象的那么美好。我在学校里学的专业知识,在那里毫无用处,每天除了应付各种复杂的人际关系外,就是做些抄抄写写的事情,而这些事即使是一个高中毕业生也完全能够胜任。日子长了,觉得很没有意思。白天,在公司上班时,心里总觉得不踏实,好象脚底下踩着棉花似的,浮得很,站不住脚;晚上,当躺在床上扪心自问我今天到底做了些什么时,常常是觉得毫无收获,完全是在混日子。这种找不到自己适合的位置,自身的价值得不到体现的生活,真是度日如年,痛苦极了。"

"你在公司里每月能拿到多少钱呢?"

"三百多元吧。年底还可以另外拿到一些年终奖之类的钱。"

"你退学时不就是想到外面去挣大钱吗?"

"是的,当初我很羡慕别人有钱。可是,当我的手里也有了几个钱时,我却再也高兴不起来了,因为换来的是精神上的空虚。在那段碌碌无为的日子里,一方面觉得时光难以打发,另一方面又看到光阴如此地流逝了,自己却无所作为。这种精神空虚给人带来的痛苦,实在是太折磨人了。我悔恨自己当初的幼稚、轻率,丢掉了最宝贵的、用金钱买不来的学习机会。这时我才认识到,自己犯了一个有生以来最大的、也是最愚蠢的错误,我付出的代价太惨重了!"

"促使你要求复学还有其它原因吗?"

"有,这就是当我处在精神空虚,内心十分痛苦的时候,常常很自然地想起了同学们、老师们、学校领导和自己父母以前对自己的劝告,原来那些根本听不进去的话,现在觉得有道理了。记得有些老师曾对我说,眼光要看得远一点,不要只看见眼前这一点利益,我们应该着眼于民族的前途,国家的前途,要能在自己从事的学术领域内为自己的同胞争得一席之地。他们还告诉我,对于一个人来说,年轻时多吃点苦,多学一点,尽量让自己的知识充实、加厚与巩固一点,将来对国家、对自己都有好处,千万不要被眼前那些知识贬值、读书无用论等不正常的现象迷惑,中国要富强,民族要振兴,不大力发展教育和科技是根本不行的,这一点已为越来越多的人所认识,党和政府也正在下功夫解决这些问题。我越想越觉得他们的话有道理,越想也才越明白了为什么许多知识分子他们目前的生活虽然还比较清苦,而却仍然在埋头钻研学问,因为他们生活得很充实,有很高的思想境界,不愧是我们民族的脊梁,是值得人们尊敬的。"

(三)

采访结束时,我问王红兵:"如果你的复学要求没有得到学校的批准,你打算怎么办?"

她想了一想,然后说道:"我已下决心这一辈子走做学问的道路了,即使这次复学不成功,我也要念书,要继续复习功课,等到明年再报考西南交大的研究生。当然,我诚恳地希望学校能理解我的心情,原谅我的一时糊涂,重新让我回到学校来学习。"

我校研究生部和校领导对于王红兵要求复学一事进行了认真的研究,并专门提交校长办公室会进行了讨论。为了慎重起见,学校还专门请示了国家教委研究生司和铁道部教育局的有关负责人,他们的回答是:学校可以根据实际情况酌情处理。

目前,研究生部的负责人告诉我,学校根据王红兵本人对这一问题的认识和态度,并考虑到造成她退学的社会原因,已同意她复学,但要先试读一年,一年中如出现思想反复、学习不努力、成绩跟不上、违反校纪等情况,学校可以随时取消她的试读资格。

研究生部已把学校这一决定正式通知了王红兵。

现在,王红兵已经复学了。然而,人们对这件事情的议论和思考,却仍在继续着……

(四)

全国铁路列车运行图编制研发培训中心揭牌

列车运行图是列车运行的图解形式,每天成千上万的列客、列货车是依据列车运行图,才能在全国铁路线网上有条不紊地运行。随着经济社会发展,人工编图已经难以承受如此巨大的工作量,编图信息化成为20世纪80年代全路最迫切的需求。我校运输工程系杨明伦老师及其团队最终实现了突破。1989年4月13日,由我校运输系主持、铁道科学院协助完成的“计算机编制列车编组计划”在北京通过铁道部主持的技术鉴定。这项成果填补了我国用计算机编制列车编组计划的空白,达到国内外先进水平,标志着我国铁路运行图手工编制历史的结束,铁路运输全过程的自动化研究进入了全新阶段。1989年6月3日出版的校报第202期刊登了相关报道。2006年,铁道部与我校共建了全国唯一的铁路列车运行图编制研发中心。

计算机编制列车编组计划通过铁道部技术鉴定

本报讯 由运输工程系主持、铁道科学研究院协作完成的铁道部科研项目——计算机编制列车编组计划,4月初在北京通过了由铁道部主持的技术鉴定。

列车编组计划的任务是从整体上综合研究货运站及技术站车流的优化组合方案,其目的在于实现合理分配有关车站间的作业量,创造车流在途中顺利通过的条件。它在理论上是一个大规模组合优化问题。国内外自20世纪40年代以来,提出了种种选优计算方法,但均未达到理想的程度。

本项目在分析总结国内外既有的研究成果的基础上,经过反复试验和不断改进,提出了二次零一规划和分析计算两种方法,取得了预期的效果。

鉴定委员会认为,这项研究成果具有较高的理论水平和实用价值。在计算方法的可靠性及计算结果的精准性方面,达到了满意的程度,填补了我国用计算机编制列车编组计划的空白。在带有分歧方向的直线上,对较多的支点站,可得到精确解,达到了国内外先进水平。

(成果科 霍良)

(五)

优秀的教学成果源于优秀的教学质量。1989 年,在新中国成立 40 年来首次开展的全国高等院校优秀教学成果评选中,我校获得一项国家级特等奖和一项国家级优秀奖。其中,朱铃教授的教学成果获得国家级特等奖,是全国 1075 所高校中政治理论课唯一的一项国家级特等奖。1990 年 1 月 1 日的第 211 期校报专门对此作了报道。

朱铃老师(右二)与同学交流

在新中国成立 40 年来首次开展的全国高校优秀教学成果评选中

我校获一项国特奖一项国优奖

另有九项成果分获四川省一二等奖

本报讯 在新中国成立 40 年来首次开展的全国高等院校优秀教学成果评选中,我校获得一项国家级特等奖和一项国家级优秀奖,另外还有 9 项分别获得四川省一等奖和二等奖,其获奖的数目和等级在全省和全路高校中均名列前茅,这是我校在争创全国一流高校的过程中取得的又一丰硕成果。

获得国家级特等奖的是社会科学系朱铃教授的教学成果《教书育人,提高中国革命史教学质量》,这是全国 1075 所高校中政治理论课唯一的一项国家级特等奖。获得国家级优秀奖的是工程力学系奚绍中教授和江晓仑副教授为主研人的教学成果《发扬老唐院重视力学教学的传统,培养有竞争力的工程技术人才》。

在上月12日四川省人民政府和四川省教委召开的表彰大会上,宣布了评选结果。副省长韩邦彦同志到会讲了话,并向获奖者颁发了获奖证书。会上,朱铃教授代表获奖的教师发了言。

(六)

大秦铁路自山西省大同市至河北省秦皇岛市,纵贯山西、河北、北京、天津,全长653千米,是中国西煤东运的主要通道之一。为了最大限度发挥大秦铁路作用,有效缓解煤炭运输紧张状况,1990年5月23日,铁道部组织的我国第一列单元万吨列车运行试验——大秦线万吨重载列车综合试验成功。作为国际重载委员会(IHHA)五个常任理事国之一的中国,终于向世界表明:她有能力依靠自己的技术力量开行万吨级以上的重载列车。这其中,我校孙翔教授带领机车车辆研究所在重载列车动力学方面取得的研究成果起到至关重要的作用。这则消息刊登在1990年6月10日的第219期校报上。

我国第一列单元万吨列车运行试验
——大秦线万吨重载列车综合试验成功

我国第一列单元万吨列车运行试验成功

机车操作按我校方案。我校机车车辆、路基、轨道、桥梁等方面科技人员在车上车下的不同测试点,测得第一套万吨单元列车的宝贵数据。

本报讯 我国铁路重载运输迈出历史性的一步。

5月23日上午10时整,我国第一列万吨单元重载列车从山西湖东编组站出发,于当天下午6点零7分安全抵达北京怀柔境内的茶坞车站。我校孙翔教授一直在机车司机室里指挥试验。

这列车由两台电力机车牵引,长1.7公里,列车牵引总重量达10560吨。

随着我国工农业生产的发展,大力发展铁路重载已成为路内外人士的共识。最近几年,一些单位按传统技术开行五千、七千吨的重载列车,但没有取得令人满意的效果;试开万吨列车,但留下的只是失败的纪录。

我校以机车车辆研究所为主,在孙翔教授带领下,承接了国家"七五"攻关课题—重载列车动力学研究,对列车运行过程中的规律进行了深入研究,相继取得一批成果,并于去年通过了国家级鉴定。1988年,我校又与铁道部大秦办签订了有关合同,运用我校的动力学研究成果,制定开行万吨列车的科学的操作方案及其他一些技术方案,比如,在长大下坡道上的调速制动施行以电制动为主,空气制动为辅的方案。为了确保我校操作方案的准确实行,开行第一列万吨列车的司机于在5月上旬又在我校的司机模拟操纵装置上接受了培训。

我校机车车辆、路基、轨道、桥梁等方面的专家、教授及青年教师近50人,23日协同配合,克服试验现场种种困难,在各自的测试点上,圆满获得试验的宝贵数据,并抓紧时间进行理论分析。当列车到达茶坞车站后,铁道部副部长石希玉同志满面笑容,走下列车紧握着我校试验组的同志的手,对试验成功表示祝贺。他说,"西南交大为我国铁路重载运输作出了贡献。希望大家继续努力,把以后的试验工作干好。"

据悉,5月31日、6月5日我国又成功地开行了2列万吨列车。整个重载试验将进行十次,于月底结束。

(本报记者)

(七)

20世纪90年代,高速列车作为一个新生事物引起人们的关注。西南交通大学是国内最早开展高速列车研究的高校。1990年6月28日,校报第220期三版头条刊登了《我校提出发展铁路高速客运的建议》的消息。将《关于发展铁路高速客运的建设》提交国家有关部门,可谓揭开了我校积极推动中国高速铁路快速发展的历史新篇章。在其后的20余年里,学校相关学科专家教授积极投身其中,为中国高铁这张金色名片的诞生立下汗马功劳。

我校提出发展高速铁路客运的建议

本报讯 如何发展我国铁路高速客运引起我校领导、专家、教授的极大关注。

在校长沈大元教授主持下，专家们经过多次研讨论证，已于近日提出一份《关于发展铁路高速客运的建设》，并已交国家计委、铁道部等有关部门。

这份建议书在论述了发展铁路高速客运的目的意义之后，提出了发展高速客运的总体设想，指出要“从高速列车与高速线路的大系统综合研究上突破”，把研究工作分为两个方面，“一是宏观发展战略的研究，属于软科学的范畴；一是有关标准的制定和关键设备的研制，属于技术攻关的硬科学。两者都必须超前进行。”

建议书提出了“软”“硬”研究中的具体研究内容。像发展我国高速客运的速度目标与战略对策的研究，我国旅客运输中铁路、公路和航空合理分工的研究，客货共线铁路旅客列车规划速度的研究，高速、低动力作用列车与线路综合系统的理论、试验和开发研究，高速机车车辆的研制、高速线路的研究等。建议书特别强调，无论是开发高速机车车辆，或制定高速线路的设计标准，都必须以列车与线路统一系统的分析研究为前提，将尽量降低机车车辆同线路桥梁之间的相互作用作为技术攻关的主攻方向，走出一条具有自己特色的高速铁路技术发展的道路。

这份建议书还包括我校各学科专业人员研究撰写的10篇文章，对铁路高速问题进行了详细的分析、阐述。

（**本报记者**）

（八）

1990年，根据中央相关精神及铁道部党组要求，学校正式开始实行党委领导下的校长负责制，加强高校党的建设工作。学校积极稳妥地做好了相关工作，实现了学校领导体制的转变。1990年9月20日的《西南交大报》第222期对实行党委领导下的校长负责制作了报道。

认真贯彻全国和部省高校党建工作会议精神，部署新学期我校党政工作要点

开学前夕学校召开全校中层干部会议

本报讯 新学年开学前夕（8月29日至9月1日），学校召开了本学期第一次全校中层干部会议。

会上，党委书记王润霖同志传达了中共中央［90］十二号文件《关于加强高等学校党的建设的通知》以及不久前分别召开的全国、铁道部、四川省高校党建工作会议的精神。他围绕加强高校党的建设的重要性与迫切性、高校实行党委领导下的校长负责制、搞好高校领导班子建设、把思想建设放在高校党的建设的重要位

置、切实加强高校思想政治工作、建立一支精悍的高水平的政工队伍等问题,系统讲述了加强高校党的建设的意义和途径。在谈到我校的领导体制时,王润霖同志说,根据中央的统一要求,铁道部党组已作出决定,全路11所高校全部实行党委领导下的校长负责制,全部设立党委常委,我们要根据部党组的这一决定,积极稳妥地作好工作,实现学校领导机制的转变,建设好党委领导下的校长负责制新的运行机制。

校长沈大元同志在会上作了校情报告。他分析了我校"七五"期间在教学、科研、建校、后勤、思想政治工作等方面取得的成绩,以及我们在工作中遇到的矛盾、困难、曲折和问题。沈校长希望全校师生员工(首先是各级干部),要认清形势,理顺情绪,统一思想,统一认识,克服困难,排除干扰,努力把学校各方面的工作搞得更好。

与会同志对上述两个报告进行了认真地热烈地讨论,并对如何进一步搞好学校的各项工作,提出了许多很好的意见和建议。

在与会同志基本上统一了思想认识的基础上,在会议结束前,校领导分别部署了本学期我校的党、政工作要点。校党委在工作要点中强调指出,本学期我校党的工作总的要求是:要围绕贯彻落实中央〔90〕十二号文件和全国、部、省高校党建工作会议精神,建设好党委领导下的校长负责制的新的运行机制;要充分发动群众,在总结"七五"规划实施情况的基础上,做好我校"八五"规划的制订工作;要加强政工队伍建设,开创思想政治工作的新局面;要切实抓好党的建设,通过党员重新登记,使学校各级党组织的政治核心作用和党员的先锋模范作用,在学校各项工作中得到更好的体现,在密切联系群众和开展批评与自我批评方面取得进展。校行政在工作要点中强调指出,本学期行政工作的指导思想是:继续维护和巩固稳定的政治局面,积极配合党委认真贯彻全国和铁道部高校党建工作会议精神,实现学校领导体制的顺利转换;要进一步加强思想政治工作,在稳定的基础上,深化教育改革,提高教学质量,继续扩大科研领域,提高科研水平和级别,促进学科发展,加强队伍建设;要继续抓好校风建设,改进和加强学校的管理工作,力争学校各方面的工作提高到一个新水平。

(九)

1990年,学校承办了第一次国际性的学术会议。500多位中外从事隧道与地下工程的专家学者云集我校,参加国际隧道协会第16届(1990年)年会及学术报告会。这也是国际隧协第一次在发展中国家举行年会。我校岩土所教授、国际隧协执委高渠清更是担任了大会执行主席。1990年9月20日的校报第222期上刊登了这一消息。

16 届国际隧协会议在我校成都九里校区召开

探讨隧道与地下工程的现状与未来

国际隧协第十六届年会及学术报告会在我校举行

本报讯　500 多位中外从事隧道与地下工程的专家学者，带着他们在这些领域中的最新成果云集我校，参加国际隧道协会第 16 届(1990 年)年会及学术报告会。

国际隧协 16 届年会及学术报告会视频

这一引起各方关注的国际会议于 9 月 3 ~7 日在我校报告厅举行。会议主题是隧道及地下工程的现状与未来。与会的有中国、日本、意大利、法国、美国、比利时、英国、捷克和斯洛伐克、挪威、西德、奥地利、澳大利亚地区等 28 个国家和地区的代表。其中国外来宾 200 余人。

这是国际隧协第一次在发展中国家举行的年会。

我校岩土所教授、国际隧协执委高渠清担任大会执行主席。大会组织委员会主席、我校校长沈大元教授首先致词,热烈欢迎中外学者莅临我校。

许多专家指出,中国自20世纪80年代开放以来,隧道及地下工程领域取得了很大的进展,有的已接近或达到国际水平。部分专家学者还对我校在该领域取得的成果给予了高度的评价。

会议共收到论文250余篇,经学术委员会审定,选用150余篇出版了论文集,其中外国学者60余篇、我国学者80余篇。据了解,我校有5篇论文入选论文集,还有1篇论文被选中作大会报告。

会议期间,国际隧协还召开了会员国大会,决定吸收苏联为该组织的第38个会员国。法国、美国及我国的15家公司及企事业单位还参加了隧道技术与设备展览会。

这次大型国际会议是中国土木工程学会与国际隧协主办,由我校承办。国际隧协主席克刻兰先生,副主席爱森斯坦先生、波伽先生,以及四川省副省长马麟、韩邦彦,成都市副市长舒銮逸,省科协副主席聂秀香,省科委主任张廷瀚,省外办主任杨家声,省教委副主任符宗胤等出席了开幕式或招待会。

(**本报记者**)

(十)

20世纪90年代初,随着国际国内形势的发展和科学技术、社会生产力等的发展,用人单位对人才培养提出了更高的要求,同时,学校依然存在一些亟待解决的问题,为此,学校提出要进一步提高教育质量:其一是要大力改善和加强思想政治工作;其二是建设校内工程训练基地;其三是加强青年教师的实践锻炼;其四是发挥铁路集团办学优势,加强多种形式的产学结合;其五,深化教改,调整政策,调动师生教与学的内在积极性。1990年9月20日的第222期校报,就刊登了对学校在这段时期教育教学改革的一些重要举措的报道。

副校长李植松教授谈近期教改重要措施

本报上期刊登了副校长李植松教授的文章《提高思想素质,加强工程实践,进一步提高教学质量》后,许多读者问:近期内我校的教改有哪些具体的措施呢? 记者为此采访了李副校长。

李副校长说:我们要在 1978 年以来实行学分制的基础上,进一步修订、完善教学计划。今后一段时间尤其要在以下方面做好工作:

1. 进一步贯彻“拓宽专业,打好基础,培养能力,加强实践,全面发展”的原则,修订好新的教学计划,使学生有较优的智能结构,全面提高素质,提高适应性和竞争力。

2. 进一步落实拓宽、更新专业的措施。按学科大类组织前两年半或前三年的教学,然后根据预分配的测向,采取分流的办法,加强有针对性的培养措施,切实加强对毕业设计的领导、指导,提高毕业生的质量。

3. 在新形势下,根据本科四个年级不同学习阶段的特点,认真地抓质量。当前,可适当增加课内外学时,尤其要增加实践性环节的学时和计算机应用、外语方面的学时,以保证教育质量。要拟订校内实习基地建设及校外实践基地建设的方案及措施,并加强检查。

4. 要整顿选修课,引导控制学生选课,防止因盲目追求“多拿、早拿学分”而冲击主干课的学习,和不能保证重点课学习质量的倾向。教务处和班主任、教务人员要加强监控,强化并改进教学管理。

5. 要将学生的军训、社会实践、课外科技活动、社团活动等纳入全面育人的范畴,并建立一套考核办法,记入学生档案,以全面反映学生素质,调动学生全面发展的积极性。

6. 要以加强课程建设、教材建设、教学梯队建设和培养青年教师、迎接专业评估为重点,加强教研室建设工作,进行必要的组织调整。要实行各级干部听课制度,推行鉴定性听课,加强教学检查,使提高教育质量的工作,建立在牢固的组织基础之上。要拟订争取下一轮国家优秀教学成果奖、优秀教材奖的计划及实施措施。

（**本报记者**）

（十一）

20 世纪 90 年代,学校提出了以学科建设为中心的发展建设办学思想。1991 年,学校成立了学科建设领导小组,该领导小组的主要任务是组织全校学科发展规划的制定,检查实施情况,协调有关职能部门采取必要措施促进学科建设工作的落实。于是,也就在 1991 年 6 月,在当时的校领导及校学科建设领导小组组织下,学校首次开展了学科研究方向的公开论证。该报道出现在 1991 年 7 月 10 日的校报第 242 期上。

我校首次进行学科方向公开论证

本报讯　我校首次对学科研究方向举行的公开论证会,于6月26日在图书馆进行。材料系金属材料及热处理学科作为第一个“应试者”,接受了校领导、校学科建设领导小组及有关系处同行专家们两个半小时的“考试”。

刘世楷、鄢文彬、杨柳、吴大兴先后介绍了国外及国内材料科学及研究的最新发展,认为应在保持原有研究方向的同时,大力开展复合材料的研究。他们通过讲解并辅之以文字及图片解释,分析了材料系的现有实力,提出了“八五”期间各研究方向的目标及应采取的措施,言之有据,具有说服力。

随后,孙训方、郑世瀛、焦善庆等当即提问,并介绍了他们掌握的有关资料,希望校内材料、力学、物理等有关力量相互协作,共同为发展材料科学作出贡献。显然,论证会也成了一次学术交流会。

在论证会上,领导及专家们对材料系选择“金属基复合材料”“陶瓷基复合材料”和“表面工程”作为主攻方向表示首肯,认为确实是抓住了世界材料科学发展的主旋律。学校将在人员、设备上对这些方向的研究工作给予支持。

据材料系副系主任鄢文彬教授介绍,他们接到校学科建设组的通知后,先是召集教研室主任及部分教师进行论证,随后又两次召开全教研室大会,广泛征求意见。教师及研究生对此反应比较强烈。他们广泛收集国内外资料,根据系里的实际情况,提出了三个相对集中的学科方向。据教师们反映,这样发扬学术民主定出的方向,大家易于接受,在知识及研究重点上的调整也更为主动。鄢文彬教授认为,这样更有利于集中全系力量,在某些领域上取得实质性的突破。

根据学校的安排,铁道工程和其他一些学科公开论证研究方向的工作也将继续展开。这对加强和改进我校的学科建设工作必将起到积极的作用。

校领导沈大元、李植松参加了论证会。论证会由校长助理方国泰主持。

(本报记者)

(十二)

1991年6月20日,学校成立教学质量评估专家组,自此,学校有了一群教学经验丰富、教学水平高、责任心强的资深教授助力教学质量提升和教育教学改革的推进。该报道刊登在1991年7月20日的校报第243期上。

学校成立教学质量评估专家组

本报讯 为了贯彻执行国家教委提出的“深化改革、提高质量”的方针，加强我校的教风、学风建设，督促和检查教学计划和有关教学规章制度的执行情况，帮助青年教师改进教学，提高本科教学质量，学校近日决定成立教学质量评估专家组。

专家组在校教学指导委员会的领导下工作。其主要职责是重点检查校重点课及系重点课的教学质量情况，了解学生思想和学生动向，组织评教、评学活动并进行汇总分析，为每学期的教学检查提供有关材料，为学校课程评估和教学评估以及一类课程评选和优秀教学成果奖评选提供有关教学方面的咨询和建议。

该专家组由32位教学经验丰富、教学水平高、责任心强、秉公办事的教师组成。他们分外语、数学、物理、力学、制图、测量、机械、基础、电工电子、算法语言八个小组开展工作。

（十三）

1991年10月19~20日，中共西南交通大学第九次党员代表大会隆重召开。大会是在我校胜利实现“七五”规划所制定的主要任务，平稳实现学校重心转移到成都，我校进入进一步发展提高的新时期的情况下召开的。大会指出，学校要加强党的领导，坚持社会主义办学方向，为实现我校“八五”计划和十年规划而努力奋斗。有关报道刊登在1991年10月30日的校报第247期上。

加强党的领导，坚持社会主义办学方向，

为实现我校“八五”计划和十年规划而努力奋斗

中共西南交通大学第九次党员代表大会隆重召开

杨桂林、李植松先后主持了全体会议，沈大元致开幕词，王润霖作题为《团结奋斗，迎接挑战，再展宏图》的第八届党委会工作报告，孙济龙作上届校纪委工作报告，选举产生了第九届校党委和校纪委

本报讯 中国共产党西南交通大学第九次党员代表大会，于10月19～20日在总校报告厅隆重举行。

143名正式代表（应到152名）出席了会议，10名列席代表和各系部处负责人以及部分离退休老干部列席了大会。

第九次党代会

出席大会的上级党组织代表有中共四川省委组织部常务副部长罗良仰、中共成都市委常委兼组织部长苏碧群、中共成都市委宣传部副部长向在仁、铁道部政治部组织部处长曾宪恒、铁道部政治部干部部处长刘玉龙等。

19日下午2点，大会在庄严的《国际歌》声中开始。杨桂林同志主持大会。沈大元同志致了开幕词，他说，这次大会是我校胜利实现“七五”规划所制定的主要任务，平稳实现学校重心转移到成都，使我校进入进一步发展提高的新时期的情况下召开的，他指出，这次代表大会的主要任务是，全面贯彻落实江泽民同志“七一”重要讲话和全国高校党建会议精神，认真总结我校第八次党代会以来的工作，研究制定我校“八五”计划和十年规划的奋斗目标和主要任务，选举产生第九届党的委员会和纪律检查委员会。（开幕词全文另发）

王润霖同志受第八届委员会委托，在大会上做了题为《团结奋斗，迎接挑战，再展宏图》的第八届党委会工作报告。王润霖同志的报告共分三个部分：1. 三年工作的回顾；2. 团结一致，为实现我校“八五”计划和十年规划而努力奋斗；3. 切

实加强党的建设,加强思想政治工作,加强基层工作,为学校的稳定发展而努力。报告认真总结了自第八次党代会以来的工作,提出了我校"八五"期间以及今后十年工作的指导思想、奋斗目标,号召全校共产党员深入学好江泽民同志的"七一"讲话,在第九届校党委领导下,带领全校师生员工,为使我校在"八五"期间进入全国重点大学的前列而努力奋斗。(报告摘要见第二版,第三版)

孙济龙同志紧接着代表上届纪律检查委员会,向大会作了纪律检查工作报告。报告分为"三年来的工作"和"对今后纪律检查工作的建议"两个部分。

在19日的全体会议上,上级党组织的代表罗良仰同志、苏碧群同志先后讲了话,他们分别代表中共四川省委及省委组织部和中共成都市委及市委组织部,向大会表示热烈的祝贺。他们还充分肯定了学校各级党组织和广大共产党员三年来在加强党的建设,发挥党组织在学校各项工作中的领导和核心作用、反对资产阶级自由化等各个方面工作中所取的成绩。(讲话摘要另发。)

代表们会后分团审议了"两委"工作报告,对报告所涉及的工作进行了讨论,各会场气氛十分活跃。代表们一致认为王润霖同志的报告全面地总结了第八届党委会的工作,并根据我校实际指出了今后努力的方向,是实事求是的,可行的。代表们还对第八届校党委、校纪委工作中存在的问题和不足提出了中肯的意见,对"两委"报告及大会决议提出了详细的修改意见。19日晚及20日上午、中午,大会举行主席团会议,讨论代表们对"两委"工作报告的意见、建议,认真修改报告。铁道部、政治部与组织部的代表曾宪恒同志亲临主席团会议指导工作。

20日下午2点30分,大会举行第二次全体会议,李植松同志主持了会议。经过代表们无记名投票,大会选举产生了第九届校党委和校纪委。第九届校党委由21名同志组成,他们是(以姓氏笔划为序):王润霖、白家棣、包惠、刘黎、刘学信、孙翔、孙济龙、许明恒、李万青、李植松、沈大元、杨元、杨桂林、陈成澍、陈树昌、罗成宝、柯尊平、钱清泉、徐耀东、廖正治。新一届校纪委由7名同志组成,他们是(以姓氏笔划为序):马升国、王剑秋、刘启明、孙济龙、李涛、杜金铭、张秉田。

选举之后,大会通过了关于第八届党委会工作报告的决议(全文另发)和关于第八届纪录检查委员会工作报告的决议(全文另发)。

最后,孙济龙同志致闭幕词。他说:在上级党组织的直接关怀下,通过全体代表的共同努力,这次大会圆满完成了各项预定的任务。这次大会从开始筹备到会议进程中,代表们畅所欲言,对我校上次党代会以来党委工作进行了充分肯定,并对工作中存在的问题和不足;对学校今后十年发展规划和"八五"计划以及进一步加强党的领导,加强党的自身建设,充分发挥党组织的政治核心作用,加强思想政治工作,改进管理,提高教学、科研水平,加快学校发展步伐等方面,提出了很多宝贵的意见和建议,这次大会开成了一次发扬民主、增强团结、振奋精神、鼓舞干劲的大会。

下午5点40分,报告厅中回响起《国际歌》乐曲声,中国共产党西南交通大学第九次党员代表大会宣告胜利结束。

(十四)

在向国家相关部门提出发展高速铁路的建议后,学校于1991年10月成立高速铁路技术研究领导小组,集中了铁、机、电、管理、材料等学科的一批专家、教授,全面组织和领导我校高速铁路技术的研究工作。从此,我校高铁相关技术研究更有组织性了。在当下中国高铁成为一张闪亮名片之际回头来看,这是一件极为高瞻远瞩的举措。相关消息刊登在1991年11月10日的校报第248期上。

捕捉二十一世纪中国铁路之光

我校高速铁路技术研究掀起攻坚战

本报讯　当铁路高速客运技术作为"八五"国家科技攻关重点课题之一,写进我国国民经济和社会发展十年规划和第八个五年计划纲要时,长期以来对发展我国高速铁路倾注了极大热情的我校一批专家、教授又投入了一场新的攻坚战。

这一极富挑战性的课题,理所当然地成为我校"八五"科研工作的重中之重。铁路高速技术涉及铁路运输学科的各个分支,为发挥优势,形成特色,我校集中了铁、机、电、管理、材料等学科的精兵强将,成立了高速铁路技术研究领导小组,全面组织和领导我校高速铁路技术的研究工作。

10月22日,领导小组组长、校长沈大元教授主持召开领导小组第一次会议,着重研究了我校开展高速技术研究大纲。据悉,我校将以牵引动力国家级重点实验室为基础,集中机械、电气、铁道、材料等有关人员,开展新型高速机车车辆的研究、试制、试验及评估,形成全路高速机车车辆新技术的研究开发中心;以风工程试验中心为基础,集中铁道、桥隧、力学、机辆等方面的有关人员,开展与空气动力学有关的各项研究和试验;以计算机系为基础,集中电气、运输、机辆等有关人员,开展高速列车控制及通信信号和安全保障体系的研究;以运输系为基础,铁道、机辆、电气等有关人员参加,开展高速铁路运输模式、总体规划和经济分析等方面的研究;以轮轨系统动力学为基础,土木、机械等有关人员参加,开展高速铁路线路标准及维修养护的研究。我校的研究实行发挥规划与具体技术并重的方针。

据了解,铁道部对开展我国高速铁路研究作了重要部署。“关于开展京沪高速铁路可行性研究”课题已由部计划司立项,共分9个专题,我校已参加其中6个专题的研究。目前研究工作进展顺利。同时学校已组织有关专家进行调研与分析,准备从总体上提出我校关于京沪高速铁路可行性研究有关问题的论证报告,供部领导及有关部门决策参考。

沈校长指出,我们要明确长远目标,突出重点,进行高速的超前研究,包括发展线路及策略和关键技术的开发。为此,学校将在资金投入、人员组织上采取特殊政策,力争在联合攻关方面突破一些技术难关。

（本报记者　杨永琪）

（十五）

20世纪90年代初期,在社会经商浪潮不断冲击的背景下,学校领导和许多老教师普遍认为要顶住这股潮流,使党的教育事业后继有人,关键要有一支热爱教学、业务水平高、教学效果好与能够接好班的青年教师队伍。为加强师资队伍建设,学校于1991年起开始了多批次的骨干教师和学科建设第三梯队建设,促使一大批青年教师在导师指导下尽快成才。这为当时学校教师梯队建设打下了很好的基础。1991年12月20日的252期上报道了相关消息。据了解,首批第三梯队成员在几年后出队时,其中许多人已成为教学、科研骨干。如贾志勇、吴光、谢建军、谢进成为铁道部有突出贡献的中青年专家;谢建华、彭其渊、赵雷成为铁道部科技拔尖人才;陈光获得霍英东教育基金奖。

严格选拔　明确目标　重点扶持

一批青年教师将受到重点培养

本报讯　师资工作会议上,学校推出了《“八五”期间师资队伍建设的决定》《关于培养重点课程骨干教师的管理方法》《学科建设管理办法》三个文件(均为征求意见稿),并公布了经过上下结合、严格选拔后初步确定的58位重点课程骨干教师培养对象候选人名单和16位学科建设第三梯队候选人名单,引起与会同志的热烈讨论。

根据上述文件精神,学校对骨干教师的入选条件确定了较高的思想品德要求和业务标准,并同时制定了培养目标和培养计划,要求这些青年教师经过3~4年的重点培养后,能够成为我校新一代的重点课程骨干教师和学科带头人。其中,重点课程骨干教师的培养目标,按年限分为一、二、三级目标,最后要达到能承担博士生课程,能主编或主审教材,能用外文原版教材教学等要求,对所承担的课程教学水平的评估能达到路内、本地区以至全国范围内的领先地位。学科建设第三梯队的培养目标包括五年内取得博士学位,每年应在国内外一级学术刊物上发表论文两篇以上,每两年应主持或主参至少一项省部级以上课题,2 至 3 年内至少有一项科研成果获得部省级以上的奖励等内容。

学校对骨干教师和学科建设第三梯队人员的培养方式采取导师制,培养期限一般 3 至 4 年,并实行年度考核和淘汰制。在培养期间,将在他们参加学术会议、进修、出国访问、教材出版、住房解决、夫妻两地分居、提供图书经费等方面给予特殊优惠,对其导师也采取一定的奖励措施。

(十六)

1992 年 1 月 15 日的校报第 254 期头版头条刊登了一则喜讯——沈志云教授当选为中国科学院学部委员。截至 1992 年,有两名学部委员在校工作,另一位是铁道电气化供电理论专家曹建猷教授。沈志云教授于 1994 年有当选中国工程院院士,作为双院士、国内外著名的车辆系统动力学专家,他取得了显著成绩,为学校发展作出了巨大贡献。

两院院士沈志云

沈志云教授当选为中国科学院学部委员

本报讯　新年伊始,从北京传来喜讯,一直为全校师生关注的中国科学院学部委员增选工作已经结束,我校博士生导师、机车车辆研究所所长沈志云教授榜上有名。

沈志云教授是国内外著名的车辆系统动力学专家。他 1929 年生于湖南长沙,1952 年从我校机械系毕业,1961 年在苏联列宁格勒铁道学院获技术科学副博士学位,先后在我校担任过助教、讲师、副教授、教授,以及基础课部副主任、应用力学研究所所长、机械工程二系副主任等职。沈教授长期从事车辆动力学的研究,在轮轨动力学、运动稳定性、曲线通过理论和随机响应等方面,都取得了显著的成绩,曾多次在国际学术会议和学术刊物上发表多篇卓有影响的论文。1982年到1984年,沈教授在美国麻省理工学院访问期间,首次在“沃尔妙伦—约翰逊”方法基础上引入自旋蠕滑,形成新的非线性轮轨蠕滑力计算模型,被各国专家称为“沈氏理论”而广泛引用。多年来,沈教授还致力于将车辆动力学的理论努力应用到生产实践中去,他在低动力作用转向架方面的研究,尤其是在迫导向径向转向架的研究上成效显著,为发展我国的高速铁路和重载运输作出了很大的贡献。沈教授现任国际车辆系统动力学协会学术委员会委员、国际计算数学及计算机仿真协会技术委员会委员,国家教委科学技术委员会委员兼交通运输学科组组长。

正如中国科学院院长周光召元月3日在中国科学院学部委员增选工作结束而举行的新闻发布会上说的那样,“中国科学院学部委员由于具有崇高的荣誉和学术上的权威性,代表着中国科技队伍的水平和声誉,所以,这次增选工作在国内外科技界引起强烈的反响。”这次增选工作历时一年,先后经过推荐、初选、评审和选举四个阶段,从全国一千余名侯选人中最后选出了210名作为中国科学院学部委员。

从人民日报公布的名单上看,全国铁路高校和铁路科技界在这次中国科学院学部委员增选中,一共只有两人最后当选,另一人是中国铁道科学研究院的卢肇钧研究员。

至今,我校有两名中国科学院学部委员,另一位是国内外卓有声望的铁道电气化供电理论专家曹建猷教授。

（十七）

为贯彻落实第九次党代会确定的奋斗目标,学校于1992年初着手推进校内综合管理体制改革。5月,学校第二届教职工代表大会第二次全体会议审议了学校开展管理体制综合改革的初步方案。经过半年多的酝酿和准备,9月1日,经铁道部批准,学校被确定为全路第一批内部管理体制改革试点院校,学校内部管理体制改革正式启动。有关报道刊登在1992年9月25日的第265期校报上。其后,学校制定了一系列涉及教学、科研、管理、后勤、校产等各领域的制度性文件,保证了改革措施的落实。

抓住机遇　解放思想　加快步伐　真抓实干
我校内部管理体制改革正式启动
铁道部已批准我校为铁路高校内部管理体制改革试点单位

本报讯　9月1日,沈大元校长在本学期第一次全校中层干部会议上宣布:铁道部已批准我校为铁路高校内部管理体制改革试点单位,从现在起,我校的内部管理体制改革已正式进入启动阶段,我们一定要抓住机遇,解放思想,加快步伐,真抓实干,采取切实有力的措施,做好我校的内部管理体制改革。

根据许多兄弟院校改革的成功经验,我校内部管理体制的改革以人事和分配制度的改革为切入口。其启动和实施的主要措施包括:学校把目前有限的财力优先考虑教学投入,增加教分劳务酬金定额,保证教学人员的收入,稳定教学队伍;灵活科研管理体制,实施新的科研收入分配方法,保证科研人员利益,政策上向国家项目与攻关项目与纵向重大课题倾斜,鼓励承接大项目;使用教学任务与教分总额包干和科研项目与经费分解目标承包的双重杠杆,院系(所)双方采用双向承包协议书形式,落实系、所的责、权、利,在保证完成学校规定科研定额前提下,系、所有权自行制定落实保证措施,自行制定利益分配方法;学校继续保持教学、科研设备的投入,有重点、有步骤的对基础教学、基础研究、公共设施及重点学科倾斜,逐步改变由上面供给设备的单一渠道方式,鼓励系、所自筹经费补充专业设备的不足,并推行设备的有偿使用办法;实行"一校多制",根据校内各单位的不同情况,学校在人事及经济分配上,将分别按事业单位、企业化单位等实施管理;根据上级精神,对行政干部实行任命制,对专业技术人员实行聘任制,对工人实行合同制;机关的现行体制和机构按转变职能、人员分流、精简机构、提高效率的要求积极地有步骤地进行改革;加强考核,有奖有罚,形成激励和竞争的环境。

目前,校领导正带领机关有业务处的负责人分别到每个系(所),逐个与之签订目标责任协议书。

(十八)

20世纪90年代初,"下海经商"风潮兴起,在许多高校青年教师纷纷流失的情况下,1993年,西南交大412名青年教师做了一件当时被人们认为"傻瓜"才做的事——他们轰轰烈烈地举办了课堂教学比赛,一时间"不为下海所惑,专心致志教学"的豪言壮语在校园里传开了,这件事也在国家级媒体上引起了较好的反响。

通过比赛,40 颗教坛新星在西南交大讲台上升起。1993 年 6 月 15 日的第 280 期校报报道了此项活动。

我校首届青年教师课堂教学比赛胜利结束

四十颗新星在我校教坛升起

本报讯 历时 8 周,有 400 多名青年教师参加的我校首届青年教师课堂教学比赛,于 6 月 3 日降下帷幕,40 名青年教师分别获得一、二、三等奖和优秀奖,成为我校教坛上冉冉升起的 40 颗新星。

首届青年教师　课堂教学比赛

本学期开学后,一股下海经商、炒股的浪潮向高校席卷而来,使一些青年教师一时无所适从。大多数同志坚定地认为,高等院校最根本的任务是搞好教学,为国家培养高质量的人才。在校党、政领导的关心和支持下,校工会、教务处、人事处与电教中心决定联合组织全校青年教师开展课堂教学比赛活动,并把它作为我校向“211”进军的一项重要的基础工作来抓。

在各级领导的深入发动和精心组织下,全校共有 412 名青年教师报名参赛,占全校青年教师的 84%。经过教研室初赛、学科组复赛和校级决赛三个阶段后,决出了获奖名次。

学校首届青年教师课堂教学比赛颁奖仪式视频

40 名获奖的青年教师是,一等奖 4 人:杨川(材料系)、陈滋利(数学系)、廖海黎(力学系)、王莉(物理系);二等奖 6 人:张长慧(计算机系)、杨坤丽(建筑系)、王红(外语系)、蒋伟宏(运输系)、何云庵(社科系)、夏志林(地质系);三等奖 10 人:张洪涛(管理系)、谢进(机一系)、郑黎明(测工系)、禹华谦(铁道系)、任宝良(桥地系)、杜宏明(机二系)、冯军焕(电气系)、晏启鹏(运输系)、王维民(外语系)、王祖源(物理系);优秀奖20人:郭培军(桥地系)、赵慧娟(建工系)、彭俊生(建工系)、蒋正红(地质系)、杜海若(机一系)、林建辉(机二系)、屈金山(材料系)、王丹(计算机系)、任恩恩(电气系)、张向阳(管理系)、戴宾(社科系)、金建民(力学系)、邓萍(数学系)、张爱丽(数学系)、欣羚(外语系)、巴璞(物理系)、陈岩峰(峨眉分校)、张克跃(峨眉分校)、陈家宏(德育教研室)、童志平(化学教研室)。

获得这次比赛组织奖的有5个单位,他们是:运输系、力学系、计算机系、地质系、峨眉分校。

(十九)

高速机车车辆转向架是高速铁路发展中最关键的部件之一。学校作为"八五"国家重点科技攻关项目《高速动力车车体转向架关键部件的研究》第一承研单位,组织开展了大同机车厂、株洲电力机车研究所等单位科研人员开展科技攻关,并取得了丰硕成果,为铁路历史性大发展作出了贡献。有关消息刊登在1993年10月15日的校报第283期上。

努力为铁路历史性大发展做贡献

我校主持的又一项"八五"国家重点科技攻关项目《高速动力车车体转向架关键部件的研究》全面展开并取得重要的阶段性成果

本报讯 由我校作为第一承研单位的"八五"国家重点科技攻关项目《高速动力车车体转向架关键部件的研究》已全面展开,并取得重要的阶段性成果。作为该课题4个子课题之一的《高速动力车转向架研制》,已于9月19日在大同机车厂通过了铁道部科技司主持的技术设计审查。

高速机车车辆转向架是高速铁路发展中最关键的部件之一,不仅性能要求高,而且技术难度大。为适应我国铁路历史性的大发展,解决制约国民经济发展的"瓶颈"问题,国家科委决定将该课题列入国家"八五"重点科技攻关项目。该课题由我校、大同机车厂、株洲电力机车研究所等14个单位承担,我校为第一承研单位,校长孙翔教授及机辆所金鼎昌教授为课题负责人。今年6月,由铁道部科技司与我校正式签订了专题合同,国家总投资为600万元。

我校组织各方面的精兵强将,在孙翔教授、金鼎昌教授的带领下,投入紧张的攻关战中。在查阅了浩繁的国内外最新科技资料，进行了大量先期准备工作和先后5次召开技术论证会后，于8月底交出了“高速动力车转向架研究的技术设计”。

9月17~19日，在铁道部科技司主持的技术设计审查会上，来自16个单位的71位专家、教授与工程技术人员，对课题组提交的14篇技术设计报告及有关文件、图纸，进行了认真地审查，一致认为课题组提供的技术设计文件资料齐全，符合设计任务书的要求。许多专家在审查会上发言说，课题组在技术设计过程中，广泛收集、消化和比较了国内外最新的技术资料，并运用现代设计的理论和方法，对各部件进行了大量计算分析和方案比较，使该技术设计方案因起点高，结构合理而被认为是可行的，并据此进行施工设计。会议还特别指出，课题组以高等院校牵头，充分发挥厂、所、院校三结合的作用，组织本专业的专家共同攻关，密切和生产现场的交流，并充分组织和发挥了青年科技人员的力量，提高了技术攻关的水平和活力，是科技攻关工作中的一种有益的尝试。

（二十）

1994年5月12~16日，中共西南交通大学党员代表会议隆重召开。这次会议是在两次党代会中间召开的，专门研究学校有关改革和建设的重大措施的一次党代会；这次会议是学校改革进入到关键时刻的新形势下，充分发挥党组织在学校的核心领导作用，进一步统一全党认识，紧密围绕学校的中心工作，加快学校的改革、建设与发展步伐的一次特殊的会议；会议标志着我校进入一个全面加快改革、建设与发展的新历史阶段。会议提出了“到下世纪一、二十年代，把我校建设成为更加适应铁路现代化、社会进步及科技发展的需要，国内先进、国际知名，以工为主，工、理、管、经、文多学科综合发展，具有铁路特色的一流理工大学”的总目标。1994年5月16日的第295期《西南交大报》报道了该会议的召开。

“以这次党员代表会议的召开为标志,我校已进入一个
全面加快改革、建设与发展的新的历史阶段”——

中国共产党西南交通大学党员代表会议隆重召开

李植松同志作题为《全党动员,深化改革,加快发展,
为创建一流理工大学而共同奋斗》的工作报告;
孙翔同志作题为《西南交通大学面向二十一世纪发展建设纲要》的报告
铁道部政治部向会议发来贺电;
铁道部副部长傅志寰,中共四川省委副书记秦玉琴,
省教委主任王可植、中共成都市委副书记王少雄,
成都市副市长吴平国出席会议并讲话。

本报讯 中国共产党西南交通大学党员代表会议于5月12~16日在明诚堂报告厅隆重举行。

这次会议是在我校进入改革和发展的关键时期,召开的一次具有全局意义和深远影响的重要会议。这次会议的召开,标志着我校已进入一个全面加快改革、建设与发展的新的历史阶段。

铁道部党组成员、副部长傅志寰,中共四川省委副书记秦玉琴,省教委党组书记、主任王可植,中共成都市委副书记王少雄,成都市副市长吴平国出席了会议并讲了话。

这次会议的正式代表共有306人。全校副处以上的中层干部,部门工会、共青团、学生会、研究生会的负责人,各民主党派的负责人应邀列席了会议。

会议开幕式由校党委副书记、副校长孙济龙同志主持。

校党委常委、副校长陈成澍首先宣读了铁道部政治部给大会发来的贺电(全文另发)。

接着,省、市领导王可植,王少雄,吴平国讲了话。他们分别代表省教委、中共成都市委、成都市人民政府向大会的召开表示热烈的祝贺,并向为祖国的四化建设和四川省、成都市的社会经济发展作出杰出贡献的西南交大的全体共产党员和全校师生员工,表示衷心地感谢!他们强调指出,这次党员代表会议是西南交大发展史上具有重要意义的会议,是新的形势下充分发挥党组织在学校的核心领导作用,进一步统一全党认识,紧密围绕学校的中心工作,加快学校的改革、建设与发展步伐的一次重大举措。他们表示,省、市领导将一如继往,全力支持西南交通大学加快改革、建设和发展的步伐,省委和省政府、市委和市政府将采取各种切实有效的措施,为西南交大早日进入“211工程”创造各种有利的条件。

校党委书记李植松同志在会议上作了题为《全党动员,深化改革,加快发展,为创建一流理工大学而共同奋斗》的工作报告。《报告》共分四个部分:1. 关键时期党组织要奋起勇挑历史重任;2. 围绕发展目标,全面深化改革,建立新的工作机制,探索新的办学模式;3. 紧密围绕中心,加强和改进思想政治工作;(四)把党组织建设成为领导与保证学校改革、建设与发展的坚强核心(详细内容另发)。

校党委副书记、校长孙翔同志在会议上作了题为《西南交通大学面向二十一世纪发展建设纲要》的报告。《纲要》共分五个部分:1. 抓住机遇,推动我校进入改革、建设与发展的新的历史时期;2. 我校改革、建设与发展的总方针;3. 发展目标及发展步骤;4. 以学科建设作为学校建设和发展的中心;5. 学校的整体建设(详细内容见本报第 284 期)。

根据会议的安排,代表们按单位分成 16 个代表团,对李植松同志和孙翔同志所作的报告进行了热烈地讨论。

16 日上午,会议举行了闭幕式。李植松同志主持了闭幕式。

6 位同志在闭幕式上发了言,他们是:土木代表团的赵人达、机械代表团的陈清、计算机代表团的吕鸿昌、校产代表团的李宗坊、物理代表团的王欲之、机关代表团的张正新。他们在发言中说,李植松同志和孙翔同志的报告符合我校实际,报告提出的目标明确,措施具体,充分表达了全校党员和师生员工的心声,是指导我校在新时期加快改革、建设与发展的重要文件。六位同志还分别结合本单位或本人的实际,对如何狠抓落实,以实际行动贯彻好这次会议的精神,提出了一系列合理化的意见和建议。

秦玉琴同志和傅志寰同志接着作了重要讲话。

秦玉琴同志说,在两次党代会中间召开党员代表会议,专门研究学校有关改革和建设的重大措施,这在全省 62 所高校中还是第一次。因此可以这样说,你们的这次会议是一次十分重要的会议。西南交大已有近百年历史,是一所在国内外享有盛誉的学校,你们曾为国家、为四川作出过很大的贡献。我们四川是一个经济比较落后的大省,要把四川搞上去,一要发展交通,二要发展通讯。我们省委、省政府对西南交大寄予了厚望,我们坚信,西南交大在科教兴川中,一定人才用武之地,一定会作出更大的贡献。同时,我们也将尽力为学校创造条件,全力支持西南交大早日进入“211 工程”。

傅志寰同志说,我首先代表部党组对会议的召开表示热烈的祝贺。你们的这次会议,是在学校改革、发展的关键时刻,召开的一次非常重要的会议。在李植松同志和孙翔同志的报告中,提出了西南交大改革、建设与发展的总目标、总方针,以及为实现这个总目标所要具体采取的步骤和措施,这都是符合西南交大实际的,我表示完全赞成和支持。我相信,在校党委的领导下,经过全校党员和师生员工的共同努力,你们的目标一定会实现,这也是我们部党组的殷切希望。接着,傅志寰同志讲了三个问题:1. 我赞成校党委提出的以学科建设为中心,全面推进学校各项工作向前发展的部署;2. 一定要在继续深化改革、提高办学效益上下功夫;3. 铁道部将继续全力支持西南交大早日进入"211 工程"(傅志寰同志的具体讲话内容本报将在下期详细刊出)。

会议通过举手表决,一致通过了《中国共产党西南交通大学党员代表会议决议》(全文另发)。

最后,孙济龙同志致闭幕词。他说:"在铁道部和省、市领导的亲切关怀及具体领导下,我们的这次党员代表会议已经圆满地完成了各项预定任务。现在,目标已经确定,关键就在于落实。全校各级党组织和全体共产党员,都要立即行动起来,积极主动地投身到学校的改革和建设中去,要认真结合本单位的实际,创造性地开展工作,为努力完成会议确立的各项任务而奋斗!"

(二十一)

校企联合办学是当时高等教育研究的一个课题,1994 年 7 月 15 日校报第 298 期刊出的一则西南交大董事会成立的消息,就学校开展联合办学、发挥董事单位作用进行报道。成立董事会对推动学校办学体制改革起到了重要作用,更对我校各项事业发展具有深远意义。至 2018 年,学校已有董事单位 95 家。

董事会成立

互助　互补　互利

我校召开产学研联合办学研讨会

企业和学校对联合办学达成了共识，成立了西南交通大学董事会并召开了第一次董事会议，董事会发起单位斥资设立首批教育发展基金

本报讯　企业出资支持教育，使学校与企业之间形成互补、互助、互利的优势，是企业和学校自身发展的共同需要。7月1日、2日，我校召开了产学研联合办学研讨会，全路30多家单位的60多位领导和代表出席了会议。铁道部教卫司发来贺信对会议的召开表示祝贺，四川省教委副主任符宗胤亲自到会并讲了话。

会上，校党委书记李植松、校长孙翔分别作了《联合办学——高校办学体制改革的新探索》和《西南交通大学面向21世纪改革与发展纲要》的讲话和汇报。

会议期间，与会的60多位代表分为两个小组就联合办学的有关问题进行了充分的讨论，一致认为这次联合办学活动，是学校顺应形势发展、积极转变观念、迎接跨世纪竞争的一项重大举措，高校与企业的结合是经济发展的必然趋势。它有利于使高校教育、科研与企业生产实践的紧密结合，尽快将科研成果直接转化为生产力，也有利于为企业培养大批懂技术、会管理、善经营的复合型人才，使学校与企业优势互补。因此，走联合办学的道路，是企业和学校自身发展的共同需要，这项活动早开展一步，企业和学校就会早受益一步，就能在激烈的市场竞争中处于主动地位。

这次会议在学校与企业之间对联合办学进一步达成了共识后，成立了西南交通大学董事会并召开了第一次董事会议。董事长由我校党委书记李植松教授担任，铁道部教卫司副司长郑汉卿担任副董事长，常务副董事长由我校刘学信副校长担任，沈阳铁路局、北京铁路局、成都铁路局、兰州铁路局、铁道部第二工程局、铁道部第四工程局、铁道部第二勘测设计院、铁道部第四勘测设计院、资阳内燃机车厂、中国铁道建筑总公司、长春客车厂等11家单位成为副董事长单位。

董事会发起单位认为，为使联合办学正常运转，由董事会发起单位出资设立的首批教育发展基金1000万元以上，年内到位不低于1000万元。本次联合办学研讨会上筹措的教育基金已突破1000万元。

（朱）

(二十二)

1995年8月2日,我校承办的第四届全国大学生田径锦标赛正式开始,海内外88所高校的1700名运动健儿参与此赛。这是学校历史上首次承办全国大学生最高层次、最高级别、最高水平的田径运动会,学校为此做了大量准备和服务工作。同时,全校师生也在这场体育赛事中一展现自己的风采,我校学子更于该届大田赛中获得5金、1银、1铜的好成绩。开幕式的相关报道呈现在1995年8月2日的校报第317期上。

第四届大田赛开幕

第四届全国大学生田径锦标赛在西南交大隆重开幕

本报讯 由国家教委、中国大学生田径协会主办、西南交大承办的第四届全国大学生田径锦标赛于8月2日正式开始。下午4:00开幕式在西南交大体育场隆重举行。出席开幕式的有四川省副省长徐世群、铁道部副部长傅志寰、国家教委体卫司副司长曲宗湖、成都市副市长吴平国、国家田径协会副主席郑凤荣、四川省教委主任王可植、西南交大党委书记李植松、校长胡正民等党政领导以及被江泽民主席命名为"体坛尖兵"的叶乔波、为本届大田赛作出贡献的中外嘉宾、参加本届锦标赛的海内外88所高校的1700名运动健儿。

第四届全国大学生田径锦标赛视频

西南交大党委副书记、本届大田赛组委会秘书长孙济龙主持开幕式。成都市副市长吴平国庄严宣布本届大田赛开幕时,数千只五彩缤纷的汽球、象征和平友谊的鸽子即时飞上了天空。开幕式上四川省副省长徐世群、铁道部副部长傅志寰、校长胡正民、国家教委体卫司副司长曲宗湖、中国大学生田径协会主席沈通生分别代表四川省、铁道部、西南交通大学、国家教委、大学生田协对本届大田赛的召开表示热烈祝贺,并共祝大赛取得圆满成功。裁判员代表、运动员代表也分别庄严宣誓。

由西南交大1015名94级本科生组成的护旗方队、手枪方队等7个方队在开幕式上进行了分列式表演,同时还表演了展现当代大学生强身健体、团结协作、不畏艰难地顽强拼搏的军体拳。西南交大总校、西南交大峨眉分校以及成都市44中近两千名男女同学随后表演了大型团体操“喜迎佳宾”“欢庆盛会”与“炽热的青春”。同学们精湛的表演博得在场观众阵阵热烈的掌声。

由西南交大青年教师甘霖作词作曲的会歌演唱,以其优美动听的旋律吸引了在场观众,将开幕式推向了高潮。

前来参加开幕式的各家新闻记者目睹了开幕式盛况,一致称赞百年老校实力雄厚;团体操表演青春焕发,组织工作有理有节;规模大、格调高、内容新颖,

开幕式以扣人心弦的飞机跳伞及动力伞表演圆满结束。

据悉,自8月3~6日,本届锦标赛将进入紧张的比赛阶段,颁奖晚会将于8月6日晚举行。

(马小荣)

(二十三)

牵引动力国家重点实验室建设,是加强科学技术研究以满足中国轨道交通现代化的需要。开展基础科学及其应用科学的研究,探索新的科技领域,培养优秀的科技人才,逐步发展建设成为能代表国家学术、实验和管理水平的实验室基地和学术活动中心。1993年8月27日,该实验室正式建成,先进的实验设

机车车辆整车滚动振动试验台1999年获国家科技进步一等奖

备使我校的轮轨关系、重载与安全等基础性研究达到世界先进水平。在 1995 年 11 月 15 日的第 322 期校报上,师生们兴奋地看到《我校牵引动力国家重点实验室通过国家验收》的消息。此后,牵引动力国家重点实验室在其发展过程中取得了无数辉煌的成绩,多次被评为优秀国家重点实验室,为我国轨道交通事业发展尤其是高速铁路发展作出了重要贡献。目前,我校牵引动力国家重点实验室已完成了机车车辆整车滚动振动试验台 600km/h 高速化改造,并进行了试验。

我校牵引动力国家重点实验室通过国家验收

本报讯　西南交通大学牵引动力国家重点实验室已成为牵引动力和车辆研究实验及培养本学科高层次、高质量人才的重要基地,达到国家验收标准要求,具备了开放条件,同意通过验收。这是 11 月 2 日,国家验收专家委员会在对我校牵引动力国家重点实验室进行实地检查验收后作出的结论。

11 月 1 ~ 2 日,以铁道部副总工程师兼科技司司长周翊民为主任委员,中国科学院院士、铁道部科学研究院教授程庆国和铁道部教卫司副司长、高级工程师郑汉青为副主任;以铁道部高级工程师吕文涛为组长,有清华大学、北方交大、上海铁道大学、铁道部机车车辆总公司、铁道部计划司、西南财大、铁道部教卫司等单位的专家、教授组成的国家验收专家委员会和国家验收检查小组一行 13 人到我校,对我校牵引动力国家重点实验室进行验收。

牵引力实验室是我国交通行业唯一的国家级重点实验室,于 1989 年经国家计委正式批准为国家重点实验室建设项目,是全国投资规模最大的国家重点实验室之一。该实验室于 1993 年初步建成,1994 年全部调试合格,建有滚动、振动相结合的整车模拟试验台,试验速度达 400 公里/小时,成为世界第二、亚洲第一的试验台。实验室在边建设边开放的过程中,科学研究工作取得了较大发展,曾完成一项“七五”国家重大技术攻关项目,主持两项“八五”国家重大项目攻关项目,科研经费达 700 万元。1993 年又主持了一项国家自然科学基金重点项目“高速列车的轮轨系统动力学研究”。目前该实验室承担的国家和部级研究项目共达 28 项,发表学术论文 225 篇,出版专著 6 部,获国家级科技进步二等奖 1 项,部委科技进步二、三等奖 5 项,并已培养了博士、硕士研究生 30 人,正在培养的博士后研究人员和博士生、硕士生 49 人。

检查验收期间,专家们听取了牵引动力国家重点实验室主任、中科院士、中国工程院院士、我校沈志云教授作的“关于牵引动力国家重点实验室建设的总结报告”,以及实验室有关人员作的“轮轨相互作用研究”等三个学术报告,并对实验室的仪器、设备、实验室经费的使用情况等进行了逐一认真仔细的检查验收,并观看了机车整车滚动实验。

在汇总了检查验收小组的意见之后,11 月 2 日下午验收专家委员会作出评价,认为:牵引动力实验室的研究方向及近、中期目标明确,围绕铁路机车车辆学科的发展前沿,在基础理论研究及高新技术开发方面作了大量的工作。研究并开发了先进的机车车辆动态仿真和结构强度分析方面软件,参与了高速机车车辆、重载用大型货车和新型机车车辆的研制及试验,并参与了交直交牵引传动方式和牵引自动化技术的开发。

实验室在边建设边研究的过程中,围绕机车车辆滚动振动试验台,开发了相应的计算机测试和监控系统,再现了轴箱载荷谱并获取了轨道激扰函数等;在车辆系统动力学综合软件 TPLDYNA1.0 和非稳态轮轨蠕滑力模型研究等方面取得了进展,成为培养本学科高层次、高质量人才的重要基地,对学科发展和铁路运输现代化建设具有重要作用,同意通过验收。

出席 11 月 2 日下午验收结果公布会的除验收专家委员会和检查验收小组的专家教授外,还有四川省科委副主任、我校高庆教授,四川省教委的领导及我校党委书记李植松、校长胡正民、副校长钮小明等。

验收结果宣布后,验收专家委员会主任委员、铁道部副总工程师兼铁道部科技司司长周翊民高级工程师作了重要讲话,并希望牵引动力实验室在高速和重载两项研究上取得突破性进展,祝愿实验室更顺利地开展工作,为我们铁路今后更快更大的发展,为我国铁路现代化作出更大的贡献。教卫司副司长郑汉青也在会上作了讲话。

(朱正安)

（二十四）

1995 年 12 月 15～16 日，中共西南交大第十次党员代表大会隆重召开。大会确定了“九五”期间的奋斗目标，指出要进一步加强党的建设，做好思想政治工作，把握机遇、加快改革、强化管理，加强师资和管理干部队伍建设，励精图治，进一步推进我校两个文明建设，助力实现我校“211 工程”建设目标。相关新闻报道刊登在 1995 年 12 月 20 日的校报第 325 期上。

第十次党代会

加强党建　励精图治　为全面实现“211 工程”建设目标而奋斗

中共西南交通大学第十次党员代表大会隆重召开

柯尊平、李植松先后主持了全体会议，胡正民致开幕词和闭幕词，李植松作题为《加强党建，励精图治，为全面实现“211 工程”建设目标而奋斗》的第九届党委会工作报告，李万青作上届校纪委工作报告，选举产生了第十届校党委和校纪委

本报讯　中国共产党西南交通大学第十次党员代表大会，于 12 月 15～16 日在报告厅隆重举行。

出席这次会议的共有正式代表 204 名（应到 210 名）、列席代表 13 名和特邀代表 21 名。铁道部党组代表教卫司司长陈关茂，中共四川省委组织部代表周孟林，中共成都市委常委、市委宣传部部长魏柏良，中共成都市委组织部副部长黄天祥，铁道部组织部组织处副处长郭运兴，中共成都市委组织部组织处副处长何志涛，中共成都市委宣传部组织处副处长刘军，铁道部组织部组织处于永利等上级党组织代表也出席了大会。

12 月 15 日上午 9 点正，大会在庄严的《国际歌》声中开始，柯尊平同志主持大会，胡正民同志致开幕词（开幕词全文另发），李植松同志受第九届委员会委托作了题为《加强党建，励精图治，为全面实现“211 工程”建设目标而奋斗》的第九届党委工作报告（全文另发），李万青同志代表上届纪律检查委员会，向大会作了纪律检查工作报告（全文另发）。

在 15 日的全体会议上，铁道部教卫司司长陈关茂，中共四川省委组织部代表周孟林，中共成都市委常委、市委宣传部部长魏柏良先后讲了话（讲话稿另发）。

会后，代表们分团审议了“两委”工作报告，对报告所涉及的工作进行了讨论，各会场气氛十分活跃。代表们一致认为李植松同志的报告全面总结了第九届党委会的工作，并根据我校实际指出了今后努力的方向，既目标明确，又实事求是，是一个好报告。15 日晚及 16 日上午、下午，大会举行主席团会议，听取各代表团讨论选举办法，酝酿两委候选人建议名单情况的汇报，确定两委委员候选人名单。铁道部和组织部的代表郭运兴、于永利同志亲临主席团会议指导工作。

16 日下午 2 点，大会举行第二次全体会议，李植松同志主持了会议。经过代表们无记名投票，大会选举产生了第十届校党委和校纪委。通过了关于第九届党委会工作报告的决议和关于第九届纪律检查委员会工作报告的决议（全文另发）。陈关茂司长在会上作了重要讲话。最后，胡正民同志致闭幕词（全文另发）。

下午 6 点，报告厅内回响起《国际歌》的乐声，中国共产党西南交通大学第十次党员代表大会宣告胜利闭幕。

在大会正式开始以前，12 月 14 日下午 2 点，中国共产党西南交通大学第十次党员代表大会举行了全体代表预备会议。预备会上，李万青同志报告了大会筹备工作情况，通过了代表资格审查报告、主席团名单、秘书长名单、大会议程和党费审查报告。胡正民同志向全体代表作了《关于我校“八五”计划总结和“九五”规划的说明》（全文另发）。

（朱正安　马小荣）

（二十五）

1994 年设立的国家杰出青年科学基金，是中国为促进青年科学和技术人才的成长、鼓励海外学者回国工作与加速培养造就一批进入世界科技前沿的优秀学术带头人而特别设立的科学基金。中共西南交大第十次党员代表大会上，学校明确要推进师资队伍建设“5229 工程”，此时诞生了我校历史上首位“杰青”，时任工程科学研究院列车与线路研究所所长翟婉明教授获得 1995 年度国家杰出青年科学基金重点资助。这是我校高层次人才队伍建设取得的重大突破。该消息刊登在 1996 年 1 月 25 日的第 328 期校报上。截至 2018 年，我校共有 22 位国家杰出青年科学基金获得者。

翟婉明获国家杰出青年科学基金重点资助

本报讯　据国家自然科学基金委员会的通知,经科学部初审、专家组评审、答辩及全国评审委员会评定,我校工程科学研究院列车与线路研究所所长翟婉明教授,在众多的竞争者中脱颖而出,成为 1995 年度国家杰出青年科学基金获得者,获得重点资助基金 60 万元。

国家杰出青年科学基金,是经国务院总理批准、由中央财政拨专款设立的旨在加速培养造就一批进入世界科技前沿的跨世纪优秀学术带头人的最高青年科学基金。资助对象为 45 岁以下在自然科学基础性研究中已取得国内外同行公认突出的创新性学术成绩的青年学者。每年评选一次,资助强度为每人 3 年共 60 万元人民币。

国家杰出青年科学基金自 1994 年设立以来,至今共批准了 130 名资助对象。据悉,翟婉明教授是铁路领域的唯一获得者,也是全国机械学科迄今为止仅有的两名入选者之一,他在机械类申请中排名第一。

(**科研处**)

(二十六)

1996 年 3 月 15 日的第 329 期《西南交大报》报道了这样一则消息,我国首台 4 吨常导载人磁悬浮列车及试验线在我校建成,并通过鉴定。这一成果的取得标志着我国在磁悬浮稳定控制的关键理论和技术方面已达到世界先进水平。

未来号

1997 年 9 月 10 日,江泽民、李鹏、刘华清、胡锦涛等同志参观《辉煌的五年》成就展时,专程来到四川展区观看了我校自行研究设计的国内首台磁悬浮列车“未来号”。此后,学校还建设了我国第一条磁浮列车工程示范线——交大青城山磁浮列车工程试验示范线,取得了珍贵的研究数据。2014 年 5 月 17 日,我校完全自主知识产权中低速磁浮列车悬浮架及车轨耦合振动试验台通过验收。2016 年 5 月,我国首条具有完全自主知识产权的中低速磁悬浮商业运营示范线——长沙磁浮快线开通运营,其核心技术由我校提供。磁浮已经逐渐成为学校的又一张闪亮“名片”。

我校研制的国内第一条常导磁浮车实验线通过鉴定

专家认为:西南交大研制成功的我国首台双磁转向架载人磁浮车及其试验线,在磁浮车综合技术研究方面居国内领先水平,为跟踪国际磁浮车技术发展作出了贡献

本报讯 在全校上下争取以优异成绩迎接百年校庆到来之际,由我校研制成功的国内第一台 4 吨载人常导磁浮车及其试验线,于 1 月 29 日通过了铁道部鉴定,为我校的百年华诞又献上了一份厚礼。

西南交通大学“4 吨磁浮车试验线”部级鉴定会视频

我校这台磁浮车及其试验线于 1994 年 10 月研制成功,流线型的车体,43 米长的运行导轨,车上装有两个磁转向架,悬浮重量为 4 吨,悬浮高度为 8 毫米。该车工作性能稳定,运行平滑无噪音。1995 年又做了大量技术改进,使其速度、舒适性和车轨等方面的工程化及实际应用程度有了大幅度提高。

鉴定委员会专家在认真听取项目主持人连级三教授的汇报后,于实地鉴定的基础上作出结论,认为:西南交大研制成功的我国首台双磁转向架载人磁浮车及其试验线,在磁浮车综合技术研究方面居国内领先水平,为跟踪国际磁浮车技术发展做出了贡献,并为今后设计和研制磁浮车积累了经验。经过一年多的运行表明,该磁浮车试验线性能稳定,工作可靠,取得了良好的社会效益,对我国磁浮列车发展起到了推动作用。同意通过技术鉴定。

我校研制的磁浮车及其试验线通过鉴定,使我国成为继德、日、法、俄、英、韩等少数发达国家之后具有这项先进技术和应用水平的国家,对我国磁浮车技术的发展起到了推动作用。

（朱正安　马小荣）

（二十七）

在西南交大即将迎来百年校庆之际，1996年3月28日，时任中共中央总书记、国家主席江泽民与四所交大负责人座谈，并发表重要讲话。全校师生员工闻知而奔走相告，无比兴奋。师生们表示，讲话为高等教育的发展，更为学校的发展指明了方向。这则消息刊登在当年3月30日的第330期校报头版，引发师生认真开展了学习贯彻该讲话精神的热潮。其中，1996年5月15日我校建校100周年之际，江泽民同志题词“继往开来　勇攀高峰　把交通大学建成世界一流大学”，并为我校当时新落成的体育馆题写“詹天佑体育馆”馆名。

江泽民同志与四所交大负责人

百年校庆前夕从北京传来特大喜讯

江泽民总书记与四所交大负责人座谈

我校党委书记李植松、校长胡正民参加了座谈，江总书记在听取了我校胡正民校长和其他三所校长负责人的发言后做了重要讲话，强调教育要适应现代化建设的需要，全面提升高校办学质量和效益。

本报讯　据新华社北京3月28日电，在交通大学百年校庆前夕，国家教委邀集与原交通大学有着明确历史渊源的上海交大、西安交大、西南交大、北方交大的负责人举行座谈会。中共中央总书记、国家主席江泽民参加座谈会，并就教育的改革和发展问题发表了重要讲话。

江泽民强调指出，我们经济工作正在实现经济体制和经济增长方式的两个根本性转变。新形势下我们的教育工作必须进一步解决好两大重要问题，一是教育要全面适应现代化建设对各类人才培养的需要，二是要全面提高办学的质量和效益。这也可谓当前全国教育工作面临的两个重要转变。

西南交通大学党委书记李植松、校长胡正民和其他三所交大负责人参加了座谈会。江泽明总书记听取西南交通大学胡正民和其他三所校长负责人的发言后说，我首先代表党中央、国务院并以交大老校友的名义，向在座的各位负责人并通过你们，向四所交通大学的全体师生及广大海内外校友，致以热烈祝贺和亲切问候。他说，交通大学是我国创建最早的高等学府之一，一个世纪中，为祖国造就了大批人才。新中国成立后特别是改革开放以来，在党和政府的关心支持下，经过交大师生员工的奋发努力，百年学府发生巨变，成为我国培养高技术和从事科学研究的重要基地，在经济发展和社会进步方面是功不可没的。

江泽民指出，在优先发展教育的问题上，中央是下了很大决心的，态度是一致的。面向 21 世纪，努力建立一个有中国特色的社会主义教育体系，是实现我国社会主义现代化的重要基础条件。

江泽民强调，在教育改革和发展中，要始终把坚定正确的政治方向放在首位，坚持用马列主义、毛泽东思想，特别是邓小平建设有中国特色的社会主义理论武装全体师生，坚持倡导正确的世界观、人生观和价值观，坚持引导师生自觉抵制各种腐朽思想文化的侵蚀。

江泽民指出，高等教育在整个教育事业中处于龙头地位，高等教育的发展程度和质量，不仅影响整个教育事业，而且关系到社会主义现代化建设的未来。办好高等学校，高校的领导是关键。高校的党委书记和校长，应该努力使自己成为社会主义的政治家、教育家。

江泽民最后希望四所交大通过举办实际的纪念活动，回顾建校历史，检阅办学成就，总结办学经验，坚持办学特色，发扬优良校风，再创新的辉煌，为社会主义祖国的繁荣昌盛做出更大贡献。

(二十八)

1997 年 12 月 15 日的第 360 期校报上,人们欣喜地看到了一则消息——钱清泉教授当选中国工程院院士。钱清泉院士长期从事铁道牵引电气化与自动化领域的理论研究、科技开发和教学工作,解决了工程科技中的一系列重大技术难题,为我国轨道交通建设创造了巨大的经济社会效益,也为学校的学科发展作出了重大贡献。

钱清泉院士

钱清泉教授当选中国工程院院士

本报讯　12 月 4 日,从北京传来喜讯,我校牵引动力国家重点实验室主任、博士生导师钱清泉教授新当选为中国工程院院士。

钱清泉,江苏丹阳市人,1936 年出生,现年 61 岁。1956 年 9 月考入我校电力铁道供电专业学习。1960 年 7 月毕业留校,1984 年至 1985 年作为访问学者赴日本东京大学和东芝公司访问,1986 年至今先后任我校铁道牵引电气化自动化研究所所长、电气工程学院院长,牵引动力国家重点实验室副主任、主任,博士生导师。并任中国铁道学会理事、电气化自动化专业委员会副主任,四川省铁道学会理事、电气化自动化专业委员会主任,四川省电子学会建筑智能化专业委员会副主任。1990 年被评为铁道部有突出贡献的中青年专家,同年被国家教委、国家科委授予全国高等学校先进科技工作者称号,1991 年获国务院颁发的政府特殊津贴,1993 年被中华全国总工会授予全国优秀教育工作者称号,并获“五一”劳动奖章。他在国家重点学科和国家重点实验室中长期从事铁道牵引电气化与自动化领域的理论研究、科研开发和教学工作,开拓了铁道微机监控与综合自动化的研究方向,位于电气化铁道监控技术研究领域的前沿,解决了工程科技中的一系列重大技术难题。他主持、主研的 18 项国家、省部级重大科研项目,多次荣获国家、省部级科技进步奖。他成功地主持研制了国内首创的“电气化铁道多微机运动实验装置”。以此成果为基础,由他主持开发成功的“DWY 电气化微机监控系统”高新技术产品,于 1992 年被国家科委批准为《国家级科技成果重点推广计划》项目,并于 18 条电气化铁道工程中得到推广应用,在世行贷款国际招标项目中连续 8 次击败国外对手,中标经费达 800 多万美元,为我国铁道现代化建设创造了巨大的经济和社会效益,作出了重大贡献。

此次新当选的中国工程院院士共116人,他们是从今年提名的有效候选人(共883人)中,经过差额、无记名投票产生的。在这次评选中,铁路高校仅钱清泉教授一人当选,通过这次增选,中国工程院院士总人数达到439人,其中我校2人。

又讯 著名建筑大师,我校校友、名誉教授佘畯南在此次院士增选中也当选为中国工程院院士。

佘畯南于1941年我校建筑系毕业并留校任教,后在广州、香港等地从事建筑师工作。1951年从香港回到广州,历任广州市卫生局工程建设委员会和广州市建筑工程局设计处工程师、广州市建筑设计公司副经理、广州市设计院总工程师、副院长、名誉院长,中国建筑学会、广东省建筑学会及广州市建筑学会理事、常务理事、副理事长,广州市科协副主任等职。数年来,佘畯南承担设计或主持设计的建筑工程项目数以百计,获得的盛誉不胜枚举。1946年至1951年间,他在广州、香港等地6次参加的建筑设计方案竞赛,皆获得首选。20世纪50年代,他设计的广州市第一人民医院病房大楼,深受有关方面赞扬。60年代,他设计的东方宾馆新楼,使新旧两座大楼有机地联接,环境优美。80年代他设计了一批象广州白天鹅宾馆这样的全国优秀建筑,他设计的中国驻联邦德国大使馆被《波恩总汇报》誉为:"联邦首都最漂亮的大使馆。"

(二十九)

西南交通大学"十五"211工程建设项目可行性研究报告专家论证会

1995年11月经国务院批准,我校"211工程"(即面向21世纪、重点建设100所左右的高等学校和一批重点学科的建设工程)建设正式启动。"211工程"是中华人民共和国成立以来由国家立项在高等教育领域进行的规模最大、层次最高的重点建设工作,是中国政府实施"科教兴国"战略的重大举措、中华民族面对世纪之交的中国国内外形势而作出的发展高等教育的重大决策,进入"211工程"成为当时每一个高等学校重中之重的工作。1998年6月15日的校报第369期上,刊登了一条让全交大人为之激动的消息——国家发展计划委员会正式批复铁道部,批准我校成为首批"211工程"项目建设的院校。在"211工程"支持下,学校在教育质量、学科建设、科学研究、管理水平等方面得到显著提高。

国家发展计划委员会正式批复铁道部批准
西南交通大学成为"211工程"项目院校

本报讯 6月5日,我校收到铁道部转发的国家发展计划委员会文件[1998]926号——《国家发展计划委员会关于西南交通大学"211工程"建设项目可行性研究报告的批复》称:根据国务院批准的《"211工程"总体建设规划》,同意西南交通大学作为"211工程"项目院校,在"九五"期间进行建设。

《批复》指出,西南交通大学"211工程"的总体建设目标是,力争到20世纪末,使西南交通大学在教育质量、学科建设、科学研究、管理水平和办学效益等方面得到明显提高,总体办学水平达到国内同类高校先进水平,部分重点学科达到国内领先或接近国际同类学科先进水平,成为国内高等教育领域(特别是铁路及交通运输领域)培养高层次人才、解决国民经济建设和科技进步重大问题的基地之一,为到下个世纪初叶把西南交通大学建成具有一定国际影响和有中国特色的社会主义大学奠定坚实的基础。

《批复》指出,西南交通大学"211工程"建设的主要内容包括:重点学科建设、公共服务体系建设和必要的基础设施建设。具体为:

(一)以重点学科建设为核心,重点建设机车车辆及其现代救援技术、桥梁隧道及大型交通土建结构、铁道电气化与自动化、铁道工程、交通运输宏观决策与管理工程、交通安全工程等六个学科建设项目,使其成为我国高水平博士、硕士人才培养和承担国家重大科研任务的重要基地。

(二)公共服务体系建设的主要任务是建设校园计算机网、西部地区交通文献信息咨询服务中心、现代工业技术培训中心、CAD工程中心、现代教育技术中心、文化素质教育中心、工科机械基础教学基地等建设项目,以此推进教学内容、方法和手段的更新及现代化,改善教学公共服务基础条件,优化教学、科研和管理的运行环境。

《批复》强调,西南交通大学"211工程"建设所要实现的效益是,到2000年,学校的总体办学水平有较大提高,综合实力明显增强,学科建设、科学研究、人才培养质量、管理水平和办学效益达到国内同类高校先进水平。所建设的六个学科建设项目在整体上达到国内领先水平或国内先进水平，四个主体学科的主要研究方向接近或达到国际同类学科的先进水平。建成一批高水平实验室，重点学科的设备装备水平得到明显提高。科研能力和水平明显增强，科研综合实力达到国内同类高校先进水平。在既定的在校生规模基础上，累计授博士学位 260 人、硕士学位 1150 人、学士学位 7000 人。力争建成一支由中国科学院院士和中国工程院院士、国际知名学者、高水平学术带头人、学术骨干为代表组成的政治业务素质好、群体实力强、结构合理的高水平的师资队伍。

《批复》还对西南交通大学“211 工程”建设所需的资金投入作了具体的安排，并对该工程建设的管理提出了具体要求。

（三十）

在世纪之交，以教育思想和教育观念改革为先导的高等教育改革的大背景下，1998 年 10 月起，西南交大人以邓小平理论为指导，就如何转变教育思想，更新教育观念，培养跨世纪的合格人才，迎接 21 世纪的挑战，开展了近三个月的讨论。这是一场前所未有、规模最大的全校性教育思想大讨论，从学校领导到普通教师乃至青年学生都在关注这场讨论。《西南交大报》在 1998 年 10 月 30 日的第 374 期头版刊登了消息，并持续开展了全方位的报道，将大讨论的思想成果得以充分的展现。

学习邓小平教育理论　转变教育思想

我校开展教育思想大讨论

本报讯　我校在全校范围大规模地开展学习邓小平教育理论、转变教育思想的大讨论，更新教育观念大讨论于 10 月 15 日正式拉开帷幕。

教育是面向未来的事业，传统的教育模式所培养的人才显然已不能满足当今社会的需要，更难迎接未来的挑战。21 世纪即将来临，站在世纪之交，面临未来的挑战，这是世界各国都面对的一个实际问题。如何培养跨世纪的合格人才，怎样迎接 21 世纪的挑战，使我校在新世纪到来之时更具竞争力，学校领导认为，首要的问题是全校上下必须转变观念，更新思想，提高我校人才的培养质量。为此，本学期伊始，党委常委会上就有关如何在全校掀起学习邓小平教育理论高潮，转变教育思想，更新教育观念的问题进行了讨论和部署。学校下发了《关于认真开展好“学习邓小平教育理论,转变教育思想,更新教育观念”大讨论活动的通知》,并专门责成教务处和党委宣传部、学生处与评价办组织好这次大讨论。同时学校还在本学期举办的中层干部邓小平理论学习班上,组织中层干部重点学习邓小平同志有关教育理论的文章以及《高等教育法》等。党委宣传部为配合这次大讨论还编印了邓小平教育理论方面的《学习文选》《高等教育法》向全校发放。

本次大讨论的范围涉及教师、职工和学生。讨论从第5周到11周共举办10个专题报告,内容涉及高等工程教育的改革与发展、面向21世纪高等教育教学内容与课程体系改革、面向21世纪的中国高等教育走向、高等教育法、专业人才培养模式、教学内容与课程体系改革、学生素质与能力培养等。讨论期间,每周将有讨论主题,周四下午学校组织重点活动。截止记者发稿,机械、土木2个学院已举行了两场报告。应学校邀请,我校校友、两院院士、清华大学教授张维专程从北京赶来,于10月22日下午为我校师生作了对工程教育改革的几点想法的报告,受到师生员工的热烈欢迎。

(三十一)

随着青年教师教学第三梯队建设不断取得喜人成果,为培养和造就一批具有高学术水平的优秀学科和学术带头人,学校又提出了一项对中青年科技拔尖人才实施重点培养的措施,以此使学校能从容应对面向21世纪教育发展的挑战。最终,学校选拔出59位中青年教师作为培养对象,大力扶持。此举极大促进了学校科研队伍的建设,并形成了相应梯队。相关消息刊登在1998年10月30日的校报第374期上。

营造适宜环境　造就跨世纪人才队伍

我校对中青年科技拔尖人才实施重点培养

59位教师成为首批培养对象

本报讯　21世纪的竞争是教育的竞争,教育的竞争说到底就是人才的竞争。面对21世纪的教育,关键是要有一支能够适应21世纪教育发展要求的教师队伍,为此,我校最近推出了一项对中青年科技拔尖人才实施重点培养的措施,59位教师成为首批培养对象。

我校是一所具有102年办学历史的老校,根据教育要面向现代化、面向世界、面向未来的我国教育改革和发展的战略指导方针,如何把我校建设成国内先进、国际知名、具有铁路特色的一流大学，使我校在21世纪到来之际，更具有竞争力，学校领导和广大教职工一致认为，问题的关键是要营造一个适宜的环境，培养和造就一批具有高学术水平的优秀学科和学术带头人。充分酝酿下的学校出台了《西南交通大学培养中青年科技拔剑人才实施办法》，对中青年科技拔尖人才进行重点培养。该办法规定，受培养的中青年科技拔尖人才必须有坚定正确的政治方向，基础理论扎实，学术水平高，具有较强的独立从事科学研究的能力；具有一个及以上长期稳定的研究方向，在该方向上已有显著的科研成果；有一定的组织管理能力和良好的团结协作精神；年龄在45岁以下，具有副教授及以上职称，一般应具有博士学位等。

重点培养对象的培养时间原则上为三年；每年四至五月学校组织人员对受培养者进行考评后张榜公布考评结果；培养期间，学校将对承担省部级科研项目的重点培养对象，每年资助每人科研学术经费2000元；对重点培养对象中尚未配备计算机者，学校给予优惠配置；对按时完成年度目标者，学校每人每年资助书籍资料费400元，并优先安排出国访问、参加学术会议和深造，优先考虑校科研基金。受培养者编写的水平较高的专著，按学校有关程序申报可优先资助出版。对三年按期完成年度目标并达标者，学校将在专业技术职务评审时，指标单列，奖励晋升一级工资。在三年培养期间贡献特别突出者，学校将另行给予奖励。

通过三年左右的培养，使培养对象在有扎实的理论基础上，具有很强的科研能力、较高的学术水平，具有长期稳定的研究方向，取得突出的科研成果，在学术界有较高的知名度，并具有较好的组织管理能力和团结协作精神，大部分成为我校学科或学术带头人，其中最优秀者，通过继续努力可望成为国内优秀的学科带头人或取得更高的学术地位。

第三篇　跨越世纪　奋蹄扬鞭(1999 ~ 2008)

(一)

李芾博士成为我校第一批特聘教授

“长江学者奖励计划”是国家重大人才工程的重要组成部分,与“海外高层次人才引进计划”“青年英才开发计划”等共同构成国家高层次人才培养支持体系。1998 年 8 月,中华人民共和国教育部和李嘉诚基金会共同启动实施了该计划。1999 年初,教育部批准了首批“长江学者奖励计划”特聘教授,载运工具运用工程学科李芾博士成为我校首个长江学者。该消息刊登在 1999 年 3 月 30 日的第 381 期校报上。截至目前,学校已有长江学者特聘教授、讲座教授共计 29 人。

教育部首批长江学者奖励计划特聘教授确定

李芾博士成为我校第一批特聘教授

本报讯　最近,教育部批准了首批“长江学者奖励计划”特聘教授,李芾博士在这一计划中被批准为我校载运工具运用工程学科的特聘教授。

“长江学者奖励计划”是教育部与香港爱国实业家李嘉诚先生及其领导的长江基建(集团)共同筹资设立的在高等学校实行特聘教授岗位制度,旨在为落实科教兴国战略吸引和培养杰出人才。经长江学者奖励计划专家评审委员会评审，我校载运工具运用工程学科被批准为全国首批63所高等学校148个设置特聘教授岗位的学科之一。根据教育部的要求，我校于去年底公开向国内外招聘特聘教授。经本人报名、我校推荐、长江学者奖励计划专家评审委员会会议审定，现在德国TALBOT机车车辆公司任职的李芾博士被批准为我校载运工具运用工程学科的特聘教授。

西南交大“长江学者奖励计划”首批特聘教授聘任仪式视频

3月19日，学校举行了聘任仪式，校长周本宽向李芾博士颁发了特聘教授证书。刘学信、杨立中副校长、两院院士沈志云、工程院院士钱清泉等出席了聘任仪式。

（人事处）

（二）

1999年4月30日的校报第383期上，交大人发现我校校产企业发展极为迅速。在1999年4月16日举行的校产系统完成1998年目标任务颁奖大会上，公布了这样的数据——我校校办企业在1998年完成目标任务中首次突破千万元大关，这是学校积极参与市场运作，主动加入市场经济的激烈竞争的成果。在2002年12月，我校产业（集团）公司被正式批准成立，校办企业的改革迈出了关键性的一步。一直以来，校产企业的快速发展是对学校改革、建设、发展的有力支撑。

校产突破千万元目标大关

11家企业完成1998年目标任务，4家企业连续3年完成目标任务

本报讯 记者最近从校产管理处获悉，我校校办企业在1998年完成目标任务中首次突破千万元大关。4月16日上午，校产系统举行了完成98年目标任务颁奖大会，11个完成目标任务的企业受到奖励。

近年来，我校校办产业系统坚持“创效益、出人才、转成果、促学科”的方针，走上了产学研相结合，科工贸一体化的良性发展轨道，科技含量逐渐增大，成果转化率不断提高，发展规模进一步扩大，社会效益、经济效益明显增强，成为学校改革、建设与发展的强有力支撑。1998年在全省高校校产企业业绩评估中荣获第一。

颁奖大会上，新技术公司(上交235万元)、交流中心(上交120万元)、工建公司(上交70万元)、运达公司(上交66万元)、科技发展公司(上交20万元)、总公司(上交18万元)、设计院(上交12万元)、出版社(上交10万元)、监理公司(上交5万元)、通用公司(上交3万元)、天达公司(上交2万元)受到奖励。同时，新技术公司、学术交流中心、工建公司、运达公司因连续3年完成学校目标任务，4家企业3年平均上交学校分别为225万元、116.7万元、69.6万元和63万元再次获得连续3年完成任务的奖励。

副校长刘学信在讲话中说，我校校产企业首次突破千万元大关。这是在当前高科技和市场经济竞争激烈的情况下取得的成果。这与学校的支持、校内各职能部门和各学科的支持分不开，这是学校上下团结起来共谋发展的结果。在1998年四川省高校校产企业业绩评估中，我校校产被评为第一名，因此在各兄弟院校中我校树立了领先形象，这说明校产近年来发展比较快，有力地支持了学校的建设与发展。希望各校级公司进一步密切与学校的联系，作出更大的成绩回报学校。

党委书记柯尊平、校长周本宽也讲了话。书记、校长表示，除向校产系统取得的成绩祝贺外，今后仍将继续支持校产的发展，使与会校产系统人员深受鼓舞。在校的校党政领导、各院(系)所及有关单位负责人出席了颁奖大会。

(三)

1999年9月18日，中共中央、国务院、中央军委隆重表彰了23位为"两弹一星"作出突出贡献的科学家，我校的三位校友——吴自良、陈能宽、姚桐斌荣获表彰。在中华人民共和国成立50周年之际开展表彰活动，就是要总结成功研制"两弹一星"经验，弘扬"两弹一星"精神。对我校师生而言，三位校友获得"两弹一星"功勋奖章是国家对学校人才培养成果的肯定，也激励大家爱国奉献、锐意进取、求实创新、团结拼搏，为祖国和学校更加美好的明天而奋斗。相关消息刊登在1999年9月3日的第389期校报上。

陈能宽

湖南省慈利县人，1923年生，男，中共党员，金属物理学家，中国科学院院士，我校1946届毕业生。

吴自良

浙江省浦江县人，1917年生，男，物理冶金学家，中国科学院院士，1951年在我校任教，后调中国科学院上海冶金所。

姚桐斌

江苏省无锡市人，1922年生，男，中共党员，冶金学和航天材料专家，我校1945届毕业生，1968年逝世。

获得两弹一星功勋奖章的我校校友

中共中央国务院中央军委隆重表彰为研制“两弹一星”作出突出贡献科学家

我校三位校友喜获功勋奖章

本报讯 9月18日下午,中共中央、国务院、中央军委在北京人民大会堂隆重举行大会,表彰23名为“两弹一星”作出突出贡献的科技专家,其中我校校友、中国科学院院士吴自良,中国科学院院士陈能宽、姚桐斌喜获功勋奖章。

吴自良院士1950年回国后,曾执教于我校前身唐山工学院冶金系,主要从事金属缺陷及强度方面的研究;陈能宽院士系我校矿46学生,主要从事金属物理和材料科学的研究;已故校友姚桐斌为我校矿45学生,后留学英国。1957年回国后主要从事航天材料的研究。

日前,学校向三位获奖校友及亲属发去贺信,热烈祝贺他们获得“两弹一星”功勋奖章,并表示要学习和发扬“两弹一星”精神。

（四）

20世纪90年代末,中国高等教育从精英化向大众化转移,为了国家满足建设对大量人才的需要,扩招成了当时的一个热词。1999年,中国的高校开始实施扩招,西南交大自不例外。当年,学校扩招了1500名学生,为此,学校作了大量工作以满足扩招后的学生能在衣食住行及学习上保证质量。1999年11月15日的第392期校报刊登了我校为适应国家建设需要在扩招方面所作出的努力。

扩招之后看高校

——西南交通大学既扩数量更保质量

20世纪走到了最后一个年头,面对体现着最大资源是智力、最大财富是智慧的21世纪,中国的高校在20世纪的最后一年拉开了尝试扩招33万普通高校学生的序幕。这一举措是在中央决定发展教育、扩大内需、刺激消费的背景下展开的。扩招成了社会关注的焦点热点……。

让孩子有书念,这是作家长的心愿。但是扩招后的大学能否给学生一个良好的学习环境和学习条件,师资能否保证等一系列问题,不但是学生家长们担忧的事,也是高校面临的突出问题。解决好这些问题是保证教学质量和良好的教学秩序的前提。为此,我校积极想办法,使扩招后的学校工作稳步有序,教学质量得到保证。

兵马未动 粮草先行

衣食住行是头等大事,作为有100多年历史的西南交通大学,虽说是老学校新校舍,但面对今年扩招的1500名学生,压力是可想而知的,学校面临的是要让扩招的1500名学生能安居乐学,如果按8个人一间寝室计算,1500人也需要180多间宿舍,这可不是一个小数目。为了解决好这些学生的住宿,学校提出在保证教学质量的同时,不降低学生的学习生活条件。于是,学校投资690万元修建的一幢学生宿舍楼于今年暑假正式交付使用。许多家住市内的教职工得知学校困难时,主动让出单身宿舍床位,支持学校的工作。由于学校的努力和教职工们的理解支持,虽然学校扩招比例居各高校前列,但基本保证了本科生4人一间,研究生2人一间的住宿标准。今年学校还要再建两幢学生宿舍,新的学生会堂将于年底竣工。

住的问题解决了,接下来就是吃的问题。学校原有的两个食堂要解决上万名师生的吃饭问题显然是不够的,为此,学校总务处从管理上进行社会化改革,自筹资金一百多万元,新建了一个"南风苑"餐厅,与原有的食堂共同携手,延长工作时间,增加售饭窗口,使上万人的吃饭问题得到了保证。同时,他们还将学生浴室和水房进行了改造并延长开放时间解决了学生们的洗澡和喝水的问题。

教学硬件要跟上

扩招了,家长担心的是教学质量,学生考虑的是教学质量,学校领导更关心教学质量。不能因为扩招而影响教学质量,不能因为扩招了教学质量就可以降低,"不仅增加数量,更要提高质量",这是学校领导班子一致的看法。为了保证扩招后教学质量不降低,学校采取了一系列措施加强硬件建设。首先,学校成立了专门的排课领导小组,合理调配研究生、本科生和成人教育所用的教室,从周一至周日分别安排必修、选修、重修课程以及成人教育、工程硕士和MBA课程;排课时间上采取从早上7:50到晚上10:20进行全天候的排课方式;图书馆也从周一至周日全天向读者开放。同时,学校还充分挖潜在原有13个多媒体教室的基础上,又新建了四个,新添1000多套课桌椅,这既保证了教学所需教室,又使教学秩序得到稳定。另外学校还自筹资金加紧修建现代化技术教育中心。

教室的问题基本解决了,但学生的实验动手的问题又摆在了学校面前。要培养基础好、上手快、动手能力强且具有创新能力的现代化高素质人才,为学生提供实验条件是一件很重要的事。校长周本宽为解决这个问题从今年扩招所收费用中拿出100万元建设高档次计算机机房,现学校全校的微机数量已达到了1200台,保证了学生上机要求。接着学校又投资1300万元新建电工电子实验中心,改造其他实验室现有设备,并结合本科教学优秀评价,建设具有特色的工程教学体系,使学生实验动手有了条件。

提高质量重软件

师资是提高教学质量的关键。扩招后,师资的问题也是高校一桩棘手的事。为此,学校挖掘潜力,一方面派教学经验丰富、教学效果好的教师主讲基础大课,一方面采用现代化教育技术手段,如多媒体教室等进行教学,扩大优秀教师上课的覆盖面。同时,学校还返聘了部分有经验、教学效果好的老教授为本科生开课。学生的增加,给老师辅导学生带来了困难。有的导师,除了在课堂上对学生进行辅导外,还利用学校自行研制的先进管理系统在网上为学生进行指导和答疑。这些措施的实施为提高教学质量打下了基础。

为了培养创造型人才,学校还专门制定了1999级新一轮培养计划,专门增设六个实践学分,鼓励学生参与学术科技文化和第二课堂活动,设立创新能力培养基金,支持大学生学术科研活动;启动一个国家级重点实验室、二个国家实验中心、七个省部级实验室和学校的工业中心、CAD中心等向本科生开放。品学兼优的本科生可在这些中心和实验室列出的项目方向和印发的指南中选择申请参加项目研究和撰写论文。此外,基础课和技术基础课实验室也为学生开出了设计型和综合性实验,为培养创造性人才创造了条件。

“名校、优价、名教授,扩招也要高质量”,不仅是学校的一种口号,而且变成了现实。既保证了教学质量,又使学生学习生活水平不下降,这是我校在扩招后,注入自我向上发展动力迈出的一步。

（朱正安　田红）

(五)

世纪之交,随着党中央提出的科教兴国伟大战略的加快实施和《高等教育法》《面向21世纪振兴行动计划》的颁布实施以及全国第三次教育工作会议、全国技术创新大会的召开,高等教育迎来了发展机遇。1999年11月26～27日,中共西南交大第十一次代表大会隆重召开。大会要求全校师生全面贯彻落实党代会确定的各项任务,真抓实干、团结拼搏,为书写新世纪的开局新篇、创建世界知名的高水平大学而努力工作。有关报道刊登在1999年11月30日的第393期校报上。

第十一次党代会

继往开来　团结奋进　为创建世界知名的高水平大学而奋斗

中国共产党西南交通大学第十一次代表大会隆重召开

柯尊平同志受学校第十届党委委托作了题为《继往开来　团结奋进　为创建世界知名的高水平大学而奋斗》的工作报告　李万青同志作了题为《锲而不舍　励精图治　切实推进党风廉政建设》的纪委工作报告　会议选举产生了第十一届党委和纪委　周本宽、柯尊平先后主持会议并致开幕词和闭幕词

本报讯　中国共产党西南交通大学第十一次代表大会于11月26～27日在明诚堂隆重召开。在党代会召开前夕,省委书记、省人大主任谢世杰专门接见学校领导,对学校第十一次党代会的召开表示热烈祝贺。

26日的明诚堂,庄严喜庆,金色的党徽悬挂在主席台中央,十面鲜艳的红旗分两列簇拥着党徽,党徽下面摆放着长青松柏。会场后方,面对主席台,悬挂着"继往开来,团结奋进,为创建世界知名的高水平大学而奋斗"的大幅标语,廊厅上方"高举邓小平理论伟大旗帜,阔步迈向新世纪"的标语格外引人注目。

出席这次代表大会第一次全体会议的代表共177名(应到200名),特邀代表、特邀人士和列席代表27名。铁道部人事司副司长、政治部组织部副局长杨万三,铁道部科教司副司长许守祜,四川省委组织部宣教干部处处长王雪,成都市委宣传部副部长、成都市文联组书记杨伟,铁道部人事司干部二处处长郝沁绥,铁道部政治部组织部组织处副处长李欣,成都市委组织部组织处副处长陈跃超,成都市委宣传部教育卫生体育处处长周鉴,成都市委组织部组织处副主任科员罗四清等出席了大会,并与21名大会主席团成员在主席台就座。我校六位民主党派向大会发了贺信。

上午9点,大会在高亢的《国歌》声中开始。大会主席团执行主席周本宽校长主持大会。柯尊平同志受第十届委员会委托作了题为《继往开来　团结奋进　为创建世界知名的高水平大学而奋斗》的工作报告(全文另发),李万青同志代表纪律检查委员会,向大会作了题为《锲而不舍　励精图治　切实推进党风廉政建设》的工作报告。

会上,铁道部人事司副司长、政治部组织部副部长杨万三,四川省委组织部宣传干部处处长王雪,成都市委宣传部副部长、成都市文联组书记杨伟分别讲话,向我校第十一次党代会的召开表示祝贺。杨万三说,这次党代会认真总结了上届党委的工作,提出了今后四年的奋斗目标和工作任务,选举产生了新一届党委和纪委领导班子,将为西南交大跨世纪的发展提供有力的保证。西南交大是全国的重点大学,在全路乃至全国都享有很高声誉,担负着培养铁路建设与管理人才和促进铁路跨世纪发展的重任。随着党中央提出的科教兴国伟大战略的加快实施和《高等教育法》《面向21世纪振兴行动计划》的颁布实施以及全国第三次教育工作会议、全国技术创新大会的召开,高等教育迎来了发展机遇,西南交大也进入了新的发展阶段。江泽民总书记为庆祝交通大学建校一百周年的"继往开来,勇攀高峰,把交通大学建设成世界一流大学"题词,提出的创建世界一流大学的任务,为西南交大指明了发展方向。希望学校各级党组织和广大共产党员,把建设世界一流大学作为努力方向,按照校党委提出的分三步走的战略设想和"十五"规划,进一步振奋精神,更新观念,以高度的责任感和使命感,艰苦奋斗,努力拼搏,开拓进取,做好工作,不辱使命。要全面加强党的建设,抓住领导班子建设这个关键,按照部党组和省市委的部署,认真搞好"三讲"教育,提高领导干部的政治素质;要坚持和完善党委领导下的校长负责制,既坚持党委的统一领导,又支持校长独立负责行使职权。党政领导要相互信任和支持,形成高度的共识和合力;要加强党组织和党员队伍的自身建设,积极探索新形势下做好学校党建工作的有效形式和方法,提高党组织的凝聚力和战斗力。要认真贯彻落实中共中央《关于加强和改进思想政治工作的若干意见》,切实加强学校思想政治工作,充分调动广大教职工、学生的积极性、主动性和创造性,为创建世界一流大学而努力奋斗。

四川省委组织部宣传干部处处长王雪在讲话中说,这几年交大的办学影响逐渐扩大,特别是在“211 工程”建设中,学科建设、教育教学质量等都取得了可喜的进步,这些都是交大的广大党员、干部和师生员工在学校党委领导下共同努力的结果。目前,四川经济发展面临新的契机,希望交大在新一届党委的领导下,为铁路发展,为四川经济建设再立新功。

成都市委宣传部副部长、市文联党组书记杨伟在讲话中说,这次党代会提出把学校建设成世界高水平知名大学的目标任重而道远,只要高举邓小平理论伟大旗帜,按照江泽民总书记提出的把交通大学建设成世界一流大学的要求,抓住机遇,以学科建设为龙头,以人才培养为中心,以队伍建设为根本,坚持深化改革和扩大开放,全面提高办学质量和办学效益,这个目标是能够实现的。希望新一届党委结合即将开展的“三讲”教育,切实抓好党的建设,加强思想政治工作,正确处理好发展、改革、稳定的关系,充分调动师生员工的积极性,进一步发挥科技人才的优势,更好的面向经济建设主战场,为地方的社会经济发展作出积极贡献,交大的未来一定是辉煌的。

26 日下午和 27 日上午,11 个代表团分组审议了党委和纪委的工作报告,以及学校“十五”规划初步构想,酝酿党委委员和纪委委员候选人。代表们一致认为,工作报告和初步构想规划了学校未来发展的宏伟蓝图,目标明确,步骤得当,任务具体,令人振奋,催人奋进。要把蓝图变为现实,关键在于各级干部带领广大党员和师生狠抓落实、脚踏实地地把这次党代会提出的各项任务真正落到实处。

27 日下午,代表大会举行第二次全体会议。大会主席团执行主席柯尊平同志主持会议。经过代表们无记名投票,选举产生了由 25 人组成的西南交通大学第十一届党委和由 7 人组成的西南交通大学纪律检查委员会。大会通过了《中国共产党西南交通大学第十一次代表大会关于第十届委员会工作报告的决议》和《中国共产党西南交通大学第十一次代表大会关于中共西南交通大学纪律检查委员会工作报告的决议》。

下午 5 点,中国共产党西南交通大学第十一次代表大会在庄严的《国际歌》声中胜利闭幕。

在正式会议召开前的 25 日下午,中国共产党西南交通大学第十一次代表大会举行了预备会议,校长周本宽在会上作了《关于制定西南交通大学 2011～2015 年事业发展规划的初步构想》的报告,顾利亚同志作了《中国共产党西南交通大学第十一次代表大会筹备工作报告》。会议通过了代表资格审查报告、党费审查报告、大会主席团名单、大会秘书长和大会议程等。

会议期间,铁道部人事司干部二处处长郝沁绥,铁道部政治部组织部组织处副处长李欣自始至终给予精心指导。

（六）

面对即将到来的21世纪,如何培养基础理论好、动手快、能力强和有创新思维的人才成了高等学校讨论的热点。1999年,学校逐步打开了重点实验室的大门,怀抱对科学技术的景仰与好奇,本科生们终于走进了重点实验室聆听大师讲座、接受专家指导、实际开展试验、参与课题研究。此举是我校本科教学的一次重大改革,这项改革充分发挥了学校重点实验室人才、设备、资源方面的优势,极大程度地提高了本科生的实践教育质量,强化了大学生的创新精神。2000年1月15日的校报第397期上刊发了相关消息。

我校重点实验室向本科生敞开大门

本报讯 日前,从教务处和有关院、系获悉:我校部分大型重点实验室或实验中心已向本科教育敞开大门,本科生有了更多的机会参加科研实践。

据介绍,1999年以来,我校实践教学出现了一道新的景观:机械工程学院250余名高年级本科生走进牵引动力国家重点实验室,进行了为期一周的科技实践教学。该中心的科学试验专家,为他们开出了系列科技讲座,组织他们参与大型试验,实地开展高科技实践教学。材料工程系的本科生已有多届与教师同做课题。99届金材、焊接两个专业的52名本科生,共参与科研50余项,其中国家级4项,省、部级3项。

随着教育教学改革的深化,我校的实践教学不断迈出新的步伐。1998年底,校长周本宽在全校教学工作会议上提出:“要创造开放型、创意型实践(实验)教学模式”,“大型重点实验室或实验中心要面向本科教育。”在学习贯彻全国第三次教育工作会议精神中,教务处、各院、系、实验室等有关部门和教师、科研人员对重点实验室面向本科生开放,多次展开了讨论,在提高认识,统一思想的基础上,以1个国家重点实验室、2个国家实验中心、1个国家工科机械基础教学基地、4个省或部重点实验室为龙头,包括11个具有高新科技水平的校级实验室在内,初步构建了具有我校特色的大学工程实践教学体系。

根据新的实践教学体系,按6个大类专业分布,确定了各专业与重点实验室内涵发展的结合点。捆绑了教学体系与科研实验体系,把教务、装备、院(系)与重点实验室拴在一起。为扎实推进这一工作,学校加大了实践教学投入,特设重点实验室开放基金。

为使这项改革有序有效,学校还决定先行试点以总结经验,逐步推开。目前,不少重点实验室正将本科工程实践教学同实验室建设有机地结合起来,一方面积极开展科学研究与试验,另一方面认真组织力量研究面向本科生实验教学的有关问题,满腔热情欢迎本科生走进高科技实验室。

(李开富)

(七)

根据《国务院关于进一步调整国务院部门(单位)所属学校管理体制和布局结构的决定》,国家决定除教育部以及外交部、国防科工委、国家民委、公安部、安全部、海关总署、民航总局、体育总局、侨办、中科院、地震局等部门和单位继续管理其所属学校外,国务院其他部门和单位原则上不再直接管理学校。2000年2月12日起,我校以独立建制正式划归教育部管理。由铁道部管理变为教育部、铁道部、四川省共建、以教育部管理为主的格局,拓宽了学校办学空间。校报在2000年3月15日第399期对此予以了报道。

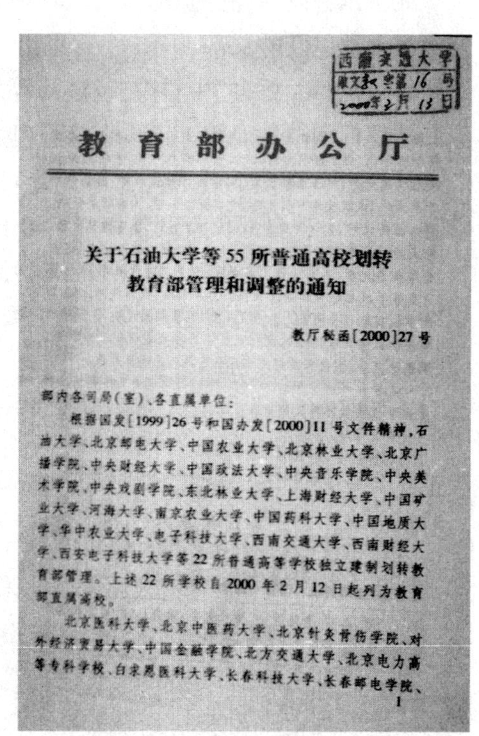

教育部办公厅

关于石油大学等55所普通高校划转教育部管理和调整的通知

教厅秘函[2000]27号

部内各司局(室)、各直属单位:

根据国发[1999]26号和国办发[2000]11号文件精神,石油大学、北京邮电大学、中国农业大学、北京林业大学、北京广播学院、中央财经大学、中国政法大学、中央音乐学院、中央美术学院、中央戏剧学院、东北林业大学、上海财经大学、中国矿业大学、河海大学、南京农业大学、中国药科大学、中国地质大学、华中农业大学、电子科技大学、西南交通大学、西南财经大学、西安电子科技大学等22所普通高等学校独立建制划转教育部管理。上述22所学校自2000年2月12日起列为教育部直属高校。

北京医科大学、北京中医药大学、北京针灸骨伤学院、对外经济贸易大学、中国金融学院、北方交通大学、北京电力高等专科学校、白求恩医科大学、长春科技大学、长春邮电学院、

1

划转教育部文件

西南交通大学划归教育部管理

本报讯 根据《国务院关于进一步调整国务院部门(单位)所属学校管理体制和布局结构的决定》和《国务院办公厅转发教育部等部门〈关于调整国务院部门(单位)所属学校管理体制和布局结构实施意见〉的通知》,西南交通大学于2000年2月12日起,以独立建制正式划归教育部管理。

此次国务院对国务院部门(单位)所属学校管理体制和布局结构进行调整,决定除教育部以及外交部、国防科工委、国家民委、公安部、安全部、海关总署、民航总局、体育总局、侨办、中科院、地震局等部门和单位继续管理其所属学校外,国务院其他部门和单位原则上不再直接管理学校。

这次进行调整的普通高校共有161所,其中22所普通高等学校划归教育部管理,34所由教育部负责调整;5所停止招生,待现有在校生毕业后即行撤销原学校建制,改为原主管部门(单位)的非学历培训机构;97所实行中央与地方共建、以地方管理为主,并由地方统筹进行必要的布局结构调整;3所继续由原主管部门(单位)管理。

此外,还有617所成人高等学校、中等专业学校和技工学校也作了调整。

(八)

2000年6月26日,我校获准试办研究生院。6月28日,国务院学位委员会批准我校8个学科门类28个以及学科自行审批硕士点和调整本单位硕士点。9月8日,我校研究生院揭牌成立。这是我校长期建设与发展中的一件大事,是我校学科建设和学位与研究生教育发展进程中的一个重要里程碑,是学校提高办学层次的一个重要标志。这则消息刊登在2000年9月15日的第409期校报上。经过4年的努力建设,2004年5月24日,教育部正式批准建立西南交通大学研究生院。

研究生院成立

我校研究生院宣告成立

本报讯　9月8日上午，校园里彩旗飞舞、金桂飘香，我校研究生院宣告成立。四川省人大常委会副主任张国辉、四川省教育厅副厅长周国良、铁道部科教司副司长陈春阳、自贡市委书记唐坚、各董事单位代表、中国科学院院士刘宝珺、经福谦、中国工程院院士钱清泉、各院系教师及研究生出席成立大会。

成立大会由杨立中副校长主持，周本宽校长作题为"为开创我校学位与研究生教育新局面而努力奋斗"的报告。省人大副主任张国辉、校长周本宽为我校研究生院成立揭牌。张国辉、陈春阳、周国良、铁道部第十六工程局副局长王北京等嘉宾在会上先后讲话，向我校研究生院的成立表示热烈祝贺，衷心希望学校在今后的办学过程中取得更新更大的成绩。

研究生院成立大会视频

四川省副省长徐世群，省人大副主任、我校副校长钮小明，省长助理、我校党委书记柯尊平委托校长周本宽向我校研究生院的成立表示热烈祝贺。

当天下午学校召开了研究生教育发展战略研讨会。代表们就如何办好研究生院，如何以培养创新人才为核心，提高办学水平、服务社会进行了研讨。同济大学研究生院常务副院长石来德，我校博士生导师周仲荣，自贡市委书记、市人大主任唐坚应邀到会，分别作了"关于研究生教育是强校之路""以人为本、重在建设"与"经济形势与高层次人才需求"的报告。

（九）

2000年，根据中央领导同志关于开展对口支援的指示精神，我校对口援建西藏大学的工作拉开序幕。2000年9月26～29日，我校考察团赴西藏大学，与西藏自治区教育厅、西藏大学就合作进行工科类学科建设的有关问题达成了初步的意向性意见。2000年10月15日的第411期校报刊登了这一消息。在对口支援西藏大学过程中，学校造血式的支援帮助西藏大学实现了西藏历史上工科建设零的突破、工科本科人才培养零的突破、工科实验室建设零的突破和管理信息化建设零的突破，不仅帮助藏大实现了工科从无到有，还实现了西藏大学整体跨越式发展。学校还于2017年暑假期间与西藏自治区人民政府签署战略合作协议，建立起校区之间更加全面深入的合作，开辟了全新的合作领域，也开启了学校支持西藏社会经济发展的新征程。

我校援建西藏大学

本报讯 9月26~29日，校长周本宽率领我校赴藏考察团一行八人对西藏大学进行了考察，并与西藏自治区教育厅、西藏大学就我校与西藏大学合作进行工科类学科建设的有关问题达成了初步的意向性意见。

我校援建的西藏大学交通运输模拟实验室揭牌

我校考察团赴藏考察是为贯彻党中央实施西部大开发战略的重要决策，落实李岚清副总理视察西藏时的重要指示精神和教育部陈至立部长的具体要求而专程前往西藏大学的。考察团在藏期间，西藏自治区党委副书记丹增，自治区党委副书记、自治区政府常务副主席杨传堂，自治区政府副主席群培，自治区政府副秘书长马尔琼等亲切会见了学校代表团，就如何加强合作，推动西藏大学工科类学科建设乃至西藏自治区经济建设，共同为西部大开发做贡献进行了会谈。

西藏自治区教育厅党组书记张荣杨，副厅长强巴央宗、陈秀芳，西藏大学领导及西藏大学重点建设规划小组与我校考察团进行了具体项目的会谈，双方围绕西藏大学重点建设规划的制订、学科专业建设特别是工科类学科专业建设、师资队伍建设等一系列问题进行了磋商，并就我校与西藏大学合作进行学科建设的有关问题达成了初步意向性意见。其中有：1. 我校利用自身工科优势，帮助西藏大学建设工学院，尽快发展工科专业；2. 先期帮助西藏大学筹建交通运输（交通工程）、土木工程（道路工程方向、建筑工程方向）、建筑学、计算机科学与技术五个本科专业（专业方向），部分专业争取明年开始招生。同时，还将帮助西藏大学制定上述专业的培养方案、教学计划、教材建设及实验室建设规划，做好办学基本条件的准备;3. 帮助西藏大学制定新建校园规划、工学院专业设置、学科专业建设特别是师资队伍和实验室建设等有关方案;4. 以上述五个本科专业(专业方向)的筹建为起点,长期帮助西藏大学发展有关工科类学科,待条件成熟后,帮助西藏大学申报硕士学位点,使西藏大学尽快提高办学层次及教学、科研水平;5. 我校有关工科专业向西藏大学尽可能提供师资支持,同时,采取接受定向委培、研究生教育等各种措施积极帮助西藏大学培养专业教师等。

(十)

"全国优秀博士学位论文评选"是在教育部和国务院学位委员会的直接领导下,由教育部学位管理与研究生教育司组织开展的一项工作,旨在加强高层次创造性人才的培养,鼓励创新精神,提高我国研究生教育特别是博士生教育的质量。该评选自1999年启动。2000年10月15日的第411期校报上,人们欣喜地看到,我校张卫华教授的博士论文入选2000年全国优秀博士学位论文。该评选活动持续了14年,2013年以后停止。这期间,我校共有八位博士的学位论文入选,他们是:张卫华(指导教师沈志云)、金学松(指导教师沈志云)、赵永翔(指导教师高庆)、唐小虎(指导教师范平志)、朱旻昊(指导教师周仲荣)、蔡成标(指导教师翟婉明)、周正春(指导教师唐小虎)、周国华(指导教师许建平)。近年来,我校国务院学位办博士学位论文抽检均百分之百地通过。这体现了学校较为过硬的博士生培养质量。

2000年全国优秀博士论文评选揭晓
张卫华博士论文入选

本报讯　最近,2000年全国优秀博士学位论文评选揭晓,我校取得重大突破,牵引动力实验室张卫华教授的博士论文被评为优秀论文,指导教师两院院士沈志云教授获得水晶奖杯。

张卫华博士的论文"机车车辆运行动态模拟研究"是在我校沈志云院士指导下,历时几年完成的。这一奖项是我校研究生教学成果的体现。

我校牵引动力国家重点实验室的"在科研实战中培养机车车辆人才"和机车车辆整车滚动振动试验台两项成果,曾获得全国优秀教学成果一等奖和国家科技进步一等奖,这为研究生培养提供了新方法,为高水平人才的成长提供了良好的工程背景。张卫华博士的论文正是在上述两项成果完美结合下生成的火花。在导师沈志云院士的指导和同事的帮助下，张卫华首次就机车车辆整车滚动振动试验台、整车模拟运行试验台试验进行专题研究，取得了创新成果。

获奖后的张卫华没有陶醉，他还有很多想法，为了西部大开发和铁路提速，他决定把论文的工作进一步深入。为此，他申请了国家专门设立的全国高等学校优秀博士论文基金，进行铁路机车车辆动态曲线通过理论和试验研究。

（十一）

本科教学优秀评价专家组专家来校考察

本科教学评估是通过水平评估进一步加强国家对高等学校教学工作的宏观管理与指导，促使各级教育主管部门重视和支持高等学校的教学工作，促进学校自觉地贯彻执行国家的教育方针，按照教育规律进一步明确办学指导思想、改善办学条件、加强教学基本建设、强化教学管理、深化教学改革、全面提高教学质量和办学效益。根据“以评促改，以评促建，以评促管，评建结合，重在建设”的原则，2000 年 5 ~ 11 月，教育部组织了对我校本科教学工作的评估。11 月 6 ~ 11 日，教育部专家组考察我校本科教学工作，我校成为当时西南地区第一所进行本科教学工作优秀评价的高等学校。2001 年 1 月 15 日，教育部正式通知，我校的本科教学工作评估结论为优秀。我校成为全国 16 所之一、西南地区唯一的本科教学工作优秀学校。全面素质教育的强力实施，促成了学生综合素质的明显提升，带动了学生就业形势的持续良好。相关报道刊载在 2000 年 11 月 15 日的第 414 期校报上。另，2007 年 11 月，我校第二次顺利通过了教育部本科教学工作水平评估，并于 2017 年 12 月接受了教育部对我校本科教学工作的审核评估。三次评估为我校提升人才培养质量指明了方向、注入了能量。

教育部专家组考察我校本科教学工作

本报讯　由天津大学原校长吴咏诗教授任组长,兰州大学杨峻教授、北京航空航天大学徐枞巍教授任副组长的教育部本科教学工作优秀评价专家组一行 14 人于 11 月 6 ~ 11 日正式对我校的本科教学评优工作进行实地考察。

11 月 7 日上午,在学校学术交流中心举行了教育部本科教学工作优秀评价专家组赴西南交大考察开幕式,专家组全体成员,教育部、铁道部、四川省有关领导,我校领导及全校各部门党政负责人出席了开幕式。

开幕式由校长周本宽主持。省长助理、校党委书记柯尊平致欢迎词,柯尊平说:经过全校师生员工几年的努力,我校的本科教学优秀评价今天已正式进入专家组进校考察阶段,在此,我代表学校向专家组的到来表示热烈欢迎,并对长期关心支持我校发展建设的教育部、铁道部和四川省表示诚挚的感谢,希望通过这次评价能对我校的工作有所促进,也希望各位专家能指出我们工作中存在的不足,便于我们今后更好地改进。

四川省政府副秘书长蒋明政代表四川省人民政府讲话,他说,西南交大是一所国内外著名的高校,长期以来始终坚持严谨治学、严格要求的办学传统,在新的历史时期更是坚持依法办学。今天交大迎来了本科教学工作优秀评价专家组到校考察,可以说,这是学校长期以来坚持不懈努力的结果。四川省密切关注和支持交大的评优工作,希望交大以此为契机,着力改革,作出自己的贡献。他表示,四川省将与教育部和铁道部共同办好西南交大。

省教育厅厅长杨泉明在向专家们介绍了四川省的教育情况后说,交大是我省第一所接受本科教学工作评优的学校,交大的评优工作,将对我省高等教育教学水平的提高和西部大开发起到促进作用。作为教育厅的我们要全力支持西南交大的工作,加大服务。希望交大通过评优强实力、上水平,成为多学科发展的高水平大学。

铁道部科教司副司长许守祜在讲话中说,铁道部高度重视、密切关注这次评价,希望通过这次评价给交大带来一个光辉的未来。接着许守祜副司长讲了三个方面的内容:1. 关于评价;2. 关于学校的教学工作;3. 关于共建。许副司长说,交大在长期的办学过程中形成了实事求是、严谨治学的办学传统,形成了一支良好的教职工队伍,为国家、为铁路培养了大量人才,至今为止,交大始终是铁路科技人才的培养基地,是中国铁路发展的重要依靠力量。

专家组组长吴咏诗教授对这次评价考察所要进行的工作作了说明,他说,我们的心情和交大师生一样,都希望通过评价达到提高人才培养质量的目的。

开幕式结束后,举行了本科教学工作优秀评价汇报会,校长周本宽向专家组全面介绍了学校本科教学工作和深化教学改革、不断提高教学质量的情况。会上,播放了电视专题片《鼎新革故　再铸辉煌》。

在11月7~11日的考察中,考察组实地考察了现代工业培训中心、固体力学实验室、国家工科机械基础教学基地、表面工程及摩擦学实验室、图书馆、工程测量实验室、电子信息实验中心、人文素质教育基地等,参观了我校2000年学生习作展览、人类与地球环境陈列室,对部分学生进行了物理实验和力学课程的抽测,与校领导、各院系处负责人、两院院士和知名教授进行了座谈,召开了归国留学人员座谈会、青年教师座谈会、学生座谈会,考察了学校各院系和有关部处,并深入课堂听课、查看了院系的教学文件、部分毕业生毕业论文。

11月11日下午,教育部本科教学工作优秀评价专家组在学术交流中心多功能厅向校领导及各部门负责人通报了考察情况。专家们认为,西南交大这所百年老校为国家培养了大批人才,在以评促建、以评促改的工作中进一步转变教育思想和教育观念,改善了育人环境。在主要成绩和特色方面,办学指导思想明确,基本形成了以工为主,工、理、管、经、文、法基本齐全的学科;重视教学观念的转变,拓宽专业,专业改革取得了成效;形成了以牵引动力等一批重点学科为主的专业特色;加大教改力度,重点实验室向本科生开放,对提高本科生的实践能力有积极的促进作用;重视师资队伍建设;进行了教学管理制度和教学管理手段的改革,对学生个性发展发挥了重要作用;严谨治学、严格管理的传统在新的形势下得到保持和发扬;一贯重视德育工作取得了明显成效。专家们希望学校在学科专业调整时要注意巩固学校的传统优势,并根据实际情况积极发展新的专业和学科;要提高高学历教师的比例;进一步加强课程建设、课程体系改革,以利于学生创新能力的发展。

周本宽校长对专家组在校期间的工作和对学校的鼓励表示感谢,对专程前来学校指导工作的教育部高教司刘志鹏副司长表示感谢,并表示要继续努力,以更加出色的工作回报专家们对我校的期望和帮助。

教育部高教司副司长刘志鹏在会上讲话。刘副司长说,这次评价有三个特点:1. 西南交大由铁道部管理划归教育部管理,有助于管理体制改革的深化;2. 这是我们在本世纪进行的最后一所重点理工科大学的评价;3. 这次对西南交大的评价是在中央实施西部大开发战略下进行的,对西部在人才培养、科技开发中有重要的意义。刘副司长说,1997年西南交大向教育部提出进行本科教学工作优秀评价申请,三年来,通过努力,已取得了"以评促建、以评促改、着力改革、重在建设"的成效。这次专家组肯定了西南交大的办学特色,希望西南交大今后发挥更大的作用,并祝西南交大在今后的本科教学和人才培养中取得更大的进步。

反馈意见会后,专家组与学校领导交换了意见。

(十二)

1986年3月,面对世界高技术蓬勃发展、国际竞争日趋激烈的严峻挑战,王大珩、王淦昌、杨嘉墀和陈芳允4位科学家提出的"关于跟踪研究外国战略性高技术发展的建议"和朱光亚极力倡导下提出了"863计划"。邓小平同志对中国"863计划"作出"此事宜速作决断,不可拖延"的重要批示。在充分论证的基础上,党中央、国务院果断决策,于1986年3月启动实施了高技术研究发展计划(863计划),旨在提高我国自主创新能力,坚持战略性、前沿性和前瞻性,以前沿技术研究发展为重点,统筹部署高技术的集成应用和产业化示范,充分发挥高技术引领未来发展的先导作用。同年,我校开始进行磁悬浮技术系统研究;1997年,作为国家863计划的"高温超导磁悬浮试验车"项目正式立项;2000年12月1日下午,世界上第一台高温超导磁悬浮试验车在我校超导技术研究所的实验室成功浮了起来;2001年2月26日,世界首台载人高温超导磁悬浮车——世纪号进京参加中国"863"计划十五周年成就展;3月1日晚,时任中共中央总书记、国家主席、中央军委主席江泽民参观世纪号并亲自乘坐,称赞世纪号非常稳定。该报道呈现在2001年3月15日第420期校报上。

江泽民同志乘坐世纪号

江总书记喜乘"世纪号" 全校师生备受鼓舞

本报讯 3月的北京春意盎然,一派生机勃勃的景象。坐落在西直门外的北京展览馆正在举办“863”计划15周年成就展览。3月1日晚,中共中央总书记、国家主席、中央军委主席江泽民来到这里,观看我国“863”计划15年来的丰硕成果。

在观看了综合馆等展区后,江总书记等来到我校研制的世界第一辆载人高温超导磁悬浮实验车“世纪号”展位,与超导专家和我校副校长黄庆一一握手。在听取了国家超导技术专家委员会首席专家甘子钊院士有关超导技术的介绍后,江总书记兴奋地登上“世纪号”。乘坐在缓缓前行的实验车上,江总书记一边听着项目主持人王家素高级工程师和王素玉研究员的介绍,一边询问此项技术的前景并称赞说,实验车“非常稳定,Stable”。当听说该实验车能悬浮20mm,超过了德国磁悬浮车的悬浮高度时,江总书记非常高兴。在参观过程中,江总书记对我国科技人员能够在一些高新技术领域进行自主开发,掌握自主知识产权,并在世界已占有一席之地表示充分肯定。他希望广大科技工作者继续努力,开拓进取,奋发攀登,在科技创新方面取得更大的成就。

胡锦涛副主席和温家宝副总理也参观了高温超导磁悬浮实验车。

江总书记参观我校研制的高温超导磁悬浮实验车的消息传到校园后,3月2日晚,学校师生员工很早就守候在电视机旁等着收看中央电视台19点的新闻联播。记者在收视点看到,当电视屏幕上出现江总书记兴致勃勃地登上实验车的画面时,收看电视的师生心情都激动。他们说,学校就应该多出这样叫得响、有水平的科研成果和产品。许多师生说,江总书记参观我校的磁悬浮实验车,对我校是一个极大的鼓舞,既增添了我们为国家科技发展努力奋斗的信心,又对学校实践“三个代表”重要思想的充分肯定。我们一定要抓住国家实施西部大开发战略的有利时机,加快发展自身实力,为四川、为西部、为国家的科技教育和人才培养做出更大贡献,实现江总书记提出的:“把交通大学建设成世界一流大学”的目标要求。

连日来,江总书记和胡锦涛副主席等党和国家领导人参观我校研制的高温超导磁悬浮实验车并给予很高评价的消息极大地鼓舞着我校师生,成为校园的一大热门话题。为进一步做好工作,学校立即召集有关部门进行了专题研究,决心以此为契机,进一步加大高温超导磁悬浮技术研究的力度,为我国交通工具现代化作出重要贡献。

据悉,我校的高温超导磁悬浮实验车这次在京展出期间,成为本次展览中一个最为火爆的亮点。自2月26日开展以来,每天来参观的人多达千人以上。为乘坐实验车,人们每天都要在展厅里排起10多米长的长队,争相感受这高科技成果今后将给人类带来的舒适和方便。参观、乘坐实验车的人中有老院士、老科学家。他们对我校这项科技成果评价都非常高。

（十三）

网络教育是运用现代技术进行的远程教育，是一种运用网络技术与环境开展的教育，为广大已步入社会的群众提供学历提升的教育。学生不需要到特定地点上课，可以透过电视广播、互联网、辅导专线、课研社、面授(函授)等多种不同管道互助学习。作为教育部批准的首批开展网络教育的高校，2001年秋季，首批千余名网络学院新生在我校入学。相关报道刊登在2001年10月30日的校报第433期上。

西南交通大学网络教育学院2001级新生开学典礼视频

网络学院举行首批新生开学典礼

本报讯　我校网络教育学院2001级首批新生开学典礼10月10日在网络教育中心国际会议厅举行。校党委书记顾利亚，副校长、网络学院院长钮小明，校党委副书记李万青、王顺洪，副校长杨立中、濮德璋，校长助理陈志坚，学校各部门负责人及1000余名网络学院新生参加了开学典礼。

校党委书记顾利亚，副校长、网络学院院长钮小明，计算机学院党委书记徐瑞堂，教师代表张卫华教授，以及学生代表分别讲了话。顾书记代表学校向网络学院2001级1000多名新生的到来表示热烈的欢迎，祝贺他们成为我校网络学院首批新同学。讲话中，顾书记介绍了我校的基本情况，并希望同学们要珍惜这来之不易的学习机会，树立远大理想，提高综合素质，转变学习观念，尽快适应网络教育的教学模式。要追踪科技前沿，培养创新能力，通过努力和刻苦钻研，圆满完成大学阶段的学业，为祖国新世纪的腾飞作出贡献！

副校长钮小明希望同学们珍惜在大学的美好时光，共同努力，开拓探索，以优异的成绩回报社会、回报祖国！

（十四）

由于高等教育大众化进程的推进，高等学校开始了扩招的历程。但连续扩招也使得毕业生就业压力不断增大，为此，学校从2003年起，将毕业生就业工作列为学校的"一把手"工程,并推出了系列举措保障毕业生就业工作顺利开展。在双选会、招聘会的现场,人们可以经常看到学校的党委书记、校长和学院的领导教师向用人单位"推销"毕业生,而在日常工作中,更不断推出各种举措保证人才培养质量。从1989年实行"双向选择"开始,我校就业率一直保持在95%以上。

"一把手"工程启动

本报讯 在深入学习贯彻党的十六大精神中,我校针对高等院校连续扩招,毕业生就业压力不断增大的形势,把毕业生就业工作列为学校的"一把手"工程。

随着我国高等教育从过去的精英型向大众化发展,高等学校毕业生的就业已成为政府、社会、高校和考生、家长普遍关注的问题。为此,学校领导把解决好毕业生就业工作提高到贯彻"三个代表"重要思想的高度来认识。尽管在去年的2003届毕业生就业双向选择会上,我校的本科毕业生一次性签约率一直保持了多年来的较好势头,但学校领导并未就此高枕无忧。他们认为,只要有学生没就业,就不能说我们很好地贯彻了教育要为现代化建设服务和为人民服务的方针,就不能说我们对学生尽到了应有的责任。为此,学校在力保毕业生就业指导机构人员到位、工作到位的基础上,划拨专款50万元,以保证毕业生就业工作的有效运转。校长周本宽说,随着毕业生人数的每年增加,就业经费也将逐年递增,原则上不少于在校学生全部学费的1%。

在充分认识做好毕业生就业工作的重要性基础上,近日,学校在大学生就业工作会议上提出了建立毕业生就业工作一把手负责制度,把毕业生就业工作作为考核各级领导的"一把手"工程,把就业工作、就业率、就业质量作为具体工作目标和政绩考核的重要内容,分解到人、真抓实干。对就业率不高或偏低的专业要缩减招生计划或停招。对那些教学质量不高,专业设置不合理,因师资而不是因市场需求开设的专业将停办或改造。

针对目前毕业生就业期望值仍然较高的状况,学校一方面加强对毕业生的思想政治教育工作,鼓励毕业生创业,创造更多的就业机会,一方面还将采取更多方式如:开设毕业生就业指导课,通过课程教学,对毕业生进行全面、系统的就业指导;设立毕业生就业咨询站,随时为毕业生提供就业咨询;利用校园网开设毕业生就业网站;建立就业基地,开辟就业生就业"绿色通道"等,从而把学生就业工作贯穿于整个教育教学的全过程。

(朱正安)

（十五）

2003 年 10 月 15 日的第 469 期校报上，刊登了一则报道茅以升班开班典礼的消息，让人眼前一亮，因为在高等教育大众化的背景下，为优秀的学子创造一定条件，使其成为拔尖人才是当时的一种创举。为此，学校以老校长茅以升的名字命名设置了茅以升班，该班集中了学校优势资源，挑选了最优秀的同学，以此开启了培养高素质研究型人才的试验，这是学校办学史上人才培养模式的新探索和新突破。茅以升班以我校杰出校友、老校长茅以升的名字命名，更激励优秀学子成为茅老那样的杰出人才。2003 年 9 月 26 日，首届茅以升班 210 名同学正式开始接受学校最优质的教育。学校又于 2010 年，在茅以升班的基础上成立了茅以升学院，提出了“宽基础、重实践、善科研、求创新、高层次、国际化”的办学思路，依托最优秀的师资、最优质的办学资源和完善的质量保障体系，积极构建基础宽厚、系统完整的课程体系结构，创新人才培养模式，致力于培养具有创新能力、科学研究能力与国际竞争力的领袖人才。2016 年 1 月 12 日下午，为了纪念茅以升诞辰 120 周年，唐臣书院揭牌成立，该书院是以茅以升的字“唐臣”命名。在管理模式上，茅以升学院行使教学服务管理与学生教育管理两项职能，学生教育管理职能主要以唐臣书院为载体，主要包括实施通识教育和养成教育，主要负责创新、创业、创造、志愿服务、文化学术等第二课堂活动、科研创新实践、国际交流与合作、荣誉体系建设以及其他非形式教育等工作。通过实施个性化、精英化、养成化、高要求、跨学科的特色教育，学校正建设具有西南交大特色的致力于全人教育的“学院＋书院”联合培养体。

茅以升班开班典礼上，茅以升之女茅玉麟致辞

闪亮新星汇聚　茅以升班闪亮登场
我校举行首届茅以升班开班典礼

本报讯　9 月 26 日,我校首届茅以升班开班典礼在网络学院国际会议中心举行。茅以升基金会副主任胡正民,茅以升基金会秘书长茅以升的女儿茅玉麟,校党委书记顾利亚,校长周本宽,副校长蒋葛夫、蔺安林,国家百名教学名师吴鹿鸣,各院系负责人以及茅以升班的 210 名同学及老师出席了典礼。

上午 10 时,主持人宣布开班典礼正式开始,场内奏响了庄严的国歌。之后,全场爆以热烈掌声祝贺茅以升班正式开班。

茅以升班的开班实现了 2002 年新培养计划制定会议上,副校长蒋葛夫提出的在基于大众教育背景下实施分层教育,在我校建立以集中学校最好优势资源为基础的试点班的想法,这也是在我校第十二次党代会即将召开时,向党代会展示的一项教改成果。茅以升班是以我校杰出校友、著名的土木工程专家、桥梁专家、工程教育家、老校长茅以升的名字命名的,旨在培养高素质研究型人才。进入茅以升班的学生将分别在土木、机械、电气、计算机、交通运输和峨眉校区进行培养。这不仅是学校百年办学史上人才培养模式的新探索、新突破,而且也是学校在创建高水平研究型大学征程中的一件大事和喜事。开班典礼上,校长周本宽代表学校,向茅以升基金会副主任胡正民、秘书长茅玉麟表示衷心感谢;向茅以升班的顺利开办付出辛劳的教职工表示诚挚的问候;同时也向同学们有幸成为茅以升班的首届学生表示热烈的祝贺。

周校长回忆了茅以升老校长的人生经历并对茅以升班的同学提出了继承和发扬茅以升老学长热爱祖国、追求真理、献身科学的崇高精神的要求以及用刻苦努力的学习和脚踏实地的行动,潜移默化地影响带动身边的每一位同学的期望。

茅玉麟秘书长代表茅以升基金会以及个人向茅以升班表示了热烈祝贺,并向同学们讲述了茅以升老校长的故事以激励同学们。同时,茅秘书长还向每一位茅以升班同学赠送了盖有茅以升基金会印章的茅以升老校长的照片。最后,茅秘书长还表演了茅家绝活:背诵圆周率 π 小数点后一百位。

随后,一部名为《架桥人茅以升》的专题片吸引了全场与会者的眼球。专题片主要讲述了茅以升老校长如何创新式地建成了钱塘江大桥以及茅以升老校长如何尽力结合实践培养人才。国家级教学名师吴鹿鸣希望同学们学习茅老光辉榜样,培养创新精神。他还表示将会参与机械学院茅以升班的授课,在高的平台上使用新的教学理念培养研究型人才。

学生代表苟超代表茅以升班全体同学表示,一定会继承茅以升老校长的治学精神,继承我校优良校风,用最短的时间融入到交大的学习生活中来。

典礼上,胡正民副主任、茅玉麟秘书长以及校领导向各茅以升班授牌。

(刘莎　王瑜　傅广慧　刘玉琼)

(十六)

一直以来,学校高度重视教师的教学水平提升及师德师风建设。一批批兢兢业业的教师不断涌现。在2003年起始的教育部组织的高等学校教学名师奖评选中,又或是2013年起始的国家“万人计划”教学名师的评选中,我校教师均有斩获。我校吴鹿鸣教授是首批高等学校教学名师奖获奖者之一。2003年11月15日的第471期校报上,有对吴鹿鸣教授的专访。回顾该报道,念及斯人已逝,不禁为吴老全心育人的精神而感动。截至2018年,学校共有国家级教学名师6名(吴鹿鸣、易思蓉、龚晖、冯晓云、彭其渊、罗霞),国家“万人计划”教学名师2名(吴广宁、彭其渊)。

吴鹿鸣获奖照片

“育人是我人生最大的乐趣”

——记首届国家级教学名师吴鹿鸣教授

我校的讲台上,活跃着一位67岁的老教师,他精神矍铄、身材魁梧、声如洪钟。站在讲台已46个春秋,他就是国家级教学名师吴鹿鸣教授。

在人民大会堂受到温家宝总理的亲切接见,吴教授内心有着难以名状的感动,时隔很久,面对记者,他仍然身临其境般讲述当时的情景。谈到这份荣誉,性格有些倔强的他一再强调:荣誉太高了,我没作出杰出贡献,只能算做耕耘了一辈子。

为了与世界接轨的基础教育

《天下安徽人——吴鹿鸣》
节目视频

吴教授20岁大学毕业留校当老师，一直工作在机械设计教研室，始终没有挪过位置。但他其实是个“不安分”的人，喜欢探索。从他刚上讲台的苏联教学模式，到现代最新的教学模式，他总在不停尝试改进。他定义的好教师是不能光奉献，还要站得高，在较高的教育理念指导下做好决策，与时俱进。

实现教育的现代化，基础教育首先要与国际接轨。作为一位领头人，必须具有战略眼光，吴教授认准了我国加入WTO，培养具有创新精神和创造能力的高素质人才成为时代的需要。为此，吴教授和他的团队定下这样的目标：瞄准国内一流水平，争取部分达到国内领先。依托国家工科机械基础课程教学基地，他们开始对机械基础教育体系进行大幅度的改革重组，在新教学体系加入突出创新能力和动手能力，创建工程实践新模式。

面对他的已不年轻和改革需要一个带头人的实际情况，他笑称“小车不倒只管推”吧。此后，加夜班成了常事，就在去年暑假，为买配件材料，他头顶烈日，骑着自行车到处寻找，还因此晒伤了皮肤。现在他主持建设的机械设计综合实验中心已经实现了数字化，走在全国前列，并与全国中期检查中，评为优秀，引来国内许多著名大学同行前来参观。

吴教授自豪地说，两点一线（课堂、实验室）的教学模式即将成为历史，体现以学生为中心，适合培养高素质人才的三点不共线（课堂、实验室、创新活动中心）的新型平台式教学模式形成了。

教师要成为教学明星

教师是表演家的新鲜提法，是吴教授对教学的独特见解。他认为，教学是一门艺术，讲台就是一个多媒体舞台，教师应是表演家；通过声、形展示教学内容，在这个舞台上，寓教于乐，给同学们留下深刻印象，老师就成为教学明星。难怪同学们说，听吴教授讲课是一种享受，他挥洒自如，一气呵成。其实在挥洒自如的背后，是吴教授“教书匠”的精神。此匠非匠。吴教授强调的是此“匠”精雕细刻的技艺和精益求精的精神。

教学明星还要有学术造诣做积淀。吴教授认为，一位优秀的教师一定要站在学科前沿,从事科学研究,不断更新教学内容。如果自已不在大海里游泳,如何教学生习水性呢?吴教授喜欢在“水里畅游”,承担了多项从七五到九五的重点科技攻关项目,锻炼了一身的“好水性”,也为教学提供了丰富的内容。

军功章盛满感激

个人的力量有多大?吴鹿鸣教授答以微不足道。

他没有忘记培育他学业和事业成长的土壤、交大治学严谨的校风和一代代名师宗师。提起自己的恩师李汶、孙训芳教授,吴教授充满深情,“同这些宗师相比,我太渺小了,而他们却没有机会获得这份荣誉了”,他至今还记得李汶教授讲授的投影几何。“在交大,很多教师讲课都非常好;自己只是身体好,一直站在讲台上,才讨个便宜罢了,待三年后的再评比时,我们学校将有更多的名师涌现出来”,吴教授很谦虚。

吴教授对夜以继日一起奋战的合作伙伴们充满了感激,他说:“离开了他们,我一事无成。”写到这儿,还不能不提一个人,那就是吴教授的“贤内助”高淑英教授,“没有夫人无怨无悔的支持和悉心照顾,我也难立军功”吴教授抚着奖章幽默地说,“军功章里也有她的一半啊。”

说起获奖,吴教授有一颗平常心,在交大工作了近半个世纪,一直把教师视为崇高的职业,对名利看得淡泊,他说:衡量人的价值不是金钱和荣誉,育人是我最大的乐趣,我的愿望是桃李满天下。

(田红)

(十七)

2003 年 12 月 5 ~ 6 日,中国共产党西南交通大学第十二次代表大会召开。这次大会是跨入新世纪、我校划归教育部管理后召开的第一次党代会。大会以“全面贯彻十六大精神,认真实践‘三个代表’重要思想,以人为本,求真务实,开拓创新,走西南交大特色的强校之路,奋力推进学校跨越式发展”为主题,提出了我校“建设西南交大特色的多学科协调发展的高水平研究型大学”的定位和“以人为本,学生第一”的办学理念,确定了实施特色强效、人才强校、成果强校战略,以及优化 3 个校区资源,发挥 3 个校区功能,不断推进学校全面、协调和可持续发展,制定了全面推进学校党的建设的任务等等。校报于 2003 年 12 月 15 日的第 473 期上刊登了相关消息。

走特色强校之路　奋力推进学校跨越式发展

中国共产党西南交通大学第十二次代表大会召开

顾利亚同志代表学校第十一届党委作了题为《走特色强校之路　奋力推进学校跨越式发展》的工作报告　李万青同志作了题为《坚定不移　创新机制　扎实有效　努力开创党风廉政建设新局面》的纪委工作报告　会议选举产生了学校第十二届党委和纪委　周本宽顾利亚先后主持会议

本报讯　中国共产党西南交通大学第十二次代表大会12月5～6日在成都校区国际会议厅隆重召开。5日这天的国际会议厅喜庆庄重，主席台上，十面鲜艳的红旗分立两侧簇拥着金色的党徽，党徽下摆放着常青松柏。会场后方，面对主席台悬挂着“以邓小平理论和‘三个代表’重要思想为指导，走特色强校之路，奋力推进学校跨越式发展”的大幅标语格外引人注目。上午9时许，出席这次代表大会的200多名代表在和煦的阳光下神采奕奕、兴高采烈地走进会场。

主席台就座着大会主席团全体成员。大会主席团常务委员顾利亚、周本宽、李万青、王顺洪、蒋葛夫、杨立中、黄庆、濮德璋、蔺安林在主席台前排就座。

教育部党组向大会发来了贺电。

应邀参加大会并在主席台前排就座的中共四川省委组织部副部长刘毅同志、中共四川省教育工委委员周光富同志分别代表省委组织部和省委教育工委向大会的召开表示祝贺。

应邀参加大会的还有省委组织部三处副处长陈三义同志、省教育工委组织部副部长杨成林同志。

西南交通大学7个民主党派联名致信大会，表示祝贺。5日上午9时大会开始，全体代表高唱雄壮的《国歌》。大会主席团执行主席周本宽同志主持大会。

顾利亚同志代表中国共产党西南交通大学第十一届委员会，向大会作了题为《走特色强校之路　奋力推进学校跨越式发展》的工作报告，李万青同志代表中国共产党西南交通大学纪律检查委员会向大会作了题为《坚定不移　创新机制　扎实有效　努力开创党风廉政建设新局面》的工作报告。

5日上午的大会结束后，全体代表合影留念。

从5日下午至6日上午，12个代表团就“两委”报告进行审议，酝酿党委委员和纪委委员候选人。代表们一致认为，两委报告求真务实，催人奋进，学校定位准确,工作思路清晰。要把报告提出的任务变为现实,关键要充分发挥好我们自身的优势,增强紧迫感,抓住机遇期,推进新跨越,通过坚持全面、协调、可持续的发展观,坚持不懈的努力,把美好的发展前景变成现实。

6 日下午,大会举行第二次全体会议。大会主席团执行主席顾利亚同志主持会议。大会通过了《中国共产党西南交通大学第十二次代表大会选举办法》,通过了总监票人、监票人名单和总计票人、计票人名单,宣布了提请大会选举的中国共产党西南交通大学第十二届委员会委员和中国共产党西南交通大学纪律检查委员会委员候选人名单。经过代表们无记名投票,选举产生了由 25 人组成的中共西南交通大学第十二届委员会和由 7 人组成的西南交通大学纪律检查委员会委员。大会通过了《中国共产党西南交通大学第十二次代表大会关于中国共产党西南交通大学第十一届委员会工作报告的决议》和《中国共产党西南交通大学第十二次代表大会关于纪律检查委员会工作报告的决议》。

下午 5 时,中国共产党西南交通大学第十二次代表大会于完成各项议程后,在庄严的《国际歌》声中胜利闭幕。

正式会议召开之前的 4 日晚上,中国共产党西南交通大学第十二次代表大会举行了预备会议。第十二次党代会筹备工作领导小组组长顾利亚同志主持会议。第十二次党代会筹备工作领导小组副组长兼秘书长李万青同志作了《中国共产党西南交通大学第十二次代表大会筹备工作报告》;第十二次党代会筹备工作领导小组副组长王顺洪同志作了《中国共产党西南交通大学第十一届委员会代表资格审查小组关于第十二次代表大会代表资格的审查报告》;党费审查小组组长张炜同志作了《中国共产党西南交通大学第十一届委员会党费审查小组关于党费收缴、使用和管理情况的审查报告》。通过了中国共产党西南交通大学第十二次代表大会主席团、秘书长名单和大会议程等。

(十八)

“利用 3 年左右的时间,多渠道筹措 2 亿元左右的资金,努力建设 3～5 个达到国家乃至世界级水平的创新基地,重点建设 20 个最优的基础课和技术基础课试验中心,通过调整重组并重点建设 30 个左右具有特色的专业实验中心”,这就是我校于 2004 年开始推进的“323”实验室工程。有关报道刊登在 2004 年 4 月 15 日的第 478 期校报上。2008 年,学校又进行了“323 实验室工程”(二期)建设,并于 2010 年底圆满完成。经过 6 年的努力,我校实验室建设和实验教学水平跃上了一个新的台阶,为学生的个性化培养营造了良好的环境。截至 2018 年,我校拥有国家级虚拟仿真实验教学中心 3 个、国家级实验教学示范中心 8 个、省级实验教学示范中心4个，校级实验中心10个。

我校将实施“323实验室工程”计划

本报讯 今后一段时间，我校实验室工作的主要任务是：深入贯彻落实学校第十二次党代会精神，以“把学校建设成为多学科协调发展的具有西南交大特色的高水平研究型大学”为奋斗目标，按照理顺机制、科学规划、突出重点、协调发展、优化配置、资源共享、调整结构、规范管理、分步实施的原则，以新校区建设和实验教学改革的步伐，全面实施“323实验室工程”。这是在4月6日召开的我校召开的实验室工作会议上，周本宽校长对今后3年我校实验室工作提出的任务和要求。

“323实验室工程”项目立项论证会

周本宽校长在《求真务实，抓住机遇，奋力推进我校实验室建设跨越式发展》的报告中指出，今后3年我校实验室工作的主要任务是：1. 切实加强对实验室工作的领导，进一步提高对实验室工作的认识；2. 以新校区建设和搬迁为契机，进一步调整实验室结构，理顺实验室管理体制，充分发挥学校整体资源效益；3. 进一步加强公共课、基础课、技术基础课实验室建设，深化实验教学改革，努力提高实验教学质量；4. 贯彻“特色强校”的思想，提高我校实验室建设层次；5. 加强科学管理，进一步提高实验室的管理水平和综合效益；6. 加强实验室队伍建设，充分调动实验室人员的积极性；7. 积极探索和推进实验室投入机制的改革和创新，多渠道筹集资金，把实验室建设工作落到实处。

出席会议的学校领导有校党委书记顾利亚，校长周本宽，校党委副书记李万青、王顺洪，副校长蒋葛夫、黄庆、濮德璋、陈志坚。

会议由副校长濮德璋主持。国有资产及实验室管理处处长张文桂做《西南交通大学实验室工作三年规划》的说明。学校实验室建设及实践教学专家指导小组组长刘锡澎、材料科学与工程学院院长、材料先进技术教育部重点实验室主任周仲荣、机械基础课教学实验中心负责人吴鹿鸣、应用力学与工程系党总支书记戴振羽在会上作了发言。

会上,学校表彰了牵引动力国家重点实验室、材料先进技术教育部重点实验室以及7个实验室先进集体、19名先进个人、5名工程实践优秀指导教师、10名工程实践优秀学生。学校领导向获奖单位和个人颁了奖。学校还向新一届实验室建设与实践教学专家指导组的10位成员颁发了聘书。

(十九)

2004年,我校"一卡通"建设正式启动。随着"一卡通"的启用,学校信息化和管理现代化水平得到了很大的提升。用餐、进出门、打卡签到、图书借阅……每一个交大人的生活都离不开"一卡通",它为师生们提供了极大的便利。2004年5月30日的校报第481期上刊登了有关报道。

一卡通将助校园迈进数字化

本报讯 5月19日上午,银、校、企合作共建我校数字化校园项目签约仪式在学术交流中心多功能厅举行。我校与中国工商银行四川省分行、哈尔滨新中新电子股份有限公司签署合作共建协议。这标志着我校"一卡通"建设正式启动,学校信息化与现代化管理水平将得到切实的提高,"一卡走遍交大"将不再是梦。

"一卡通"系统建设将采取银行卡金融功能与电子钱包、电子化管理相整合的方式。一旦实现"一卡通",全校师生可以在校内的银行网点或自助终端实现存取款、消费、转账等金融支付。该卡可以代替学生和教职工在校内的所有证件(学生证、图书证、医疗证等);可以应用于需要身份识别的各种信息系统;还可以通过电子钱包实现餐饮、校内购物、上机、医疗、选课交费、图书借阅等功能。

2003年11月19日第九次校长办公会议决定正式启动我校"一卡通"建设项目,成立了以副校长陈志坚为组长的"西南交通大学一卡通建设领导小组",统一规划和领导我校"一卡通"系统的建设工作。根据学校"一卡通"建设规划,从下学期开始分步在新校区、现在成都校区和峨眉校区启用。校党委书记顾利亚在仪式上表示,我校有着一校两地三校区的办学格局,数字化校园项目将会为全校师生员工提供极大的便利,是我校"以人为本"的办学理念的重要体现。

哈尔滨新中新电子股份有限公司通过竞标获得与我校合作机会。该公司总裁窦文天在会上承诺,该公司项目组将在协约签订一周内进驻学校,还将尽快在校内开设技术研发中心。

（陈姝君）

（二十）

犀浦校区启用

随着招生人数的不断扩大，九里校区教学用地资源已远远不能满足学校发展的需要。在学校与地方政府协商的基础上，2001 年学校与郫县人民政府举行签字仪式，经协商，我校决定在郫县征购 3000 亩土地建设新校区。2002 年，新校区选址郫县犀浦镇；犀浦校区建设工程正式破土动工。2004 年 7 月 27 日，2003 级本科生正式入驻犀浦校区；9 月 18 日，犀浦校区启用仪式暨 2004 及新生开学典礼举行，学校一校两地三校区办学格局正式形成。犀浦校区的启用，不仅为学校提供了更广阔的发展空间，为学校再创新的辉煌奠定了更为坚实的物质基础。犀浦校区启用的新闻刊登在 2004 年 9 月 30 日的第 486 期校报上。

新校区　新起点　新学子　新生活

喜迎六千新学子　犀浦校区正式启用

本报讯　随着省人大常委会副主任席义方宣布“西南交通大学成都犀浦校区正式启用”，会场上礼炮鸣响、彩球飞舞，欢呼声响彻会场。9 月 18 日，我校成都犀浦校区启用仪式和 2004 级新生开学典礼在犀浦校区新落成的南区体育场隆重举行。

成都犀浦校区自 2002 年 12 月 8 日开工，经过一年多的建设，一座美丽的大学城已经矗立在成都高新西区。新校区已经成为一座环境生态化、园林化，建筑形式多样化、历史化，建筑技术时代化、特色化，配套设施现代化、教字化的科教新区。它的启用，标志着我校正式形成了“一校两地三校区”的办学格局。

大会由校党委书记顾利亚主持。四川省委原书记、省人大常委会原主任谢世杰,省人大常委会副主任席义方、王荣轩,省人民政府副省长柯尊平,省政协副主席陈官权,省人民政府原副省长、省投资公司董事长邹广严,教育部直属高校工作办公室主任李志军,铁道部劳动卫生司司长宋修德,省委统战部常务副部长董玉梅,成都市委副书记刘佩智,市人大常委会副主任吴平国,副市长郝康理,市政协副主席傅勇林以及郫县、唐山市等有关领导及单位代表到会祝贺。

西南交通大学
犀浦校区建设及
启用视频

副省长柯尊平在讲话中说,党中央实施"科教兴国"战略、四川省实施"科教兴川"战略以来,西南交通大学加快学科结构调整。不断推动科技创新,取得了长足的进步和发展,为四川省的科技进步和跨越式发展作出了卓越贡献。西南交大新校区的启用,将在很大程度上改善学校现有办学条件,对促进学校发展,更大地发挥学校在西部大开发和科教兴国战略中的作用有着重要意义。他希望全体师生员工以新校区的启用为契机,在新的校园、新的学年、新的起点上,与时俱进,开拓创新,不断加快发展。

教育部市直属高校办公室主任李志军代表教育部在大会上讲话,指出西南交通大学新校区正式启用,为实现学校新的跨越打下了更为坚实的基础。

铁道部劳动卫生司司长宋修德宣读了铁道部贺词。贺词中说,随着新校区的正式投入使用,西南交通大学将进入办学史上新的篇章。铁道部将一如既往地支持学校的建设与发展,同时希望学校继续抓住机遇,加大加快改革力度,在快速推进学校的建设与发展的同时,为我国铁路的跨越式发展和全面建设小康社会作出更大的贡献。

周本宽校长在致辞中说,犀浦校区的启用,不仅为学校实施"人才、成果、特色"三大强校战略,建设"西南交大特色的多学科协调发展的高水平研究型大学"提供了更为广阔的发展空间,而且为学校再创新的辉煌奠定了更为坚实的物质基础。

2004 年我校共迎来了 6633 名新同学,其中,重点本科 5271 名,一般本科 1257 名,专科 105 名。他们中间,高考分数超过 600 分者达 1100 多人。我校在四川重点本科提档线比省控线高出 16 分,其他省、直辖市情况良好。今年,通过专业调整及新专业的设置,学科更加齐全,学生选择的空间更大。土木、机械、电气等我校传统优势专业依然是考生最爱,而建筑以及物流等年轻专业也十分走俏。

校长周本宽在会上向新同学提出了希望:第一、希望同学们把确立远大的理想和树立正确的择业观、就业观统一起来，脚踏实地，努力迎接新的挑战；第二、希望同学们继承和发扬严谨严格的优良传统，刻苦钻研，努力把自己培养成为高素质的创造性人才；第三、希望同学们发扬艰苦奋斗、爱国爱校的交大精神，顽强拼搏，共同谱写母校新的华章。

校党委副书记王顺洪宣布优秀新生奖获奖名单。获奖同学获得荣誉证书和奖学金。

大会结束后，席文方、柯尊平与唐山市人大负责人一起为成都犀浦"交通大学"剪彩揭牌。

下午，中国铁路文工团为我校师生奉献了一台精彩纷呈的文艺演出。

（田红）

（二十一）

学科排名是指：教育部学位与研究生教育发展中心按照国务院学位委员会和教育部颁布的《授予博士、硕士学位和培养研究生的学科、专业目录》，对除了军事学门类外的全部一级学科进行整体水平评估，并根据评估结果进行排名，又称"一级学科整体水平评估"。2002～2004 年全国一级学科评估排名于 2004 年 10 月 8 日公布，我校交通运输工程一级学科整体水平排名全国第一。刊登在 2004 年 10 月 15 日的第 487 期校报头版头条的消息，如一剂强心针，注入交大人心间。此后的两轮评估中，作为我校王牌学科，交通运输工程一级学科又连续两次排名全国第一。在 2017 年的公布的新一轮学科排名中，交通运输工程获评 A＋，依旧保持了全国第一。

全国一级学科评估排名　交通运输工程学科列全国第一

本报讯　备受关注的 2002～2004 年全国一级学科评估排名，10 月 8 日由高等学校与科研院所学位与研究生教育评估所正式公布。我校交通运输工程一级学科整体水平排名全国第一，土木工程一级学科排名全国第八。

据悉，此次学科评估是以 3 年为一个周期，其覆盖面涉及除军事学门类外的 80 个研究生教育一级学科，共有 229 个单位，1336 个学科点参加了学科评估。

据高等教育与科研院所学位与研究生教育评估所负责人介绍，此次学科评估排名有三大措施确保一级学科做到科学客观、严谨规范、公正合理、公开透明。这三大措施是：评估指标的科学合理、客观数据采集真实可靠、学术声誉严谨有效。

北京航空航天大学研究生院副院长、计算机学院博士生导师李博教授在读到学科评估排名的看法时说道:“学科评估排名的准确性一般高于大学综合实力排名。基本能够做到对大学、社会负责。”

(二十二)

当下,“超级高铁”的概念红遍中国大江南北,回首这一概念在我校萌芽的一刻,会有别样的感动。2004 年 12 月,在“真空管道高速交通”院士研讨会上,两院院士沈志云提出了高速交通的新构想。有关报道呈现在 2004 年 12 月 30 日的校报第 492 期上。真空管道高速交通构想提出后的 14 年里,西南交大对未来高速交通发展的研究从未停歇,现在的轨道交通国家实验室(筹)里,全球首个真空管道超高速磁悬浮列车环形实验线平台、国内第一个载人高温超导磁悬浮环形实验线正次第开展着试验,同时,一条测试时速可达 400 公里的真空管道高温超导磁悬浮直道试验线正在建设……

全球首个真空管道超高速磁悬浮列车环形实验线

在地面创造万米高空的交通运行环境

沈志云院士提出高速交通新构想

本报讯　“超高速是 21 世纪地面高速交通的需求,石油短缺将使民航成为一般人难于享用的奢侈品,环保要求电气化的轨道交通,随着社会经济的发展人们渴望超高速。而要改变这一切,真空(或低压)管道是地面交通达到高速的唯一途径。否则地面交通将无法超越每小时 400 公里的警戒线。这是 30 至 50 年后不可避免的选择。”这是 12 月 18 日在四川(成都)院士咨询服务中心和西南交通大学共同举办的“真空管道高速交通”院士研讨会上,中国科学院院士、中国工程院院士沈志云在研讨会上的一段发言。

参加这次研讨会的有中国科学院院士张涵信、葛昌杵,中国工程院院士钟山、钱清泉、宋文骢、乐嘉陵等。中国科学院院士何祚庥向会议递交了阐述个人观点的书面材料。会议还邀请了航天、磁浮、交通及空气动力学等方面的专家学者参加了研讨。会议进行了三个报告,即两院院士沈志云作的《关于真空管道高速交通的思考》、研究员杨学实作的《高速轨道交通气浮车的原理和应用》和磁悬浮专家王家素作的《高温超导磁悬浮车的研究和开发》。

早在20个世纪90年代,我校就围绕高速交通问题开展了一系列研究,学校依托牵引动力国家重点实验室联合机车车辆研究所、磁悬浮研究中心等各个相关学科以强有力的实验能力为手段,以理论研究为基础,大规模地开展中国高速交通的研究。先后配合铁道部开展高速、重载技术研究,参与提速客车的动力学性能和运行可靠性的改善以及每小时270公里、300公里等系列高速机车车辆和160公里高速货车和重载货车的研制。学校发挥多学科的综合优势,积极开展高速铁路的研究,在全国铁路历次大提速中解决了许多关键性的技术问题。在磁悬浮研究方面,研制成功了国内第一条载人常导磁悬浮列车实验线和世界第一辆载人高温超导磁悬浮实验车,为我国的高速交通研究与发展奠定了基础,成为我国交通领域,特别是现代交通科学的一个重要基地。但是随着形势的发展,能源问题和环境问题的矛盾越来越突出,为了提早预防和提出解决的办法,学校高度重视高速交通的问题,已经成立了由校长周本宽领导的真空管道高速交通研究小组开始工作。在周本宽的领导下,沈志云院士经过思考与研究认为,要使地面交通达到超高速,从开放式磁浮的生存空间来看,移动的设备精度达不到,就要转嫁到固定设备上,必定付出很大代价,发展的前景肯定不好。超高速只能选择真空管道高速磁浮——在地面创造万米高空的运行环境。他认为学校在轮轨、磁浮、高温超导上实力雄厚,具备了研究真空管道高速交通的优势。

真空管道高速交通院士学术报告会视频

研讨会上,沈院士从六个方面阐述了他的观点:1. 地面高速交通面对的主要问题,2. 真空管道是不可回避的选择,3. 真空管道高速交通的基本问题,4. 美国ETT高真空管道磁浮车,5. 瑞士SWISMETRO及美国MAGPLANE,6. 我国真空管道高速交通的发展战略和技术方案。他认为,地面高速交通面对的主要问题有两方面,一是空气阻力,二是气动噪音。在对比了航空、轮轨、磁悬浮和高速水运等交通工具在空气阻力、气动噪音和能源消耗的情况后,沈院士认为磁悬浮的真正优势(低噪音、低振动)只有在低速下才能凸显出来,磁浮与轮轨的对比只有在低速下才有意义,高速下两者几乎没有差别,都同样是与周围稠密的大气对抗。由于磁浮与高速轮轨的运行性能基本相同,同处稠密大气层,气动性能相同。所以磁浮列车的不兼容性使其难于在运输市场中同轮轨竞争。磁悬浮所标榜的每小时 400 ~ 600 公里高速优势难于被运输市场所接受。沈院士认为,任何一种地面交通工具,不管是否悬浮,商业运营速度都不宜超过 400km/h,否则能耗大,噪音超标,难于被运输市场所接受。这是稠密大气层所决定的。

如何能达到超高速? 他提出改变周围介质的观点,要么升高到万米高空,该处空气密度只及地表的 1/5;要么进入密封管道,将其抽成低气压。而后者将是不可避免的选择。

就此,沈院士提出了我国真空管道高速交通的目标定位与实施方案,即每小时 600 ~ 1000 公里的超高速地面交通,分为 4 个阶段推行,从 2005 年开始,5 年推出小比例模型,10 年全尺寸模型,15 年达到实验线路,25 年即 2020 至 2030 年实现运营线。

会议围绕沈志云院士的观点就真空管道高速交通技术问题等进行了广泛的探讨。

(朱正安)

(二十三)

2004 年,《中共中央国务院关于进一步加强和改进大学生思想政治教育的意见》下发,学校根据中央精神,结合工作实际,决定切实加强辅导员队伍建设。为此,以建设一支"信念坚定、素质优良、结构合理"的坚若磐石的专家化、职业化的辅导员队伍为目标的"磐石计划"启动了。过去有些学生得不到关怀的状况改变了,学生心理、思想与学风问题等在萌芽中就能得到及时化解,这对学校思想政治工作的开展起到了很好的作用。有关报道刊登在 2005 年 11 月 30 日的第 507 期校报上。

成长着学生的成长　幸福着学生的幸福
“磐石计划”让每个学生得到关怀

王顺洪同志与辅导员就磐石计划讨论工作

在西南交通大学，每一位从事大学生思想政治工作的辅导员都越来越感到辅导员工作有干头，有奔头。他们中的大多数人几乎每天都和学生们同吃、同住、同生活。他们把做好学生的思想政治工作看作自己应该坚守的一份责任。照他们的话来说就是：“成长着学生的成长，幸福着学生的幸福。”这支队伍中的每一个人的工作能达到该境界，原因在于学校推行了切实可行的加强辅导员队伍建设的“磐石计划”。

自去年《中共中央国务院关于进一步加强和改进大学生思想政治教育的意见》即16号文件下发以来，西南交大在认真领会文件精神的基础上，对学校学生思想政治工作中存在的不足进行认真分析研究。针对学生中政治理性思考较为缺乏、对民族优秀传统和文化了解不深、价值取向现实功利、合作意识亟待加强、奋斗精神较为缺失、心理素质有待提高等问题，学校认为加强和改进大学生思想政治教育一方面是要认真研究教师教书育人的制度、政策导向和长效机制，发挥学校思想政治理论课、形势政策课、哲学社会科学课及各门课程育人的主导作用，形成全过程育人；另一方面对于学生工作队伍建设需要更加强有力的政策环境与学科支撑。为此学校在出台《关于学习贯彻 < 中共中央国务院关于进一步加强和改进大学生思想政治教育的意见 > 的实施意见》的同时推出了加强辅导员队伍建设的“磐石计划”。

所谓“磐石计划”顾名思义就是建设一支“信念坚定、素质优良、结构合理”的坚若磐石的专家化、职业化的辅导员队伍。

学校面对三个校区的7万多名各层次学生，首先在计划中提出了配齐配足辅导员制度。对没有配齐配足辅导员的院系，学校将扣减其总岗位的津贴数。目前,学校已严格按照1∶200的比例配齐本科生辅导员,按1∶260的比例配齐了研究生辅导员。二是按照学有所需、学有所获、学有所用和用有所成的原则,以新理论、新知识与新技能教育培训为重点,以辅导员实际学习需求为出发点,全方位、多层次地对辅导员开展菜单式的学分制服务培训;并设立辅导员队伍培训基金,邀请学校领导、专家学者和工作经验丰富的辅导员授课。其培训内容包括思想政治教育、学生工作业务、心理健康教育、文化艺术、管理方法、实践与考察6个大类。在6个大类下,再根据需要下设若干培训专题。从去年以来,我校已为辅导员们进行了中央16号文件学习、"三个代表"重要思想理论体系和历史地位、科学发展观、现代大学生心理问题与教育对策、高校政治辅导员心理素质培养、危机干预及防预、音乐欣赏、领导科学与艺术等专题培训。三是按学术团队组织辅导员参加学术研究。根据大学生思想政治教育面临的新形势,学校将辅导员队伍组成了心理健康教育、社会实践与成才校园文化育人、网络思想教育等10个学术团队,由资深的思想政治教育专家担任负责人,并投入了专项经费建设专门的信息资料中心、大学生发展研究中心,让辅导员们能够结合自己的兴趣和职业规划持久地开展理论研究,从而实现出思路、出成果、出人才、建学科,最终推进辅导员队伍向专家化、职业化方向发展。如今绝大部分辅导员均写出了结合自身工作实际的研究论文。目前,学校正在研究让具备条件的辅导员与相关学科导师一起共同担任硕士研究生导师,以实现以学科为支撑的辅导员队伍专家化的相关政策。四是加强管理,体贴关怀。学校实行了辅导员谈心记录簿制度,每个学期根据辅导员与学生谈话的记录簿开展横向和纵向的检查评比,即学校主管领导评辅导员,辅导员与辅导员互相评,学生通过网上或由学生处组织专人请学生对辅导员进行评价,以此推进辅导员工作的深入性和时效性。此外,每学期校党委书记顾利亚、校长周本宽,以及主管学生工作的党委副书记王顺洪,组织部长、学生处长都要与每位辅导员开展一次谈心,了解他们的思想动态,帮助其解决思想问题和实际问题。学校还为政治辅导员开通了免试攻读研究生等深造和进修渠道,开通到地方各级政府挂职锻炼的培训"立交桥"以促成他们进一步成长。

由于"磐石计划"的推行,过去一些曾经怀着失落感和怀疑心情踏上辅导员这个岗位的老师如今对工作充满了热情和憧憬。他们说:"工作的体验让我们深刻体会到,世界上最难做的工作就是做'人'的工作,同时也让我们感受到了学生是最具有思想、最真诚、最富有活力、最具创造力、最具可塑性、最充满希望的群体。与学生们共同成长的这段日子将是我们人生中最难忘、最美丽的一片天空。"在学生们眼里,辅导员老师却是他们心中的一汪清泉,滋润着他们的心田。电气工程学院的学生对他们的辅导员陈怡露老师的评价是:"她习惯到学生宿舍聊天。一句句简短的话，一个个自然的微笑，却是轻拂的春风，在我们心里荡起阵阵涟漪。"

辅导员队伍建设的"磐石计划"改变了过去有些学生得不到关怀的状况，使每个学生都能受到学校和辅导员的关怀，从而使学生心理、思想与学风问题等在萌芽中及时得到化解。近年来，学校没有出现过学生因心理和思想问题而引发的重大恶性事故。学生中爱国热情高涨，呈现出了关心国家利益，关注学校发展，拥护党的方针政策，严谨勤奋、务实创新、诚信友爱、奋发向上的精神面貌。在全国学生助学贷款中，学生还贷率连续两年达到100%；在今年毕业的5000余名毕业生中，有2000多名毕业生主动要求到西藏、新疆、青海等祖国最需要的地方去建功立业。同时学生们还积极参与成都市创建文明城市的活动，主动争当市民观察员，把"和谐送进社区的千家万户。

（朱正安）

（二十四）

我校国家大学科技园评估验收会

依托学校人才、科技、试验设备、文化氛围和综合创新资源优势，开展科技企业孵化，为学校科技成果孵化、高新技术企业孵化、创新创业人才培养、产学研结合提供支持平台和服务。1994年，西南交通大学国家大学科技园正式创建，在各级政府和企业的大力支持下，2003年西南交通大学科技园经过资源整合注册了科技园管理公司，于2005年12月被国家科技部、教育部认定为"国家大学科技园"。相关报道在2015年11月30日的第507期校报上刊出。其后，科技园于2010年10月被国家科技部、教育部认定为"高校学生科技创业实习基地"；2013年3月被成都市科技局认定为"成都市科技创业苗圃"；2014年7月被国家科学技术奖励工作办公室认定为"科技成果评价机构"；2014年12月被国家科技部认定为"国家级科技企业孵化器"；2015年1月被国家科技部认定为"国家技术转移示范机构"。目前，科技园已建有孵化园区、研发基地、培训基地、产学研示范基地及产业园，其中孵化园区用房面积1万平方米、培训基地4000平方米、产业园区153万平方米、峨眉校区中药产业基地16万平方米;已经具备了比较完善的运行机制和服务功能。

我校国家大学科技园建设通过评估

本报讯 由科技部、教育部组成的国家大学科技园评估验收专家组,11月16日对我校国家大学科技园进行评估验收。评估组领导、专家,四川省、成都市及相关部门领导,我校党政领导等出席了评估验收开幕式。

开幕式由教育部科技司高新处处长付恒升主持。我校党委书记顾利亚致欢迎辞。四川省人民政府副省长杨志文、中共成都市委副秘书长宋志斌发表了讲话,他们对我校科技园的建设给予了充分的肯定,并对今后的发展寄予厚望。

经付恒升处长提名,本次评估专家组组长由西安交通大学国家大学科技园总经理田惠生担任。专家组成员由科技部高新司副司长(正司级)耿战修、教育部科技司副司长武贵龙、教育部科技司高新处处长付恒升、清华大学国家大学科技园副主任刘杰、北京航空航天大学国家大学科技园总经理何莎、复旦大学国家大学科技园主任蒋国兴、四川大学国家大学科技园总经理李嘉莉组成。

我校科技园领导小组副组长、副校长蒋葛夫从我校科技园所依托的资源优势、办园思路和运行机制、办园绩效和特色与科技园发展建设规划等四个方面向专家组作了汇报。蒋葛夫副校长的汇报结束后,放映了西南交通大学科技园宣传片《创业启示录》。

随后,专家组就我校科技园的风险投资、项目运作、地方政府政策支持等进行了提问。

评估期间,专家组与成都市和金牛区相关部门负责人、我校科技园入园企业、孵化企业、留创企业、研发机构、中介机构、入园创业师生进行座谈,详细了解了地方政府对我校的政策支持情况,以及我校科技园的运作机制及科技园企业的运转情况,并实地考察了我校科技园区的高速公路隧道智能控制系统研发项目、运达创新科技有限公司、主导科技有限公司、中低速磁悬浮列车项目孵化基地、列车运行安全预警系统项目孵化基地。经考察,专家组对我校科技园企业的孵化业绩表示满意。

专家组一致认为:西南交通大学科技园以学校的人才、学科等优势为依托,以交通运输、轨道交通为特色,培育转化了如磁悬浮、道岔等一批自主创新的技术成果,为四川省区域经济的建设、我国轨道交通事业的发展、做出了巨大贡献。建议科技部、教育部认定西南交通大学科技园为国家级大学科技园。

评估结论公布后,顾利亚书记代表学校对评估验收专家组各位专家的辛勤工作表示衷心感谢,并表示学校将根据专家提出的中肯建议制定整改措施,不辜负各位领导、专家的期望,通过坚持不懈的努力,力争科技园建设再上一个新的台阶。

省教育厅副厅长唐小我代表省科技厅和教育厅对我校科技园通过国家级评估验收表示祝贺。唐小我表示,省教育厅将继续大力支持我校科技园的发展建设。教育部科技司武贵龙副司长和科技部高新司耿战修副司长就我校大学科技园成为第50家国家大学科技园表示祝贺,并对我校科技园建设中存在的不足及努力方向提出了宝贵意见。

(二十五)

我校积极开展先进性教育活动

在党的十六大和十六届四中全会精神指引下,为进一步加强党的执政能力建设,全面推进党的建设新的伟大工程,确保党始终走在时代前列,更好地肩负起历史使命,2004年11月7日,中共中央发布《关于在全党开展以实践“三个代表”重要思想为主要内容的保持共产党员先进性教育活动的意见》,决定从2005年1月开始,用一年半左右的时间,在全党开展以实践“三个代表”重要思想为主要内容的保持共产党员先进性教育活动,历时一年半,到2006年6月基本结束。2005年7~12月,学校开展了以实践“三个代表”重要思想为主要内容的保持共产党员先进性教育活动。在先进性教育活动过程中,我校广大党员的先锋模范作用进一步发挥,党员队伍整体素质进一步提高,各级党组织的作用进一步发挥,有力地促进了学校各项工作开展。先进性教育活动所取得的实效得到了群众的认可,在满意度测评中,满意度达到了85%以上。在先进性教育活动中,校报开展了持续的报道。后一则报道刊登在2005年12月30日的508期校报上。

我校先进性教育活动顺利完成各项任务

本报讯　12 月 12 日,我校先进性教育活动总结大会在九里校区大学生会堂召开,这标志着我校保持共产党员先进性教育活动保质保量的按期顺利完成了各项任务。

按照中央、四川省委和省委教育工委的统一部署,我校在今年 7 月至 12 月开展了以实践"三个代表"重要思想为主要内容的保持共产党员先进性教育活动。历时 5 个多月来,在省委教育工委先进性教育活动领导小组的领导下,在省委教育工委督导组的具体指导和帮助下,在全校共产党员的积极参与下,我校始终严格遵循中央、四川省委、四川省委教育工委关于开展先进性活动的指导思想、指导原则,总体安排和方法步骤,紧紧抓住学习实践"三个代表"重要思想这条主线,牢牢把握"关键是要取得实效"和"真正成为群众满意工程"的要求,精心组织,扎实工作,顺利完成了各项任务,到目前基本结束。

在 12 月的大会上,校保持共产党员先进性教育活动领导小组组长、校党委书记顾利亚作了总结报告。在回顾我校保持共产党员先进性教育活动的工作情况时,顾书记对我校先进性教育的主要特点及初步成效进行了总结。顾书记说 7 月 7 日以来,全校 17 个分党委、8 个党总支、6 个直属党支部和 439 个党支部共 6528 名党员参加了先进性教育活动。学校各级党组织始终把先进性教育活动作为当前党建工作的重中之重来抓,扎扎实实做好了学习动员,分析评议和整改提高各阶段的工作。归纳起来,主要特点和初步成效体现在以下四个方面:

一、坚持正面教育、开门教育、自我教育和典型教育,使广大党员的先锋模范作用进一步发挥,党员队伍整体素质进一步提高。

二、坚持理论联系实际和分类指导,各级党组织的作用进一步发挥凝聚力、战斗力和创造力,进一步增强。

三、坚持边学边议边改,有力促进了学校各项工作的开展,真正实现了"两促进、两不误"。

四、坚持正确的舆论导向,增强了活动的感染力和号召力进一步激发了党员参加先进性教育活动的自觉性、积极性与主动性。

报告指出,在先进性教育活动中学校各级党组织始终坚持理论联系实际,针对教学科研、管理、后勤产业、离退和学生等不同岗位进行了分类指导。工作中,各级党组织积极发挥责任主体的重要作用,始终坚持"两不误,两促进"的思路,在组织党员参加先进性教育活动的同时,积极推进工作。从层层的思想发动到组织党员学习,从征求意见、交心谈心、到撰写党性分析材料。从开展批评和自我评定到制定整改措施,以及开展“师德师风承诺”“走进农村,服务农民”与“走进革命老区缅怀先烈”等活动;邀请离退休老领导为同学讲解校史、开展了“师生共建话保先”和“关心学生,加强交流,共建先进党支部”等活动。各级党组织多数利用了业余时间,甚至经常加班加点开展活动,工作认真负责。正是由于这种认真负责的工作态度,学校先进性教育活动才得以顺利完成。党组织战斗力、创造力和凝聚力才得到了进一步的加强。在整个先进性教育活动过程中,我校共有 795 人加入了中国共产党,有 4431 人向党组织递交了入党申请书。

先进性教育活动中学校各级党组织始终坚持把抓落实、求实效贯穿始终,充分发扬民主,走群众路线,针对查找的问题,紧密围绕学校和本单位的中心工作制定切实可行的整改方案和整改措施据不完全统计全校各级党组织制定的整改方案达 939 条,校、院两级领导班子制定整改方案达 422 条,党员制定整改措施达 7338 条。各级党组织始终坚持边学边改、边议边改、边整边改,在解决群众关心的问题上取得了初步成效,初步统计,全校需要整改的问题 2552 个、已经整改的 1512 个、公开承诺的 1055 个、新建各类规章和制度 645 个与修改完善各类规章制度 560 个。党员示范岗 167 个,建立党员示范窗口 76 个,建立党员示范服务岗 196 个,深入基层、深入群众党员人数 3973 个,为群众做好事、实事 1406 件。

经过全校党员同志和教职员工的共同努力,今年学校各项工作取得了突出成绩:对于全校师生反应强烈,关系学校发展的争取进入 985 建设行列、学校“十一五”发展规划制定,进一步推进国家实验室建设以及部部共建等问题,学校成立了由党委书记、校长分别负责的工作组,积极开展工作,争取到了国务委员陈至立同志对学校的支持。学校“十一五”发展规划初稿已经形成,正在调研和征求意见之中。以科研形式启动“国家实验室”建设来实现部校共建问题也已向铁道部做了初步汇报。国家大学科技园已顺利通过了科技部、教育部验收评估;国家级教学成果奖我校获得五项,其中一等奖 2 项,二等奖 3 项,尤其是一等奖独立完成项目的数量居全国高校第 3 名;有 4 门课程入选“国家级精品课程”,入选数量位列西南地区高校榜首;“高速列车运行安全性”研究群体进入国家级创新团队行列;获得了力学,测绘科学与技术 2 个博士一级学科、马克思主义理论与思想政治教育等 6 个二级博士点;组建了公共管理学院;又有 1 篇博士学位论文入选“全国百篇优秀博士学位论文”,我校入选的论文数量达到 5 篇,居四川高校首位。科技工作取得的突破性进展,获得国家级科技进步成果奖 5 项,其中“道机车车辆轨道耦合振动理论、关键技术及其工程应用”获得一等奖,并被推荐为 2005 年中国高校十大科技进展候选项目,另有四项获二等奖。“磁浮技术与磁浮列车”通过了教育部重点实验室的初步评审,国家教育部工程研究中心、国家级实验教学示范中心以及四川省重点实验室和工程中心的申报工作正在进行之中,截至目前,学校科研经费已达1.8亿元。在贫困助学工作中,为贫困生提供勤工助学岗位1900个,通过特困补助、减免贫困生学费、开展“一帮一”等活动,共提供资助资金近205万元,通过“绿色通道”帮扶贫困新生973人入学。学生在国家各项大赛中获奖情况良好。其中在第9届全国大学生挑战杯中获得二等奖1项、三等奖3项;在2005年全国电子设计竞赛和数学建模大赛以及力学、结构设计和国际程序设计大赛中,共获得二等奖5项、三等奖1项和不分等级国家奖1项。教职员工一直关心的青城山磁浮列车试验线建设工作也有新进展,现车体运至青城山,目前正在调试之中。学校在干部选拔工作中有了新措施,部分中层干部的选拔由校内开始扩展到校外。在今年的毕业生双选会上,九里校区和峨眉校区的一次签约率分别达到了48%和45%,比去年同期增长2%,截至目前共召开174场专场招聘会,比去年同期翻了一番。同时,学校还开展了课堂教学质量大检查,校领导积极参与听课;全面启动了2007年本科教学优秀评价的各项准备工作。110周年校庆各项筹备工作正在积极推进;学校被中华全国总工会授予模范教职工之家称号等。

总体上看,我校先进性教育活动所取得的实效,得到了群众的认可,上周进行的对学校先进性教育活动群众满意度测评,群众的满意度达到了85%以上。

针对先进性教育活动的经验和体会,顾书记作了四点经验总结:

第一,坚持把学习“三个代表”重要思想观贯穿始终,使广大党员不断提高理论水平和政治素养,是开展好学校党员先进性教育活动的灵魂。

第二,积极发挥基层党组织的责任主体作用和党支部书记的骨干作用,是开展好党员先进性教育活动的重要保证。

第三,校、院两级领导班子和领导干部在活动中率先垂范,是开展好先进性教育活动的关键因素。

第四,坚持群众参与和解决突出问题,是先进性教育活动取得实效、群众满意的保证。

顾书记谈道,按照先进性教育“关键是要取得实效”和“创建群众满意工程”的要求,学校各级党组织在活动中把解决突出问题和走群众路线相结合,通过宣传引导,及时向群众通报情况,认真听取群众意见和建议,公开整改方案和接受群众的满意度测评等途径和方式,让群众积极参与,与此同时,学校各级党组织根据征求到的意见和查找的问题及时制定整改措施,认真解决群众反映的问题,形成了反应问题和解决问题的工作闭环。对教职工住房问题和停车场问题正在着手解决,争取在九里校区建两栋经济适用型住房解决无房、年轻教职工和引进人才等住房困难,报批手续正在办理之中。校园环境秩序得到了有效改善。离退休老同志反映的住房补贴问题,经研究已形成了解决方案,有关部门正着手解决。

针对下一步的工作,顾书记指出:“保持党员先进性,是一项长期而艰巨的任务。目前我校先进性教育活动的集中学习教育已基本完成,但进一步巩固和扩大成果还需要做大量的工作,按照中央和省委的要求,第二批先进性教育活动集中学习教育结束后,还要用3个月左右时间巩固和扩大整改成果,认认真真地抓好落实。按照省委教育工委的要求,我们下一步要重点做好以下思想工作:一、深入学习16届五中全会精神,全面促进学校发展;二、深入落实整改措施进一步解决,关系师生员工的实际问题;三、抓好长效机制建设,确保先教活动成果的巩固;四、正确把握政策,认真做好对不合格党员的教育处理。”

顾书记最后说:“先进性教育活动不仅使我们的党性和思想认识得到了全面锤炼和提高,更为我们进一步做好今后的各项工作增添了新的动力。我们要以先进性教育活动的阶段结束作为进一步加强党员先进性、推进党的建设工作的开始,作为全面推进学校建设与发展的崭新起点。让我们紧密团结在以胡锦涛同志为总书记的党中央周围,高举邓小平理论和‘三个代表’重要思想的伟大旗帜,以科学发展观为统领,与时俱进、开拓创新,艰苦奋斗、求真务实,为早日把我校建设成高水平研究型大学而不懈奋斗!”

顾书记报告结束后,省委教育工委保持共产党先进教育活动督导组组长严培坚同志作了讲话。严培坚同志对我校先进性教育所取得的成绩给予高度评价,并对我校先进性教育顺利结束表示祝贺。同时他在谈话中谈了四点感受:一、交大各级党组织对开展好这次活动是高度重视的,能按照省教育工委的要求制定出切实可行的实施方案。由于工作扎实,每一阶段都能有效地开展工作。二、学校党的领导干部都能较好地发挥表率作用,尤其是党政一把手在学习动员阶段能带头讲,带头学,带头写读书笔记和心得体会。在分析评议阶段,广大领导干部带头开展交心谈心活动,带头征求党内外群众意见、写分析材料、开展批评与自我批评,使领导干部在思想上受到很大震动和帮助。在整改提高阶段,各级领导干部针对查找出的问题,能带头制定整改措施,使先进性教育活动能够成为让交大教职工满意的工程。三、交大广大党员能听从党的召唤,投身先进性教育活动中,体现了高度的责任感,提高了思想认识,增强了党性。在5个月来的活动中交大克服了许多困难,做到了“两不误”,并创造性地开展先进性教育,使先进行教育活动更有生气,党员的思想受到了教育,党员的精神面貌有了可喜的变化,一些优秀党员更加优秀。四、学校对督导组的工作给予了大力的支持,对督导组的工作非常尊重。

严培坚指出,今天西南交大的先进性教育活动虽然结束了,但是保持共产党员先进性的教育并没有结束,且要永远的进行下去,要在长效机制上下功夫,以促进西南交大高水平研究型大学的奋斗目标的实现。

会议举行了保持共产党员先进性承诺仪式。校党委常委、组织部部长朱健梅作为领誓人带领全体党员进行了承诺宣誓。

这天的大会由西南交通大学保持共产党员先进性教育活动领导小组副组长、校党委副书记李万青同志主持。省委教育工委督导组组长严培坚,组员胡雪飞,西南交通大学全体校领导,机关全体党员,助理及以上党员领导干部,各党支部书记,教师、学生、离退休党员代表,民主党派负责人、无党派人士代表出席了动员大会。

(朱正安)

(二十六)

2006年2月,学校抓住铁路发展机遇与铁道部实施全面战略合作。双方的合作重点放在三个方面:一是铁道部支持西南交通大学把“现代轨道交通国家实验室”建成能够满足铁路客运专线建设需要的实验室;二是在铁路计算机编程,转向架、牵引供电等试验平台,培训工作,客运专线各项标准制定和引进人才五个方面充分发挥西南交通大学的技术人才优势;三是聘请专家对客运专线的建设、运营提供指导,包括理论与技术指导。之后,学校着力发挥自身科技和人才优势,围绕铁路跨越式发展总体目标,面向网络扩张、客货分线、建设客运专线、发展重载运输、提高服务质量、保障运输安全、提升运营管理与运输组织水平以及可持续发展等需求,在相关领域开展科技攻关,实现了重点突破。其中,具有代表性的是2006年11月2日,学校与京沪铁路客运专线公司筹备组就全面合作达成共识并签署合作纪要。校报在2006年11月15日第525期上予以了报道。至京沪高铁建成,以及其后的各条高铁线路的建设,学校科研团队及培养的人才均在其中发挥了巨大作用,于中国高铁开启时代,铸造了中国制造的闪亮“名片”——中国高铁。

我校师生参与京沪客运专线建设工作

我校与京沪铁路客运专线公司开展全面合作

本报讯 在与铁道部开展全面战略合作的思想指导下，11 月 2 日，校长周本宽率团到北京与京沪铁路客运专线公司筹备组进行交流、座谈，双方就京沪高速铁路建设中开展全面合作达成共识并签署合作纪要。

合作交流会由副校长蒋葛夫主持，周本宽校长作了学校为铁路跨越式发展做贡献，举全校之力为京沪高速铁路建设服务的构想等情况介绍，我校相关学科的专家教授就高速铁路工程建设与运营管理的若干问题做了专题汇报，并与京沪铁路客运专线公司筹备组的专家及工程技术人员进行了有益的交流。

铁道部高速铁路建设领导小组副组长蔡庆华、京沪铁路客运专线公司筹备组常务副组长李志义、副总工程师赵国堂等介绍了京沪高速铁路建设的最新情况，对我校发挥铁路学科完备、研究成果丰富、各方专家聚集的优势，积极为京沪高速铁路建设提供支持与服务表示欢迎和感谢，并祝愿双方的合作取得圆满成功。

双方一致认为，京沪高速铁路是国家《中长期铁路网规划》中投资规模最大、技术含量最高的一项工程，也是我国第一条具有世界先进水平的高速铁路。按照铁道部领导的要求，京沪高速铁路要瞄准世界先进水平，充分利用我国铁路几十年来积累的经验和资源，大力进行原始创新、集成创新和消化吸收再创新。要在短短几年中高标准、高质量地建设好、管理好京沪高速铁路是一项重大而艰巨的系统工程，需要广集博纳各方智慧，这为双方开展新形势下的全面合作提供了机遇，创造了条件。经过充分沟通、交流和协商，双方就开展全面合作达成共识：

一、为做好京沪高速铁路建设服务工作，西南交通大学专门设立京沪高速铁路建设项目工作组，由主管科研和产业工作的副校长牵头组织和领导，根据多学科系统集成的需要，决定由西南交大铁路发展有限公司作为工作对接平台，全面负责推进与京沪铁路客运专线公司筹备组开展交流合作的相关事宜。京沪铁路客运专线公司筹备组确定由技术质量部作为对口部门，负责与西南交通大学的交流合作事宜。双方将保持密切联系，加强沟通和协调，提高效率，为全面合作取得成效共同努力。

二、开展技术咨询与技术服务。围绕京沪高速铁路建设重大工程需求，在西南交通大学成立京沪高速铁路专家顾问组，由相关学科和专业的知名专家、教授、优秀教师和科研人员组成，直接为京沪铁路客运专线公司服务，当好参谋和技术顾问。京沪铁路客运专线公司对有关京沪高速铁路修建技术、标准体系、运营管理等方面的问题向西南交通大学专家顾问组咨询意见,双方开展经常性的技术交流。

三、联合开展科技创新研究。双方建立紧密合作的科技创新伙伴关系,以解决京沪高速铁路建设中的技术前沿问题或现实共性问题为主要方向,联合开展多种形式的科技创新合作研究,以京沪高速铁路重大工程建设带动铁路科技创新,双方共享研究成果与荣誉,联合申报有关奖项。

四、开展高速铁路相关技术培训工作。根据京沪高速铁路建设与运营的实际需要,针对不同阶段的特点,京沪铁路客运专线公司筹备组委托西南交通大学开展高速铁路相关技术与运营管理培训工作。西南交通大学组织知名教授和优秀教师以及有技术专长、管理经验的铁路系统领导和工程专家为师资,采用灵活多样的培训方式授课,提升从业人员的专业素养与综合素质,满足高速客运专线建设对高素质人才的需求。

五、推广和应用西南交通大学有关新技术及产品。多年来围绕铁路科技进步及装备的现代化,西南交通大学有关企业及机构依托学校取得的创新研究、专利与技术,开发、研制、生产了数十种面向铁路应用的产品和设备,初步形成了服务铁路的科研产业链。在京沪高速铁路建设中将大量采用新技术、新工艺和新产品,对西南交通大学的相关新技术与高新技术产品,在保证质量安全、价格合理、满足京沪高速铁路建设需要的前提下,京沪铁路客运专线公司给予积极支持,并按有关程序进行推广应用。

(二十七)

Thomas Hawksley 金奖是英国机械工程师学会最高奖,奖励年度学会最佳原创论文,该奖项自 1914 年开始颁发,原则上一年只奖励 1 名。在 2007 年,我校张卫华教授获此殊荣,并且,他是第一个获此奖项的中国人。2007 年 5 月 15 日的第 533 期校报上刊登了这一喜讯。

张卫华教授获 Thomas Hawksley 金奖

张卫华获颁 Thomas Hawksley 金奖

本报讯 5 月 13 日晚,在北京的英国驻华大使官邸,英国驻华大使欧威廉爵士亲自为我校牵引动力国家重点实验室主任张卫华教授颁发了 Thomas Hawksley 金奖,大使激动地宣布:"这是第一次由中国人获得这个金质奖章!"另外,为表彰张卫华教授及其合作者在英国机械工程师学会中所获得的殊荣,英国机械工程师学会铁道分会还向张卫华教授及其合作者颁发了 JF Alcock RIA 纪念奖。

Thomas Hawksley 金奖是英国机械工程师学会最高奖,奖励年度学会最佳原创论文,设立金奖 1 个。获奖论文是英国机械工程师学会从 15 本专业刊物中评选出来的最佳论文。该奖项自 1914 年开始颁发,原则上一年奖励 1 名;至 2005 年的 91 年中,有 22 年金奖空缺。先后有 74 人获得金奖,张卫华教授是获此殊荣的第一位中国人。英国机械工程师学会铁道分会主席 Andrew Lezala 先生笑着说:"(他)太棒了,你要知道,这是我们最高级别的奖项!"

副校长范平志在颁奖礼上对张卫华教授表示了祝贺,也向与会者介绍了交大的发展状况。

张卫华教授发表在英国机械工程师学会会刊 F 专业期刊 Rail and Rapid Transit 上的论文"*A study on dynamic behavior of panto - graph by suing hybrid simulation method*",是应用他所提出的弓网系统混合模拟创新方法,进行了国内外 4 种受电弓的运行性能和动态参数测定与分析。2006 年 6 月 28 日,张卫华教授接到英国机械工程师学会主席、帝国勋章获得者、皇家工程师 Alec Osborn 先生的信函,被告知他的这篇论文被评为英国机械工程师学会 2005 年最佳原创论文,获得 Thomas Hawksley 金奖,其合作者梅桂明、吴学杰和陈良麒获得铜奖。

(陈姝君)

(二十八)

2007 年 9 月 15 日的校报第 538 期上,师生们又获悉了一条喜讯:我校为主持单位的国家重点基础研究发展计划"973 计划"项目组——高速列车安全服役关键基础问题研究获准通过,这是我校首次承担的国家级重大基础研究项目,也标志着我校为首的科研团队将为高速铁路建设和高速列车安全运行提供理论和技术支撑。该项目研究对我国高速铁路的发展及对我校学科建设都有着重大意义。这一项目于 2007 年 10 月 26 日正式启动。

我校首次主持"973 计划"项目

高速列车安全服役关键基础问题研究启动会视频

本报讯　7 月 12 日,接科技部通知,以我校为主持单位,并由四川大学、北京科技大学、北京交通大学、同济大学、中南大学、铁道科一学研究院等兄弟单位联合组成的国家重点基础研究发展计划"973 计划"项目组—高速列车安全服役关键基础问题研究(2007CB714700)正式获准通过。该项目组首席科学家为我校牵引动力国家重点实验室主任张卫华教授。

这个项目是我校首次承担的国家级重大基础研究项目,本项目以高速列车运行安全性为突破点,通过建立高速铁路混合复杂系统的服役表征模型和表征方法,揭示和掌握高速列车的动态行为;并揭示多场耦合作用下轮轨、弓网和构架等关键材料在不同运动方式下的失效规律及机制。通过建立材料失效、结构损伤、参数和性能蜕变等广义失效模型,实现高速列车的安全服役模拟;以此掌握材料、结构、参数和性能等广义失效的相互作用机制,建立失效链及其表征方法,探明高速列车脱轨机理,建立线路和弓网状况及风和地震等环境因素对高速列车运行安全的影响规律;探索列车运行安全预防方法,研制车载脱轨预警装置。通过改变材料的界面特性,来减轻和避免滚滑表面的摩擦磨损和紧配合面的微动失效;通过优化高速铁路的系统参数和结构,改善材料服役工况,从而减轻广义失效,提高结构可靠性、材料稳定性和列车运行安全性。

该重大项目的获得无论对国家高速铁路的发展还是对我校的学科建设均具有重大和长远意义。

(二十九)

2008 年 1 月 15 ~ 16 日,中共西南交通大学第十三次代表大会召开。这次大会是在党的十七大胜利召开、我校从高等教育大国向高等教育强国迈进、中国铁路进入新一轮大战高潮的大背景下召开的,大会提出继续解放思想,坚持改革开放,促进科学发展,构建和谐校园,为建设交通特色的多学科协调发展的高水平研究型大学的目标而奋斗。此次大会确定了在继续实施"特色强校、人才强校、成果强校”战略的同时，大力实施“创新强校、质量强校”战略，并制订了“三步走”的发展步骤。相关报道呈现在2008年2月29日的第544期校报上。

坚持科学发展　为建设交通特色的多学科协调发展的
高水平研究型大学而努力奋斗

中国共产党西南交通大学第十三次代表大会隆重召开

顾利亚同志代表学校第十二届党委作题为《坚持科学发展
为建设交通特色的多学科协调发展的高水平研究型大学
而努力奋斗》的工作报告　李万青同志作题为《励精图治
惩防并举　开创学校党风康政建设和反腐败工作的新局面》的
纪委工作报告　会议选举产生了学校第十三届党委和纪委

第十三次党代会

本报讯　中国共产党西南交通大学第十三次代表大会1月15～16日在成都九里校区国际会议厅隆重召开。出席这次代表大会第一次全体会议的代表共238名（应到243名），特邀代表、特邀人士和列席代表52名。在主席台就座的有大会主席团全体成员和离退休老领导。教育部党组、铁道部党组和铁道部长向大会发来了贺电。中共四川省委组织部副部长彭德秋同志，中共四川省委教育厅党组成员、教育工委委员、副厅长姜树林同志出席大会，并分别发表了热情洋溢的讲话。西南交通大学7个民主党派联名致信大会，表示祝贺。

上午9时，中国共产党西南交通大学第十三次代表大会在雄壮的国歌声中开幕。大会主席团执行主席陈春阳同志主持大会。顾利亚同志代表中国共产党西南交通大学第十二届委员会，向大会作了题为《坚持科学发展　为建设交通特色的多学科协调发展的高水平研究型大学而努力奋斗》的工作报告，李万青同志代表中国共产党西南交通大学纪律检查委员会向大会作了题为《励精图治　惩防并

举 开创学校党风廉政建设和反腐败工作的新局面》的工作报告。从15日下午至16日上午，12个代表团就“两委”报告进行审议，酝酿党委委员和纪委委员候选人。代表们一致认为，“两委”报告求真务实，定位准确，思路清晰，符合学校实际和科学发展观，是学校今后五年发展的纲领性文件。

中国共产党西南交通大学第十三次代表大会视频

16日下午，大会举行第二次全体会议。大会主席团执行主席顾利亚同志主持会议。大会通过了《中国共产党西南交通大学第十三次代表大会选举办法》，通过了总监票人、监票人名单和总计票人、计票人名单，宣布了提请大会选举的中国共产党西南交通大学第十三届委员会委员和中国共产党西南交通大学纪律检查委员会委员候选人名单。经过代表们无记名投票，选举产生了由25人组成的中共西南交通大学第十三届委员会和由7人组成的中共西南交通大学纪律检查委员会。大会通过了《中国共产党西南交通大学第十三次代表大会关于中国共产党西南交通大学第十二届委员会工作报告的决议》和《中国共产党西南交通大学第十三次代表大会关于纪律检查委员会工作报告的决议》。下午5时，中国共产党西南交通大学第十三次代表大会在完成各项议程后，在庄严的《国际歌》声中胜利闭幕。

大会结束后，中国共产党西南交通大学第十三届委员会和中国共产党西南交通大学纪律检查委员会分别召开了第一次全体会议，分别选举产生了学校第十三届党委常委、书记、副书记，选举了学校纪律检查委员会书记、副书记。

正式会议召开前的14日晚上，中国共产党西南交通大学第十三次代表大会举行了预备会议。第十三次党代会筹备工作领导小组组长顾利亚同志主持会议，王顺洪同志受第十二届党委委托，代表中国共产党西南交通大学第十三次代表大会筹备工作领导小组向大会作《中国共产党西南交通大学第十三次代表大会筹备工作报告》，张华同志代表中国共产党西南交通大学第十三次代表大会代表资格审查小组向大会作《中国共产党西南交通大学第十三次代表大会代表资格审查小组关于代表资格的审查报告》(草案)，钟冲同志代表中国共产党西南交通大学第十三次代表大会党费审查小组向大会作《中国共产党西南交通大学第十三次代表大会党费审查小组关于党费收缴、使用和管理情况的审查报告》(草案)。会议通过了《中国共产党西南交通大学第十三次代表大会主席团成员、秘书长建议名单》，通过了中国共产党西南交通大学第十三次代表大会议程。

（三十）

2008 年 1 月，我校北京研究院正式挂牌成立，成为了在北京展示学校办学面貌的窗口以及学校与相关单位开展友好合作的平台。2008 年 3 月 15 日第 545 期校报对此进行了报道。包括前期的深圳研究院，及后来陆续成立的常州研究院、唐山研究院、上海研究院、天府新区研究院、青岛研究院等等，众多研究院将在不断改革奋进中成为学校跨越发展的动力源。

我校北京研究院正式挂牌成立

本报讯 2008 年 1 月，在隆重热烈的气氛中，铁道部原副部长、高速铁路领导小组副组长、京沪高速铁路股份有限公司董事长蔡庆华和我校校长陈春阳共同为“西南交通大学北京研究院”牌匾揭牌，正式宣告我校北京研究院成立。

铁道部原副部长、高速铁路领导小组副组长与京沪高速铁路股份公司董事长蔡庆华，铁道部人事司副司长周红云，铁道部科技司副司长周黎，铁道部劳卫司副司长刘克强，国家发改委交通运输司处长宋彩云，以及铁道部工程管理中心、铁道部经济规划研究院、中国铁道科学研究院、人民铁道报社、中国铁路建筑总公司、中国水利水电建设集团公司、中国铁路物资总公司、北京交通大学和茅以升科技教育基金委员会等 50 余家单位领导，西南交大北京校友会 50 余名校友共同出席了揭牌仪式。我校校长陈春阳，党委副书记何云庵，副校长蒋葛夫、蔺安林、范平志参加揭牌仪式，仪式由我校副校长蒋葛夫主持。

北京研究院是我校专门设立，通过产学研紧密合作方式，与学校科研教学单位密切协作，对外加强交流与合作的专设机构。主要开展的工作包括：积极把握当前铁路发展的重大机遇，推进学校与有关部门的科学研究和人才培训；以学校轨道交通国家实验室的筹建为契机，积极推进学校与相关部委、企业的合作；与有关企业建立技术创新合作伙伴关系；广泛收集相关信息，积极参与举办研讨会、论坛等活动，增强学校的发展空间和社会影响力；以北京为主要办学点，开展以交通、土建、工商管理为主的高层次人员在职培训工作等。北京研究院同时在京注册成立西南交大工程技术研究院有限公司，研究院（公司）下设项目部、培训部、综合部等，由我校副校长蒋葛夫兼任院长。

揭牌仪式上，陈春阳校长在致辞中讲到：西南交通大学的发展一直以来得到了铁道部和各兄弟单位的大力支持，为铁路现代化做贡献，为铁路跨越式发展添砖加瓦，始终是全校师生的强烈愿望和自觉行动。西南交通大学北京研究院是展示学校办学面貌的窗口,是学校与各兄弟单位开展新一轮友好合作的平台,是一座增进学校与各兄弟单位友谊、共同为"和谐铁路"建设贡献力量的桥梁。学校一定选派高水平的师资队伍、以一流的管理与服务,为兄弟单位的人才培养和进一步发展,为"和谐铁路"建设做出西南交通大学应有的贡献。

铁道部科技司副司长周黎在致辞中指出,近年来,西南交大实施特色强校、人才强校与成果强校战略,大力开展自主创新,为推动铁路现代化做出了重要贡献。党的十七大明确提出要进一步增强自主创新能力,在2007年全国铁路科技大会上,铁道部党委做出了"增强铁路自主创新能力,推进和谐铁路建设"的决定。作为铁路既有创新体制的重要成员,新的历史使命对西南交大提出了新的要求,希望西南交大抓住当前新的发展机遇,以北京研究院挂牌为契机,充分发挥学科优势,紧密围绕"和谐铁路"建设,产学研相结合,大力开展自主创新,不断提高服务铁路的能力和水平,为推进铁路科技进步,加快铁路现代化做出更大的贡献。

铁道部经济规划研究院党委书记高维生代表兄弟单位在揭牌仪式上致贺辞。北京研究院的成立不仅是西南交通大学办学历程中的一件喜事,也是各兄弟单位与西南交通大学新一轮战略合作中的一件大事,坚信西南交通大学北京研究院必将成为学校和各兄弟单位之间友好合作的有利平台,必将成为增进友谊的桥梁和纽带。

(三十一)

2008年5月12日四川汶川发生了特大地震,这是中国自1976年唐山大地震以来最严重的一次地震灾难。学校迅速决策,积极开展了抗震救灾应急工作,并学校积极发挥学科优势,支援抗震救灾及灾后重建工作,抗震工程技术四川省重点实验室在我校适时揭牌。在抗震救灾中,我校师生员工充分展现了责任与爱心,踊跃捐款捐物,不少师生奔赴灾区参与志愿活动。学校在自救的情况下还对汶川县及彭州市龙门山镇、白鹿镇等地开展对口援建有力地支援了灾区的抗震救灾工作。为了表彰学校在抗争救灾中所做出的贡献,四川省抗震救灾指挥部为学校颁发了"展示名校风采 支援抗震救灾"的牌匾,特予以表彰。2008年6月30日的校报第549

国防生在都江堰参与抗震救灾

期，就我校抗震救灾工作用20个版的图文进行了全方位报道。

大难之中有大爱，风雨同舟显真情

——西南交通大学抗震救灾行动纪实

灾难，见证了一所学校的品质

灾难，见证了一所学校的精神

灾难，见证了我们每一个人的品格

灾难，见证了我们的真情

师生集体志哀

这是一场突如其来的特大灾害，不仅导致众多的人失去生命，也造成了难以数计的物质损失。此外，灾难还造成了极具冲击力的心灵震撼——无论是灾区人民，还是我校师生，都深刻感受到了在和平、寻常的日子里所无法体验的灵魂触动。

5月12日下午发生的四川汶川大地震，是中国自1976年唐山大地震以来最严重的一次地震灾难。它给我校师生的心灵造成了重大冲击。不过，在灾难给予心灵冲击的同时，于脆弱与恐惧之外，还有坚强与大爱。

四川省抗震工程技术试验时揭牌

爱是人类情感中最深沉、最重要的情愫，爱是美学中永恒的主题，爱是忍耐与宽容，爱是恩慈与祈福……可以说，这场突如其来的地震灾难，刺痛了我们内心最柔软的部分，将我们心灵深处最本原的善与爱全都展示了出来。

在这场抗震救灾的斗争中,每时每刻发生在我们身边的那些动人的事件,让我们每个经历了这场地震的师生员工至今难以忘怀。

2008 年 5 月 12 日下午的成都,人们像往常一样赶往上班地点,准备开始下午的工作,一切都显得那样的平静。人们始料未及的灾难中于 14 点 28 分降临,汶川发生了 8.0 级的大地震。房屋剧烈地晃动着,人们恐慌地从办公楼、家中以及教室跑出来。此时的手机信号中断了。正在人们不知所措之时,在西南交通大学的校园里,校党委书记顾利亚、校长陈春阳和所有的校领导及时出现在了师生们面前。

我校何川教授与日本专家赴灾区考察

我校抗震救灾工作受到表彰

应急处理　果断决策

“5·12”大地震突然降临时,学校党委的坚强领导是取得抗震救灾胜利的重要保证。面对这突如其来的大地震,党委的第一反应是必须立即做出果断决策,保证师生员工的生命安全。

党委迅速成立了以党委书记顾利亚、校长陈春阳为组长的突发事件应急处置领导小组,并召开中层干部紧急会议,统筹安排,全力部署灾后应急工作。随后,校领导分头奔赴三个校区组织成立临时指挥部,协调开展各项工作,确保两地三校区的安全稳定。朱健梅副书记、濮德璋副校长来到犀浦校区,成立校区临时指挥部，指挥抗震救灾工作；副校长兼峨眉校区校长蔺安林、副校长陈志坚也立即赶往峨眉校区，并在校区200M铁路实训基地建立了校区抗震救灾临时指挥部。

我校专家服务团在灾区工作

学校领导慰问学生

学校紧急会议后，校党委书记顾利亚，校长陈春阳，副书记王顺洪、何云庵，副校长蒋葛夫、黄庆、范平志，校长助理蒲云先后在九里校区、犀浦校区值班指挥抗震救灾工作。所有校领导夜以继日、废寝忘食，多次冒雨深入师生中间，仔细查看灾情，慰问广大师生，及时解决困难，防止灾情恶化。顾利亚书记在看望学生时说，希望广大学生承担起自己作为社会公民的责任，在国家、社会、学校困难的时候做力所能及的事情，维护好校园的稳定，这才是对国家救灾工作的最大支持。

学校基层党组织、各职能部门在校党委的领导下，本着“以人为本，学生第一”的原则，积极开展切实有效的抗震救灾应急工作。学生处要求辅导员坚持每半小时巡查一次学生安全状况；各学院组织师生在校园安全区域搭建避震棚，全力保障师生的人身安全；后勤集团各食堂加班加点，保证食物供应，按时为师生准备三餐、熬制姜汤，保证师生的身体健康；校医院积极展开震后救护和防疫工作，并迅速实施24小时值班制度，保证在突发事件后第一时间对师生提供救护；保卫处执行“人停，车不停”的轮岗昼夜值班制度；宣传系统通过校园网络、广播等媒体，第一时间发布官方信息和学校相关安排，以正确舆论引导学生，稳定学生思想情绪，缓解由灾情造成的心理压力;校工会、校团委牵头发动师生清理校园内的垃圾,以免造成灾后疾病传染。此外,外籍师生也及时得到妥善安置,学校还特别安排 300 余名越南留学生通过网络给家人报平安。

震地课堂

经过学校各部门的通力合作,我校的抗震救灾工作有条不紊,校园秩序井然。灾害发生后,学校立即组织专家对校园的所有建筑物进行了灾后检查评估与安全维修,力争为复课做好充分准备。

为了预防灾后疫情,学校提早组织开展消毒预防工作。5 月 14 日上午,峨眉校区在主要场所开展了防病消毒;5 月 15 日上午,九里校区和犀浦校区全面进行防病消毒。

与此同时,峨眉校区的抗震救灾工作也在有序进行。仅 5 月 14 日一天,峨眉校区就召开了 3 个紧急会议,对下一步的工作做出了具体部署。在峨眉校区党委书记王顺洪、校长蔺安林的指挥下,峨眉校区的抗震救灾工作进展顺利。

按地震规律,强震后的余震会逐级递减。据此,学校立即组织相关部门和校内专家,对每一栋建筑及有关震害情况进行全面排查、鉴定和安全评估。校内专家认为,我校建筑物能够抵御此次地震产生的余震,具备复课条件,为此学校决定于 5 月 15 日全面复课。

截至 5 月 15 日上午,我校研究生总开课 41 门,除 1 名教师因出差申请停课外,总体开课正常;九里、犀浦校区本科生 127 个教学班,有 4 名教师因事请假,其余教师全部到位;部分教师灵活安排课堂教学内容,在特殊条件下自主开展多样化的授课活动;峨眉校区本科生 134 个教学班,除 2 名教师因事请假外,其余教师全部到位。所有教师都按照学校统一要求,于开课前首先向学生讲解防震救灾基本知识。我校教学秩序恢复正常。

5 月 16 日,学校召开第三次中层干部会议。校党委书记顾利亚,校长陈春阳,党委副书记王顺洪、朱健梅、何云庵,副校长濮德璋、陈志坚,校长助理蒲云参加了会议。

会上,陈春阳校长从以下几点总结我校第一阶段的抗震减灾工作:

第一，灾情发生后，学校及时成立专门的组织指挥部门，紧急启动突发事件应急预案，加强后勤工作力度和保卫处的巡查力度，校领导24小时值班并组织有关人员深入一线开展工作；第二，多项措施确保震后平稳工作和正常复课。我校邀请西南设计院等专业机构对我校建筑进行了三次安全评估，确保教学环境安全。此外，印发的4万份防震救灾知识手册已经发放到师生手中，增强师生抗震救灾的能力；第三，积极组织力量参加地方救助工作。我校开展抗震救灾“手拉手，心连心”募捐活动共募集到53万余元捐款、72388件衣物。派遣我校专家及国防生前往绵阳、都江堰等重灾区开展救助活动。

陈春阳校长对我校在抗震救灾工程中涌现出来的先进个人和集体给予高度评价。对我校各基层党组织、中层干部在此过程中表现出来的快速反应能力、后勤集团及时充足的后勤保障工作及我校志愿者的各项自发的志愿服务都给予充分的肯定。陈春阳校长在讲话中对下一步的工作做了明确部署：加强校园安全保卫和卫生防疫工作；继续加强对外援助工作；加强师生的灾后心理辅导工作，消除恐慌心理；开展先进事迹报告会，树立师生学习的典型，发扬交大自强不息的传统精神；做好家在灾区的师生的慰问工作，将温暖送到他们手中；加强校园新闻媒体的宣传力度，做好信息及时准确地发布；加强灾后的检测工作，确保师生工作生活环境的安全；保障后勤服务，稳定校园物价。

顾利亚书记高度评价了抗震救灾中涌现出的感人事迹，号召大家行动起来，树立老师良好崇高的形象。顾利亚书记指出：“我们在保持稳定、祥和、平安、有序的校园工作环境的同时，将工作由单一的‘躲’向多元的工作目标转移。”同时，顾书记要求各级领导明确任务；严格工作责任制，坚守岗位，树立大局意识和共产党人良好形象。

5月19日，成都电视台播发的四川省地震局公告，5月19~20日余震的可能性较大。根据中华人民共和国《防震减灾法》规定：地震部门要加强检测预报，各地政府视情况启动地震预案，广大群众要做好防震避震的准备。

学校为此立即做了紧急部署：1. 学校各部门、院系领导立即到岗，通知组织好师生做好防震准备工作；2. 抗震救灾指挥部及下属各组各就各位，学校各职能部门领导迅速到抗震救灾指挥部总值班室集中；3. 请全校师生员工不要慌乱，做好余震躲避和防雨准备，组织师生有序到安全空旷处休息；4. 请辅导员全力组织好学生以班级为单位集中；5. 5月20日全校暂停上课；6. 各部门加强信息沟通，及时通报情况，紧急情况请及时报告抗震救灾指挥部总值班室。于是，刚刚恢复的正常教学又不得不停止。

5月21日，为深入贯彻落实教育部党组和四川省委教育工委的指示精神，以维护师生的安全和学校的稳定为宗旨,妥善处理好防震与教学、自救与支援灾区的关系和学校工作与社会稳定的关系,学校经认真研究,决定对本学期教学计划进行调整。调整方案规定:非毕业年级原定于2008年7月上旬开始的短学期(实习环节),调整到2008年5月26日至6月22日(共4周)。5月22、23日不再进行课堂教学,由各院系拟定实习计划,并安排学生做好实习(实践)准备。研究生的调研(科学实践)由导师在学院指导下拟定计划并做好相应准备。

学校同时要求各院系要根据实践教学要求,组织非毕业年级的本科生实习、研究生调研(科研实践),要求他们通过各种方式和多种渠道,结合各自专业完成以"众志成城、抗震救灾"为主题的实习(实践)活动,并撰写实习(实践)报告。毕业班学生按照本学期原定教学计划继续开展毕业设计(论文)、毕业答辩与毕业生就业等工作,特别是目前尚未签约的毕业生要抓紧时间落实就业单位,招生就业处要全力抓好此项工作。各教学单位要明确任务、严格要求,把责任落实到人,确保师生安全;各职能部(处)门务必要做好相关服务工作,确保短学期各项工作有序进行,并扎实做好毕业班学生和未外出实习学生的有关工作。

为了能让学生顺利开展实习,学校与铁路部门取得联系,确保我校学生实习出行的车票供给。由此,我校一边抗震救灾,一边开展小学期的教学实习,把地震对我校教学的影响减少到最小程度。

党委的果断决策,基层党组织发挥的强有力作用,使西南交大的抗震救灾工作稳步推进。尽管抗震救灾的工作和余震还在继续,但经受了唐山大地震和汶川大地震的西南交通大学,在校党委的有力指挥下,抗震救灾工作一定会取得决定性的胜利!

团结一心　并肩前行

"5·12"大地震打乱了学校的正常教学秩序,但西南交大师生秉承"竢实扬华,自强不息"的交大精神,灾难面前的全校上下,心连心,同呼吸,共命运,用行动诠释了伟大的抗震救灾精神。

学校紧急会议之后的校党委书记顾利亚、校长陈春阳立即看望和慰问师生;所有校领导都在第一时间分别奔赴3个校区进行指挥并与师生们共同奋斗,校机关、全校中层干部、各院系领导以及全校教职工立即投入了抗震救灾的序列。全体校领导与机关中层干部轮流在抗震救灾指挥部24小时值班,处理应急事件。

夜晚9时许,顾书记、陈校长一行再次到师生中察看了解情况。顾书记对我校师生员工在灾情和困难面前表现出的团结一致的精神、扎实的工作作风给予了充分肯定。之后,陈春阳校长和王顺洪副书记值班至凌晨6:30。其间,因天降大雨，他们又来到九里校区田径场、家属区、宿舍区查看灾情，看望师生，及时组织师生到各安全场所的一楼休息。陈校长希望同学们能及时和家里取得联系，汇报在校情况，让家长放心；同时指出，学校很关心、很重视学生的安全，已制定出应急预案，搭建避震棚等多项措施，确保师生安全。

铭记是为了更好地前行——西南交通大学纪念汶川地震十周年视频

5月13日上午8点，校党委书记顾利亚、黄庆副校长来到犀浦校区，与已在犀浦校区的朱健梅副书记、濮德璋副校长商讨维护学校稳定、学生安全的措施；上午9点左右，顾书记一行来到犀浦北区体育场。与打地铺的许多同学，亲切地交流。

在北区体育场的外围，顾书记像母亲一样地向裹在被子里同学们问寒问暖。

踏着积满雨水的道路，在体育场内，顾书记一行亲切询问着同学们的感受和心理状况，不厌其烦地解疑答惑；同时关切地询问辅导员老师的工作与身体情况。当听说学生宿舍有裂缝，顾书记一行又来到天佑斋，同样不厌其烦地向同学们做着解释工作。

5月13日上午8点起，何云庵副书记、范平志副校长在九里校区指挥救灾工作到下午4点。随后，陈春阳校长、王顺洪副书记和何云庵副书记、范平志副校长等共同研讨安排明日抗震救灾工作后，开始晚间值班。

5月15日，在中断了3天的教学后，学校正式复课。5月15日上午8点多，校党委书记顾利亚、校长陈春阳、副书记朱健梅、何云庵，副校长蒋葛夫、濮德璋、范平志，校长助理蒲云等校领导分别视察了九里校区和犀浦校区的复课情况。

此外，副书记王顺洪，副校长蔺安林、陈志坚在峨眉校区同时检查了复课情况。

5月16日晚11时许，陈春阳校长一行看望了在露天帐篷里过夜的学生，陈校长鼓励同学们遇地震时一定要保持冷静。

5月16日下午2：30分，陈春阳校长一行前往医院看望了在地震撤离时受伤的学生。

在成都铁路中心医院，陈春阳校长看望了土木工程学院07级研究生王旭阳同学，他双手和脚踝受伤，右手肌键断裂手术后，病情稳定。陈校长详细了解了王旭阳的治疗情况，希望他安心治疗，早日恢复健康。看到学校领导和老师们细致入微的关心，王旭阳的父母连声“感谢学校把儿子照顾得这么好”！

5月28日凌晨1：08，余震伴随风雨后的不久，顾利亚书记和陈春阳校长就出现在抗震救灾指挥部。

随后,顾利亚书记、陈春阳校长、陈志坚副校长等领导立即分别赶往九里、犀浦校区看望学生。

上午 9 : 30 左右,陈春阳校长赶往犀浦校区视察。他看到电气工程 05 级李树安正在帐篷外看书;电气工程 04 级申杰在检修帐篷、晒被子;人文学院 05 级王友学、交运学院 05 级古元兵在帐篷内整理东西;土木党员巡逻队在冯丽梅老师的带领下巡逻;生物工程学院的青年志愿者们在帐篷内帮着消毒;赴都江堰的国防生们在作抗震救灾事迹报告。一路上,陈校长提醒同学们,余震发生时保持理智,注意身边的卫生,严防生病、受伤。

针对视察中存在的簿弱环节以及 5 月 21 日前后将有转折性降雨天气的情况,中午,陈春阳校长与朱健梅副书记、濮德璋副校长及相关负责人开始协商,做应急预案。

5 月 19 日,校党委书记顾利亚与副校长蒋葛夫、黄庆、陈志坚、范平志来到犀浦校区察看教学情况,并前往学生宿舍与同学谈心。

下午 2 点,5 位校领导分别进入 1、2 号教学楼的 5 个课堂,与同学们一起听老师讲课。14 点 28 分志哀活动开始,课堂里所有人都起立默哀,向汶川地震的遇难者致以哀思。志哀完毕后,课堂教学井然有序地继续进行。

在听完了第 6 节课后,顾书记等学校领导表示,对目前的教学秩序很满意。随后,顾利亚书记、蒋葛夫副校长、黄庆副校长前往第 5、6 号实验教学楼察看了学生上实验课的情况,看着老师指导着学生进行各项实验,顾书记等校领导十分欣慰,对目前平稳的状态表示赞赏。对 5 号教学楼的受损情况,顾书记等校领导表示,会尽快组织专家开展进一步鉴定。与此同时,陈志坚、范平志两位副校长则前往图书馆了解运行情况,两位副校长还到图书馆外的平台上,仔细查看了图书馆外墙受损情况,并表示会积极组织图书馆的修复工作,使同学们能放心在里面学习。

5 月 28 日上午,校长陈春阳、副书记朱健梅在教务处、学生处、犀浦校区管委会及后勤集团等单位负责人的陪同下,到犀浦校区 7 号教学楼察看了 08 届毕业生毕业设计(论文)的开展情况。

陈校长一行与学生和指导教师进行了交谈,仔细询问了毕业设计(论文)的进展状况,以及当前存在的困难和问题。

在峨眉校区,关爱也无时无刻不在。学校领导随时都在关心着峨眉校区的师生,校区的领导、老师也时时刻刻关心着同学们。

5 月 12 日下午,蔺安林副校长和陈志坚副校长赶到峨眉校区后,听取了校区关于震后的情况汇报，并在第一时间召开了领导班子紧急会议，成立了抗震救灾临时指挥部，对广大师生的生活保障、校园安全稳定、隐患排查以及宣传思想工作、教学安排、对外联系等工作进行了全面布置。当晚，蔺副校长和陈副校长冒着大雨来到中山梁体育场和九阶等师生聚集的公共场所，与师生倾谈，转达了学校顾利亚书记、陈春阳校长对峨眉校区广大师生的关怀。两位领导在中山梁向校区师生发表了讲话，鼓励大家树立信心、克服困难。

在顾利亚书记、陈春阳校长的关心下，学校从紧急采购的3万平方米防雨棚布中调拨三分之一支援峨眉校区的救灾工作。5月13日夜，1万平方米的防雨棚布全部运抵峨眉校区，校区立即组织人手连夜为在户外避震的师生搭建避震棚。

学校党委副书记兼峨眉校区党委书记王顺洪根据学校安排，在九里校区指挥全校的抗震救灾工作。王副书记多次打电话到校区了解广大师生的情况，并对校区的抗震救灾工作做出重要指示。

震后，峨眉校区领导班子成员第一时间来到学生中间，视察了所有的学生宿舍。鉴于余震不断和部分学生宿舍震后出现较大安全隐患的情况，校区领导对震后的相关工作做出了紧急部署。临时指挥部成立后，校区领导班子分工明确，各司其职，所有人员都深入到了抗震救灾工作中去。

5月13日晚，校区在主楼第一会议室召开校区中层正职领导干部会议，布置安排抗震救灾工作。在会上，校区校长蔺安林对校区前一阶段的抗震救灾工作进行了小结，对下一步的工作做出了安排。蔺校长指出，校区的抗震救灾工作任务特别艰巨，责任特别重大，校区所有部门和单位的领导干部要按照临时指挥部的统一部署，以高度的政治责任感和对学生生命高度负责的精神，充分发挥先锋模范作用，深入到广大师生中间，全力做好广大师生的思想工作，解决好广大师生的生活困难。

5月14日上午，校区全体领导集中检查了校区所有的公共设施；并对聚居在公共场所的师生进行了慰问。

在校区抗震防灾临时指挥部的统一布置下，校区各职能部门积极开展切实有效的抗震救灾应急工作。学生处会同各院系部处学生工作队伍，第一时间深入到学生中去，随时了解学生的安全状况；各院系部处也组织各自的师生在校园安全区域集中，指导学生积极进行抗灾自救，全力保障师生的人身安全；后勤集团全力为广大师生提供后勤保障，食堂加班加点，按时为师生和工作人员准备三餐，保证师生的身体健康；保卫处增开了校园治安值班电话，加派人手进行轮岗昼夜值班；党委宣传部通过校园广播、校园网在第一时间发布政府信息和学校相关安排，以正确舆论引导学生，稳定学生和家长的思想情绪，缓解由灾情造成的心理压力；共青团牵头发动青年志愿者清理校园内的垃圾,以免造成灾后疾病传染。

5月13日22∶40左右,校党委副书记兼峨眉校区党委书记王顺洪、副校长兼峨眉校区校长蔺安林、副校长陈志坚、峨眉校区常务副书记曾俐和常务副校长张秀峰等一行领导再次来到中山梁体育场关心、慰问学生。他们关心避震棚里同学们的休息情况和视察棚内的结构安全。

校区领导一行细致询问了同学们两天来的生活情况:有无与家人取得联系报平安,身体健康情况怎么样?校区领导告诉同学,请大家一定要相信学校,不要相信传言,多听正面的官方新闻,学校会对大家负责,辅导员老师也会和同学们在一起。另外,最近天气变化大,也要注意防疫和预防感冒。探望结束,已是5月14日凌晨,学校领导才离开体育场,部分领导还赶赴指挥部值班。而此时大多数同学都已入睡。

5月14日,校区领导在蔺安林校长的带领下深入到校区各个学生聚集的地方看望学生,送去学校的关怀。蔺校长请同学们相信在学校的统一部署和安排下,有校领导和同学们时刻在一起共度难关,所有的困难都会过去的。

5月15日,是峨眉校区大地震后复课的第一天。当校区师生在有条不紊地教学时,刚在成都总校九里、犀浦校区检查完工作的总校校长陈春阳不顾辛劳乘车来看望几天来连续坚持战斗在校区抗震救灾中的师生员工。

下午6点,校长陈春阳一行到达峨眉校区后,不顾旅途劳累就在主楼第一会议室听取了峨眉校区党委书记王顺洪、校长蔺安林关于峨眉校区抗震防灾工作的情况汇报。随即,陈春阳校长一行在校区领导的陪同下首先来到大板楼学生一食堂问候正在现场募捐的校区青年志愿者联合会的同学们。

进入食堂,陈校长察看了食堂的饭菜,并与同学们一同就餐。

视察完学生宿舍后,校领导们来到中山梁体育场和九阶临时帐篷住宿区慰问住在临时帐篷里的学生。

晚上8∶30,陈春阳校长召集校区抗震防灾领导小组在主楼第一会议室召开会议。陈校长说,从刚才所看的一切和平时了解的情况,峨眉校区的干部是得力的,应急反应非常及时,措施非常有效,宣传工作做得很到位,对学生的安置、对事件的处理非常得力,实现了这次灾难零伤亡。并且今天的复课情况也相当好,复课率、老师到位率都很好。尤其是我们搞学生工作的同志,我们的辅导员、青年志愿者工作做得很好,目标很明确。可以说,我们第一阶段的工作初步达到了效果,在此,我和顾利亚书记向校区的全体师生员工表示衷心的感谢和诚挚的问候。

陈春阳校长指出,尽管前一段峨眉校区的工作做得很好,但不能懈怠,要发扬不怕艰苦和连续作战的作风,安全警钟要长鸣。接下来的工作就是要加强对学生的教育。很多伤亡不是因为地震,而是因为恐慌造成的。成都校区的心理辅导已经开始,峨眉校区以什么样的方式来开展要根据校区的实际情况,要积极引导学生勇敢地面对目前的现实。要加强正面报道,要大力反映主流的声音,反映党和政府的关怀,要把在“万众一心　抗震救灾”中的先进事例和突出人物及时地报道出来。

最后,陈春阳校长再次代表学校对校区各位老师、各位干部、各位同学致以诚挚的谢意。

5 月 21 日中午,校党委书记顾利亚在结束成都的中层干部会后,从成都赶往峨眉校区看望战斗在抗震救灾中的校区师生员工。顾书记一到校区顾不上休息,立即听取了校区党委书记王顺洪和校区校长蔺安林有关校区前一阶段抗震救灾的工作汇报。汇报会结束后,顾书记在校区领导王顺洪、蔺安林等的陪同下前往西山梁学生宿舍,3、4 号大板楼慰问了家在灾区的受灾同学。同时,顾书记一行还察看了地震中受损严重的西山梁 1、2 号学生宿舍楼。下午 6 点顾书记一行察看了食堂并与同学们一同就餐。

顾书记在听取了王书记和蔺校长的汇报后说,我首先是要感谢大家,感谢全体师生员工在抗震救灾中为师生们的安全、为稳定学校作出的贡献。可以用四个字来说明校区的工作,那就是处危不惊。大家用实际的工作和效果证明了工作做得相当好。在灾难之中,在磨难之中大家非常辛苦,辅导员队伍和领导干部队伍都磨练起来了,处理突发事件临危不惧,临危不乱。把峨眉校区所做的工作概括起来就是:行动迅速、措施得力、部署周全、主动出击。

顾书记在传达了教育部和四川省有关抗震救灾的精神后说,尽管我们没有经历像重灾区那样的抗震救灾,但我们的工作同样经历了考验。对于这次抗震救灾工作要好好总结,对先进人物、先进事迹要好好挖掘,要树典型,通过这些来树立我们教师的形象。顾书记指示,对抗震救灾趋于平缓后可能出现的事要做好预案。教学计划的调整关系到学生实习,一定要落实好每个学生的去向。对每个学生的电话、地址一定要细致地登记,要保证通信的畅通。顾书记说,学生出去实习,我们一定要保证他们的安全。

最后,顾书记希望干部、辅导员等老师们一定要想办法休息,保重好自己的身体。

紧接着顾利亚书记在王顺洪、蔺安林等校区领导陪同下,前往宿舍慰问了受灾严重的部分同学。

在 4 号大板楼,顾书记一行来到 4201 寝室慰问人文社科系 05 级的顾艳同学。

顾艳同学家在羌族自治县北川擂鼓镇,此次地震使家里受灾严重。当顾书记问到她地震发生后是否回过家,顾艳回答道:“还没有回去,我想等一段时间再回去。现在救援部队都已全部撤离,回去只会让家人更担心,加之现在家人都还处在疗伤期,回去只会更伤心。”

看到她平静地讲述,眼睛里写满了坚定,顾书记深情地说:“看到你这么坚强,我就放心了！女生,让我想到的就是柔弱,可是你却这么坚强,相信你一定能够挺过去的。”临离去时,顾书记和顾艳深情拥抱在一起。动人的场面让在场的人无不泪流满面……

在这次抗震救灾中,全校上下通力合作,互相支持,互相帮助,充分体现了在大难来临之时舍小家保大家的顾全大局精神,真正做到大灾之中的团结一心并肩前行。

温暖无处不在

在这场抗震救灾的战斗中,学校的领导、老师们以朴素的行动让广大学生感受到了教师的人格魅力并体验着人间的真爱和温暖,学校广大的党员、学生干部、青年志愿者吃苦在先、乐于奉献,用行动再次诠释了共产党员、教育工作者、当代大学生这些称号的责任和义务！他们认真负责的精神和大爱无边的情怀,感动着每一个同学。

5 月 12 日地震发生时,电气工程学院正在讲授《自动控制原理》的李岗老师立即组织大家避险并有序撤离,且最后一个离开教室;生物工程学院讲授《生命科学导论》的吴坚老师,同样在地震发生时从容指挥学生避震与有序撤离;工程院正在讲授《工程材料》的冷永祥老师、药学院正在讲授《化工原理》的熊雄老师都在学生离开后最后一个撤离教室;交通运输学院研究生王亮亮把腿脚不便的刘澜老师背下了楼;土木工程学院铁道专业 2006 级 2 班的刘鲲鹏同学不顾个人安危,借用三轮车将浑身是血而素不相识的另一名受伤同学送往校医院;信息科学与技术学院 2004 级学生聂恺,用双脚踢破了宿舍楼的玻璃门,让同学们顺利撤离,自己却被锋利的玻璃划伤,缝了近百针;犀浦校区一名叫晋九友的保安人员,在剧烈的摇晃中,第一时间冲上楼组织同学们有序撤离。地震发生后的数十个日日夜夜里,各院(系)的领导和老师们及时深入学生中间,妥善安排师生的学习生活;百余名辅导员老师始终陪伴在学生身边:有的辅导员睡眠严重不足,有的辅导员身怀六甲,有的辅导员顾不上灾区的家人;机关党委组织了青年党员突击队、各院系组织了专业教师纷纷加入了学生工作队伍行列,把关爱传递给学生。

在院系书记们的带领下,截至 5 月 12 日晚,辅导员们联系到了大部分学生,并及时指导学生抗灾自救。当天晚上,就成立了学生工作值班室在 031002 一个简陋的房间里，所有的辅导员都坚持值班，不分昼夜。从5月12日晚开始，他们中的大部分人都连续4天没有睡过一个完整的觉。

地震，震出来的不仅是灾难，还有温情……

这是一位辅导员和同学的对话："那天我去看望我住在高楼层的学生们，由于地震刚结束，心理还不是很稳定，一个学生忧心忡忡地问我，如果发生余震而他身在五楼该怎么办，我说那你一定不能跟别人挤，尤其是走楼梯的时候，因为楼梯是一幢建筑中最为薄弱的环节，一旦上去的人多了极容易垮掉，最好的方法是先躲在桌子下面，等避开人群后再迅速离开建筑物。他听完后就对我说，老师，你是我们的主心骨，你一定要保重，千万不能出什么事。我当时就感动欲泪。现在的工作虽然很累，但是一想到这话我就觉得相当欣慰，繁重的工作似乎也变得轻松一些了。"

5月12日下午5点，电气学院辅导员谢力老师的双脚被皮鞋磨得生疼。为了解电气学院同学们分布的地方，谢老师从地震发生后已经在犀浦校区走了整整一个下午，而此时，她还未能与住在绵阳的父母取得联系。

"当时情况很混乱，又下起了雨，同学们的心情很不稳定，于是我就不停地和他们聊天，让他们放松心情。"谢老师回忆说，"有一名女生的家人都在北川县，得知北川受灾后她情绪非常激动，一定要回家。于是我就不停地劝她，告诉她要理智要镇定，即使是真的有什么不测，学会面对才是最重要的。"

"我知道有很多同学的家乡都遭劫难了，希望他们能够把悲痛化成建设新家园的动力。虽然这个过程比较痛苦，但是会拥有更好的成长。"谢老师鼓励家在灾区的同学坚强起来，学会面对。

"有一句话让我觉得特别温暖：虽然我不在你们身边，但是我同样要温暖你。虽然我不在重灾区，但是我们的工作也是'一线'，作为一名辅导员，我的任务就是稳定学生情绪，做好防震教育。"安排值班、进行安全排查、组织学生干部们轮流巡逻……谢老师谦虚地说，她只是做了自己应该做的事，还有很多老师都做了大量工作，非常辛苦。"我们的陈怡露老师怀孕第八个月了，从地震到今天共4天，她放弃了属于自己的休假，一直留在学校，晚上睡觉也在学校，不停地处理工作。我们很担心她，劝她回去，可她直到今天下午才回家，让我们非常感动。"

由于露营的学生多，辅导员们晚上还有一项重要的工作是巡查在外露营的学生们的安全、健康状况，禁止帐篷内使用明火，以及提醒贵重物品的保管，缓解同学灾后紧张心理等。

5月17日晚，学生工作处本科生教育管理科科长宋刚老师和土木工程学院04级辅导员柯小君老师一起巡查。他们负责犀浦校区南区的巡查工作，由于学生分散,检查一次就得半个多小时,而这样的检查一晚上通常要进行六七次。他们摸黑走进搭建在草坪上的帐篷,耐心告诉同学们在帐篷里使用明火的潜在危险。抗震期间,所有辅导员都细心地做着同样的工作。九里、犀浦校区的所有辅导员白天奔波于宿舍楼与帐篷区,了解学生的思想、安全和健康状况,宣传成都市、学校的通知、公告,帮着同学搭建、加固帐篷,组织带领青年志愿者清洁校园,防控疫情……。

电气学院的高仕斌院长、陈维荣副院长 5 月 12 日地震发生后立刻赶赴犀浦校区,看望学生,安排学院工作。高院长当时做完手术不久,他不顾身体疼痛鼓舞大家:“因为我们电气是一家人,老师爱学生就像爱自己的孩子一样。我们有责任,并且无任何条件地去关心学生,爱护学生……”5 月 13 日晚间大雨,许多同学住在帐篷里。担心同学们感冒生病,学院又于 5 月 14 日上午购买了 3000 多元药品,送到每个班级。

公共管理学院师生员工互相关心、团结互助、齐心协力、抗震救灾。灾害当天,院党政领导张炜、陈光、蔡玉波等就到犀浦校区、九里校区分别看望了本科生、研究生。学院还买来矿泉水、必备药品,稳定学生情绪,开展抗震避险常识教育,加强对学生的教育引导,最大限度地减轻地震给学生身心造成的伤害。

环境学院迅速做出反应,学院各级领导召开紧急会议,商讨抗灾的有关事宜。由于地震后带来的交通堵塞,副院长刘丹教授于晚上 8 点赶到犀浦校区且冒雨到该院学生聚集的地点看望了同学们,询问同学在地震后各方面的情况,安抚同学情绪;5 月 13 日上午,环境学院党委书记关秦川、院长付永胜、副书记欧阳峰以及各年级辅导员老师来到宿舍楼和同学营地看望同学,向同学们宣传防震救灾基本知识,告诫同学们在地震来临时要不慌不乱,沉着应对。随后领导们又看望了在地震中受伤的同学;5 月 14 日,付永胜院长携各班级导师又一次来到宿舍楼看望同学们,要求同学们服从学校和学院的各项安排,导师们向同学们讲述教学楼和宿舍楼的损坏原因和程度,从科学的角度说明了宿舍和教学楼的安全性,消除了同学们恐慌的情绪。当晚,黄涛副院长还召集各班班长及召开了复课动员会,动员同学们积极复课。

5 月 15 日,心理咨询中心有针对性地开展大型露天心理咨询与心理教育,使师生员工尽快摆脱震后心理阴影,以健康向上的心理和精神状态投入正常的工作、学习和生活之中。中午 12 点,心理咨询中心的老师们在九里、犀浦、峨眉三校区同时设立心理咨询站,现场为同学们进行“自理把脉”。一些同学对多层、高层建筑避险心有余悸,灾情发生以来始终没有回宿舍。“这都是正常心理,因为不确定性和应急性,是突发事件的重要特征。关键是恐慌之后,如何调整心态,增强预防性。”汪小蓉老师分析道。有的同学反复抱怨地震发生后的一些不合理事情，张涛老师对此建言：“面对不以人的意志为转移的突发事件，抱怨愤怒无济于事，也于事无补。这时若能保持良好的心态和理性的反应，就能积极应对突发事件，减少伤亡和损失。”

下午3点，数千名本科生齐聚犀浦校区主体育场，校长陈春阳一行也来到这里，和大家一起聆听宁维卫教授讲解《抗震中的心理支持与应付》。心理研究与咨询中心的老师们积极行动起来，及时为全校师生提供心理援助，为师生撑起了一片心灵的绿荫。

在峨眉校区，整个校区从校区党委到各党总支的书记们都始终战斗在第一线，无时无刻不在关心着同学们，他们用行动证实了基层党组织的战斗堡垒作用，用行动实践着一个共产党员在关键时刻应起的作用。

外国语系直属支部书记余清秀自汶川大地震以来，就一直与全支部广大党员和全体师生员工战斗在抗震救灾第一线。

5月12日下午，地震发生后，余书记马上来到操场，第一时间组织学生干部把外国语系全体学生召集到一起，并且迅速反应，及时安排学生购买了足够的面包、水，以及手电筒等应急品，做好防灾准备。当时，手机通讯中断，余书记将自己的小灵通借给学生，让他们与家里联系，并不时地安慰家在灾区的同学。最让同学们感动的是，余书记的腿受伤未愈，每天拖着病腿奔波在学校的每个角落，穿梭在学生中，问寒问暖。有好几次都累得走不动了，腿钻心的疼，辅导员钟老师让她休息，她还坚持每天走访宿舍直到深夜。

5月19日晚，成都电视台发布了余震预警，刚开完学生工作会回到家的余书记，从新闻里得知消息，在当时通讯和交通中断，没办法接到学校通知的情况下，拖着伤腿徒步几公里走到学校，赶到学生的临时遮雨棚，投入防震工作，又是连续两天没回家，和学生在一起。

外国语系直属支部还组织全体党员走访宿舍，慰问学生，和学生谈心，了解学生心理，及时进行疏导。同时结合专业特点，寻找国外最新的心理资料进行展览和宣传，对学生进行指导，让他们正确对待自然灾害，磨炼坚强的意志。

土木工程系党总支全体党员在马德芹书记的带领下也积极投入到抗震救灾的战斗中。他们在地震第一时间就组织学生有序疏散，并及时有序地安排、指挥工作，深入学生中向学生开展心理抚慰，关心学生食宿情况。

5月12日晚，地震发生后的同学们大多数集中在中山梁体育场、各阶梯教室和明诚堂，在1号大板楼旁的移动营业厅还住着一个不一般的小团体——15个家在重灾区的同学和土木系张兆兴老师。此外，还有奔波在外，但在时刻牵挂着这里的土木系党总支副书记张春燕。

地震发生后由于通信线路中断,大家无法了解官方新闻和听到广播前,土木系家在重灾区的同学十分着急,张春燕副书记知道后,立刻安排辅导员找到各院系来自汶川、北川重灾区的同学,时刻陪着他们,安抚他们的情绪。

“当时,我和系里老师、同学还坐在操场上,突然听见有人说,汶川 8.0 级强烈地震……北川顷刻间夷为平地……我崩溃了,不敢相信自己的耳朵,生我养我的地方一下子就没了;接着从广播传来汶川地震发生时,距北川县城 1 公里的北川中学正在上课,短短几分钟内,21 个教室内 1000 多名师生就被掩埋于两栋坍塌教学楼的瓦砾残墙中……我爸妈是北川中学教师,我爸我妈怎么样了,我还想通过电话告诉他们,峨眉地震了,我很好,我很好,但是没想到北川震得更厉害……”家在重灾区北川,07 电车专业的张景同学回忆起 12 日那个刻骨铭心的日子,情绪还很激动。

起初,大家情绪都不稳定,一时间因不知所措而沉默许久,一时间又冲动得想立马赶回家找亲人。这时,张春燕副书记来了,她和其他辅导员一起陪着同学们。

慢慢地,大家情绪稳定一些了。“当时,给我印象最深的是,一个叫顾艳的女生,5 月 13 日早上看到他们时,很多同学情绪都很低落,但是她特别坚强,有两次,她和我谈及家里的情况,说着说着,声音都硬咽了,眼含着泪水,最后还是将眼泪忍了下去,”张春燕副书记想起那段时间的点点滴滴,每次都被那个女孩感动,“我真的没想到一个 20 出头的小姑娘,居然那么坚强。”

“那段时间对于我们来说,是刻骨铭心的一段时间。我们看到家乡的消息,根本吃不下饭,更不用说睡觉,有些人整夜都睡不着,我们之中还有学生想回家救家人。张春燕老师和张兆兴老师每次都苦口婆心的安慰、劝我们一定要保重自己,等到弄清情况联系上家人以后,才能照顾家人。为了怕我们悄悄跑回家,张副书记他们便随时在我们身边……看到张春燕老师和张兆兴老师那深深的黑眼圈,看到他们对我们的关爱,我们的情绪慢慢稳定了……”一个同学说。

就这样,老师的照顾和关心,同学们的相互鼓励和照顾。这个不一般的小团体——15 个家在重灾区的同学和土木系张春燕、张兆兴老师,从 5 月 13 日中午 12 点到营业厅至 5 月 14 日晚上 8 点搬到体育场帐篷内,在这里度过了 20 个小时。这是痛苦而疲惫的 20 个小时,温馨而难忘的 20 个小时,刻骨铭心的 20 个小时。

以上列举的这些部门和个人仅是我们这次抗震救灾中的个例。在各个院系、各个部门,以及我们的师生员工中,还有许许多多做好事的人,有的教师把同学接到自己家里住而不愿留名等,他们默默地用行动奉献着爱心与真情。

“5·12”以来的抗震工作,充分证明了我们有一支能战斗、能吃苦的基层党组织队伍！学校党员干部、各部门按照学校党委和抗震救灾临时指挥部的统一部署，来到同学们中间，和同学们同呼吸，共命运，心连心，涌现出了许多让人感动的事迹。这充分证明了西南交通大学党组织是一支能打硬仗的队伍。在党委的领导下，西南交通大学的教职员工真正拥有着一颗爱党、爱国、爱校、爱学生和责任心强的大爱无边的心！

发挥学科优势　支援灾后重建

"5·12"四川汶川地震之后，许多美丽的城镇乡村顷刻变得残破不堪，随着抗震救灾工作的深入，震后重建提上了议事日程。学校积极关注抗震救灾工作进展，校党委书记顾利亚和校长陈春阳向全校发出了"举全校之力，为地震灾区重建做贡献"的号召，要求校内各单位要积极响应党中央号召，在省委、省政府的统一领导下，多项参与、纵深推进，在我校前期参与抗震救灾、灾后重建工作的基础上，以学科、团队等优势为依托，着眼于长远，有组织、有计划、有步骤地整合学校力量，全力参与灾区重建工作。

5月26日，下午4：30，我校在办公楼第二会议室召开了以"倾全校之力，集学科优势，重建美好家园"为主题的校长工作会议，探讨参与灾后重建工作的各项工作。副校长蒋葛夫主持了会议。会议决定：第一、学校成立"西南交通大学灾后重建工作领导小组"，由校长陈春阳亲自挂帅，两位副校长任副组长，学校党办、校办、科技处、人事处、校产集团、土木学院、建筑学院、交运学院、环境学院和研究生院等相关部门、院系负责人任组员，统筹领导并规划学校参与灾后重建的工作，并组建规划、交通、建筑、环保等4个灾后重建工作团队；第二、以学校名义，向省市有关部门和领导表达我校参与灾后重建工作的积极态度；第三、立即申请成立抗震工程技术四川省重点实验室。

在学校的统一组织下，由土木工程学院、建筑勘察设计研究院、建筑学院、环境科学与工程学院等单位的60余名专家组成的"西南交通大学抗震救灾专家服务团"，不计报酬、不讲条件、不顾危险、服从安排，数十日奔波在汶川、绵阳、德阳等重灾区开展房屋建筑、桥梁和铁路站段的安全排查，以一流的技术出色地完成了任务；由物流学院、交通运输学院、信息科学与技术学院等单位的90多名师生组成的技术工作组，赴四川省红十字会从事救灾物资管理工作，许多师生连续工作30余个小时不休息，为抗震救灾物资保障工作作出了突出贡献，受到了国务院抗震救灾总指挥部、中国红十字总会、四川省红字会的好评，由他们中的党员组成的临时党支部被四川省委教育工委表彰为"全省高等学校抗震救灾先进基层党组织"；学校心理研究与咨询中心的老师们奔赴多处灾民安置点和重灾区，为灾区人民提供及时有效的心理援助；旅游学院的三名教师作为四川省专家组成员，分赴汶川、卧龙、茂县、理县、黑水和松潘等重灾区进行了灾害评估和旅游业重建规划工作；学校各民主党派和无党派人士纷纷参与专家服务、调研考察与提案议案等重要工作；与此同时，我校师生纷纷行动起来，义不容辞地投入到抗震救灾斗争的浪潮中。其中，土木工程学院副院长、建筑勘察设计研究院常务副院长赵世春教授，在接到省市有关部门请求援助的要求后，立即奔赴绵阳、德阳、都江堰等重灾区，带领房屋建筑专家对国防设施、机场、医院、学校等重点区域进行了安全排查，常常工作到凌晨；地质工程系系主任胡卸文教授灾后第二天就赶赴灾区进行考察，他冒着危险两次乘直升机飞抵唐家山堰塞湖坝顶进行实地考察，掌握了非常珍贵的第一手资料，为国务院抗震救灾指挥部的决策提供了重要的参考依据；土木工程学院秦军教授带领课题组对灾区进行了超低空遥感，获取了高分辨率影像，为救灾工作提供了重要依据；数学系的余孝华副教授主动报名并被选中成为30名救灾物资社会监督员中的一员，作为工作组组长在四川省慈善总会圆满完成了各项工作，他出色的工作和朴实无华的言行受到了中共中央政治局常委、中纪委书记贺国强同志的赞扬；土木工程设计有限公司在建设厅的号召下，迅速派出了抗震救灾桥梁专家组奔赴灾区前线，承担并顺利完成了绵阳市区42座桥梁结构安全性检查和评估任务。

5月29日上午，我校邀请成都市交委副主任张殿业来校与我校有关专家进行座谈，研讨学校参与成都市交通运输领域灾后重建相关工作。上午，蒋葛夫副校长拜会成都市交通委员会主任胡庆汉。成都市交通委员会表示，希望我校能介入到公路、桥隧、道路边坡的加固、检测、设计等方面的工作。

5月29日下午，受学校委托，蒋副校长率队分别到四川省建设厅、成都市建委主动请战，商谈学校参与灾后重建的方式以及与省市有关部门合作的主要内容。省建设厅何健副厅长、市建委黄平主任等分别会见了蒋副校长一行。蒋葛夫副校长分别向省建设厅、市建委有关领导通报了学校在灾区房屋建筑、桥涵及地质安全评估，堰塞湖、滑坡等灾情遥感监测与评估，灾区高危险建筑工程爆破，灾民安置、灾区重建等建筑规划与设计等方面的工作。他表示，学校将举全体之力，发挥学科优势，为灾后重建作贡献。土木学院院长李乔等专家学者，结合各自学科专业科研情祝，针对地震造成的各种问题，提出了我省灾后重建的许多建议；省建设厅副厅长何健、总设计师邱建对我校在抗震救灾中的工作成绩表示赞赏，对学校积极参与灾后重建工作表示欢迎，希望学校能发挥学科优势，在灾后重建工作的规划选址、家园建设、技术标准研究等方面做出贡献，特别是在城镇体系规划和农村建设两个方面发挥作用；在市建委，建委主任黄平感谢我校对建委工作的一贯支持,感谢参与灾后建筑物排查工作的我校专家。他希望我校近期能做好四个方面的应急工作:对都江堰等地房屋建筑损坏情况进行评估、帮助经委一些企业完成厂房受损评估和加固、评估地震对成者她铁建设的影响、进行地震与建筑质量的技术研究;今后能在灾后重建的总体规划和建设、建筑物防震设防等级和建筑标准、市政基础设施的设防、受损建筑的加固技术和加固方式等四个方面进行研究。

5 月 30 日下午,蒋葛夫副校长向四川省科技厅汇报了我校筹建抗震工程技术四川省重点实验室预案。四川省科技厅领导认为,我校提出的这个设想非常及时,弥补了四川省重点实验室的缺口,具有很深远的意义。

5 月 31 日下午,副校长蒋葛夫带队到省交通厅进行了座谈,介绍了我校灾后前期开展的工作以及筹建"抗震工程技术四川省重点实验室"等相关情况,表达了学校积极参与科技重建交通的愿望。省交通厅总工程师陈乐生表示,希望学校积极介入灾后重建交通的工作中去,省交通厅将在科研方面与学校展开合作。

5 月 31 日,学校主动向成都市市政府请战,要求全力以赴、全面投入成都市灾区灾后重建工作,得到了成都市葛红林市长的高度重视。当天,葛红林市长在都江堰主持召开相关会议之后,不顾劳顿连夜赶回成都,认真听取了我校顾利亚书记、陈春阳校长、蒋葛夫副校长的汇报,对学校克服自身困难、率先主动请战、与成都市灾区人民共患难的真情与义举予以了高度赞赏。

学校领导首先向葛红林市长汇报了地震发生后,学校快速反应,以强烈的社会责任感立即投入抗震救灾战斗所做的一系列工作。针对葛红林市长当前十分关心的灾后重建和抗震标准研究相关工作,顾利亚书记等校领导汇报了学校成立机构、搭建平台,派出队伍等方面的工作。学校领导还介绍了召开"中日'四川汶川地震'灾害修复与重建技术交流研讨会"等相关情况。

在汇报中学校领导表示,长期以来,学校的建设与发展得到了成都市委、市政府的大力支持和热情帮助。正是这种良好的发展环境,促使学校的学科建设与科学研究步伐进一步加快,在土木、建筑、环境、检测、交通等方面的传统优势更加明显。目前,在市政公用工程(道路、桥梁、隧道)、房屋建筑工程、岩土工程与勘察方面,学校均拥有建设部颁发的甲级资质。在本次 8.0 级大地震中,学校领先研发的抗震、新法施工等关键技术使鹧鸪山隧道、二郎山隧道均完好无损,为保障通往重灾区"西线"的生命线通畅发挥了关键性作用,也彰显了学校实力。因此,在成都市全面展开科学救灾、科学重建的关键时刻,充分发挥学校综合优势,饮水思源、真情参与,以实际行动为成都市灾区灾后重建工作作出贡献,是全校师生义不容辞的历史责任。因此,学校在下一阶段将举全校之力、在房屋结构和基础建设、环境恢复与保护、建筑设计规划、交通基础设施规划与建设、受灾景区的经济恢复与发展、物流管理等 6 个方面参战成都市灾区灾后重建,为成都灾区人民献真情、做好事、办实事。

葛红林市长在听取汇报后,对学校工作给予了充分肯定,并表示非常欢迎也热切盼望西南交通大学参战成都市灾后恢复重建与经济社会发展事业。在原则同意我校所提出参与建设的 6 方面工作之外,葛红林市长还要求学校牵头研究都江堰市的整体建设发展规划等 10 方面的工作。

顾利亚书记、陈春阳校长表示学校一定坚决按照市委、市政府的统一部署,全力以赴、全面参与,把主动请战的热情、积极性和决心始终贯穿于服务成都市灾区灾后重建和经济社会发展的全部过程,根据成都市经济社会发展的重大需求,认真服务于成都市灾区灾后重建和经济社会发展工作,不辜负成都市委、市政府的期望。

6 月 10 日上午,校长陈春阳、副校长蒋葛夫代表学校前往省政协,向省灾后重建规划领导小组副组长、省政协副主席解洪同志主动请战,要求全力以赴、全面投入我省灾区灾后重建工作。陈春阳校长、蒋葛夫副校长表示,长期以来,学校的建设与发展得到了四川省委、省政府的大力支持和帮助,因此学校在下一阶段将举全校之力,在房屋结构和基础建设、环境恢复、保护与旅游重建、建筑设计规划、交通基础设施规划与建设、参与灾区的经济恢复与发展、物流管理等六个方面参战我省灾区灾后重建,为四川灾区人民献真情、做好事、办实事。解洪副主席认真听取汇报后,对学校克服自身困难、主动请战、与四川灾区人民共患难的真情与义举予以了高度赞赏,他表示非常欢迎西南交通大学参战四川省灾后恢复重建与经济社会发展事业,并要求学校牵头研究做好相关工作。

感恩的心

全国人民关心四川,支援灾区,我们也应奉献出一颗感恩的心。在学校党委的正确领导下,各基层党组织积极发挥作用,学校各部门的通力合作,使学校的抗震救灾工作取得了阶段性的成果。大灾之中不忘感恩,全校上下爱心永驻。感恩、献爱心体现在了每一个经历了这次灾难的师生员工的行动中……

根据《四川省教育厅关于迅速开展对口援助灾区学校的紧急通知》的精神,5 月 14 日,我校开展了"心连心,手拉手"抗震救灾募捐活动。

学校领导高度重视灾区受灾学校的援助工作,顾利亚书记、陈春阳校长、何云庵副书记、陈志坚副校长以及相关校领导多次亲临活动现场指导工作并带头捐款捐物。募捐活动开展以来,得到全校广大师生的大力支持,大家发扬"一方有难,八方支援”的精神,踊跃为重灾区的人民献上爱心。截止5月15日下午3点,捐赠活动共计收到实物96882件,其中大多数是灾区急需的保暖防寒衣物以及棉被,全校在党员的带动下踊跃向灾区捐款。全校党员干部在学校开展的捐款活动后,还进行了特殊党费的捐款。

5月15日,西南交通大学抗震救灾“心连心,手拉手”捐赠活动进入第二天,在犀浦校区一食堂门口的捐赠点,教职工、同学们积极捐助。整个捐赠活动在进行过程中,不断地有志愿者赶来义务服务。捐赠点的老师和志愿者一起,开展赈灾物资的清理,大家情绪高涨,顾不得休息,将捐献物品打包,捐献资金入库,两天以来捐赠的衣物被褥等总件数为72388件,共1802大袋,药品雨具若干。截止5月15日下午5点,成都两校区师生为抗震救灾捐得人民币378664.04元。

顾利亚书记、陈春阳校一长等领导在捐赠现场看望了老师和同学,对“手拉手,心连心”活动给予了高度肯定,认为活动意义重大,体现了大学生的爱国情怀,希望大学生力所能及地参加到爱国爱校爱民活动中,多奉献一份爱心,积极为重灾区的人民做好服务,增强爱国责任感。

在加拿大的我校原党委书记李植松、老教授王浩吾夫妇委托同事捐款3000元。07级土木4班的孙金元同学一下捐赠了2000元现金,他表示其中有1000元是自己的父母对重灾区人民的帮助,另外1000元是多年来平时的积蓄。

校内师生积极解囊相助,社会力量也伸出援手。达畅驾校的工作人员在了解到这次西南交大捐赠活动之后,表示愿意免费运输活动募集的赈灾物资,直接运往重灾区。

在校工会、校团委、财务处和后勤部门以及青年志愿者协会的努力下,我校近十万件救灾物资已全部运抵灾区,将我校数万名师生的关怀与慰问送到灾区。5月15日晚7点,我校后勤集团总经理高庆、校工会副主席苏小桦等带领21名学生志愿者,7辆运送车组成的交大抗震救灾物资运送车队开往都江堰,将首批救灾物资分别捐赠给我校对口援助的四川水利职业技术学院和都江堰经济开发区,救灾捐赠队凌晨零点安全返校。对此,四川水利职业技术学院熊书记以及都江堰经济开发区管委会党委书记鲁洪斌、主任韩冰向我校师生表示感谢。

5月16日下午,我校3辆大卡车和两辆校车组成的交大抗震救灾物资运送车队,载着64300件(共计2042袋)第二批捐赠物资往雅安进发,由我校工会刘凤群主席率队,校团委也派出了由1名老师和17名志愿者组成的服务队一同前往。晚8点,我校抗震救灾捐赠队到达雅安市雨城区,将救灾物资送到雅安市教育局,教育局马作祥局长、伍建明副局长等领导对我校师生表示最诚挚的感谢,并立即着手将救灾物资送往各个受灾学校。

我校有关部门从彭州市委统战部获悉,土木学院杨兰勇、建筑学院王梅等多名青年教师主动联系了土木学院、建筑学院、公共管理学院、图书馆等院系部门的近10位老师募集款项、物资等,5月17日下午自发赴彭州送去了两车抗震救灾的急需物资,其中包含1000床棉被和大量食品、衣物等。

5月18日,我校青年志愿者在校团委书记李卓慧的带领下赴彭州参加抗震救灾。8点整,志愿者们分乘两辆客车前往彭州灾区。抵达灾区后,志愿者在校团委4位老师的带队下,随即展开工作。第一分队前往设置在致和镇清洋小学内的灾民安置点,帮助灾民搭建防震棚,协助当地工人维修房屋、清除安置点内和周边垃圾、协助当地群众为灾民准备食物,志愿者们还进入灾民安置房间,及时了解灾民的情况,向他们解释国家救灾政策,进行心理疏导和安抚工作。其余5个分队负责在距离彭州重灾区5公里的物流中心装卸救灾物资,整整一天时间,直接为救灾一线解放军搜救队装卸物资达100多吨。

在抗震救灾当中,我校青年志愿者纪律严明、组织有序、工作高效、表现突出,得到了成都团市委学校部、彭州市民政局领导赞赏和肯定。

在5月29日,我校向阿坝师专捐款20万元之后,6月2日,我校副校长黄庆教授一行来到了广元市利州区,送来了两卡车救援物资,并向利州区捐款20万元,同行的3名专家将对灾区提供技术援助。

产业系统干部职工通过互联网、广播电视等了解到我省这次特大地震灾害给人民生命财产和城市、乡村造成的巨大损失,纷纷自发捐款捐物支援灾区人民。据不完全统计,校产系统企业单位捐款共计172.5万元,企业员工个人捐款共计47.7万元。西南交通大学出版社捐款5万元救助都江堰向峨小学。图书馆的常婧老师主动为灾区筹集药品,并身赴灾区担当心理辅导志愿者,受到了全国政协主席贾庆林同志的好评,被四川省委教育工委表彰为“全省高等学校抗震救灾优秀共产党员”;艺术与传播学院的辅导员肖传兆老师,地震后一直忙着为学生服务,几天几夜没怎么合眼,正准备举行婚礼的他得知学校开展“心连心,手拉手”爱心捐赠灾区活动时,捐出了母亲亲手为他缝制的结婚被褥;信息科学与技术学院电子技术基础实验室职工杨磊、贾岱松冒着余震,驾车前往北川县运送食品、药品等。

5月15日,峨眉校区恢复正常的上课秩序后,全校上下随即投入了对身处灾区人们的关爱活动。心手相连,情系灾区,奉献爱心的真情关爱活动迅速席卷了整个校区。

校区党委向各级基层党组织和全体党员干部发出了积极向灾区奉献爱心的通知,校区工会和校团委组织发起了募捐活动。师生踊跃捐款捐物,出现了一幕幕的感人场面。募捐箱前,校领导慷慨解囊热心谱写爱的篇章;捐物处,学子们用真情铸就爱的长城,更有普通的清洁工、小商贩来到捐赠处用自己的绵薄之力为灾区的人们奉献爱心……

5 月 16 日下午,峨眉校区校长蔺安林召集相关领导开会,鉴于目前通往重灾区的很多通道实行交通管制、为救灾车急用开道的现状,专门研究救灾募捐款物如何快速送到达灾民乎中的问题,会议还决定将校区教职工捐赠的钱和物品,运往受灾较严重的灾区,供灾民急用。会后经过反复论证,都江堰下辖的青家镇圣寿村被定为这次捐赠款物的目的地。由党委宣传部、旅游学院、土木系等单位代表组成的送温暖献爱心小组,在宋吉荣副校长的带领一下前往青家镇捐钱送物。

学校的行动感动着同学,同学的理解和支持以及积极的配合让学校为之动容。一个名叫苏行的法国留学博士生说,法国很少发生这样的地震灾害,开始有些惊慌。不过学校组织抗灾自救得力,较好保证了校内师生的食宿供应,保障了校园的良好秩序,稳定了同学们的情绪。他还说,他所认识的外国留学生情绪都很稳定,生活有序,得益于学校有力的应急措施。

一名来自四川彭州的同学说:“作为一名受灾家庭的同学,我衷心地感谢各位领导对我们的关心,感谢你们对我们的照顾,你们是世上最美丽的天使。在此我真诚地祝福各位领导:工作顺利、生活快乐,合家幸福!也祝福:中国平安。”

当我们在采访同学们举办的感恩社会、感恩学校、感恩老师的活动时,一位家在灾区的女同学的话至今还深深地印在我们的脑海中:“学校领导和老师们为我们昼夜不停地工作着,在你们的帮助下我们才振作了起来。我不知道其他学校在这方面工作做得怎样,但我觉得我们学校做得很好。在你们的辛勤努力下,我衷心地说一声谢谢你们。我们必须化悲痛为力量,怀着一颗感恩的心来关心和帮助身边的人。我们必须振作起来,团结起来,努力学习才对得起你们。”

灾难震撼着我们的心灵,灾难更使我们坚强;灾难使我们团结,灾难唤起了我们的爱心,灾难更使我们不能忘却:我们不能忘记的不应仅是灾难,我们不能忘记的首先是我们党、我们的祖国、我们心连心的母校,还有我们每一位在这场灾难中同呼吸共命运的人……

(三十二)

2007 年初,经国务院批准,教育部、财政部全面启动实施了“高等学校本科教学质量与教学改革工程”(以下简称“质量工程”)。该工程是以提高高等学校的本科生质量为目标,提高优质资源共享为手段,按照“分类指导、鼓励特色、重在改革”的原则,在专业、课程与教材建设以及教学手段与方法改革、人才培养模式改革、教学评估等六个方面进行改革建设，引导高校本科教学方向，打动教学全方位的改革创新，形成重视教学、重视质量的良好环境和管理机制。自我校“216”质量工程实施以来，学校积极推进相关工作，取得了显著成果，国家精品课程不断增加，国家级教学名师接连获评，获评人才培养模式创新实验区，入围国家级教学团队……让我校学子在质量工程建设的过程中，实实在在地获得了质量更高的教育。在 2008 年 10 月 30 日第 551 期校报上，题为《花开遍地只为桃李芬芳》的一篇综述新闻对此进行了报道。

同学们参与实验

花开遍地只为桃李芬芳

我校“质量工程”建设成果叠现

今年，包含一门网络精品课在内，我校共获得国家精品课 5 门，至此我校以 22 门国家精品课程的总数位列四川省高校第一；教育部共进行了 4 届国家教学名师奖的评选，我校的吴鹿鸣、易思蓉、龚晖、冯晓云 4 位教授先后获得国家教学名师奖，以 100% 的申报成功率稳居四川省高校第一；我校申报的“茅以升班轨道交通创新人才培养实验区”和“国际化、工程化、差异化的管理人才培养模式创新实验区”获评人才培养模式创新实验区，数量与四

学生在实验室做实验

川大学并列四川高校第一;继去年吴鹿鸣教授领衔的机器基础教学团队获得国家教学团队后,今年我校的力学基础教学团队和轨道交通电气化与自动化教学团队双双被评为国家教学团队;我校的电气工程及其自动化,交通运输,车辆工程被评为国家特色专业建设点,今年我校的同工成机械工程及其自动化,工程力学又入围国家特色专业评审;百门国家双语教学示范课程我校今年也有一门入选;第一批大学生创新性实验计划项目中我校也闯入了“985”高校林立的队伍中,争取到了50个项目,百余名学子受益……在“高等学校本科教学质量与教学改革工程”下开展的各个项目,我校所取得的成绩走在全国高校的前列。

“高等学校本科教学质量与教学改革工程”(以下简称“质量工程”)是以提高高等学校的本科生质量为目标,提高优质资源共享为手段,按照“分类指导、鼓励特色、重在改革”的原则,在专业、课程、教材建设及教学手段与方法改革、人才培养模式改革、教学评估的六个方面进行改革与建设,引导高等学校的本科教学方向,带动教学的全方位的改革和创新,形成重视教学,重视质量的良好的环境和管理机制。“质量工程”是继“211 工程”“985 工程”和“国家示范性高等职业院校建设计划”之后,我国在高等教育领域实施的又一项重要工程。“十一五”期间,中央财政安排25 亿元的专项资金支持“质量工程”建设,这是历史上的第一次。如此大的力度只为提高教学质量,使万千学子受惠。

我校对“质量工程”十分重视,陈春阳校长多次在有关会议上提出要加强质量管理,重视“质量工程”。经过近两年时间的建设学校取得了较好的成绩。

我校取得如此成绩的原因

通过实施“质量工程”项目的建设,学校达到了预期目的,整体教学环境,教学条件得到大幅改善,教学理念大大提升,教学风貌有了很大变化。

去年我校在教学方面数据的排名在高校排行榜中飙升了24 位,从而给教育行业的业内人士留下了深刻的印象,为学校的整个的发展起到了积极的带头作用。这是因为:

第一,全校在思想上高度重视“质量工程”建设项目各院系单位配合紧密、行动积极、前期准备充分。

从客观上讲,我国的高等教育在过去相当长的一段时间里,国家投入低,学生的实践能力和创新精神及待加强,教师队伍的水平也亟待提高,人才培养模式,教学内容和方法需要进一步改革,尤其是高等教育的经费投入跟不上规模增长的速度等问题,使得大众化教育建设一直处在比较低落的状态,我校也在一定程度上存在这些问题。为此,学校高度重视“质量工程”各项项目建设所带来的机遇,认为“质量工程”是加强教学基本建设，提高教学质量的重要举措，是学校构建一流本科人才培养体系，实现我校本科教学新跨越的重要契机。

同时，各院系认识到位，各单位积极支持配合，教务处，实验室及设备管理处等牵头单位组织实施得力。各部门认真贯彻执行质量工程的实施意见。教务处对质量工程建设项目进行了深入的分析和研究，明确了建设思路与建设目标，对建设任务做出合理的规划。各院系领导以身作则，亲自主持和参与质量工程的建设项目，带动了广大教师从事教学质量工程建设的积极性。

2007年初在经过一年多的调研、论证的基础上，经国务院批准，教育部、财政部全面启动实施了“高等学校本科教学质量与教学改革工程”。而“质量工程”在实施之前，学校就实时跟踪教育部信息，围绕这样开展的项目进行建设，而“质量工程”一开始实施，学校立刻紧跟脚步加大建设力度。

第二，我校拥有优良的教学传统，教风、学风良好，为质量工程取得优异成绩奠定了坚实的基础。

学校历来重视教学认为，教学质量是学校的生命线，始终保持“严谨治学、严谨要求”的优良传统。我们有一批优秀教师在做好科研工作的同时，认真教书育人，还著书立作，为大家提供优秀的教材。没有他们，学校很难保证优秀的教学质量。可以说，他们是学校“质量工程”各个项目建设的主力军。同时，同学们也是“质量工程”建设中一支非常重要的力量。同学们学习的目的性很强，能在努力学习的同时，不断提高自己的能力积极参加创新性的实验，SRTP(student research training program)项目等就是一个表现。

第三，办学理念明晰，培养计划明确。

陈春阳校长提出的“育人为本、质量为心、创新为魂”的理念已被确立为我校的办学理念。在这一理念的指导下，学校分层教育，多目标、多样化的教学方案一经实施，就取得了很好的成绩。“茅以升班轨道交通创新人才培养试验区”和“国际化、工程化、差异化的管理人才培养模式创新实验区”双双进入“质量工程”的“人才培养模式创新实验区”这个项目，充分表明学校高层次人才、综合性人才培养方面的成功。

第四，学校制定了全方位的“质量工程”建设与管理文件，并对建设经费给予了保证。

学校先后颁布了《西南交通大学精品课程建设立项与评估验收办法》《西南交通大学特色品牌专业建设立项与评估验收办法》与《西南交通大学教学名师奖评选办法》等文件，对“质量工程”各个项目的申报、评审、日常建设、奖励办法与经费使用等方面进行了规范。特别的是“质量工程”项目建设实施以后，其建设成果与教师入职评级定岗挂钩,充分激起了教师参与质量工程建设的积极性。老师们表示:“以前搞教学,就像在家里做家务,没有什么成绩可以说出来;现在通过实施质量工程项目建设,我们在教学方面的努力有成果展现了,更有推进教学改革的积极性了。”

教务处处长阎开印在谈到“质量工程”的实施时说,“质量工程”强化了本科教学的中心地位。以往轻视教学工作、弱化本科教育的倾向得到了根本扭转,有力地引导和促使各级教师以人才培养为中心、重视本科教育,切实把重点放在内涵建设上,使同学们在学习中切实受益。“质量工程”的实施,明确了教学改革的重点。“质量工程”包含了专业建设、课程体系、实验教学、教师队伍以及质量监控等本科教学和人才培养的诸多关键环节,较好地引导和促使学校,特别是一些新建本科专业抓住教学工作的重点,深化改革,全面提升本科教学水平和人才培养质量。

专业建设开出特色之花

经过长期的积累、发展和教育教学改革实践,电气工程及其自动化、交通运输、车辆工程、土木工程、机械工程及其自动化、工程力学,成为国家特色专业建设点,更多的专业也在努力建设出自己的特色。

以交通运输专业为例,他们立足轨道交通,形成面向综合培养运输大学生的大交通意识,并据此安排课程和与教学环节;紧紧围绕交通运输业的生产活动来制定教学计划,密切跟踪交通运输业的发展动态来开展科学研究,又设置诸如现代管理技术经济、市场营销、运筹学、统计学、系统工程等课程,理、工、管交叉,表现出很强的交叉学科特色;在人才培养过程中强调理论与实践紧密结合,整个教学过程,坚持教师讲授与学生实践相结合,校内实验与校外实习相结合,教学内容强调基本原理与操作应用相结合。毕业生知识面宽、综合素质高、专业能力强、能主动适应社会经济发展和交通运输跨越式发展需要。近几年人才需求量与毕业生数量比一直保持在很高比例,一次签约率近100%;本专业毕业生受到了用人单位和社会的广泛认同;车辆工程专业的毕业生需求量也远大于实际毕业生人数,就业率达100%。近年来,约有25%的毕业生被推荐免试或考取硕士研究生。

这6个特色专业的申报成功起到了很好的辐射作用。像我校的物流管理专业,最近几年花费了很大力气在师资队伍建设、课程建设、实验室建设的方面,并且注意立足西南,与区域经济相结合,以服务地方来求发展本专业,突出了自己的学科特色与地域特色,取得了很好的建设成效。

课程建设与教材建设使课堂精品化

我校以22门国家精品课程(包含3门网络精品课程)的总数位列四川省高校首位,这离不开学校、学院领导的高度重视,以及老师们的辛勤耕耘。学校在国家级、省级、校级精品课程的建设上,前前后后共投入了800万,资金力度极大。“毛泽东思想 邓小平理论 三个代表重要思想概论”是在校党委副书记何云庵主持下获评国家精品课程的,13位老师共同的心血结晶,让这门课受到了同学们的真心喜爱。该课程建设组还在为将这门课程建设成“具有时效性、时代感,具有示范性和辐射推广作用的、深受学生喜爱的马克思主义理论课”而努力。交通运输学院院长彭其渊也亲自主持本科生课程建设,在“行车组织”课上,本科生们能看到彭院长以及一批专家教授的身影,受益匪浅。

学校的精品课程越多,学生们能接触到的优质资源就越多,其受益幅度越大,同时这些精品课程被放到了网络平台之上,通过采用现代化的信息技术学校也正在搭建和完善网络教育资源共享和学习支持服务平台,使同学们在任意时间,任意地点享受最需要的优质教育资源。

优质的课程离不开好的教材。杨儒贵是2006年度国家级精品课程“电磁场与电磁波”主持人,长期从事电磁场与电磁波的教学与科研工作,具有丰富的教学经验和科研阅历。这为他编写教材《电磁场与电磁波》提供了有利条件。《电磁场与电磁波》(第二版)在第一版的基础上调整了内容,更加充实和丰富,同时增补了例题和习题以及电磁场与电磁波的工程应用,这些工程应用的内容更有利于学生们吸取养分。教材的精益求精让学子们受益,也让这本教材荣获2008年度的“普通高等教育精品教材”。

2008年度的评选结果中,全国共292本的精品教材中,我校除了物理学院的杨儒贵老师的《电磁场与电磁波》外,还有机械学院严隽耄老师的《车辆工程》入选。《车辆工程》是车辆工程专业铁道车辆方向本科学生最重要的专业课教材。是本科学生由基础课向专业课过渡的第一本教材。严隽耄老师所编写的《车辆工程》(第三版)吸纳了最新的铁道车辆理论和产品,如高速动车组、摆式列车、快速及重载货车等,更新了大部分内容,全面反映了我国铁道车辆的发展和现状,从各学校应用情况看来,师生反应良好。

我校近年来入选教育部“十一五”国家级规划教材的数量越来越多,而“普通高等教育精品教材”的评选是以此为基础开展的。这充分证明,我校教材编写越来越用心,教材质量越来越好,以后的学子将能接触到更多的精品教材。

实践教学与人才培养模式不断改革创新

在全校师生的共同努力下，通过实施“323 实验室工程”，我校教学实验室的软硬件建设跃上了一个新台阶，以五个国家实验教学示范中心为标志的一批高水平实验平台的形成，为有效开展实验教学、培养学生的创新精神和工程实践能力提供了有力的支撑和保证。在这一批平台的基础上，学校开展的学生动手能力以及创新能力培养如火如荼。

“国家大学生创新训练计划”是教育部高教司于 2006 年 11 月，旨在开展设立的以学生为主的创新性实验，使学生在本科阶段得到科学研究的训练，提高大学生的创新能力和实践能力，培养一批拔尖创新人才。大学生创新训练项目由本科学生个人或创新团队，在导师的指导下，自主选题、自主设计实验、组建实验室设备、实施实验、进行数据分析处理和撰写总结报告等工作，以培养学生提出、分析和解决问题的兴趣和能力。学校于 2007 年初启动了西南交通大学“国家大学生创新性实验计划”的前期筹备和申报工作。经专家评审，教育部批准，学校闯入首批 60 所项目参与学校的名单。2007 年 10 月学校组织同学们报名，1 至 4 名的本科生组成的创新团队参与了这个项目，最终 50 个项目入选。每个项目的同学获得教育部资助的 1 万元以及学校给予的配套经费，开展各自的研究，极大地锻炼了他们的创新能力。“边坡预应力锚索的空间布置优化设计项目”是其中的一个项目，从“试验”经“数据计算和统计”再到“计算机数字模拟”都主要由高全等 3 位同学自主完成，指导教师赵晓彦只提供了必要的技术指导。目前，“计算机数字模拟”正在进行当中，并且该项目设计了专门用于离心机的压力测试装置，初步提出了锚索的空间布置原则，论文正在撰写之中。“国家创新性实验项目能很好的提高学生特别是本科阶段的学生的自主创新能力和分析问题、解决问题的能力，对于本科生来说，这是一个很好的平台，在这个平台上你能和好的实现你自己的价值和梦想，不会再为理论知识的枯燥无味而烦恼，你会真把学习当成一种乐趣。”从事该项目研究的罗同学说。

人才培养模式创新实验区项目的实施，旨在鼓励和支持高等学校在教学内容、课程体系、实践环节与素质教育等方面进行人才培养模式的大胆改革，推进教学理念、机制和体系的创新，努力形成有利于多样化创新人才成长的培养体系，满足国家对社会紧缺人才和拔尖创新人才的需要。目前全国共有 220 个人才培养模式创新实验区，我校申报的“茅以升班”轨道交通创新人才培养实验区和“国际化、工程化、差异化的管理人才培养模式创新实验区”名列其中，创新实验区个数与四川大学并列四川高校第一。

“茅以升班轨道交通创新人才培养实验区”是以我校2003年开始成立的茅以升班为载体,以我校100多年来形成的轨道交通学科优势为依托,以学校学分制教学管理模式改革成果为保障的试点区,也是学校积极探索现代轨道交通创新人才培养模式,实施因材施教,培养拔尖人才的摇篮和基地。试验区将我校的交通运输、车辆工程、机械工程,土木工程,电气工程及其自动化和通信工程(铁路通信)等轨道交通优势专业联在一起,希望为现代轨道交通发展培养中流砥柱之才。高水平的师资配备和完善的实践创新体系是茅以升班轨道交通创新人才培养的基础,科研创新训练效果、双语授课模式、探究型等教学方法的成功运用是实现人才培养目标的关键。经过4年多的时间,我校在多样化人才培养方面探索出了一个有效模式。我校茅以升班首届毕业生倍受其他高校研究生院科学研究院和用人单位的青睐,直接上研率达90%以上,其中有不少同学直接进入法国里尔中央理工大学、李昂中央理工大学、南特中央理工大学、巴黎中央理工大学、马赛中央理工大学、香港科技大学等国际、国内知名高校攻读研究生。

为了培养具有创新精神和国际化视野、学贯中西、知行合一的新型经济管理人才,在坚持“以社会市场需要和专业未来发展、引领社会的进步和科学技术的创新”和“厚基础、宽口径、强能力,高素质”的原则下,结合对本科人才培养模式的认识,依据经济管理学院现有的六个专业的特点,学校建立了“国际化、工程化和差异化的管理人才培养模式创新实验区”。这个实验区不断优化人才培养方案,在师资选拔与培养、课程体系设置、教学内容、实践环节教学运行和管理机制、教学组织形式等方面进行了人才培养模式的系列改革与创新学生的创新能力明显增强,受到了良好的效果。本科生发表学术论文的人数与数量、质量都逐年上升,推免生的学术发展量好,很多学生还成功地申请到硕博连读的机会,并在以后的学习中取得突出的科研业绩。已毕业的校友中很多人能够运用自己在校所学的理论知识,创新性的解决企业管理问题,为企业的发展作出了巨大贡献。经管学院在这个实验区里走出了一条具有鲜明“交大经管印记”的特色培养之路。

高水平教师队伍蓬勃发展

我国高等学校教师队伍的现状与高等教育发展的要求还存在着巨大差距,提高高校教师素质和教学能力,建设一批高水平的教师队伍,是确保高等教育质量不断提高的一项重要工作。

高等学校教学名师奖的评选与表彰已经开始了4届,我校每一届都有教授入选，这充分说明我校执行了中央关于“教授上讲台”这一要求。吴鹿鸣、易思蓉、龚晖与冯晓云教授等经验丰富的教授来到课堂上为本科生开设基础课和专业基础课，这从根本上提高本科教育教学质量。

何谓名师，即能在做好科研工作的同时，又能在教学与人才培养上有着突出贡献的教师。我校的 4 名名师都是个中好手。他们成为了全国高校教师的典范，更是我校其他教师努力的榜样。在他们的带动与帮助下，我校又形成了一个个优秀的教学团队，通过建立团队合作的机制、改革教育内容与方法、开发教学资源、促进教学研讨和教学经验交流，推动教学工作的传、帮、带和老中青相结合，提高教师的教学水平。

在“质量工程”项目建设中，我校目前有三个国家教学团队——机械基础教学团队、力学基础教学团队和轨道交通电气化与自动化教学团队。这三个团队老中青搭配合理，教学效果明显，在师资队伍建设方面起到了示范作用。以力学基础教学团队为例，为适应新时期课程教学改革，努力推进力学教学资源建设，加强教改力度，培养高素质创新型人才，2005 年 6 月，学校在国家工科基础课程力学教学基地核心成员的基础上组建了力学基地教学团队，团队带头人就是国家级教学名师龚晖教授。团队组建以来，不断更新教学理念，以现代教育思想为先导，以适应 21 世纪工科人才培养模式的课程体系与教学内容改革为核心、以培养具有国际竞争力的高素质人才为目标、以一系列国家级教学改革与建设项目为依托，构建了力学课程新模式与实验教学新平台。近年来，该团队通过“走出去，请进来”等多种方式加强对外交流，像西南地区和全国高校介绍、推广团队，教学改革成果，发挥团队的示范和辐射作用。其教改成果使我校特色优势专业的学生大面积受益。力学课程主要面向我校的土木、机械类工科学生，约占全校工科学生的 40%。应该说，基地的建设与改革成果为强化学校特色、培养工程技术人才发挥了重要作用。据悉，获评教学团队，他们开展教学研究，编撰出版教材和科研成果，培养青年教师，接受教师进修等工作就获得教育部资助，这无疑会推进这些教学团队不断推进教学改革，加强师资力量，取得良好的教学效果。

在师资队伍建设中，双语课程的教师担负的责任很大。目前高校学生在专业英语方面普遍有所缺陷，而学校开设的专业英语课程普遍受重视程度不高，所以学生的相关技术英语的交流，特别是听说能力还有待提高。这点在每年的研究生复试时表现明显，情况不容乐观。同时，用人单位对同学的专业英语却是有较高的要求，随着中国加入 WTO 和改革开放的深入，许多的工程技术问题要参与国际合作竞争，所以对于相关从业人员的技术英语水平是有相当要求的。对此，学校高度重视双语教学师资队伍的培养，将双语教学授课教师培养与出国人员培训结合。举办各种类型的教室外语培训班，经过严格考核，建立双语教学教师库。目前，也有300余位青年教师参加培训，多数老师已经开始和积极准备开始双语教学课程。“质量工程”中“国家双语教学示范课程”这一项目，更是推动了我校的双语课程建设学校全面向全校教师实施“西南交通大学双语教学研究基金”的立项申报工作，以立项课程为建设重点，稳步推进我校的双语教学，目前已有77门课程进行了立项建设。“工科基地‘机械原理’课程双语教学的研究与实践”“国家力学教学基地基础力学双语教学课程建设的研究与实践”两个项目，作为教育部“高等理工教育教学改革与实践项目”，成为学校双语教学的示范点。“百门国家双语教学示范课程”我校今年也有1门入选，即是机械工程学院傅攀教授的《测试技术基础》，为促进我校双语教学建设起到了很好的示范推动作用。

《测试技术基础》是一门面向机械学院各个专业开设的一门专业课程受众面较广，该课程双语教学从2002年正式开展，在六年半的教学期间共为近2000名同学授课。傅攀老师介绍，在平时的上课中，他们大量的从课堂授课、课堂发言、课后作业、平时交流、期末考试等多方面考察学生的接受能力，特别在课堂授课中大量鼓励同学们提问，一方面调动同学们的学习积极性，另一方面检测同学们的接受能力，根据学生的反应适时的调整教学计划和教学进度。同时注意在教学过程中，积极听取同学们的意见，加强与同学的沟通、交流。由于是双语教学，课程授课的电子教案采用与课本教材排版完全相同的特殊电子教案，以使同学们在即使不清楚老师讲课进度的情况下也能够按照教材找到其位置，便于同学及时跟上，同时利于课后复习。由于是采用国外进口的原版英文教材，针对我校学生的特点，授课上主要讲解重点的基础性概念，具体的公式推导、习题演算等细节内容由同学自己课后消化，或是通过翻阅相关的中文资料等学习，有助于同学的自学能力的训练，激发同学的求知欲。傅攀老师强调：“《测试技术基础》这门课本身就是一门实践性、应用性非常强的工程应用课程，因此在结合课程的双语教学情况特别加强了学生的实验实践的内容，以期通过现场实物具体操作，让同学们加深对专业知识的认识，同时消化所学内容，同时加强学生的实践动手能力。”本学期正在修读测试技术基础的06级机械设计及其自动化专业的文同学表示：“起初对这门课程采用的双语教学模式还是有些不适应的，由于自己的英语一直不是很好，就担心在课堂上听不懂的，但最后发现傅老师的课堂上，我发现并非想象的那样。老师总是通过大量的工程实例，结合外文教材和教案，将貌似很困难的双语教学讲得很形象生动，就像是在讲故事一样，由一个个工程实际的故事将相关的理论定理引入，不仅让我们接受起来很容易，同时也很容易理解公式的深层次含义，清楚了公式的相关工程实际应用方面。平时在课堂上老师也会经常发问,不断的让我们表达。有时我们不太懂的地方,老师会重新给我们补讲,总体感觉这门课程不算太难,现在我的课程学习还算不错。同时,我的英语能力也有了很大的提高特别是听说能力都有了很大的提高,总之,这门课是一门不错的英语课程哦。”

学校还十分重视双语教学授课质量,专门成立了双语教学专家组,对教学内容,教学方法、教材选用等方面进行评价。还通过讲座、问卷调查等方式,广泛收集学生意见,对所有双语教学课程进行不定期检查,了解、监控课堂教学效果,并对任课教师进行指导。由于对双语教学的建设和管理措施得力,全校已开始双语教学课程近百门,生物技术、信息技术、金融、法律等专业双语授课课程比例超过10%,教学效果好。20余篇有关双语教学的教研论文已在《北京大学学报》《高教探索》等核心期刊发表。

随着“质量工程”的逐步推进,我校教学质量得到了明显提升,但西南交大并不会满足于这些成绩。为了更好地培养人才,学校下一步将按“质量工程”要求继续加大投入,加强管理,激发教师投入更多精力到教学中,引导学生认真刻苦学习。我校刚以优秀成绩通过教育部的本科教学质量评估,学校将巩固已有的评估成果,为教育教学改革奠定坚实的基础。同时,学校将继续加强师资队伍建设,提升教师教学水平,保证教学质量稳步提升,加强对学生的辅导与监管,为学生掌握知识提供有利条件,为社会培养多方面的高层次、实用性人才。

(陈姝君　王朋国　邓秋菊)

(三十三)

2008年11月30日的第553期校报上,题眼处醒目的红框、红字宣告:教育部、财政部批准了我校“轨道交通运输工程优势学科创新平台”建设项目,这标志着我校正式进入了“特色985工程”高水平大学建设序列。

我校获准进入国家优势学科创新平台

本报讯　近日,教育部、财政部批准了我校“轨道交通运输工程优势学科创新平台”项目,这标志着我校进入了国家高水平大学建设行列。

国家设立“优势学科创新平台”建设项目,力争使一部分高校在一些领域达到国际领先水平。我校申请的“轨道交通运输工程优势学科创新平台”项目获批准立项，标志着学校学科建设乃至整个水平和实力实现了新的突破和发展。

（三十四）

2008 年 12 月 9 日，学校顺利通过了军工保密资格审查。这意味着学校正式进入了国防武器装备科研生产圈，开启了为国防事业贡献智慧与力量的新征程。2008 年 12 月 15 日的校报第 554 期上刊登了有关消息。其后，学校秉承“资源共享、共同发展”的思路，深入贯彻国家军民融合战略，抓住四川省建设国家全面改革创新试验区的机遇，提出建立民口、军口与国际化三位一体科研同步协调发展的领域布局，确保将国防科研成为学校科技发展的重心之一，加快研究激发国防科研内在活力的办法与政策，利用自身轨道交通领域的优势，整合科技资源，积极与相关国防机构和单位建立密切联系，着力构建军民融合的科研团队和创新平台，为国家国防现代化建设作出了贡献。

我校顺利通过军工保密资格审查

本报讯 12 月 9 日下午 3：00，西南交通大学保密资格审查认证现场审查汇报会在九里校区学术交流中心多功能厅召开。

由四川省军工保密资格认证办主任沈林红任组长，省国防科工办、省国家保密局和省信息产业厅相关成员组成的审查组对我校进行了军工保密资格的现场审查。校党委书记顾利亚、校长陈春阳、副校长蒋葛夫等领导和校保密委员会委员及相关人员出席了会议。

会上，审查组听取了陈春阳校长关于我校基本情况的介绍，顾利亚书记就我校近年来开展军工保密工作情况及今后的工作思路作了汇报。

顾书记在汇报中指出，学校提出了以保密资格认证为契机，逐步完善保密工作长效机制，积极促进我校军工科研发展的工作思路，在保密工作中切实做到了加强领导；建立健全了三级保密管理体系；修订和完善了保密工作管理制度；加强了涉密人员、涉密载体的管理等。通过以审促改、以审促建，各级干部和涉密人员保密意识普遍增强，保密防范措施逐步落实到位，学校的保密工作大有起色。

随后，审查组审查了有关文件材料、与校领导和有关人员了解情况、现场查看了保密要害部门、部位的保密防护措施和制度落实情况、对部分保密技术防范设备和设施的有效性进行了技术检测。

12 月 10 日,审查组一致认为我校申请理由充分,符合标准,以 473 分的高分(满分 488 分)同意我校报省军工保密资格认证委批准为二级保密资格单位。

第四篇　谱绘蓝图　创新精进(2009～2018)

(一)

2009年,学校凭借自身的办学优势,整合社会力量、拓宽办学渠道,成立了西南交通大学希望学院,致力于为四川、为西部的经济社会发展贡献更多、更好的高等教育资源。校报在2009年6月30日的第565期上报道了相关消息。

西南交通大学希望学院鸣笛启航

2009年在川招收1800名本科生

本报讯　6月16日,西南交通大学希望学院成立的新闻发布会在西南交通大学举行,西南交通大学校长陈春阳教授、西南交通大学党委副书记王顺洪教授,希望集团总经理、华西希望集团董事长陈育新,以及南充市副市长朱家媛女士等出席会议。

西南交通大学希望学院成立新闻发布会视频

会议由校办主任赵彦灵主持,校党委副书记王顺洪宣读教育部批准西南交通大学希望学院成立的函。

会上,西南交通大学校长陈春阳指出:西南交通大学凭借自身的办学优势,整合社会力量、拓宽办学渠道,为四川、为西部的经济社会发展贡献更多、更好的高等教育资源,是我们这所百年学府应尽的历史责任和光荣使命。

西南交通大学希望学院由西南交通大学和华西希望集团共同举办,西南交通大学是首批进入"211工程"建设和进入"特色985工程"高水平大学建设序列的教育部直属全国重点大学。华西希望集团是热心推动教育事业发展的知名大型企业,有着卓越的社会信誉、雄厚的经济实力和服务社会、贡献地方的强烈愿望。

希望学院由希望集团总经理、华西希望集团董事长陈育新担任董事长，陈育新说：中国是一个劳动资源大国，但不是一个劳动资源的强国，因此发展教育事业的空间十分巨大，以希望集团旗下620家企业的强大实力，一定能把西南交通大学希望学院建成中国一流的独立学院。

南充市副市长朱家媛对于希望学院落户南充表示热烈欢迎，并称这是南充的一件大事、喜事，有助于提升川东北的教育地位，是政府将为学院提供更优质的服务。

希望学院2009年将在土建、交通、管理、信息等4个大类面向四川省招收土木工程、计算机科学与技术、物流工程、会计学、市场营销、工程管理6个专业的全日制普通本科学生，共计1800名。其专业覆盖面涉及12个专业方向。

《四川日报》、四川电视台、《华西都市报》、《成都日报》、成都电视台、《成都商报》、《天府早报》、《成都晚报》、四川新闻网等媒体对希望学院的成立给予了极大的关注。

（朱正安）

（二）

党的十六大以来，党中央立足社会主义初级阶段基本国情，总结我国发展实践，借鉴国外发展经验，适应新的发展要求，提出了科学发展观。科学发展观，是对党的三代中央领导集体关于发展的重要思想的继承和发展，是马克思主义关于发展的世界观和方法论的集中体现，是同马克思列宁主义、毛泽东思想、邓小平理论和“三个代表”重要思想既一脉相承又与时俱进的科学理论，是我国经济社会发展的重要指导方针，是发展中国特色社会主义必须坚持和贯彻的重大战略思想。根据党的十七大部署，中共中央决定，从2008年9月开始，用一年半左右时间，在全党分批开展深入学习实践科学发展观活动。学校于2009年3月初至8月底，紧密围绕科学发展的主题，以“瞄准目标抓落实，凝聚人心谋发展”为实践载体，按照“党员干部受教育、科

深入学习实践科学发展观活动动员大会

学发展上水平、人民群众得实惠”的总要求,深入开展科学发展观学习实践活动,圆满完成了3个阶段6个环节的所有任务,切实达到了“提高思想认识、解决突出问题、创新体制机制、促进科学发展”的目标。2009年9月15日的第567期校报对总结大会予以了报道。

我校举行深入学习实践科学发展观活动暨群众满意度测评大会

本报讯 9月3日下午,西南交通大学深入学习实践科学发展观活动总结暨群众满意度测评大会在九里校区国际会议厅隆重举行。学校深入学习实践科学发展观活动领导小组组长、校党委书记顾利亚同志作总结报告,部属高校深入学习实践科学发展观活动指导检查组第十一工作组组长徐通模在会上讲话。部属高校开展深入学习实践科学发展观活动指导检查组第十一工作组副组长朱新民、李鑫,联络员王炳权,工作人员向贵根、吴宇出席会议。我校全体校领导、两委委员、民主党派主要负责人、人大代表、政协委员、教代会主席团成员、全校助理以上中层干部、离退休代表、学生代表也参加了本次大会。大会由学校深入学习实践科学发展观活动领导小组组长、校长陈春阳同志主持。

顾利亚同志表示,按照中央的统一部署,在部属高校深入学习实践科学发展观活动领导小组的领导下,在教育部指导检查组第十一工作组的具体指导下,学校于2009年3月初至8月底,紧密围绕科学发展的主题,以“瞄准目标抓落实,凝聚人心谋发展”为实践载体,按照“党员干部受教育、科学发展上水平、人民群众得实惠”的总要求,深入开展了科学发展观学习实践活动,圆满完成了3个阶段6个环节的所有任务,切实达到了“提高思想认识、解决突出问题、创新体制机制、促进科学发展”的目标。

西南交通大学深入学习实践科学发展观活动暨群众满意度测评大会视频

顾利亚同志总结了本次学习实践活动。第一,把学习实践活动作为重要任务,加强组织与领导,确保了学习实践活动圆满完成。其中,有效措施包括:加强领导、组建机构,认真制定学习实践活动方案;深入发动,层层落实,形成了“学校、二级单位、基层党支部”三级全方位动员格局;建立制度、加强督查,确保工作落到实处;加强宣传,营造使学习实践活动更加深入人心的氛围。第二,认真进行学习调研和解放思想大讨论,进一步形成学校科学发展的新共识。在学习调研阶段,我校在深入学习中不断提高对科学发展观的认识;在“上下联动、内外互动、左右推动”的调研中达成了学校要又好又快发展的共识;多层面多渠道开展解放思想大讨论,深化了以科学发展观统领学校又好又快发展的共识。第三,精心组织领导班子专题民主生活会,形成高质量分析检查报告,在分析检查阶段很好地查找了问题很好地查找了问题、剖析了原因。在分析检查阶段,学校广泛征求意见,开展交心谈心,做好了专题民主生活会前的各项准备工作;深刻剖析,坦诚相见,专题民主生活会取得了良好的效果;校院两级领导班子形成了高质量分析检查报告。第四,认真制定整改落实方案和集中解决突出问题,切实推进影响和制约学校科学发展突出问题的解决。在整改落实阶段,学校依据分析检查报告,按照“四明确一承诺”的要求,制定了详实的整改落实方案;围绕建设交通特色的多学科协调发展的高水平研究型大学的奋斗目标,明确了中长期的整改任务;以“三个立足”,始终坚持推进边学边查边改工作。第五,加强督查督导、宣传引导、分类指导,同心协力,确保学习实践活动有力有序。第六,坚持统筹兼顾,全校各级党组织、各单位努力做到两手抓、两促进。

顾利亚同志说,通过半年来对科学发展观的学习实践,我们深刻体会到:学习实践活动是重要而且必要的;学习实践活动有力地推动和促进了工作;学习实践活动不是一劳永逸的;学习实践活动必须求真务实,切实增强抓落实的力度。她指出,很多整改任务不能因为活动的阶段性结束而告终,很多整改任务涉及到学校长远发展,今后,我们的重点就在于抓落实,希望本次学习实践活动的成效能得到保证和持续,使学校能够又好又快地发展。

徐通模组长指出,顾利亚书记的报告是全面的、实事求是的,他在讲话中代表部属高校深入学习实践科学发展观活动指导检查组第十一工作组对学校党委和全校师生员工在学习实践活动过程中的全力配合表示感谢。他肯定了学校所开展的深入学习实践科学发展观活动。他说,半年来,学校坚持贯彻中央的精神和教育部的部署,紧紧围绕“培养什么人,怎样培养人”和“办什么样的西南交通大学,怎样办好西南交通大学”两个根本问题,以“瞄准目标抓落实,凝聚人心谋发展”为实践载体,坚持从学校实际出发,突出实践的特色,力争在学习、思想、工作各个方面能取得实效上下功夫,把学习实践活动作为学校新一轮又好又快发展的重要机遇,扎实有序地推动了学习实践活动的开展,圆满地完成了既定的 3 个阶段和 6 个环节的全部任务。通过这次活动,学校领导班子在自觉贯彻科学发展观的认识上统一了思想,在加强领导班子的建设的问题上形成了共识,在推动学校科学发展的能力上有了提升,在解决制约学校科学发展的问题上出台了一系列新的举措,在推进体制机制的改革创新、形成学校发展的强效机制方面也有了新的进展,学习实践活动应该说取得了良好的实效,初步达到了中央要求的"党员干部受教育,科学发展上水平,人民群众得实惠"的总体要求。他表示,在学校党委的坚强领导下,西南交通大学一定会沿着科学发展的道路阔步前进,在未来的工作中取得更多优异的成绩。最后,他对学校今后的工作提出了建议:第一,要进一步深化学习,把学习成果转化为促进学校科学发展的实际行动;第二,进一步抓好整改落实后续工作,把学习实践活动的整改措施落到实处;第三,进一步巩固学校科学发展思路,建立学校科学发展长效机制;第四,进一步抓好领导班子,做好整改落实回头看的准备工作。

陈春阳校长代表全校师生,对指导检查组的精心指导和全力支持表示了诚挚的谢意。

最后,参会人员开展了西南交通大学深入学习实践科学发展观活动群众满意度测评。

(陈姝君)

(三)

2009 年 7 月,我国自主创新、具有完全知识产权、达到国际领先水平的世界第一台数控气压焊轨车研制成功,这离不开我校材料科学与技术学院戴虹教授所率科研团队的努力攻坚。在数控气压焊轨车研制成功后,时任中共中央总书记、国家主席、中央军委主席胡锦涛考察了该焊轨车,并与戴虹教授亲切交谈,鼓励科研人员再接再厉。该消息刊登在2009 年9 月15 日的第568 期校报上。此后,戴虹教授及其团队深化研究,不断创新。在2016 年9 月12 日,青藏铁路格尔木至拉萨段换铺无缝线路全线贯通,再创高原铁路轨道结构无缝化和重型化改造的新成就,实现了青藏铁路西宁至拉萨"一根轨",为全面改善高原铁路轨道结构、进一步提升列车运行品质发挥了重要作用。其间,戴虹教授团队与青藏铁路公司等单位共同研制的2 台高原气压焊轨车发挥了巨大作用,不仅大大减少了人力资源的浪费,更实现了电脑控制下的品质保证,解决了不同海拔高度下焊轨品质的控制问题,

YHGQ-1200 型移动式气压焊轨车

确保了行车安全。2017年12月,在戴虹教授团队的努力下,重载线路建设与维修工程的焊轨技术难题获得破解,我国自主知识产权轨道焊接技术成功应用在中国第二条开行万吨列车的铁路——大准铁路钢轨换铺大修工程中。

我校参与研制的科研产品受到胡锦涛总书记肯定

胡锦涛总书记的鼓励使我校师生备受鼓舞

本报讯 “你们干得很好!这样才能真正打造自己的品牌,做一个一流的大型机械制造企业。”7月25日下午,中共中央总书记、国家主席、中央军委主席胡锦涛在听取了我校材料学院焊接研究所戴虹教授关于焊轨系统自主创新情况汇报后满意地说。

7月25日,胡锦涛总书记在昆明考察中铁大型养路机械集团有限公司时,听取了铁道部科技研究开发项目“数控式气压焊轨作业车研制”的项目主持人、我校材料学院焊轨研究所戴虹教授的汇报。当得知这是我国自主创新、具有完全知识产权、达到国际领先水平的世界第一台数控气压焊轨车时,总书记十分高兴,他蹲下身,仔细查看钢轨焊接接头部位,问:“是不是焊接以后都能达到这样的效果?”戴虹教授肯定地回答:“完全可以,我们已经经过了多次试验。”胡锦涛总书记在听取汇报后高兴地向研发和调试人员表示祝贺,两次与戴虹教授亲切握手,并勉励项目组成员再接再厉,加强自主创新、加强内部质量管理,尽快走入国际市场。

得知胡锦涛总书记鼓励我校科研工作者的这一消息,全校师生备受鼓舞,人心振奋。师生员工纷纷表示,我们一定要把胡锦涛总书记的鼓励化作教学和科研工作的动力,恪尽职守,积极工作,努力提高我校的人才培养质量,大力提升科研水平,以深入学习实践科学发展观活动为契机,紧紧抓住国家经济结构战略性调整、交通运输业尤其是高速铁路快速发展等战略发展机遇,从“建设交通特色的多学科协调发展的高水平研究型大学”目标出发,将学校的科学发展与国家发展、行业发展和区域发展紧密结合,突出学习实践活动的实践特色,更好地为我国轨道交通事业又好又快发展服务。

(四)

2009年10月17日,第五届交通大学全球校友商界领袖峰会在我校举行,海内外160余位交通大学商界领袖校友来到西南交大,血脉相连的五所交大的校友欢聚一堂,共叙情谊、共谋发展。此次峰会发布了《成都宣言》,表达了交大人共同的意愿:以更广阔的视野思考大学的发展战略,知新致远、引领社会。30余家境内外媒体记者对此次峰会盛况予以了报道。《西南交大报》对峰会进行了全面报道,相关稿件刊登在2009年10月30日出版的第570期上。

交大同心 再创辉煌

第五届交通大学全球校友商界领袖峰会在我校隆重举行

本报讯 五所交大,同出一宗;海峡两岸,源为一脉;交大精神,代代传承。金秋送爽的十月,海峡两岸的五所交大,遍及世界各地的交大校友商界领袖精英齐聚蓉城,共叙交大情谊,畅谈社会发展。10月17日,以“四海同心交大人”为主旨的第5届交通大学全球校友商界领袖峰会在我校隆重举行。

第五届交通大学全球校友商界领袖峰会视频

上午8:50,峰会在我校犀浦校区体育馆盛大开幕。铁道部副部长卢春房,四川省人民政府副省长黄彦蓉,铁道部总工程师何华武、交通大学四川校友会会长、全国政协常委、民革中央副主席钮小明,北京交通大学党委书记、教育部高校学生司司长王建国,成都市人民政府副市长傅勇林,四川省教育厅副厅长王康,交通大学美洲校友总会会长郎中和,北加州交通大学校友会会长、汉能投资集团董事长、CEO陈宏,台湾新竹交通大学校长吴重雨,上海交通大学党委副书记徐飞,西安交通大学副校长卢天健,北京交通大学党委副书记、纪委书记颜吾佴,西南交通大学党委书记顾利亚、校长陈春阳、中国科学院和中国工程院院士沈志云等出席大会。来自海内外的160多位交通大学商界领袖校友与四千余名学生共同见证了这一历史性的时刻。

峰会开幕式第一阶段由我校党委书记顾利亚主持。与会嘉宾代表一一发表讲话或致词。

交通大学美洲校友会会长郎中和先生致开幕词时表示,峰会在加强校友与母校的沟通和联系、关注国家和地区发展、为校友事业搭建平台等方面起到了积极作用。

我校校长陈春阳致欢迎词,热烈欢迎与会嘉宾的到来。陈校长深情回顾了交通大学的办学历史和全球校友商界领袖峰会的开展情况,并介绍了本次峰会的情况。陈校长说,此次峰会将成为一次汇集世界先进理念、交流业界精英睿智。收获科技创新成果的“群英大会”。他希望血脉相连的五所交通大学校友会进一步增进感情,加强了解,深化合作,携手并进,承扬交大精神,再创百年辉煌。同时,陈校长也诚挚地倡议海内外校友继续关心和支持母校教育、科技等各项事业的发展,不断拓宽渠道,搭建平台,与母校一起,为早日把交通大学建成世界知名大学而努力奋斗。

铁道部部长卢春房在讲话中向长期以来为我国各项建设事业、特别是铁路发展作出重要贡献的交大校友们表示衷心的感谢。他指出,本届交通大学全球校友商界领袖峰会的隆重召开,不仅为五所交大的校友们提供了共诉情谊的机会,也给大家进一步加强合作,共谋发展,报效国家提供了舞台。他希望交大校友们充分利用峰会这一平台,加强全方位交流,在人才、技术、管理等方面为经济社会又好又快发展,为中国铁路现代化建设提供更为强有力的支持,为海峡两岸经济的繁荣和社会的进步做出更大更新的贡献。

四川省人民政府副省长黄彦蓉受中共四川省委书记刘奇葆、四川省省长蒋巨峰的委托代表中共四川省委、四川人民政府向大会表示热烈的祝贺,向各位领导来宾表示热烈的欢迎。她在讲话中对交通大学及校友在推动地方经济、支援灾后重建等方面做出的努力表示肯定和感谢;她热切地希望各位交大校友把握机遇,积极投身西南经济圈和西部综合交通枢纽建设,为西部交通事业发展,抗震技术研究以及灾区恢复与发展为中国铁路现代化建设提供更为强有力的科技支持、智力支持和人才保障。

北京交通大学党委书记王建国、新竹交通大学校长吴重雨、上海交通大学党委副书记徐飞、西安交通大学副校长卢天健分别代表各交通大学母校向各位校友表示欢迎,并汇报母校近期的发展和建设情况。交通大学四川校友会会长钮小明、中国建设集团总裁孟凤朝分别代表校友会、校友表达了对母校和师长最衷心的感谢,并倡议杰出校友企业家与母校合作,共谋校企发展。

在开幕式第二阶段,成都市人民政府副市长傅勇林、铁道部总工程师何华武、台湾新竹交通大学校长吴重雨分别进行了《成都灾后重建与商业机会》《进入高速时代的中国铁路》与《大学工程教育与创新创业的国际视野》的主题演讲。精彩的演讲受到与会嘉宾、学生的热烈欢迎。该阶段由陈春阳校长主持。

下午 2：00,峰会 4 个分论坛在国际会议展览中心举行。4 个分论坛分别是“灾后重建与交通运输论坛”“商业模式与企业价值:商界校友论坛”“创新创业家精神与全球战略性行为论坛”“社会进步与大学使命:交大校长论坛”。分论坛上,校友们畅所欲言,在交通运水行业发展、企业创新发展、交大发展等方面表达了自己的观点和看法,迸发出璀璨的智慧光芒。

在圆满完成各项议程后,峰会闭幕式于下午 5：40 分举行。我校党委书记顾利亚主持闭幕式。

闭幕式上,校党委书记顾利亚首先代表学校对众多校友的莅临,以及校友们为交通大学和地方经济的建设与发展出谋划策表示衷心的感谢。她说,本次峰会再次见证了交通大学四海同心、携手一家的兄弟情谊。

为了巩固本轮峰会的成果,彰显交通大学的精神,牢记交通大学的使命,5 所交大共同商议并起草了以第 5 届峰会举办地成都命名的 2009 交通大学全球校友商界领袖峰会《成都宣言》。《成都宣言》回顾了百十余年来交大的发展历程和取得的累累硕果,并表示了共同的意愿:坚守科学精神,维护大学的信念;继续凝聚和发挥海内外校友的力量;顺应时代潮流不断发展,秉承严谨治学之传统,以果毅力行之气魄,推动科技创新,引领行业发展,驱动地区振兴,推动中华文化不断走向世界,交通大学及全体校友要始终肩负起引领社会的历史使命。顾利亚书记说,“我们有理由相信,这样一份寄托着自豪与责任的庄重宣言一定会成为交通大学以及全球交大人自强不息孜孜求索的精神动力,也必将为下一届校友峰会开启崭新的局面。”

在五所交通大学以互赠礼品的方式,表达彼此的深厚情谊,铭记团聚后,汉能投资集团陈宏董事长致闭幕词,他激动于《成都宣言》的发出,并指出 5 所交大应携手同心,树立交大的品牌价值,产生交大的品牌效应,彰显交大精神,为推动整个社会事业发展作出贡献。他说:“我们相信,交通大学在接下来的 50 年中,会不断变成一个科学、教育领先的一流大学,也会变成商界领袖聚集的大学。”

至此,在这美好的芙蓉花开时节,第 5 届交通大学全球校友商界领袖峰会隆重闭幕。校友们共同见证了交通大学又一次难得而美好的重聚;抒发了全球交大人同为一家、共创未来的心声;展望了教育创新改革、国家繁荣富强、民族伟大复兴的宏伟愿景。可以说,本届峰会既是一次激扬睿智火花、碰撞发展灵感的思想盛宴,又是一次情深意浓、承前启后的温馨聚会。

自 2003 年以来,交通大学全球校友会商界领袖峰会已成功举办了 4 届,今年第 5 届由我校承办。据悉,本次峰会参会校友人数为历届最多,研讨内容丰富,议题关注灾后重建与商业机会、创新创业精神、商业模式与企业价值、高速时代的中国交通运输发展、社会进步与大学使命等等。本届峰会也引起了 30 余家境内外媒体的广泛关注。

(陈姝君　罗娜　陈丽芳　崔良平　武文)

（五）

面对国家对人才需求的变化、高等教育形势发展、区域经济以及轨道交通大发展的新形势，“培养什么样的人才”和“怎样培养这种人才”成为高等教育要解决的两大问题，我校应势而动，开展新一轮人才培养模式改革。2010 年 1 月 20 日的第 575 期《西南交大报》就学校新一轮人才培养改革作了报道。消息指出学校将推进卓越工程师培养计划，组建茅以升学院和詹天佑学院。

抢占人才培养先机　占领人才制高点

我校新一轮人才培养模式改革拉开序幕

我校举行本科教学研讨活动总结暨人才培养模式改革研讨会

本报讯　面对国家对人才需求的变化、高等教育形势变化、区域经济形势发展以及轨道交通大发展的新形势，要解决“培养什么样的人才”和“怎样培养这种人才”这两大问题，我校应势而动，着手改革人才培养模式。1 月 8 日上午，我校在九里校区网络学院学术厅举办本科教学研讨活动总结暨人才培养模式改革研讨会，正式拉开新一轮人才培养模式改革的序幕。会议提出，学校将成立茅以升学院和詹天佑学院，努力培养卓越工程师，抢占人才培养先机，占领人才制高点，引领轨道交通人才培养。

副校长蒋葛夫出席会议。相关职能单位负责人；各学院书记、院长及分管学生工作副书记、教学副院长，教学秘书和教务员；国家级质量工程项目负责人、本科教学督导组成员参加了会议。教务处副处长韩旭东主持会议。

目前，为主动服务国家“走新型工业化道路”和“走出去战略”的国家目标，教育部推出“卓越工程师培养计划”，这是国家振兴工程教育的一次重大探索，对提升工科人才培养质量，促进工程教育和工程师的国际互认具有重要意义。为了适应国家发展战略及行业发展目标的需求，发挥我校高等工程教育的强势和优势，大力培养多种类型的具有交通特色的卓越工程师，为我国工业化和现代化提供坚实的人才支撑，在校领导高度重视下，教务处会同相关学院、部门开展了试点申报工作，制定完善了我校卓越工程师培养计划的实施方案，相关学院、相关专业的培养标准和企业学习阶段的方案，学校还专门针对高速铁路卓越工程师培养制定了框架方案，目前已报教育部进行评审。

我校有着 113 年来工科教育的深厚积淀和多年来精英人才培养的基础；建设

有6个国家实验教学示范中心,高水平实验室体系建设也正在推进,拥有世界交通领域有着重大影响的轨道交通国家实验室(筹)、轨道交通电气化与自动化国家工程技术研究中心,正在申报建设陆地交通抗震与防灾国家工程实验室;同时,学校精选优质的企业资源,结合轨道交通特色,在现有的良好产学研合作关系基础上,确定一批高水平企业作为我校卓越工程师的联合培养单位。因此,在本科教学研讨活动总结暨人才培养模式改革研讨会上,副校长蒋葛夫介绍,学校将着力“促进理工融合、科研教学融合”,实施新的三段式人才培养模式,三个阶段包括大基础、实践教学、专业学习,组建茅以升学院和詹天佑学院,并以此为依托,进一步拓宽专业面,加强学生创新能力、实践能力、管理能力和国际视野的培养;发挥轨道交通特色与优势,探索卓越工程师的人才培养规律,实施卓越工程师培养计划。

教务处处长阎开印就茅以升学院和詹天佑学院的培养目标、培养模式、培养措施、教学计划、学生选拔与淘汰机制、学生管理、竞争机制等内容作了详细介绍。据悉,茅以升学院将以本科、硕士、博士贯通培养的方式,培养拔尖创新类的研究型卓越工程师;詹天佑学院主要以本科、硕士贯通培养的方式,培养卓越工程师,另外再根据市场需求培养急需专门人才(如高速铁路人才)。两个学院在本科阶段的前两年不分专业,做大人文、自然科学和工科基础的大基础;中间突出强化实践教学,基本上这两个学院的学生都有一至一年半时间在实践教学基地或国外完成学习。学校还将组建教授团队,由教授团队指导学生学习与专业方向选择。另外,学校还将开设一系列创新班,对学生开展多品种、小批队、多通道、分类型、灵活培养,力争多出人才、快出人才,做好人才布局。近日,我校就与北京铁路局开始了对签约北京铁路局的50余名学生进行精英“3.5+0.5”培养,这成为我校人才培养模式改革的第一班。

在学校领导下,电气工程学院在前期各类人才培养模式改革工作基础上将“卓越工程师培养计划”作为今后学院深入开展高等工程教育改革的一项重要举措,初步完成了该院卓越工程师计划人才培养方案的前期工作。在会上,电气工程学院院长高仕斌就电气学院下一步人才培养模式改革的工作做了交流发言。高仕斌院长介绍,该院在新一轮卓越工程师计划人才培养改革之初,就确立起新的人才培养理念:将立足学校、学院,充分调动校内、企业界、工程界和国内外各种资源,充分利用校企合作、国际交流的平台,为轨道交通电气工程人才培养构筑一个开放式的大系统,强调培养具有系统观念、国际视野的创新型工程人才。在简要介绍该院卓越工程师计划人才培养方案后,他提出,人才培养改革成败关键在于高水平师资队伍的建设、紧密的人才培养校企合作模式建立、资金保障和评估体系的建立健全。

目前,《西南交通大学卓越工程师培养计划试点方案》《西南交通大学高速铁路卓越工程师培养框架方案》的出台,仅仅是一个开头,还需要更加完善,使其细致、可行。蒋葛夫副校长指出,新一轮的人才培养模式改革将面临许多困难,希望全校教师解放思想,跳出本学科专业来看待人才培养模式改革,共同思考,为培养更多适应社会经济发展的人才做出贡献。

据介绍,除了对人才培养模式改革的研讨,会议还总结了本学期本科教学研讨活动开展情况。学校在本学期先后组织教学单位进行了公共基础课、专业基础课的教学研讨活动,活动累计达到297项,组织有力、针对性强、教师参与热情高,收效明显,极大地促进了课堂教学质量提高,也为教学研讨活动的机制化和常态化发展奠定了坚实基础。会上,数学学院、外国语学院作为学院代表,就教研活动开展作经验交流。为更好推进教学研讨活动开展,教务处制定了《西南交通大学教学研讨活动管理实施细则》(征求意见稿)。

(陈姝君)

(六)

2010年6月9~12日,我校承办的5所交大共同发起的首届“交大杯”海峡两岸大学生创业竞赛,海峡两岸13所高校的31支创业团队聚首西南交大。这一赛事是一个“人才招聘、产学合作、商机媒合”的知识经济创业平台,对我校创新创业教育产生了非同一般的影响力。有关报道刊登在了2010年6月15日的校报第582期上。

“交大杯”海峡两岸大学生创业竞赛

智慧与勇气激荡　经验与创意交汇

首届“交大杯”海峡两岸大学生创业竞赛在我校成功举行

本报讯　6月9~12日,来自5所交通大学,台湾岭东科技大学、华夏技术学院,及四川大学、电子科技大学、西南财经大学、西华大学、四川农业大学、成都大学等海峡两岸13所高校的31支大学生创业团队,就材料科技与应用、信息服务、文化创意、环保绿色能源、生物医疗等领域,在我校上演了一幕幕精彩的创业“剧目”,激情飞扬的创业陈述,耐心细致的业师指导,诚恳精到的评委点评……为大家展示了创业的无穷魅力。

海峡两岸交通大学(五校)同根同源。2009年10月,我校成功举办第5届交通大学全球校友商界领袖峰会。峰会期间,五所交大就共同发起、轮流承办“交大杯”海峡两岸大学生创业竞赛的规划构想达成共识,希望为海峡两岸大学生提供创业交流机会,搭建“人才招聘、产学合作、商机媒合”的知识经济创业平台。同时决定,2010首届“交大杯”海峡两岸大学生创业竞赛在我校举行。

首届“交大杯”海峡两岸大学生创业竞赛视频

6月10日上午,首届“交大杯”海峡两岸大学生创业竞赛开幕式在我校九里校区国际会议厅隆重举行。四川省人民政府副省长黄彦蓉、教育部高校学生司副司长张浩明、四川省教育厅厅长徐文涛、成都市人民政府副市长傅勇林、共青团四川省委副书记刘会英、四川省人民政府台湾事务办公室副主任张军,以及来自5所交通大学的领导和专家:中国科学院院士、中国工程院院士沈志云、新竹交通大学校长吴重雨、上海交通大学党委副书记孙大麟、西安交通大学校长助理宫辉、北京交通大学党委副书记高艳、我校校长陈春阳出席开幕式。我校全体在校校领导,5所交通大学参赛代表队,台湾地区岭东科技大学、华夏技术学院、云林科技大学等高校参赛代表队,四川大学、电子科技大学、西南财经大学、四川农业大学、西华大学、成都大学等四川省高校参赛代表队,深圳虚拟大学园服务管理中心有关领导及其17所成员院校首席代表,以及海峡两岸企事业团体,包括中铁二局集团有限公司、中铁八局集团有限公司、呼和浩特铁路局、成都新筑路桥机械股份有限公司、成都旺旺食品有限公司、武汉东湖新技术创新中心等企业的主要领导也出席了开幕式。开幕式由我校党委书记顾利亚主持。

开幕式上首先展示了大赛组委会特别设计并制作的“交大杯”海峡两岸大学生创业竞赛会旗。随后,我校校长陈春阳在开幕式上致辞。四川省人民政府副省长黄彦蓉、教育部高校学生司副司长张浩明、四川省教育厅厅长徐文涛、成都市人民政府副市长傅勇林、共青团四川省委副书记刘会英、四川省人民政府台湾事务办公室副主任张军分别在开幕式上讲话,祝贺首届“交大杯”海峡两岸大学生创业竞赛的隆重开幕。5所交大的代表——新竹交通大学校长吴重雨、上海交通大学党委副书记孙大麟、北京交通大学党委副书记高艳、西安交通大学校长助理宫辉在发言中介绍了各校开展创业创新教育的情况。参赛队伍代表、潜力股创业团队CEO 黄世凯同学作了振奋人心的发言。

在主席台就座领导为来自众多领域的知名专家以及在商海浪潮中奋勇搏击的杰出企业家评委颁发了聘任书及感谢信，为创业导师（业师）代表颁发了聘任书及感谢信，同时也为赛事服务的志愿者颁发了感谢信。

开幕式后，海峡两岸创业演讲正式进行。演讲由我校常务副校长蒋葛夫主持。中国科学院院士、中国工程院院士沈志云教授作了题为《超高速地面交通》的精彩演讲，智碁创投董事长卢宏镒为大家带来了“中国风险投资现状介绍”、研华（股）公司董事长刘克振先生演讲的题目是“TIC 产学合作运营模式分享”。

6 月 10 日下午 2：00，首届“交大杯”海峡两岸大学生创业竞赛模拟竞赛在犀浦校区建筑馆展开。Kassan 团队首先进行了示范表演。随后，31 支队伍分 5 个组开展了模拟竞赛。通过模拟竞赛，各参赛团队局均得到了评委的倾力指点，了解了各自的优势与不足。

与此同时，评审委员会预备会议也在犀浦校区图书馆 2 楼 4 会议室召开，就11 日的正式比赛的评选规则讨论了具体细节。台湾地区国际创新创业发展协会秘书长杨伟森、我校公共管理学院院长陈光，及 20 余名评委出席了本次预备会议。经推选，台湾地区国际创新创业发展协会秘书长杨伟森担任评委会主任，第一校园传媒创办人、中国西部创业教父张静涛为副主任，并产生多个评委小组的组长和副组长。

6 月 10 日下午，作为本次创业竞赛的组成部分之一，成都统一、成都旺旺食品有限公司、四川省宝岛光学有限公司、海霸王国际集团等 7 家成都台资企业在我校犀浦校区 4 食堂 3 楼召开专场招聘会。

6 月 10 日晚，首届“交大杯”海峡两岸大学生创业竞赛创新创业论坛在我校犀浦校区 2 食堂 3 楼学生活动中心举行。来自海峡两岸的企、事业代表，学校有关领导，相关组委会成员，参赛队员以及交大学生等约 500 余人参加了此次论坛。论坛由我校公共管理学院院长陈光教授和研华文教基金会执行董事、精营管理顾问股份有限公司董事长蔡适阳先生共同主持。新契机国际商机整合股份有限公司董事长杨朝安，工业和信息化部国家电信经济专家委员会委员、美国 UT 斯达康公司战略总经理李极冰，台中市企业讲师协会理事长孙丽龙，迈普 CEO 罗鹏，乐浪岛数字公司执行长陈衍翰，久益科技第一校园网董事长张静涛，中华电信公司创新业务发展处吴坤荣科长等 7 位嘉宾就创新、创意与创业等几个方面作了自己的阐述。他们分别从企业家精神、创业路上的核心思维、资源运用与整合等不同角度和现场嘉宾及师生进行了互动讨论。

6月11日上午,摩拳擦掌的31支创业团队终于迎来了正式竞赛。在犀浦校区建筑馆的5个教室里,各个参赛团队有条不紊地开始展示自己的创业计划书以及接受来自各个行业专家评审的提问。随后,在作品展台评审的现场,31个团队在自己6个平方米的小空间展示出精心准备的产品,向前来参观的“客户”开展推销。最终,评委们给出了自己的评分。

当天下午2∶30,竞赛评审委员会全体会议在我校犀浦校区图书馆第四会议室召开。在评委会主任杨伟森主持下,各评委小组组长分别介绍自己参赛组的情况,并推荐了获奖团体以及个人。随后,被推荐参评单项奖的同学也经历了新一轮的面试。最终,经过激烈的讨论,评委组终于投票,决出此次创业大赛的获奖名单。

下午4∶00,2010首届“交大杯”海峡两岸大学生创业竞赛闭幕式暨颁奖典礼在犀浦校区大学生活动中心隆重举行。台湾新竹交通大学校长吴重雨、北京交通大学党委副书记高艳、西安交通大学校长助理宫辉、本次创业竞赛评委会主任杨伟森,我校党委副书记朱健梅、副校长濮德璋出席闭幕式,各位专家评委、创业导师和各参赛团队参加了闭幕式。

我校党委副书记朱健梅为闭幕式致辞。本次创业竞赛评委会主任杨伟森先生对本次竞赛作了点评。

闭幕式上,与会领导和嘉宾为荣获本次大赛获奖个人和团队颁奖。此次大赛,最佳CEO为西南交通大学潜力股团队的黄世凯、台湾新竹交通大学英雄部落heroXhero.com团队的温明辉、四川农业大学美农美家创业小组团队的刘可成;最佳COO为北京交通大学KingGroup的商敬曼,四川大学安澜德鞋业有限责任公司团队的张坤杰;最佳CFO为北京交通大学锐拓创业团队的李晓;最佳CTO为新竹交通大学先进视觉团队的杨铮谚;获得最佳创新产品(服务)奖的团队为西南交通大学的晨风晓雨团队、西安交通大学的翔能科技有限公司团队;获得最佳营销团队奖的为上海交通大学的汇基(Hygea)团队、北京交通大学的多媒体交互设计团队;获得本次比赛最高奖项——创业明星团队奖的是西安交通大学的腾飞创业团队。获奖个人及团队将分别获得3000元、8000元与1万元的创业孵化基金。

闭幕式上,还举行了会旗交接仪式。我校校办主任赵彦灵郑重地将“交大杯”海峡两岸大学生创业竞赛的会旗交到了下一届承办方——上海交通大学的团委副书记龚强手中。随着我校副校长濮德璋宣布:首届“交大杯”海峡两岸大学生创业竞赛圆满闭幕,本次竞赛正式落下帷幕。下届“交大杯”海峡两岸大学生创业竞赛将在上海交通大学举行。

在开幕式前的6月9日下午,还举行了首届“交大杯”海峡两岸大学生创业竞赛规则说明会和新闻发布会。我校常委副校长蒋葛夫,新竹交通大学校长吴重雨先生的代表、台湾地区国际创新创业发展协会秘书长杨伟森,我校校办主任赵彦灵等出席了新闻发布会,我校党委宣传部部长向仲敏主持新闻发布会。新华社、中国新闻社、《中国青年报》、《香港大公报》、四川卫视、四川科教频道、成都电视台一套、《四川日报》、《成都日报》、《成都商报》、《成都晚报》、四川人民广播电台交通频率等13家媒体记者和交大校内新闻中心的记者们参加了新闻发布会。

6月9日晚,我校犀浦校区建筑馆一楼天井举行了"犀浦之夜"欢迎沙龙。我校党委副书记朱健梅、台湾地区国际创新创业发展协会秘书长杨伟森以及各院校的创业团队及嘉宾出席了晚会。

(陈姝君　崔良平　陈国强　朱琦　李栋　漆瑞　毕美慧　邓秋菊　谭雅妮　詹华勤　乔敏)

(七)

2010年6月,我校成为教育部"卓越工程师培养计划"首批试点高校。2010年6月30日的校报第583期上刊登了该消息。"卓越工程师培养计划"的实施旨在提升工程人才培养质量,促进工程教育发展。我校依托"卓越工程师教育培养计划"的实施,在建设了3年的詹天佑班的基础上,于2010年12月28日成立了詹天佑学院,以校企联合培养方式,灵活多样的培养模式,强化工程实践环节,提高学生的工程意识、工程素质和工程实践能力,培养类型多样、创新能力强、引领轨道交通发展的卓越工程师,全面服务、支撑和保障中国高铁"走出去"国家战略实施。同时,通过学校师生的努力,2010年,我校成功获批《轨道交通行业人才培养模式改革》《搭建轨道交通专业与高级技能技术型成长立交桥的探索与实践》与《高速铁路技术国际化培养方案的设计与实验》三个国家教育体制改革试点项目,以及研究生专业学位教育综合改革试点。这无不源自于学校紧跟国家教育发展需求及社会发展要求,在教学工作中不断谋求创新、追求卓越,扎实有序地推进国家教育体制改革。

西南交通大学与北京铁路局联合培养高速铁路卓越工程师开班视频

我校成为教育部“卓越工程师教育培养计划”首批试点高校

本报讯 6月22~23日,教育部“卓越工程师教育培养计划”启动会在天津大学召开,我校常务副校长蒋葛夫、教务处处长阎开印等一行4人应邀出席会议。住建部等部委及上海大众等多家知名企业公司出席会议,教育部副部长陈希在会上发言。

“卓越工程师培养计划”是国家振兴工程教育的一次重大探索,对提升工程人才培养质量、促进工程教育发展等具有重要意义。本次“卓越工程师教育培养计划”启动会确定了首批参加试点的62所高校。会议主要讨论了教育部制定的“卓越工程师教育培养计划”(征求意见稿),并着重强调了行业企业与高等教育相结合,校企联合培养优秀工程技术人才的重要性和紧迫性。

我校制定的“西南交通大学卓越工程师教育培养计划”特色鲜明、可操作性强,得到了教育部和工程院专家的认可,我校因此成为教育部“卓越工程师教育培养计划”首批试点高校。我校制定的各专业“卓越工程师教育培养计划”实施方案也得到了教育部专家的好评,并被收录到“卓越工程师教育培养计划”启动会的汇编资料中。同时,我校在全国62所高校中脱颖而出,被选为3所发言高校之一。

常务副校长蒋葛夫代表学校作了题为“以探索引领世界高速铁路发展的人才培养为契机 改革行业院校工程人才培养模式”的发言,介绍了我校“卓越工程师教育培养计划”的实施情况、我校高速铁路卓越工程师培养实施计划等内容,得到了教育部领导和参会高校的一致认可。

今后,我校将按照教育部的要求,进一步落实“卓越工程师教育培养计划”,努力为我国的工程教育事业和卓越工程师人才培养贡献力量。

(教务处)

(八)

2010年10月28日10:50,以我校科研团队主持设计的世界首套同相供电装置在成(都)昆(明)铁路眉山牵引变电所成功投入试运行。该

世界首套同相供电装置

装置成功投入试运行是我国在电气化铁路牵引供电领域的重大技术变革，更标志着我国在该领域已超越日本而达到世界领先水平。2010 年 11 月 15 日的第 589 期《西南交大报》以题为《世界首套同相供电装置成功投试运行》的稿件报道这一成果。

世界首套同相供电装置成功投试运行

本报讯 世界上首套同相供电装置于 10 月 28 日 10：50 在成(都)昆(明)铁路眉山牵引变电所成功投入试运行。这是由我校主持承担的国家重大科研项目——国家科技支撑计划“电气化铁路同相供电装置”课题。据介绍，该装置成功投入试运行是我国在电气化铁路牵引供电领域的重大技术变革，更标志着我国在该领域已超越日本而达到世界领先水平。

现有牵引供电系统采用的是异相供电。同相供电系统实现牵引网电压同相位运行，是解决长期困扰铁路过分相和电能质量问题的有效手段。为实现同相供电，李群湛教授等我校一批老师潜心研究该技术 20 余载，随着“电气化铁路同相供电装置”研究课题于 2007 年 10 月在科技部立项研究，在学校、学院、参研单位以及成都铁路局各级领导的关心和大力支持下，在以李群湛教授为带头人的全体课题组成员 3 年不分昼夜的努力奋斗下，终于取得重大突破。在同相供电装置投入运行前，校长陈春阳、校长助理张文桂以及成都铁路局相关部门领导多次亲临现场指导；在此项目开展全过程中，电气工程学院院长高仕斌频繁到眉山牵引变电所检查、指导工作，项目负责人李群湛教授也于 11 月 1 日带病亲临现场指导。

电气化铁路同相供电装置的成功研制，不仅使电气化铁路实现了同相供电，还成功实现了电气化铁路的负序、无功、谐波等电能质量综合治理，助推电气化铁路实现“高效、绿色”运营。该系统可广泛应用于高速、重载及普速铁路中，具有显著的推广应用价值。

（**电气工程学院**）

（**九**）

孔子学院是中国国家汉语国际推广领导小组办公室在世界各地设立的推广汉语和传播中国文化的机构。孔子学院最重要的一项工作就是给世界各地的汉语学习者提供规范、权威的现代汉语教材；提供最正规、最主要的汉语教学渠道。全球首家孔子学院于 2004 年在韩国首尔正式设立。2010 年，国家汉办、孔子学院总部批准我校与瑞典卡尔斯塔德大学合作建立孔子学院。2011 年当地时间 3 月 29 日上午,瑞典卡尔斯塔德大学举行隆重揭牌仪式,我校与卡尔斯塔德大学合作共建的孔子学院正式成立。这是我校第一所海外孔子学院,其建立推进了我校的国际化进程,也为中国文化在瑞典的推广贡献了一份交大力量。该消息刊登在 2011 年 4 月 15 日的第 597 期校报上。

我校第一所海外孔子学院成立

本报讯　当地时间 3 月 29 日上午,瑞典卡尔斯塔德大学举行隆重揭牌仪式,我校与卡尔斯塔德大学合作共建的孔子学院正式成立。这是学校在海外建立的第一所孔子学院,也是我省高校在欧洲建立的第一所孔子学院,这将增进瑞典人民对汉语的学习和对中国文化的了解,同时搭建中瑞两国多层次的交流与合作平台。

据悉,我校与卡尔斯塔德大学合作共建的孔子学院,将从九个方面展开工作:(1)开设非学历和汉语必(选)修课程,向当地企业提供汉语培训和翻译服务,设立 HSK(新汉语水平考试)考点,同时开展 HSK 考试培训;(2)开展高峰论坛和专题研讨会等活动,介绍当代中国;(3)开展汉语角和汉语演讲比赛等活动提升学生的汉语能力;(4)开设汉语师资培训,为当地培养汉语教学人才;(5)开展中国电影展、中国美食汇、中国文化体验等活动,提供了解中国文化的平台;(6)开展冬令营和夏令营等短期活动,提供了解中国、体验中国文化的机会;(7)根据学员兴趣成立不同的中国文化兴趣小组,如中国书法兴趣小组、中国武术兴趣小组和中国舞蹈兴趣小组等;(8)举办各种中国文化展览,展现中国文化的博大精深;(9)通过讲座,研讨会和图片展等多种方式展现独特的四川文化。

加强汉语国际推广工作,是弘扬中华民族优秀文化、推动中华文化走向世界的重要途径。近年来,在国家汉语国际推广领导小组办公室的领导下,学校始终以教育兴国为己任,秉持"灌输文化尚交通"的使命,高度重视并积极参与汉语国际推广工作,通过多种途径寻求国外友好大学共建孔子学院。2010 年 3 月,学校与卡尔斯塔德大学签署合作备忘录,此后,两校互访频繁,积极推动孔子学院申建和筹备工作。

据悉,卡尔斯塔德大学位于瑞典韦姆兰省省会卡尔斯塔德市,是瑞典 10 所综合性大学之一,拥有良好的汉语教学环境,与当地企业界和政府组织保持良好的关系。为孔子学院的建立提供了有力保障。

(国际教育学院)

（十）

轨道交通实验室大厅外景

交大人建设国家实验室之梦从未停歇，2004年，学校提出建设轨道交通国家实验室的申请报告。2010年，学校与中国铁路建设投资公司共同成立"成都轨道交通技术研究院"，建立了我校和铁道部共建轨道交通国家实验室的平台；铁道部批复了《轨道交通实验室建设项目可行性研究报告》，宣告了实验室建设正式立项，并进入实质性建设阶段；12月，轨道交通实验室开工建设；2011年10月29日，学校举行115周年校庆庆典之际，轨道交通实验室正式启用。题为《世界最高时速动车组试验平台在我校建成》的消息刊登在2011年11月15日的第607期校报上，中央电视台《新闻联播》对此事给予了报道。目前，轨道交通实验室已成为我国轨道交通科技创新的重要平台。

世界最高时速动车组试验平台在我校建成

本报讯 10月29日，世界最高时速动车组试验平台——轨道交通实验室在我校正式启用。

中国科学院院士、中国工程院院士沈志云，中国科学院院士经福谦、彭一刚、周孝信，铁道部总工程师、中国工程院院士何华武，科技部基础司副司长彭以祺，教育部科技司副司长娄晶，我校党委书记顾利亚、校长陈春阳等专家领导出席轨道交通实验室启用仪式，共同点亮"轨道交通实验室"的光球，由此，轨道交通实验室这个世界最高时速的动车组运行模拟试验平台朝着"中国第一、世界一流"的目标正式起航。该试验平台可以在600千米/小时的运行速度下，模拟动车组在不同线路情况下运行，从而全方位实现对动车组运行性能的测试和参数的优化。实验室的启用，标志着我国拥有了世界上最先进的高速列车研究平台，它将为我国高速列车的平稳和安全运行提供有力保障。

轨道交通实验室的机车车辆整车试验平台

自1896年建校以来,学校砥砺培养创新英才,以卓著的办学业绩和富于创新的科技成果报效国家和民族,力求实现"交汇四海、通达天下"的美好愿景。作为一所与铁路发展息息相关,更因铁路进步而生生不息的高校,学校正矢志发展成为中国轨道交通的人才智囊和技术智库,建设一批驱动中国轨道交通技术变革的高水平科技创新平台,引领高速铁路建设的前沿方向。校长陈春阳介绍说,2004年,学校开始申报建设轨道交通国家实验室,随后按照"边建设、边运行"的思路,依托牵引动力国家重点实验室进行建设。按照设计,轨道交通实验室总体建筑面积为44200平方米,目前,11000平方米基础研究实验平台工程已基本完工。

启动典礼前,在校党委书记顾利亚和校长陈春阳的陪同下,校友、嘉宾们参观了轨道交通实验室机车车辆整车试验平台厂房及位于明诚堂的高速列车数字化仿真平台,为学校在实验室建设上所取得的惊人成就欢欣鼓舞。

在轨道交通实验室机车车辆整车试验平台厂房里,一辆和谐号动车车头在轰鸣着"奔跑":虽然它的车身还留在原地,可车轮却转动得越来越快……轨道交通实验室常务副主任张卫华教授介绍,该实验平台可以模仿列车在高速运行下的轨道真实状况,包括轮轨长期摩擦后的影响、车身转向时各部件的工作情况、车仓在高速下受到的压力等,从而检测出列车在各种环境下的参数,为列车的安全性能提供检测和监督。这个平台已经进行过"和谐号"多种车款的整车动力学性能等实验,目前,该实验平台已达到过世界最高速,可以在600千米/小时的运行速度下,模拟动车组在不同线路干扰下运行,全方位实现对动车组性能的测试和参数的优化。据介绍,实验室即将开展CRH380A整车性能实验和300千米/小时条件下40万公里的走行部可靠性实验。而今后,国内所有新型的高铁列车在投入使用前都将运送一辆到该实验室,接受安全性能检测,合格后才能投用。除了新车,目前投入使用的高铁列车也在该实验室的监控范围。

在高速列车数字化仿真平台,也有一台动车车头摆放其中,这是一部静态模拟驾驶舱,驾驶员可在舱内操作与CRH380A完全一致的操控设备。在静态模拟驾驶舱的背后,一个白色四边形模拟驾驶舱由铁架支撑悬空,距离地面1米多,工作人员就在该舱内进行全逼真的“驾驶”动车。在司机室里,通过面前的扇形“挡风玻璃”,可以看见京津城际高铁线的风景,动车启动后迅速提速,数秒钟后时速稳定在160公里匀速前行,这是已经投入使用的“高速列车模拟驾驶系统”。工作人员可通过显示屏观测沿途景观,并操作与CRH380B型动车完全相同的控制设备。据悉,该系统用于高速动车司机培训,预计每年可为4000余名高速动车司机提供实作训练手段。同时,实验室利用这一平台完成了引进动车组消化吸收以及380公里动车组再创新的性能优化和参数设计。两院院士沈志云介绍,未来,该平台将发展成安全监控中心,通过对目前高铁实际运行线路的各种数据进行实时分析,从而预知和确保每次列车的安全运行,进行个性化全寿命管理。

在建的轨道交通实验室的高速列车服役性能实验研究平台也正在发挥其功效。实验室利用该平台在京津城际、武广、京沪高速铁路开展了大量科学研究实验,为研究高速列车服役性能积累了丰富的实验数据。我校牵引动力国家重点实验室副主任、首席教授、长江学者翟婉明介绍,实验室建立的高速列车长期服役性能检测系统专门用于监测高速列车在使用过程中的安全情况。目前,该系统已首先以武广高速铁路为试点,铁路部门将及时把列车的各项行驶数据传到实验室,研究人员们也将及时根据数据分析、测算出列车的安全参数,若参数不符合标准,则会及时报警。

张卫华教授介绍:轨道交通实验室瞄准轨道交通领域先进水平,将以高速铁路和高速磁浮轨道交通、重载铁路、新型城市轨道交通为核心的轨道交通体系为研究对象,致力于高速铁路安全体系的理论研究与技术创新,重点建设具有国际先进水平的轨道交通基础实验平台和轨道交通数字化仿真平台,全面开展350千米/小时及以上轮轨高速、2万吨及以上重载列车、新型城市轨道交通、高速磁浮交通、超高速轨道交通系统的基础与应用研究,实现关键技术和核心装备的自主创新,抢占世界高速列车技术发展的制高点。

(陈姝君　蔡京君　田红)

(十一)

2011年12月10日下午,新当选中国科学院院士的翟婉明教授一出双流机场的出口,便见到时任校党委副书记王顺洪、校长助理周仲荣手捧鲜花在迎接他的归来。翟婉明院士在铁道机车车辆与线桥系统动力学领域取得了一系列的创新成果。他在经典的车辆动力学和轨道动力学基础上,创建了机车车辆—轨道耦合动力学理论体系，建立了车辆—轨道统一模型，提出了机车车辆与线路最佳匹配设计原理与方法；他主持研究了列车过桥动力相互作用理论与安全评估技术，提出了适合于大系统动力分析的快速数值积分方法，联合国内优势力量开发了高速列车过桥动态模拟与安全评估系统，满足了提速和高速铁路桥梁动力设计安全评估的重大需求；他紧密结合工程实际，用研究出来的理论、方法和技术，解决了中国铁路提速和高速铁路工程中的一系列关键技术难题。凭着过硬的实力，他终于摘取了院士的头衔，可以说这位“三西”牌(本科、硕士、博士均就读于西南交大)院士的当选，是学校人才培养质量过硬的明证，也为学校建校115周年献上了一份厚礼。相关消息刊登在2011年12月15日的校报第609期上。

翟婉明(中)与团队开展现场试验

翟婉明教授当选中国科学院院士

本报讯　在建校115周年之际，喜讯频传。12月9日下午，中国科学院在北京公布该院2011年院士增选结果，我校翟婉明教授高票当选中国科学院技术科学部院士。他是完全由我校自主培养出来的院士，而且，他也成为本次增选中四川高校唯一的入选者。

校领导机场迎接新当选院士翟婉明视频

12月9日举行的中科院2011年当选院士证书颁发仪式上，包括翟婉明院士在内的新当选院士们现场签署了承诺书，对履行院士职责、严格自律进行公开郑重承诺。

12月10日下午，翟婉明院士从北京返回成都，校党委副书记王顺洪、校长助理周仲荣一行到双流机场迎接院士“回家”。“热烈祝贺，再创辉煌！”当晚，校长陈春阳，校党委副书记王顺洪、朱健梅、何云庵，副校长濮德璋、蔺安林、陈志坚,校长助理周仲荣、张文桂、晏启鹏、冯晓云等在校校领导设宴欢迎翟婉明院士,并代表全校师生祝贺翟院士当选,同时,寄语翟院士在未来为中国轨道交通事业发展、为学校发展作出更大贡献。校长陈春阳表示,这是全校的一件大喜事,为我校115周年校庆画上了一个圆满的句号。翟婉明院士对此次顺利当选表示十分激动,他说:“从峨眉土生土长到现在,我深爱着这个学校,非常感谢母校的培养!”他也表示,当选院士并不是终点,他将一如既往地开展工作,为学校不断繁荣发展作出应有的贡献。

本次中国科学院、中国工程院的增选中,还有两位校友入选。一位是中国科学院半导体研究所副所长、半导体超晶格国家重点实验室主任、我校兼职教授李树深,他是我校86级理论物理专业硕士毕业生,此次当选中国科学院信息技术科学部院士。另一位则是南车株洲电力机车研究所有限公司执行董事、总经理丁荣军,他于1984年从我校电力机车专业毕业,此次当选中国工程院机械与运载工程学部院士。至此,我校共培养和造就了51位两院院士。

(陈姝君)

(十二)

能源问题是当今世界的一大问题。从2008年开始,电气工程学院教授陈维荣带领新能源技术与应用团队,率先在国内开展燃料电池技术在轨道交通领域的应用研究。2013年3月15日的校报第629期上,人们看到了这一则消息:西南交大研制成功国内首辆氢燃料电池电动机车,使我国成为继美国、加拿大等国之后,全球第5个拥有燃料电池电动机车的国家。其后,经过持续研发,2016年4月27日,世界首列氢燃料电池/超级电容混合动力有轨电车在中车唐山公司下线。该项目是国家“十二五”科技支撑计划项目的重要成果,代表了该领域的世界最高水平。

蓝天号

国内首辆氢燃料电池电动机车研制成功

本报讯　1月24日,一辆由我校牵头研制的新能源电动机车"蓝天号",在位于学校九里校区西北角的铁道专用线上徐徐开动,其蓝白相间的车身在阳光下显得格外醒目、清洁。这标志着中国第一辆氢燃料电池电动机车研制成功,我国成为继美国、加拿大等国之后,全球第5个拥有燃料电池电动机车的国家。作为新一代环保、高效的新能源机车,该车型预计在3年内推向市场,具有显著的社会效益和巨大的潜在经济效益。

校长陈春阳,校党委副书记王顺洪,副校长陈志坚、张文桂在相关部门负责人、电气工程学院负责人的陪同下,乘坐了"蓝天号"燃料电池电动机车。在听取研制情况汇报后,陈春阳校长代表学校对车辆的研制成功表示热烈祝贺。

国内首辆燃料电池电动机车在我校诞生视频

据介绍,我国轨道交通在促进经济发展的同时,也造成了能源消耗和环境污染,尤其是目前还广泛应用于铁路的各种工程作业车、地铁检修车、施工车、地铁调车以及某些特殊用途的内燃牵引机车,对空气会产生严重污染,特别是在地铁、山洞等相对密闭的空间里,空气污染情况更为严重。取"蓝天白云,美丽家园"之意命名的"蓝天号"则有着"零排放"的特点,它以氢燃料电池作为动力源,利用氢气与空气中的氧气通过化学反应产生电能,具有清洁、高效、安全、可持续的优势。

机车科研团队负责人、电气学院党委书记陈维荣教授介绍,该车由我校领先研制,协作单位包括宁波拜特测控技术有限公司、永济新时速电机电器有限公司和上海舜华新能源系统有限公司。经过近4年的努力,团队克服了系统集成创新、燃料电池控制及永磁同步电机控制等一系列技术难题,逐步掌握了燃料电池电动机车关键技术,成功研制出了150kW燃料电池电动机车。"蓝天号"用150kW燃料电池作为牵引动力,2台120kW永磁同步电机作为牵引电机,设计时速65km/h,持续牵引力20kN,牵引重量200吨。装满氢气可轻载连续运行24小时,可作为轨道交通的工程作业车、检修车和站场调车广泛应用,未来还将有望用于载人和载货。

(阮琦)

（十三）

学校与北京交通大学、中南大学共同组建
“轨道交通安全协同创新中心”

2013年4月30日的第632期校报头版头条刊登了题为《“轨道交通安全协同创新中心”入选首批“2011计划”》的消息，令我校师生欣喜万分。2012年6月，在“2011”计划先行先试工作中，学校与北京交通大学、中南大学共同组建“轨道交通安全协同创新中心”，最终，该中心顺利通过评审，入选2012年度14个“2011协同创新中心”名单。2013年，我校作为主要协同单位参与的“尖端装备跨尺度设计制造协同创新中心”正式培育启动；由我校牵头的“制造业产业链云服务平台技术协同创新中心”获准为首批“四川2011协同创新中心”。2014年，我校作为牵头单位建设的“铁道运输装备技术协同创新中心”“中国高铁国际化发展协同创新中心”与“综合交通运输智能化关键技术协同创新中心”入选第二批“四川2011协同创新中心”。

“轨道交通安全协同创新中心”入选首批“2011计划”

本报讯 由西南交通大学和北京交通大学联合牵头、中南大学重点参与的“轨道交通安全协同创新中心”经多轮专家评审，顺利从167个申请项目中脱颖而出，入选2012年度14个“2011协同创新中心”（即“2011计划”）名单。

2012年5月7日正式启动的“2011计划”是我国高等教育领域继“211工程”、“985工程”之后第三个体现国家意志的战略性计划，它以“国家急需、世界一流”为根本出发点，以人才、学科、科研三位一体创新能力提升为核心任务，通过构建面向科学前沿、文化传承创新、行业产业及区域发展重大需求的4类协同创新模式，推进高校8个方面的机制体制改革，通过任务牵引和中心建设推动转变高校创新发展方式，促进高等教育质量的提高，建立冲击世界一流的新实力，支撑我国经济社会又好又快发展。

在教育部和财政部酝酿“2011 计划”之初，学校党政领导高度重视此项工作，早在 2011 年上半年就启动相关准备工作，2011 年 7 月，专门召开申建工作研讨会，及时组建了申建工作领导小组、专家小组和工作小组等机构，提出以“轨道交通安全”为主题的总体框架和协同创新机制方案。2011 年 10 月，校党委书记顾利亚和校长陈春阳等向盛光祖部长汇报了建设方案。2012 年 3 月，我校与北京交通大学正式签署框架合作协议，之后双方就协同创新展开了 12 轮工作研讨。6 月 1 日，教育部副部长杜占元视察我校，在听取陈春阳校长关于协同创新中心申建工作汇报后，对中心组建给予充分肯定，强调“要先行先试”。6 月 25 日，我校和北京交通大学、中南大学正式签署《三校共同组建“轨道交通安全协同创新中心”的协议》，正式启动该协同创新中心的培育工作。8 月 23 日，“轨道交通安全协同创新中心”建设高层论坛暨第一届理事会会议在北京召开，陈春阳校长当选第一任执行理事长并主持理事会会议。此后，学校还开展了多次专题论证工作，遴选出 8 个团队进入首批“先行先试”培育工作。今年 2 月和 3 月，陈春阳校长又两次率队参加协同创新中心专家组答辩评审会。

西南交通大学与北京交通大学、中南大学共同组建“轨道交通安全协同创新中心”视频

“轨道交通安全协同创新中心”的成功认定将是我校继“211 工程”“特色 985 工程”之后又一个具有里程碑意义的重要事件。协同创新中心申建工作得到全校师生和广大校友的大力支持，得到学校各个单位与职能部门密切配合与支持，是学校协同机制有序、高效运行的充分体现。“轨道交通安全协同创新中心”的成功认定将有力促进学校各项事业的改革与发展，提高学校综合竞争力和社会声誉，为实现中长期发展战略目标奠定坚实的基础。

（战略发展部）

（十四）

在习近平总书记构建人类命运共同体的倡议下，中国高校以实际行动开展国际化办学是积极响应习近平总书记该倡议的具体表现。2013 年 11 月 21 日，学校率先推出大学国际化水平排行榜(URI)，用这份“诊断书”反映高校国际化水平实际情况，助力中国高校国际化工作不断向前推进，填补了国内外大学排名的空白。该消息刊登在 2013 年 11 月 30 日的校报第 643 期上。自教育部直属高校首个国际化水平排行榜(2013 版)发布后,学校至 2018 已经连续发布了 6 年,评价指标体系越来越完善,参与排名的高校逐步增加,获得了越来越多的关注。

西南交通大学发布国内首个教育部直属高校国际化水平排行榜

本报讯 11 月 21 日 10：00,教育部直属高校首个国际化水平排行榜(2013 版)新闻发布会在西南交通大学学术交流中心多功能厅举行。

学校率先推出大学国际化水平排行榜(URI)

国内外大学排名虽丰,有单项排名、综合排名,指标体系有单一、综合,但至目前为止,还没有关于大学国际化的排名。无疑,学校率先推出这个排名是创举,填补了国内外大学排名的空白。

西南交通大学发布国内首个教育部直属高校大学国际化水平排行榜视频

西南交通大学高等教育研究所所长闫月勤在发布会上介绍,排行榜的相关数据均来自教育部和各直属高校公开信息。其指标体系在强调大学国际化主要内容,即教育理念国际化、课程与教学国际化、科学研究国际化、师资和学生国际化、大学管理国际化的同时,还注重国际文化交流与传播、校园国际化建设、国际显示度等体现高校国际化要旨和水平的重要要素,这是该排行榜指标体系的特色。在国内已有的关于大学国际化评价指标体系中,都还没有关照到文化交流与传播、国际化校园、国际声望三个方面。该体系同时填补了已有国际化评价指标体系空白。

闫月勤介绍到,排行中特别强调人才培养、科学研究国际交流与合作、教师学生的国际交流等高等学校国际化的题义。榜单共有国际化理念、学生国际交流、教师国际交流、教学国际化、科研国际交流与合作、文化交流与传播、中外合作办学、国际声望、国际化管理、国际化校园等10个一级指标,33个二级指标,包括总排行榜及来华留学生、教师国际交流、中外合作办学、科研合作与交流、文化传播交流、国际显示度6个分排行榜。

作为社会评估高等教育的一种重要形式,大学排名伴随着世界高等教育的发展而发展,已经成为一种全球现象。但针对近年来大学排行榜不断涌出,社会各界对此褒贬不一。

发布会上,校党委副书记何云庵对教育部直属高校国际化水平排行榜发布背景作了介绍。何云庵表示,这是一项学术研究报告,不是为了排名而排名,研究初衷是建立科学的高校国际化指标体系,来评估高校国际化发展水平,促使各高校积极主动开展高层次交流与合作。

在教育部直属高校国际化水平排行榜中,清华大学、北京大学、复旦大学位列前三。川内高校中,四川大学名列22位,西南交通大学41位,电子科技大学49位,西南财经大学62位。

数据统计显示,在总榜单中综合性大学排名比较靠前,在分排行榜的来华留学生、教师国际交流、国际显示度中,大部分综合性大学仍占据前列;在文化传播交流排行榜中,重点语言类大学进入前10名;而在中外合作办学排行榜与科研合作与交流排行榜中,不少传统的工科强势学校或高水平的行业特色高校跻身前列。闫月勤认为,该研究数据说明国际化是双向的,中国某些行业领域已处于世界领先水平,中国的工程教育、优秀的传统民族文化也得到世界认可。

西南交通大学校长徐飞出席发布会,并回答了媒体的有关提问。

有媒体问,西南交大国际化战略将如何实施?徐飞回答说,学校高度重视国际化工作,近期面向海内外公开招聘学院院长就是举措之一,通过海外院长在全球范围延揽人才,共同举办高水平学术会议,促进国际合作与交流。

在回答媒体提问时,闫月勤提到,国际化是各国文化平等、双向融合,具有介绍与传播、吸收与借鉴的双重任务。今后,高教研究所将做进一步研究,每年都会发布国际化研究报告。

发布会由党委宣传部部长、新闻中心主任向仲敏主持。

《人民日报》、《新华社》、《光明日报》、《中国科学报》、《中国青年报》、《中国社会科学报》、《中新社》、《科技日报》、《四川日报》、《四川电视台》、《华西都市报》、《四川经济日报》、《成都电视台》、《成都商报》、《成都晚报》与《天府早报》等新闻单位参加了发布会。

(阮琦)

（十五）

首届高铁走出去战略论坛

“一带一路”是丝绸之路经济带和21世纪海上丝绸之路的简称。“一带一路”旨在借用古代丝绸之路的历史符号，高举和平发展的旗帜，积极发展与沿线国家的经济合作伙伴关系，共同打造政治互信、经济融合、文化包容的利益共同体、命运共同体和责任共同体。2015年3月28日，国家发展改革委、外交部、商务部联合发布了《推动共建丝绸之路经济带和21世纪海上丝绸之路的愿景与行动》。为配合国家级顶层战略的实施，2013年12月，首届中国高铁走出去战略高峰论坛成功举办。该消息刊登在2013年12月20日的第645期校报上。该论坛目前已逐渐成为业内知名品牌论坛。

“中国高铁走出去战略高峰论坛”在西南交通大学隆重举行

本报讯 由西南交通大学与《光明日报》社联合主办，国际铁路联盟、中围铁路工程总公司、中国铁道建筑总公司、中国南车股份有限公司、中国北车股份有限公司、中国工程院机械与运载工程学部与中国铁路总公司中国铁道科学研究院等单位协办的“中国高铁走出去战略高峰论坛”12月14日在西南交通大学九里校区国际会议厅隆重举行。政协第十一届全国委员会副主席、著名经济学家厉无畏出席论坛并作主旨演讲。

国家铁路局科技与法制司司长严贺祥、中国铁路工程总公司董事长李长进，中国铁道建筑总公司总工程师韩风险，中国南车股份有限公司副总裁徐宗祥，中国北车股份有限公司总工程师王勇智，《光明日报》社副总编沈卫星，中国人民解放军军事科学院少将肖裕声，中国铁路总公司中国铁道科学研究院副院长董守清，国家开发银行副局长房直，商务部投资促进局轨道交通产业主管于帅，中国友发国际工程设计咨询公司副总经理关向群，上海国际展览中心有限公司副总经理吴国斌，四川省委人大常委会原副主任钮小明，四川省委政策研究室主任冯键，四川省委宣传部副部长傅思泉，四川省政协副秘书长何一立，四川省社会科学院党委书记李后强，成都市人民政府副市长傅勇林，政协成都市副主席罗霞，成部市交通运输委员会总工程师陆辉，中铁八局集团有限公司总经理杨峰，中铁二院工程集团有限责任公司副总经理许佑顶，中铁二局集团有限公司副总经理王广钟，中铁二十三局集团有限公司副总经理田宝华，巴基斯坦驻成都总领馆总领事 Hasan Habib(哈桑・哈比布)先生，泰国驻成都总领馆代表苏婉妮女士，美围杜克大学高柏教授与美围伊利诺伊大学厄巴纳一香槟分校铁路研究中心主任 TC Kao(高聪忠)等中国高速铁路行业翘楚、社会精英及国际友人相聚在这所素有“中国铁路工程师的摇篮”美誉的老校，以高度的责任感、使命感，伴丝绸之路的声声驼铃、象牙塔里的百年书香，凝心聚力、畅所欲言，为推动中国高铁走出去的世纪伟业出谋划策。新华社、中央电视台、中国新闻社等 24 家新闻媒体现场进行了报道。

中国高铁走出去战略高峰论坛视频

作为东道主，校党委书记顾利亚、校长徐飞，中国工程院院士、我校钱清泉教授，中国科学院院士、我校翟婉明教授，校党委副书记朱健梅、何云庵，副校长陈志坚、蒲云、张文桂、冯晓云，总会计师张兵，校长助理周仲荣、晏启鹏等参加了论坛。

中国高铁走向世界，是“总理工程”，更是国家战略。作为我国创新型国家建设的重大突破和自主创新的标志性成果，高速铁路已然成为中国新的“外交名片”和“形象代表”。李克强总理多次向东南亚国家、中东欧国家和澳洲等推介我国高铁技术，体现了中国已经将高铁走出去提升至国家外交战略层面，高铁已成为继乒乓球、大熊猫之后，中国新的友好使者。作为一所具有悠久铁路行业历史和显著轨道交通特色的高校，西南交通大学在高铁自主创新中扮演了重要角色。学校依托轨道交通研究领域优势，打造了土木工程、机械工程、电气工程、通信工程、交通运输等 12 个国家级特色专业，轨道交通特色鲜明，“大交通”学科比例达 60% 以上，交通运输工程一级学科在教育部开展的三轮学科评估中连续 10 年保持全国第一。与此同时，学校大力推进科技创新和学科建设工作，打造国字号科技创新平台，研发高速铁路建设所需的关键核心技术，瞄准国家轨道交通建设重大需求，积极参与高速铁路建设，取得一系列重大突破。

上午9：00，“中国高铁走出去战略高峰论坛”盛大开幕。校党委书记顾利亚在开幕式上致辞。顾利亚谈到，李克强总理两次出访均自信地亮出“高铁名片”，通过“高铁外交”与“中国制造”高调亮相海外，国际市场掀起“中国高铁热”；“高铁外交”也有望推动中国制造走向全球市场。她说，学校为铁路而诞生，因铁路而发展。作为中国高铁的人才摇篮、创新基地，“交通兴国”之重任，学校责无旁贷。开幕式由副校长范平志主持。

《光明日报》社副总编沈卫星在致辞中谈到，目前中国成为世界上高速铁路运营里程最长、运行速度最高、在建规模最大的围家，高铁技术举世瞩目。高铁走出去既是围家战略需要，也是发展转型需要。一方面，积极参与全球铁路通道建设，在推动经济合作、促进文化交流、增进国家间的友好关系和维护国家安全等方面发挥着积极作用；另一方面，高铁走出去对于消耗过剩产能、促进产业升级和带动产业链也能发挥重要作用。

中国南车股份有限公司副总裁徐宗祥、中田铁路总公司铁道科学研究院副院长董守清代表协办单位致辞，向西南交通大学、《光明日报》社为举办此次论坛所付出的努力深表感谢，并预祝论坛圆满成功。

四川省委政策研究室主任冯键致辞说：“从某种意义上说，中国高铁是从成都走向了世界，因为高铁的关键技术在这里，在西南交通大学。缘于高铁，空间的距离在缩短，生命的距离在延长。”成都市人民政府副市长博勇林、巴旗斯坦驻成都总领馆总领事 Hasan Habib 先生分别向论坛的举办致以热烈祝贺，向出席论坛的领导、机构负责人以及专家学者、企业家等各方嘉宾表示诚挚祝愿。

开幕式后，政协第十一届全国委员会副主席、著名经济学家厉无畏教授发表了题为《高速铁路：加快中国走向世界经济舞台中心步伐》的主旨演讲。

厉无畏副主席表示：高速铁路迅速发展是提升中国全球经济实力的重要推动力；高速铁路走出去将改变中国的出口贸易结构；高速铁路将改变中国对外开放的格局；高速铁路走出去将推动欧亚大陆的经济整合；高速铁路走出去将提升中国在世界经济舞台的话语权。

厉无畏副主席强调，近期可能需要做好以下几个方面的工作：一是加强战略谋划；二是明确中国高铁走出去的战略路径；三是统筹兼顾，形成合力；四是产学研合作，全面完善和保持技术优势；五是加强战略研究和政策引导，为高铁走出去提供支撑。

高峰论坛上，嘉宾们回顾了我国在高铁人才培养、装备制造、科学研究、勘察设计与施工运营管理等方面取得的成绩，分析了高铁走出去对我国经济社会发展及世界经济发展的影响，论述了我国高铁发展的军事国防意义，阐明了高铁自主创新对建设创新型国家战略的作用,提出了我国高铁走出去的战略方向、前景与政策建议。

在《中围高速铁路的实践与实力》主旨演讲中,国家铁路局科技与法制司司长严贺祥从“中国高速铁路发展取得辉煌成就”与“中围高速铁路具备走出去的能力”两方面进行了阐释。他说,中国是世界上高速铁路发展最快的国家。中国高速铁路建设工期合理、成本较低;营造了方便、快捷、舒适的乘车环境;推动了旅游业等第三产业的迅猛发展;缩短了时空距离,促进了都市圈发展;拉动了产业发展,创造了大量工作机会。他指出,无论从高速铁路轨道结构、路基工程、隧道工程、桥梁工程、牵引供电、列车运行控制、运营管理技术,抑或动车组关键技术、高速综合列车定期巡检线路、高速铁路安全保障体系与大型综合交通客运枢纽技术等来看,中国高速铁路都具备走出去的能力。他说,中国具有在不同地质条件下、不同气候环境下建设和运营高速铁路的经验,具有集成世界先进高速铁路技术的能力和经验,具有在国外成功建设铁路的经验。

“中国高铁走山去,必将深刻影响当代中国,必将助推中华民族的伟大复兴,也必将为世界经济发展注入新的生机与活力,战略意义十分重大。”在题为《承载新丝路托起新梦想》的主旨演讲中,校长徐飞开宗明义,分享了中国高铁走出去的重大战略意义:开启中国外交新时代,扩展国家安全新体系,构建地缘政治新格局,打造中国经济升级版,促进世界文化大融合。

“中国高铁走出去,战略意义深远,是一项层次高、涉及面广、关键要素多的大系统工程,必须加强统筹谋划,把握主要矛盾,才能有序地推进实施这一国家战略。”谈及如何走出去,徐飞表示,以下六点至关重要:一是做好走出去战略的顶层设计;二是构建面向国际的高铁产业体系和技术体系;三是推动中国高铁标准国际化;四是营造有利的国际政治经济环境;五是制定高铁人才国际化培养规划;六是秉承“开放、共享、竞合、多赢”的理念,加强高铁国际合作。

徐飞说,西南交通大学已走过了不平凡的117年。117年来,西南交大“灌输文化尚交通”,栉风沐雨、薪火相传,筚路蓝缕、玉汝于成;深刻地融入国家、民族顽强奋斗和伟大复兴的历史征程,不懈追求“文轨车书郅大同”的理想。作为国家首批“211工程”“特色985工程”和“2011计划”重点建设的教育部直属高校,西南交大当为中国高铁走出去提供强大支撑。论坛上,徐飞许下诺言:我们将提供高层次、体系化的平台支撑;将提供高质量、多元化的人才支撑;将提供高端化、关键性的科技支撑。

“中国高铁走出去,代表中国创造,展示中国形象,传播中华文明,彰显中国自信。‘世界高铁建设到哪里,西南交大的支撑就到哪里’——这应当成为百年名校

‘文轨车书郅大同’的人文情怀，应当成为西南交大人‘竢实扬华、自强不息’精神新的时代内涵。中国高铁走出去，让我们承载新丝路，托起中国梦。”徐飞如是说。

在“高速铁路走出去：“中国创造”走向世界的标志”主旨演讲中，中国铁路工程总公司董事长李长进剖析了中国高铁为什么要走出去，能否走出去以及如何走出去的问题。他提出，中国高铁走出去，一是要坚持“政府为主导，企业为主体，金融支持，市场化运作，多方共建”的高速铁路建设模式；二是要探索新的投融资模式；三是要坚持推行中国标准；四是要高度重视知识产权问题；五是要理性筹划区域选择；六是要熟悉国外的法律法规。“长风破浪会有时，直挂云帆济沧海。相信中国高铁定能在国际市场中扬帆远航。”面对未来，李长进信心满怀。

中国北车股份有限公司总工程师王勇智发表题为“中国北车高速列车自主创新与走出去”的演讲，从基本情况、创新历程、创新发展、持续创新与走出去战略举措等方面进行了阐释。在分析国外高铁市场特点，并对比分析我国高速列车技术与国外先进技术后，他建言：针对高速动车组核心技术知识产权，制定相应对策；深化高速动车组系统安全可靠技术研究，确保高速动车组的高安全性；开展绿色生态设计技术研究，实现高速铁路可持续发展；开展降低 LCC 技术研究，进一步提高我国高速动车组的性价比；系统开展综合节能技术研究，显著降低动车组人均能耗；健全我国与国际接轨的高速动车组技术标准体系，提升竞争优势。

谈及中国高铁走出去的国防军事意义，中国人民解放军军事科学院少将肖裕声认为，高铁走出去，是加强战略输送能力建设的历史选择；为国防军事提供远程快速输送能力；为快速输送能力提供宝贵的经验。他说：“高铁，不仅是经济发展的‘新引擎’，还是军事运输的‘快车道’，其重要的经济军事战略价值浅显易见。”

论坛发表了《中国高铁走出去成都宣言》。宣言体认，推动中国高铁走出去战略的顺利实施，是所有与会机构和全体代表共同的责任和使命；宣言承诺，以最大的热情、最大的努力、最大的诚意、最大的勇气，为中国高铁走出去战略的实施，为各个国家和地区共享中国高铁成果而共同努力！

14：30，论坛主题演讲在九里校区国际会议厅举行。中国科学院院士、我校翟婉明教授发表题为《中国高速铁路发展进程》的精彩演讲，介绍了中国铁路提速进程、中国高速铁路网、中国高速列车、中国高速铁路线路。翟婉明院士说：“中国铁路经过近 10 多年的跨越式发展，彻底改变了长期以来的落后面貌，取得了举世瞩目的成就。经过 6 次大提速，旧线上列车最高运行速度从 100km/h 以下提高到 200km/h 以上，成为既有线提速幅度最大的国家，极大地提高了干线铁路运能。中国铁路通过引进消化吸收再创新的模式，已建成并投入运营的高速铁路新线超过一万公里，成为世界上高速铁路规模最大、运营速度最高的国家。”

美国杜克大学高柏教授、中国友发国际工程设计咨询公司副总经理关向群、美国伊利诺伊大学厄巴纳—香槟分校铁路研究中心主任 TC Kao、南车株洲电力机车研究所有限公司研究院研发中心主任尚敬(代表丁荣军院士)分别发表题为《中国高铁战略与欧亚大陆经济整合》《中国技术走出去的行业集成及对人才培养的要求》《美国高速铁路市场的机会与挑战——中国战略的建议》与《中国高铁牵引传动与网络控制系统国际化战略探讨》的演讲。副校长张文桂主持演讲报告会。

(阮琦　陈立群)

(十六)

中国作为世界上最大的发展中国家,人口多,底子薄,人均资源相对不足,这一基本国情决定了中国的发展必须坚持"以人为本",走人才强国之路。中国实施人才强国战略的根本目的,就是要把人才作为推进事业发展的关键因素,努力造就数以亿计的高素质劳动者、数以千万计的专门人才和一大批拔尖创新人才,建设规模宏大、结构合理、素质较高的人才队伍,开创人才辈出、人尽其才的新局面,把中国由人口大国转化为人才资源强国,大力提升国家核心竞争力和综合国力,完成全面建设小康社会的历史任务,实现中华民族的伟大复兴。学校在此大背景下,于2013年12月16日吹响大力实施人才强校主战略的集结号,隆重召开人才强校主战略推进工作大会。2013年12月30日的校报第646期上刊登了该消息。围绕人才强校主战略,校报还特辟专栏、专版予以大力报道,让"人才是第一资源意识"深入交大师生心中。2016年,回首3年人才强校主战略实施之路,交大人欣喜地发现学校在引才、育才、用才等方面取得了一系列显著成绩,人才工作软环境进一步得到改善。3年里学校引进和培育的人才共计363人次。首席教授、特聘教授、扬华之星、竢实之星、雏鹰学者、教学名师……通过一个个人才支持计划,大批人才成长起来。2016年12月16日,学校召开人才工作会议,对未来3年人才工作再次作出部署。目前,由于引进人才总体规模不足、结构不尽合理,青年人才匮乏,人才工作的体

人才强校主战略推进工作大会

制机制有待进一步完善等问题仍然存在。所以新时代,学校将继续坚定不移地推进实施人才强校主战略,把建设一支规模足够、结构合理、素质优良的高层次人才队伍作为学校发展中最为重要的位置,持之以恒地抓下去。截至2018年,学校现有专任教师2568人,其中中国科学院院士7人、中国工程院院士14人、国家"千人计划"16人、"万人计划"11人、"长江学者"29人、"杰青"22人、"青千"10人、"优青"3人、"青托"4人,国家级教学团队8个、国家级教学名师5人,国家级、教育部和科技部创新团队10个。此外,还聘请了42位中国科学院、工程院院士以及5名诺贝尔奖获得者担任兼职(名誉)教授。

吹响大力实施人才强校主战略的集结号

西南交通大学召开人才强校主战略推进工作大会

本报讯 人才兴,则校运兴。12月16日下午,西南交通大学人才强校主战略推进工作大会在九里校区大学生会堂隆重召开。这一千人大会使全校上下清楚地认识了学校推进实施人才强校主战略的决心和意志,强化了大家对高层次人才队伍建设紧迫性与重要性的认识,并明确了今后3年学校人才工作的主要目标任务和工作举措,在全校范围内吹响了大力实施人才强校主战略的集结号。

西南交通大学人才强校主战略推进工作大会视频

中国工程院院士、我校新聘的双聘院士刘人怀,中国工程院院士、我校双聘院士、校友、土木工程学院教授委员会主任秦顺全,中国工程院院士钱清泉,中国科学院院士翟婉明;"千人计划"入选者何其昌、李志林、冯志强、周克敏、赵兴权、王郴平、胡广地等7位教授;国家杰出青年基金获得者,长江学者,"973"首席科学家,"863"领域专家,国家级教学名师,国务院学位委员会学科评议组成员,国家教学指导委员会委员,国家突出贡献专家,国家百千万人才工程人选,青年"千人计划"入选者,国家优秀青年科学基金项目获得者,教育部新世纪人才,四川省"百人计划"入选者,四川省教学名师,四川省学术和技术带头人,学校"首席教授""特聘教授";全体校领导班子成员、部分退休老领导;老专家代表;学校全体教授(研究员);离退休教师代表;民主党派和无党派人士代表;学院(中心)和机关职能部门负责人,峨眉校区代表;教师及学院管理人员代表;学生代表和董事单位代表等共同出席大会。校党委书记顾利亚主持大会。

在大会代表交流发言环节中,5位代表从自身出发,谈了对人才强校主战略的看法及建议。校长助理周仲荣谈到,人才强校主战略应化为学院和相关职能部门的具体行动;走国际化道路是人才强校主战略的重要途径,需强化国际化师资队伍建设;建设数量更多、水平更高的师资人才队伍,这些师资人才还应积极参与教育教学。千人计划入选者、电气工程学院教授周克敏从"尊重人才,以才引才""吸引人才,注重服务"与"留住人才,用好人才"三方面谈了自己的看法。中组部第一批"青年千人"及四川省"青年百人"入选者,生命科学与工程学院教授晏为力分享了人才强校主战略背景下青年人才及生命板块的成长作为的点滴心得。百篇优博培育人选、土木工程学院博士研究生杨长卫也介绍了个人成长与学术研究的经历,并谈到,"高水平学术成果的取得,需要学校政策的大力支持,需要学校和学院提供的高级别平台,需要导师的培养和团队的支持"。中国科学院院士翟婉明则从学校的本土人才是现实依靠,引进真正优秀人才为我所用,青年人是交大未来的希望三个方面出发,提出引进人才与现有人才并重的建议。

此次大会上,刚刚出台的《西南交通大学关于实施"人才强校主战略"的若干意见》(以下简称《意见》)及相关文件引起了大家的极大关心。副校长彭新实就此予以说明。

彭新实首先回顾了我校"十一五"以来高层次人才队伍建设的成就、现状及存在的主要问题。2006年,我校启动了"西南交通大学高层次教师队伍建设系列计划",通过努力,已初步构建了一支层次分明、衔接紧密与持续发展的教师队伍,高层次人才队伍建设取得新进展,人才引进和培养工作体系日趋完善。但是,我校高层次人才队伍建设依旧存在着许多问题,为从根本上破解影响学校改革发展瓶颈问题,学校出台了《意见》,明确了人才强校主战略在学校改革发展中的主体地位。

据介绍,《意见》是我校今后3年高层次人才队伍跨越式发展的纲领性文件,是我校今后一个时期人才师资队伍建设的指导性文件,是我校推进五大强校战略的引领性文件。《意见》明确了今后3年的主要目标任务,包括高层次人才"倍增计划"、青年教师"双百计划"、海外专家"双二十计划"、首批设置200个左右专职科研岗位等。为完成目标任务,《意见》指出,学校将加快引进高层次人才,发挥其引领带动作用;引培并重,严格准入机制,选拔优秀青年后备人才;设置专职科研岗位,加强基础研究、应用研究和开发研究;加强政策引导,稳定并优化现有师资队伍。同时在以下几方面予以保障:完善人才工作领导体制和工作机制;强化学校为主导、学院为主体的人才工作责任制;建立以高层次人才为核心的资源配置机制。此外,近日还下发试行了与《意见》配套的8个文件。其中,《西南交通大学高层次教师队伍建设系列计划》经修订，并经2013年12月2日校长办公会审议通过，将推进以下计划：西南交通大学“首席教授”计划、西南交通大学“特聘教授”计划、西南交通大学“扬华之星”培养计划与西南交通大学“竢实之星”培养计划、西南交通大学“教学名师”培养计划。其余配套文件为：《西南交通大学师资补充工作实施办法（试行）》《西南交通大学人才引进工作实施办法（试行）》《西南交通大学海外院长聘任管理暂行办法》《西南交通大学教师出国（境）研修管理办法（试行）》《西南交通大学博士后管理工作实施细则（试行）》《西南交通大学专业技术职务评审管理办法（征求意见稿）》及《西南交通大学专职科研岗位设置及聘用管理办法（征求意见稿）》。

为表彰先进，进一步调动学校各单位的积极性，促进学校人才工作不断发展，本次大会还对近3年在人才工作方面取得突出成绩的土木工程学院、机械工程学院、电气工程学院、信息科学与技术学院、经济管理学院、牵引动力国家重点实验室、地球科学与环境工程学院、力学与工程学院、生命科学与工程学院等9个单位予以表彰。常务副校长蒋葛夫宣读《西南交通大学关于表彰2010～2013年人才工作先进集体的决定》。

大会上还举行了聘任仪式。千人计划入选者、潍柴技术中心后处理技术研究所主任胡广地与千人计划创新人才长期项目入选者、我校土木工程学院教授王郴平受聘为学校“首席教授”，在与会师生代表见证下，他们从校长徐飞手中接过了聘书，担负起“首席教授”的荣誉与职责。

“我宣布，‘人才强校主战略’专题网站——‘西南交通大学人才信息网’开通。”在顾利亚宣布网站（http://talent.swjtu.edu.cn/）正式开通后，学校通过一段短片对网站进行了介绍。该网站是我校推进实施人才强校主战略，加快人才引进和培养，提高师资队伍国际化水平的综合网络信息平台，设有人才在线招聘、人才系列计划、人才引进政策、人才服务指南等版块。

会上，徐飞做了《深入推进人才强校主战略》的讲话。早在2008年西南交大第十三次党代会上，学校就明确提出了特色强校、创新强校、人才强校、质量强校和成果强校等战略。徐飞首先强调了人才强校战略的主战略地位。

他谈到，人才强校战略是所有强校战略中的主导战略，其他的战略都是它诱导、派生和生发出来的，其他战略都应该服从和服务于这一主战略。学校目前在人力资源方面还存在巨大改进空间，徐飞希望大家“知耻而后勇”。他指出，深入推进人才强校主战略是学校党委的坚强意志，必须坚定不移，坚持不懈，不迟疑、不动摇、不懈怠，持之以恒、一以贯之地做下去；要深入研究怎样选拔人才，如何培养及使用人才，如何优先发挥人才作用的政策和举措，认真做好人才发展规划，建立充满生机和活力的人才工作的政策机制,激发各类人才的创造活力,实现人力资源的优化配置;要牢固树立三个“第一”的理念——人才是第一资源,发展是第一要务,改革是第一红利。“学校所有资源都要围绕人才来配置,所有政策围绕人才来服务,要以人为本,以人才为上,学校各部门、单位要树立服务意识,不断改进服务质量,提高人才服务的针对性和有效性。”

谈及人才。徐飞指出,人人都是材,人人都可以成才。第一,海归的是人才,本土的也是人才,引进的是人才,校内的同样是人才。第二,从事科研的是人才,从事教学的也是人才,在教学科研第一线的是人才,在机关部处从事管理协调的也是人才,为师生员工提供保障、支撑和服务的同样也是人才。第三,从事基础研究、应用研究和开发研究的人才同样重要。第四,大力提升理科、人文学科和生命学科的人才质量。第五,抓紧引进、培育和储备高铁、重载和城市轨道交通之外的其他交通人才。第六,学生要尽快成为堪当大任的栋梁之才。

徐飞强调,“深入推进实施人才强校主战略,需要在引、育、逼三个方面下功夫。”他谈到,“引”就是引进、空降,人才成长有自己的周期,而周遭世界和外部竞争环境如此惨烈,所以空降和引进是必须的。“育”是要把本土人才、已有人才培育好,培养成栋梁之才,包括“自育”与“他育”。徐飞指出,出台的一系列文件,皆旨在为广大教师成长成才创造好的软环境,希望大家结合自身实际最大限度地利用好学校提供的政策、资源和平台。“逼”则是传递压力,用好压力,让压力变动力;是目标导向,是绩效牵引;“逼”的最大受益者还是教师自身;“逼”的三关包括入口关、职称关、聘期考核关。

“大学唯人才而定高下,西南交大人才强校之路任重而道远。我们将在全球范围内延揽人才,让天下英才为我所用。同时,尽最大的努力使人才引得进、留得住、用得好,并真正做到人尽其才。”徐飞还特别指出,人才不仅学问精深,还要人格高尚,把自身塑造成为“有社会担当和健全人格、有职业操守和专业才能、有人文情怀和科学素养、有历史眼光和全球视野、有创新精神和批判思维”的“五有”交大人,应当成为西南交大数千教师和万千学子的自觉追求。

徐飞希望大家会后认真落实本次会议精神,保持锐意进取的精神状态,提升永续发展的活力和竞争力,加速推进人才强校主战略,为早日实现“大师云集、英才辈出、贡献卓著、事业常青”的交大梦共同努力奋斗。

顾利亚在大会总结时指出:“全校上下要不断把人才工作提升到新的战略地位,不断增强‘等不得’的紧迫感、‘慢不得’的危机感、‘松不得’的责任感和‘停不得’的使命感,全面落实学校人才强校主战略各项工作部署,扎实推进学校人才工作不断迈上新台阶、结出新硕果!”

（陈姝君）

（十七）

党的群众路线教育实践活动，指导思想是：全面贯彻党的十八大精神，高举中国特色社会主义伟大旗帜，坚持以马克思列宁主义、毛泽东思想、邓小平理论、“三个代表”重要思想、科学发展观为指导，紧紧围绕保持党的先进性和纯洁性，以为民务实清廉为主要内容，以县处级以上领导机关、领导班子和领导干部为重点，切实加强全体党员马克思主义的群众观点和党的群众路线教育。切入点是：贯彻落实中央八项规定。教育活动重点对象是：县处级以上领导机关、领导班子和领导干部。深入开展党的群众路线教育实践活动，对于教育引导党员干部牢固树立宗旨意识和马克思主义群众观点，改进工作作风，赢得人民群众信任和拥护，夯实党的执政基础，提高为人民服务的本领，具有十分重大而深远的意义。2013 年 7 月 ~2014 年 3 月，学校积极认真的开展了党的群众路线教育实践活动，达到了“照镜子、正衣冠、洗洗澡、治治病”的总要求。2014 年 3 月 15 日的第 648 期校报对我校党的群众路线教育实践活动总结会进行了报道。

学校党的群众路线教育实践活动总结会

西南交通大学召开党的群众路线教育实践活动总结会

本报讯 3 月 3 日下午，西南交通大学党的群众路线教育实践活动总结会在九里校区大学生会堂隆重召开。教育部第七督导组组长、南京大学原党委书记韩星臣，副组长、华南理工大学原党委书记刘树道，副组长、《中国高等教育》原主编陈浩，督导组成员吴巍晖、陈溪、单珏慧；以及学校领导班子成员等出席会议。会议由校长徐飞主持。

会上,校党委书记、学校党的群众路线教育实践活动领导小组组长顾利亚代表学校党委做了《西南交通大学党的群众路线教育实践活动总结报告》,报告分为四大部分:一、思想上高度重视,行动上求真务实;二、深入查摆问题,开好专题民主生活会;三、坚持边学边改、即知即改,建章立制、动真碰硬;四、教育实践活动的成效和体会。

西南交通大学党的群众路线教育实践活动总结会视频

顾利亚表示,学校在以韩星臣为组长的教育部第七督导组的认真指导下,较好地实现了中央确定的"照镜子、正衣冠、洗洗澡、治治病"的总要求,认真解决校院两级领导班子和领导干部队伍在形式主义、官僚主义、享乐主义和奢靡之风方面存在的突出问题。

顾利亚指出,思想重视是保障教育实践活动取得实效的重要基石。在实践活动中,校院两级领导班子思想认识到位,校党委目标要求明确、组织领导有序,抓实三大环节:一是学习教育、听取意见环节,重点是提高认识、强化责任;二是查摆问题、开展批评环节,重点是找准问题、取得共识;三是整改落实、建章立制环节,重点是健全制度,促进工作常态化、长效化。

对于如何"深入查摆问题,开好专题民主生活会",顾利亚说,校领导班子全体同志、各二级单位领导班子和领导干部直接查摆问题,认真开展批评与自我批评。校领导班子专题民主生活会的特点和成效主要体现在四个方面:一是查摆问题做到实事求是不回避;二是剖析原因做到深入一层查根源;三是开展批评做到敞开心扉不护短;四是整改对策做到一一回应不绕行。

顾利亚说到,学校半年多开展的整改工作主要包括以下几方面:抓班子带队伍,强化责任意识和垂范意识;抓执行力建设,强化效率意识和担当意识;抓改革发展,强化战略意识和全局观念;抓科研经费管理,规范科研经费使用;抓校园管理,整治校园环境,规范校园管理;抓勤俭办学,促进节约型校园建设;抓民生诉求,加快解决涉及师生利益的民生问题。

谈及教育实践活动的成效和体会,顾利亚表示,在为期半年多的教育实践活动中,校院两级领导班子和领导干部提升了认识、凝聚了共识,改进了面貌、提振了士气,服务了师生、促进了和谐。她说,通过此次教育实践活动,我们深刻体会到:学校要发展、要振兴,一定要有科学理论武装头脑;一定要有领导干部率先垂范;一定要用制度管人、按制度办事;一定要用好批评与自我批评这一有力武器;一定要敢于动真碰硬、狠抓落实;一定要全心全意依靠师生员工。

“教育实践活动有期限，但作风建设没有休止符。党的群众路线教育实践活动即将告一段落，但这不是终点，而是一个新的起点。”顾利亚强调，今后，全校上下要把作风建设作为一项长期任务，做到思想不疲、劲头不松、措施不软，持之以恒坚决反对“四风”，在全校深化改革、加快发展的实践中不断巩固教育实践活动成果：一是要继续抓好整改方案的落实工作；二是要坚持不懈地抓好建章立制工作，认真编好“制度的笼子”；三是深入贯彻落实十八届三中全会精神，全面深化学校各领域改革。顾利亚说：“教育实践活动所形成的成果要与下一步全面深化学校改革有机结合起来，始终走以质量提升为核心的内涵式发展道路，紧紧围绕人才培养这一根本任务，大力实施人才强校主战略，以全面深化改革为主基调，凝聚全校上下的力量，调动一切可以调动的积极性，更好地推进学校科学发展、又好又快发展。”

接着，教育部督导组组长韩星臣做了讲话，传达教育部袁贵仁部长关于党的群众路线教育实践活动的重要讲话精神，并对学校党的群众路线教育实践活动所取得的成效给予充分肯定。韩星臣组长说，学校民主生活会上反映问题开门见山、直达主题，能改的马上就改，能做的马上就做，整治校园环境、规范校园管理，规范管理“三公”经费支出，完成学校机关工作重心向犀浦校区转移等各项整改工作卓有成效，达到了“照镜子、正衣冠、洗洗澡、治治病”的总要求。

韩星臣组长希望全校教职员工再接再厉、一鼓作气，切实履行庄严的整改承诺，进一步增强民主意识，坚持开门搞整改，从群众中、从实践中汲取智慧和力量。韩星臣组长谈到，作风整改只有常抓不懈，注重从体制机制上解决问题，才能持续发挥作用。学校可继续认真总结、强化落实，进一步推进制度创新，以增强班子凝聚力、向心力、战斗力，在党的群众路线教育实践活动中有所悟、有所得，以优良党风、作风促进优良教风、学风，以作风建设新成效推动学校新发展。

徐飞在总结讲话中表示，教育实践活动总结大会的召开并不代表着整改落实任务的结束，更不是纠正“四风”任务的完成。当前很多繁重的任务还需要全校戮力同心、攻坚克难，以改革创新、勇于担当的精神全面推进学校内涵式发展。徐飞指出，一是要进一步强化危机意识和进取意识，清醒认识学校改革建设发展的征程漫漫，实现建设高水平研究型大学的奋斗目标更要上下求索，要懈怠不动摇，迎难而上、夺取胜利。二是要进一步增强改革意识，以超常思维全面深化学校各领域改革，全校上下要理解改革、支持改革、参与改革，不改革就没有突破，不改革就只有死路一条。三是要进一步增强实干精神，言必行，行必果，果必优，踏踏实实为学校的振兴发展多说实话、多做实事、多见实效。四是要健全长效机制，推动制度创新。切实发挥好制度管长远、制度管根本的作用，对好的制度要认真坚持，缺的制度要健全完善,过时的制度要及时修订或废止。

“在学校迈向高水平研究型大学的历史征程上,全校各级领导干部的引领示范作用非常重要。”徐飞强调,“学校党委要求校院两级领导班子和领导干部必须始终冲在最前头、站在最前沿,把党的群众路线教育实践活动的成果化为新的动力,用整改落实工作的实效凝聚正能量,带领全校广大师生员工把西南交通大学不断推向前进。”

在大会最后的民主评议环节,与会代表将认真填写的民主评议表郑重地投入票箱。

近期退出班子的校领导、教师代表、部(处)及院(系)负责人、党委委员、纪委委员、省级以上人大代表和政协委员、民主党派负责人和无党派人士代表、离退休教职工代表、学生会和研究生会代表等亦参加会议。

总结会结束后,副校长冯晓云做了《真正树立以学生为中心的育人理念 奋力推进人才培养重点工作》的专题报告,校党委副书记王顺洪对部分中层领导干部岗位竞聘的相关事宜作了说明。

(阮琦)

(十八)

学校国际化战略推进大会

20世纪80年代以来,高等教育国际化出现了新的趋势,主要表现为国际交流朝着教育贸易方向发展,高校成为国际交流的主体,高等教育国际化步伐加快并向深层次发展。为此,我国必须转变观念,扩大高等教育对外贸易,营造良好环境,在世界范围内吸引高层次人才;同时还必须加强国际性课程的建设。因此,国际化是大势使然,是西南交大建设高水平研究型大学实现跨越式发展的必由之路。2014年5月16日,学校召开国际化战略推进大会,提出了我校深入推进国际化战略的政策与举措。2014年5月30日的第653期校报对此进行了大版面报道。

西南交通大学召开国际化战略推进大会

本报讯 5月16日下午，西南交通大学国际化战略推进大会在九里校区国际会议厅隆重召开，这是继人才强校主战略推进工作大会后，又一次事关学校长远发展的战略聚焦。

四川省教育厅副巡视员周雪峰，英国利兹大学校长 Alan Langlands，美国驻成都总领事馆政治经济领事罗本睿，中国工程院院士钱清泉，中国科学院院士翟婉明，以及来自美国、德国、加拿大、新西兰、日本等18所著名高校和科研机构的知名学者、相关领域专家出席大会。参加大会的还有我校全体校领导班子成员，“千人计划”入选者、国家杰出青年基金获得者、长江学者、“973”首席科学家、“863”领域专家、国家级教学名师、国家突出贡献专家，外事委员会委员、外教外专代表、民主党派人士和无党派人士代表、中层领导干部、学院外事秘书、留学归国教师代表、峨眉校区代表、离退休老领导、老同志代表和学生代表等。大会由西南交通大学党委书记顾利亚主持。

西南交通大学国际化战略推进大会视频

四川省教育厅副巡视员周雪峰在致辞中说，西南交通大学的国际化步伐坚定，国际化战略明确，国际化工作成效显著。他希望学校在改革实践中及时总结经验，进一步全面深化和推动高等教育改革工作。四川省教育厅将继续积极支持西南交通大学的工作。

英国利兹大学校长 Alan Langlands 教授在致辞中简要介绍了利兹大学的情况以及利兹大学的重点发展战略。他表示，西南交大——利兹学院将为两校提供大规模的国际合作机会、利兹与成都两地师生双向交流的机会，以及满足工程师国际流动而进行专业发展的机会等，他期待两校携手努力，全力推进这项激动人心的合作项目。

美国驻成都总领馆政治经济领事罗本睿先生在致辞中表示，大会的召开展现了一所著名大学国际化的办学理念，体现了学校为培养未来的领导者、为应对国际化的经济和全球挑战做出的努力。

随后，西南交通大学校长徐飞与英国利兹大学校长 Alan Langlands 共同为西南交大—利兹学院揭牌。

揭牌仪式后,我校副校长范平志做了题为《推进国际化战略 建设高水平大学》的主题报告。范平志分析了大学国际化战略的意义和使命,回顾了我校自建校以来各个历史发展时期的国际化进程及成果,深刻解析了我校国际化战略推进面临的问题与挑战。针对现状,范平志提出了我校推进国际化战略的政策与举措,指出我校应该把握国家发展带来的机遇,做好顶层设计。同时,他还解读了我校近日出台的《西南交通大学关于实施"国际化战略"的若干意见》。

主题报告后的海外院长受聘仪式环节中,徐飞为12位海外院长颁发了聘书。

大会还进行了交流发言。海外院长代表、日本庆应义塾大学现代中国研究中心主任高桥伸夫教授分析了《亚洲高等教育的国际化与留学生的移动》,土木工程学院院长高波介绍了该院国际化工作经验,教务处处长郝莉以《加快实施国际化战略 培养具有国际竞争力的创新人才》为题总结了推进国际化进程的做法和经验,教师代表、材料科学与工程学院周祚万教授介绍了国际交流的经验,国家公派研究生代表、地球科学与环境工程学院博士彭道平以及来华留学生代表、德国籍学生杨默林也分别发言,分享了自己参与国际交流的体会。

交流发言结束后,徐飞为我校美国研究中心、越南研究中心授牌。

我校副校长彭新实随后宣读了我校国际化工作先进单位和学校英文网站评比优胜单位的表彰决定,10个学院获评"国际化工作先进单位",26个学院、单位在英文网站评比中获得表彰。

会上,徐飞发表了题为《全面实施国际化战略 加速推进建设高水平研究型大学的进程》的讲话。

最后,顾利亚在大会总结中指出,国际化战略作为学校向高水平研究型大学迈进的重要战略之一,必须坚定不移加以推进。全校上下要振奋精神、真抓实干,全面落实学校国际化战略各项工作部署,树立世界一流大学标帜,以开放的心态拓宽国际化视野,利用好国际化平台和资源,让学校在激烈的国际高等教育竞争中打出品牌、确立地位。

(崔良平 杨柳青)

（十九）

在学校实施工科登峰、理科强基、文科繁荣、生命跨越四大行动计划以来，学校深入实施“生命跨越”行动计划取得重大突破。2014 年 7 月 8 ~ 10 日，学校与成都市第三人民医院、成都医学院与成都军区总医院签署了战略合作协议，西南交通大学医学院、西南交通大学基础医学院、西南交通大学临床医学院与西南交通大学附属医院也陆续揭牌。该消息刊登在 2014 年 7 月 13 日的校报第 656 期上。

校院携手　共创生命学科新未来

西南交大与成都市第三人民医院、成都医学院、成都军区总医院开展战略合作

本报讯　7 月 8 ~ 10 日，西南交通大学接连与成都市第三人民医院、成都医学院、成都军区总医院签署战略合作协议，西南交通大学医学院、西南交通大学基础医学院、西南交通大学临床医学院与西南交通大学附属医院也陆续揭牌，为我校生命学科创造了发展新契机。同时，将成都市第三人民医院纳为西南交通大学附属医院为学校更好服务社会提供了优质平台，而成立“西南交通大学——成都军区总医院转化医学研究中心”也将成为军地合作、军民融合的一次有益尝试。

西南交通大学——成都市第三人民医院战略合作共建签约暨启动仪式

7 月 8 日下午，西南交通大学——成都市第三人民医院战略合作共建签约暨启动仪式打响第一炮。仪式上，学校与成都市第三人民医院（以下简称三医院）郑重签署战略合作共建协议，西南交通大学医学院、西南交通大学基础医学院、西南交通大学临床医学院与西南交通大学附属医院揭牌成立。

据介绍，西南交通大学医学院下设西南交通大学基础医学院与临床医学院。西南交通大学医学院、西南交通大学基础医学院的铭牌悬挂在西南交大校内，而

学校与成都军区总医院签署战略合作共建协议

三医院的大门处则悬挂西南交通大学附属医院、西南交通大学临床医学院的铭牌。西南交大和三医院将在生物医学工程学科首先开展硕士和博士的人才联合培养;将首选心脏瓣膜、血管支架、骨生物材料、人工皮肤与药控释放材料体系等方面为切入点开展科学研究;将共同突破传统医学的时空限制,共同深入开展医疗大数据研究,建设以全网络、全方位、全关联和全电子化为特征的“数字化医院”;将加快推进教学、科研与研发一体化的医学院建设,全面助推基础研究与临床应用一体化和“研究型医院”建设;将全面推动人才、科研、学科、基地、平台、设备与临床等方面的合作,充分发挥大学、医院各自的功能优势,促进创新要素有机融合和全面共享,深入开展协同创新,共同建设“一流大学”和“一流医院”。

学校与成都医学院签署战略合作框架协议

仪式在我校九里校区国际会议厅举行。四川省人民政府副秘书长王七章,中共四川省委教育工委书记、四川省教育厅厅长朱世宏,四川省卫生和计划生育委员会主任沈骥,成都市人民政府资政杨伟,四川省科技厅副厅长周孟林,市科技局局长唐华,市卫生局局长杨小广,市医院管理局局长娄进,市教育局副局长赖石梅;成都市级11所公立医院领导代表;国务院医改咨询委员会委员、美国西部医科大学教授马家驹;三医院院长赵聪、党委书记张孝轩等院领导;西南交通大学党委书记顾利亚、校长徐飞等校领导;医院和学校有关职能部门负责人、部分医护人员代表和师生代表参加仪式。仪式由顾利亚主持。

徐飞在代表学校致辞时指出,21 世纪是大生命的世纪,谁错过生命科学,谁就错过了这个时代。体认于此,西南交大以及三医院对双方合作发展、共建发展、互融发展达成高度共识。徐飞表示,西南交大定会奋发有为、不辱使命,始终坚持"合作、开放、共享、多赢"的原则,全力释放创新创造和创业的能量,把西南交通大学和成都市第三人民医院双方共同的事业建设好、发展好,为老百姓的健康福祉,为社会的可持续发展,为四川实现"两个跨越"和成都市国际大都市建设注入不竭动力。

仪式中,四川省人民政府副秘书长王七章,中共四川省委教育工委书记、四川省教育厅厅长朱世宏,四川省卫生和计划生育委员会主任沈骥,成都市人民政府资政杨伟,四川省科技厅副厅长周孟林分别讲话,对学校与三医院的"联姻"表示热烈祝贺,对两者的战略合作共建提出了发展要求。三医院院长赵聪也正式受聘为西南交通大学附属医院院长、西南交通大学临床医学院院长,并致辞发言。

7 月 9 日下午,在九里校区学术交流中心院士厅,西南交通大学校长徐飞和成都医学院院长余小平在热烈的掌声中代表双方签订了战略合作框架协议,两校合作共建包括队伍健设、平台建设、人才培养与科学研究等四大方面。

成都医学院党委书记凌保东、院长余小平、副院长唐平,西南交通大学党委书记顾利亚、校长徐飞、副校长范平志、副校长张文桂、校长助理晏启鹏,以及两校相关部门负责人出席会议。签约仪式由范平志主持。

顾利亚在致辞中表示,希望以两校合作之桥正式开通为契机,秉承"合作、开放、共享、双赢"的原则,充分发挥各自优势,搭建平台,互惠共赢,加快提升两校的核心竞争力,积极而稳步探索深化教育领域综合改革。

成都医学院党委书记凌保东谈到,西南交大是一所拥有很多世界第一和全国第一的综合性大学,成都医学院是专业院校,今天两校签订战略合作框架协议是"大手牵小手",希望两校在相关领域开展深入合作。成都医学院院长余小平也表示,两所学校都有着开放办学的心态,基于开放协作的共同理念,两校有着坚实的合作基础,也必定会取得丰硕的合作成果。

徐飞在讲话中简要介绍了我校的四大行动计划。徐飞说,生命学科是 21 世纪最伟大的学科,基于这样的认识,西南交通大学全校上下达成共识全力发展生命学科。徐飞认为,四川的医疗卫生发展、特别是老龄医学发展需求非常之迫切,而西南交通大学是一所具有强烈社会责任感的大学,因此学校坚定发展生命科学,服务于四川人民,这是西南交通大学一份社会责任、一种担当。徐飞说,两校基于高度共识走到一起,签署战略合作协议,希望两校的合作由简单到复杂由点到面,由从单点到多点,单元到系统,稳步推进,尤其是在成都医学院优势研究领域——老龄医学方面,希望能与西南交通大学生命科学、材料,以及信息、经管与心理等相关学科方面的优势有效叠加地大力发展。

成都医学院副院长唐平,我校副校长范平志、校长助理晏启鹏等分别讲话,就双方合作领域及内容进行了深入交流。

7 月 10 日上午,西南交通大学——成都军区总医院战略合作共建签约仪式在九里校区学术交流中心举行。成都军区总医院院长沈毅、政治委员杜宜凯、副院长呼永河一行;西南交通大学党委书记顾利亚、校长徐飞、校党委副书记王顺洪、朱健梅,副校长范平志、蒲云、张文桂、冯晓云,总会计师张兵,校长助理晏启鹏,以及医院、学校有关部门、学院负责人参加签约仪式。仪式由朱健梅主持。

在成都军区总医院领导班子成员及专家、西南交通大学校领导班子成员及全体嘉宾的见证下,徐飞校长、沈毅院长郑重签署战略合作共建协议,开启了校院合作发展、共建发展、互融发展的崭新篇章。同时,随着红绸缓缓揭开,“西南交通大学临床医学院”“西南交通大学医学院”正式揭牌。沈毅院长正式受聘为西南交通大学临床医学院院长。

西南交大与成都军区总医院将强强联合,全面推动合作、落实合作并进一步拓展合作、深化合作。包括:将在生物医学工程学科开展医学硕士和博士的联合培养,优先建立临床医学硕士、博士学位授权点,在条件成熟的情况下合作开展临床医学学科的本科生教育;充分利用国家在转化医学领域重大政策,全面开展科研合作,共建“西南交通大学—成都军区总医院转化医学研究中心”,促进基础研究与临床治疗的双向促进,全面助推基础研究与临床应用一体化,加快推进“研究型医院”建设步伐;将共同开展医疗大数据研究,努力建设以全网络、全方位、全关联与全电子化为特征的“数字化医院”。

顾利亚在致辞中表示,衷心希望双方以此为契机,保持经常性沟通,脚踏实地、稳扎稳打,把双方的战略合作做实、做细、做出成效。

成都军区政治委员杜宜凯对即将开启的友谊与合作之旅也表达了美好祝愿。

成都军区总医院院长沈毅强调,成都军区总医院与西南交通大学的战略合作,不仅是双方在自愿、平等、互惠、共谋发展前提下的战略握手,而且是西南战区卫勤力量与地方高校的第一次深度合作,具有重要的政治意义、军事意义和社会意义。

徐飞在致辞里谈到,此次与成都军区总医院开启战略合作是西南交大跨越三个世纪办学历程中一件大事,也是军地合作、军民融合、校院强强联合、建设高水平研究型大学和研究型医院的一次有益尝试,对双方都有重要的现实意义和深远的历史意义。徐飞提出,希望军区医院的各位专家和学校各领域的各位学者携手攀生命医学的科学高峰，不断探索和引领科技前沿，不断推动医学科学的发展与进步。他代表学校郑重承诺：我们将严格恪守协议的要求，切实履行协议规定的责任和义务，把我们共同的事业建设好发展好，为百姓的健康福祉，为军队医疗卫生事业和社会的可持续发展而竭尽全力。他说，我们有理由相信，在双方的共同努力下，一流大学、一流医学院和一流医院“三个一流”的宏伟目标，一定能够早日实现！

（陈姝君　崔良平　蔡京君）

（二十）

通识教育源于古希腊哲学家亚里士多德提出的自由教育思想，起源于欧洲，成形于美国。19世纪，有不少欧美学者有感于现代大学的学术分科太过专业、知识被严重割裂，于是提出出通识教育理论，目的是培养学生能独立思考、且对不同的学科有所认识，以至能将不同的知识融会贯通，最终目的是培养出完全、完整的人。通识教育是人文教育和科学教育的结合，包含人文科学、社会科学和自然科学三方面的课程，培养的学生既有深厚的本学科、本专业知识，又有广博的古今中外、天文地理等各个学科的底蕴。在2014年7月13日的校报第656期上，关于通识教育课程的开设的消息分外引人注目。2014年7月1日，学校正式成立通识教育专家委员会，发布2014年度首批立项的20门通识教育核心课程，西南交通大学“交通天下”通识教育建设走上发展快车道。

学校通识教育工作研讨会

以“交通天下”为特色的一批通识教育课程在西南交大诞生

本报讯　7月1日的西南交通大学通识教育专家委员会成立大会暨通识教育工作研讨会上，学校正式成立通识教育专家委员会，2014年度首批立项的20门通识教育核心课程出炉,校内外相关专家学者更聚首交大就通识教育工作开展了系列研讨,这标志着西南交通大学"交通天下"通识教育建设走上发展快车道。

当日上午,通识教育专家委员会内部会议在学术交流中心多功能厅举行,审议通过了专家委员会章程及学生选课方案。随后,通识教育专家委员会成员、相关学院教学副院长、课程教学团队分3组研讨开设的通识课程,包括自然科学、生命与交通创新组,社会科学与责任伦理组,人文与艺术组。各组针对自己的学科特色,就通识课程建设理念、教师队伍建设、课程教学内容、课程教学方式、课程考核方式、课程质量保证等方面进行探讨,并得出"通识教育应该是深刻而非深奥","教师应带头示范,做到通识、通透和通晓"等认识。

西南交通大学
成立通识教育
委员会视频

下午,西南交通大学通识教育委员会成立大会举行。北京大学卢晓东教授、台湾新竹交通大学詹海云教授;西南财经大学唐晓勇教授、四川大学王晓路教授;我校校长徐飞、校党委副书记何云庵、副校长冯晓云等校领导;各学院院长、书记、分管本科教学负责人、分管研究生教学负责人、学生工作负责人、辅导员;各级教学指导委员会成员及校督导组成员;申报通识课程立项的全体教师;现有通识任选课程相关教师;相关职能部门负责人参加大会。教务处处长郝莉主持会议。

冯晓云首先介绍了我校通识教育建设规划与实施情况。在简要讨论了开展通识教育的必要性、基础、面临的问题后,冯晓云介绍了我校在通识教育方面开展的主要工作及阶段性进展。她谈到,经过一段时间的研究、设计、调研、学习、实践,我校通识教育整体方案形成,并于3月24日报校长办公会审议通过。根据学校通识教育方案的规划与课程体系的初步设计,学校走访相关学院,逐门落实课程,进行通识课程的立项。冯晓云还详细介绍了我校通识教育方案。在"以社会主义核心价值观为指导,践行'以学生为中心'"的教育理念指导下,学校确定了指导思想,即是:以通识教育理念为导向,以本科人才培养目标为着眼点,正确处理专业教育与通识教育的关系,突显我校"交通天下"特色,力求学科领域大覆盖,重在交大学子多受益,促进学生知识、能力、人格的全面发展。她说,以"交通天下"命名我校通识教育,蕴意深远,既突显了交大特色,又涵盖了通识教育的深刻内涵。据介绍,我校通识课程采用4个层次的课程构成:通识核心课程、通识一般课程、新生研讨课程、通识系列讲座。课程模块涵盖历史、文化与人文情怀,哲学智慧与批判性思维,艺术体验与审美修养,社会科学与责任伦理,自然科学与科学精神,生态环境与生命关怀,交通、工程与创新世界。冯晓云还从课程建设流程、课程开课方式、课程质量要求、考核激励机制等方面做了讲解。她指出,通识教育是促进学生成人成才的教育,是使学生终身受益的教育,是关系到学校生存与发展的教育,全校上下要齐心协力、坚持不懈,同时在人事分配制度、资源配置等方面给予充分保障。

郝莉在会议中介绍了上午举行的通识教育专家委员会工作会议及分组研讨会情况。随后,通识教育委员会专家受聘仪式正式开始。委员会不仅有本校领导、教育专家、学生,还有校外及海外通识教育专家加入,其中,主任由何云庵担任,副主任由冯晓云、朱健梅担任。徐飞依次为各位委员颁发聘书。

作为通识教育委员会主任,何云庵以《明确使命,探索通识教育的有效途径》为题谈了他的看法。他谈到,专业教育与通识教育在特殊的社会条件下失调,以美好、正义为表征的通识教育过度弱化是当下中国的现状,这样一种观念下所进行的高等教育培养出的是在精神上不够丰满的人。“通识教育此时被重视,可以被理解为一种反思或者时代意义上的返璞归真的揭幕。”他指出,通识教育应该成为我们,以及比我们小二、三十岁的两代或数代教师的使命,这个使命的具体目标就是使学生淡化功利,向往崇高,然后由此及彼,由小到大,使整个社会更加高尚、文明和美好。课程与非课程在通识教育中所应该具有的分量?开些什么课?如何评价其作用?老师哪里找?如何尽快形成一支高水平的教师团队?何云庵表示,面对这些问题,需要大家共同探讨。“通识教育这个我们看来非常美好的东西,学生绝对需要的东西,在教育实践中也许异常艰辛。对此应该有充分的准备,且行且摸索。”他认为,现在的通识课程教师是一支兼职为主的队伍,与艰巨的教学任务形成一个鲜明的对比,“我们既可以考虑引进一些专家教授,但更希望能够挖掘学校自身的潜力,培养出一批高水平的教师队伍。”

接着,通识教育委员会副主任朱健梅宣布首批立项课程名单,此次通过的核心课程名单共有20个,包括田永秀教授负责的《历史与反思》、苏志宏教授负责的《西方哲学流派及其反思》、甘霖副教授负责的《音乐与人生》等。

委员会委员、北京大学卢晓东教授在题为《从通识教育深入到通识学习》的通识教育报告中畅谈通识学习。他认为,我们不必寻求通识教育精确的定义,也不必寻求特别广泛的共识,但可以自己努力去感知、行动、探索、倾听并且修正,继续行动。他强调,如果说通识教育是教师指向学生的教育活动,那么通识学习即指向学生自己的学习活动。“没有通识学习,通识教育基本会是无效的。”他提出,阻碍学生通识学习的目前大约有两个障碍:专业主义与功利主义。克服这些障碍首先需要教师的转变,需要教师转变之后对学生努力做些工作。从教师角度而言,需要认识到学生是有着极强潜能的生机勃勃的人，他们的未来难以预测，因而要倾听和宽容；要认识到通识教育并不仅仅是通识课程体系，似乎专业教育中也可以和应当蕴含着丰富的通识教育的因素；要认识到人才也许从其他途径中出来。而从学生的角度，当学生具有极强的专业意识的时候，类似盛满了杯子的水，难以装进其他东西，通识教育是很难有效的，反之，当学生忽然认识到自己有着其他可能时，通识学习就会自然地发展出来。他认为，通识教育对于当下的学生也意味着可以选择，他可以选择专业、选择课程，建构自己的知识结构和未来。由此，他建议大学管理体制需要进一步方便选择、促进选择，如相对自由地选课、转专业等。此外，卢晓东教授特意设置提问环节，与现场师生积极互动，并就北大元培学院的建设与发展、"通识学习"概念中学生的主体性、家庭条件与政策支持对专业选择、未来发展的作用问题，进行了详细解答。

委员会委员、台湾新竹交通大学詹海云教授做了《通识教育课程理念、课程设计与实施方法》的主题报告，报告主要分为通识教育课程理念、通识教育课程设计原则、课程规划的方向和内容以及课程实施方法四个方面。他首先以庖丁解牛的典故，说明通识教育课程的核心理念：道技兼备、扩充善性、跨领域知识与创新能力、思辨与反思能力等，提出突显通识的主体性、去专业化、前瞻性、国际化、普遍性与特殊性、贯通性、常识性与思辨性等课程设计原则，并具体谈到通识教育在各学科板块以及宗教、法律、职业生涯规划等课程应当侧重的内容。此外，他还结合台湾的大学通识教育的经验，从学习的主客体、教材编撰、阅读资料、学生考核、审查制度等当面谈了课程的实施方法，指出通识教育课程应以学生为主、教师为辅，教材编撰应以问题意识划分进度，阅读资料可电子书化，并撰写适当导读，在课程的实施过程中，应注意成效性、方向感、执行力，具体化、制度化、持久化等问题。

大会最后，通识教育领导小组组长徐飞做了总结讲话。他首先对在座的各位专家表示衷心感谢，热烈祝贺通识教育专家委员会的成立，并祝福西南交通大学、中国乃至世界的通识教育在有识之士的共同努力下，推向一个崭新的高度。随后，徐飞从四个方面谈了通识教育的想法和意见。

一、师资队伍建设。徐飞指出，"打铁还需自身硬"，教师应反思自身的学养是否深厚、知识结构是否合理。没有知识的广度和跨度，是很难有知识的高度和深度的。各位教师应该努力完善自身，丰富学养，在术业有专攻的前提下，成为通才，从"渊士"变成"博士"，从专家变成大家。此外，徐飞强调，教师是灵魂的工程师，应该言传身教，知行合一。在物质主义、功利主义、享乐主义、拜金主义和无边消费主义盛行的当下，要实现对功利的超拔和对自我的超越，努力做一个高尚纯粹的人，以崇高的精神和人格魅力为学生树立榜样。

二、通识何为。徐飞指出，通识教育现在有泛化、庸俗化和异化的趋势。他严肃指出，通识课不是概论、导论课，不是什锦、拼盘课，不是好拿学分的“水课”，也不是什么“心灵鸡汤”课，更不能简单地将通识教育视同为人文教育。要避免走入专业课是“专而精”，通识课是“泛而浅”等误区。徐飞指出，在一定意义上，通识教育就是全人教育，既要注重专业成才，更要强调精神成人。这里的“全人”包含“全体的人”和“全面的人”两个方面。他深刻指出，现代教育过多强调“人才”而严重忽略了“人”本身。他进一步指出，关于通识的“通”，应包含通晓、通达、通透之意，还有打通、贯通、寻求通解之义；关于通识的“识”，应至少包含知识、学识、常识、见识、器识、胆识和赏识七个方面。他还指出，大学是探索和传承普遍学问的场所，通识教育要体现知识的普遍性、一般性、深刻性、整体性、通透性和简明性。

三、如何教。徐飞认为，每个学校和专业有自己的特色，教无定法，各位教师要创造性地工作，智慧地创造鲜活经验。同时，也要学会“拿来主义”，充分借鉴哈佛、耶鲁、哥伦比亚、芝加哥、剑桥、牛津等大学在通识课程教学方面的经验。

四、教什么。徐飞指出，教学内容主要可分为三个层次：知识、方法和精神。知识和方法的关系正如“fish”与“fishing”的关系，授人以鱼不如授人以渔；而精神是教学最为精华的部分、最重要的东西，一旦树立和习得，终身受益。在谈及“无用之用”“无用即大用”时，他引用康德的著名命题“人是目的不是手段”，强调指出不应把手段异化为目的。此外，徐飞提出学生要学会四件事，即“learn to learn”（学会学习）、“learn to do”（学会做事）、“ learn to be”（学会做人）、“learn to together”（学会相处）。他指出，处理人与自我、人与社会和人与自然三大关系是毕生的修为。具体到如何学会相处，他给出了四点建议：把他人当自己是善良，把自己当他人是无我，把他人当他人是智慧，把自己当自己是自在。

（陈姝君　李彩虹）

（二十一）

人才强校主战略、国际化战略、数字化战略是西南交大三大发展战略。当今，全球已经进入了数字化时代，数字化正深刻地影响着世界科技、全球经济和教育改革，高等教育不能错过数字化这个新的战略机遇，更不能错过数字化的时代。西南交通大学继召开人才强校主战略和国际化战略推进大会之后，于2014年10月20日召开了数字化战略推进大会和大数据高峰论坛，标志着我校“三大战略”中的数字化战略自此开始积极推进。该消息刊登在2014年10月31日的第660期校报上。

学校数字化战略推进大会

西南交通大学数字化战略推进大会和大数据高峰论坛隆重举行

本报讯　10月20日下午，西南交通大学数字化战略推进大会和大数据高峰论坛在九里校区大学生会堂隆重举行。

科技部原党组成员、科技日报社原社长张景安，四川省经济和信息化委员会副主任李建疆，四川省教育厅副巡视员周雪峰，IBM公司大中国区政府与公共事业部技术总监首席顾问文金言，IBM公司大中华区大学合作部总监管连，浪潮通用软件有限公司执行总裁王兴山，中国电信成都分公司总经理喻云华，成都市公共交通集团公司董事长王昌干，成都市新都化工股份有限公司董事长宋睿，颠峰软件集团董事长张玮，洛阳鸿业信息科技股份有限公司执行董事宋怡昆，成都普默拓信息技术有限公司总经理杨毅，中国财经出版传媒集团·北京央创咨询有限公司执行董事王之华，北京飞利信息科技股份有限公司副总裁王国忠，中国科学报社社长助理保婷婷，美国佐治亚大学殷向荣教授等出席大会。

我校出席大会的有：校党委书记王顺洪，校长徐飞，中国工程院院士钱清泉，中国科学院院士翟婉明，全体校领导班子成员；学校国家“千人计划”学者、长江学者、国家杰出青年基金获得者等各类高层次人才，全体正教授（研究员），各学院

(中心)、机关职能部门及直属单位负责同志,峨眉校区负责人,学校附属医院(成都市第三人民医院)、临床医学院(成都军区总医院)负责人;全体督导组专家,离退休教职工代表,中青年教师及管理人员代表,学生代表,峨眉校区代表,董事单位代表等。大会由王顺洪主持。

西南交通大学数字化战略推进大会和大数据高峰论坛视频

四川省经济和信息化委员会副主任李建疆首先在大会上致辞,他表示,四川省正积极打造国家大数据基地、全国首家“国家级数据安全中心”、国家级数据存储中心、国家级信息灾备基地和国家级数字化产业基地等,希望西南交通大学在数字化人才培养、前沿信息技术的研发和应用、大数据科学研究、数字经济发展与信息安全保障等领域加大探索,走出一条有交大特色、深度融合四川发展的数字化战略实施道路,全面服务四川经济社会又好又快发展。

四川省教育厅副巡视员周雪峰在致辞中表示,四川省正在积极推进包括在线开放课程在内的教育信息化建设,同时大力支持高等学校依靠自己的实力,充分对接我省重点布局的新一代战略性信息产业,拓展更多合作发展的领域。西南交通大学紧跟国家战略步伐,强力实施数字化战略,在四川省走在了前列,希望西南交通大学进一步总结经验,加大推行力度,力争在 MOOCs 建设、数字化培养、信息安全技术、智慧化城市、大数据应用与研究等领域,实现新的突破,取得新的成果。

IBM 公司大中华区大学合作部总监管连在致辞中谈到,西南交通大学召开数字化战略推进大会和大数据论坛让人振奋,体现了学校领导跨越式发展的坚定意志,展现了学校管理层、科研工作者和学生朋友向大数据融入到管理、教学、科研的动力和朝气,这一点与 IBM 与大学的合作是高度契合的。他希望 IBM 和西南交通大学围绕教学、科研等诸多方面,在大数据等相关领域深度合作、深度交流,最终达到合作共赢的局面。

校党委副书记晏启鹏对《西南交通大学关于数字化战略的实施意见》进行了说明。晏启鹏首先总结了我校数字化工作近年来取得的成绩,分析了存在的问题。在回顾了《西南交通大学关于数字化战略的实施意见》起草的过程后,他从总体框架、实施意见的总体要求、实施意见的主要任务、实施保障等几方面详细解读了该意见,特别详细提出了人才培养、科学研究、学科建设、社会服务、信息化校园建设等几方面实施数字化战略的分阶段要求。

随后,“西南交通大学金融大数据研究院”揭牌仪式举行。科技部原党组成员、科技日报社原社长张景安,四川省经济和信息化委员会副主任李建疆,四川省教育厅副巡视员周雪峰和西南交通大学校长徐飞共同为“西南交通大学金融大数据研究院”揭牌。同时,徐飞为国家“千人计划”学者、西南交通大学李维萍教授颁发了“西南交通大学金融大数据研究院”院长聘书;并为到场的10余位“数字化战略咨询专家组”专家颁发了聘书。

会议举行了合作签约仪式。徐飞分别与IBM公司大中华区大学合作部、浪潮通用软件有限公司、中国电信成都分公司、成都市公共交通集团公司、成都市新都化工股份有限公司、颠峰软件集团、洛阳鸿业信息科技股份有限公司、成都普默拓信息技术有限公司等企业负责人签订了有关数字化的合作协议。

在大会发言阶段,校长办公室(信息网络中心)主任赵彦灵在《固本强基协同发展努力构建数字化战略的“321”支撑保障体系》的发言中,提出了涵盖硬件、软件、数据三大保障内容的“三网二平台一数据”、即“321”数字化战略支撑保障体系的建设思路与架构。教务处处长郝莉做了题为《数字化战略助推人才培养真正实现以学生为中心》的发言,她提出,将通过数字化战略实施推进支持学生个性化与探究性学习,实现人才培养过程的精细化管理,助力学生成长规划和校友文化发展,构建质量监控与决策辅助体系等。科学技术处处长郭俊就《大数据时代下的交大科技工作》进行了发言,他建议,针对学校的优势和特点,大数据科研在基础研究方面的领域应重点关注计算机科学、数理统计和图形设计学等方面;采用“合纵连横、开放协同”的理念共建一批大数据共享平台;人才队伍建设方面,要实现引育并重、重点培养。信息科学与技术学院2014级博士研究生易修文也在发言中谈了对大数据的认识、对学校数字化战略的理解,以及开展大数据科学研究的体会和收获。

徐飞在大会上发表了题为《乘数字化革命浪潮　强力推动学校跨越式发展》的讲话。徐飞指出,数字化战略是学校实现跨越式发展的战略举措,是学校根本性、全局性和长远性的重大谋划,与人才强校主战略、国际化战略形成了“三足鼎立”的战略格局。他还就我校强力推动数字化战略提出了工作要求。

王顺洪对大会进行了总结。他指出,数字化战略大会的召开,全面吹响了我校强力实施数字化战略的号角,希望全校师生牢牢坚持学校人才强校主战略、国际化战略与数字化战略。在具体工作中,王顺洪希望各单位、部门既要坚持顶层设计的科学性、前瞻性,也要认真坚持具体工作落地的可行性和可操作性,坚持有目标、有计划、有举措、有实践经验地系统推进工作。“一分部署九分落实”,他要求全校各单位、部门在各项工作中狠抓落实,希望全校师生员工齐心协力、矢志奋斗,为学校的改革发展贡献每一个人的智慧和力量。

在数字化战略推进大会结束后，西南交通大学与《中国科学报》合作举办的“大数据高峰论坛——创新、联合、应用”随即举行。论坛由国际电气工程师学会会士（IEEE Fellow）、国家杰出青年基金获得者、973 计划项目首席科学家、西南交通大学数字化战略咨询专家组组长范平志教授主持。科技部原党组成员、科技日报社原社长张景安作了题为《创新驱动战略与大数据》的主题演讲，他认为，未来对数据的占有和控制将成为陆权、海权、空权的另一种国家核心资产。IBM 公司大中国区政府与公共事业部技术总监首席顾问文金言做了题为《大数据时代的前瞻性思维》的主题演讲。文金言提出，大数据研究应当有一些超前性的思维，并提出了具体的建议。国家“千人计划”学者、西南交通大学李维萍教授在题为《数据科学的利用》的主题演讲中表示，大数据有很多科学价值和经济价值，学校成立“金融大数据研究院”的重要因素，就是提炼所有大数据的价值，充分利用数据科学。

（崔良平　何凯妮　白晓萍　唐进　张培）

（二十二）

国际评估不仅有助于高校了解本学科的发展情况、国际地位，而且有助于高校学科在国际上得到承认，并为学校整体建设指明方向。当下，经济全球化和教育国际化是两大主流趋势。在我国，为提升科技教育领域的国际影响力，一些高校提出了建设世界一流大学的目标。对于世界一流大学的标准，尽管观点各异，但毋庸置疑的是，拥有一批在世界上具有领先地位的学科是成为世界一流大学的必要条件。而鉴定学科国际地位的方式就是学科国际评估。2014 年 10 月，土木工程学院接受了学校史上首次学院学科国际评估并顺利通过，揭开学校积极参与学科国际评估的序幕，也为学校实施国际化战略和四大行动计划之“工科登峰”行动计划做出突破性贡献。2014 年 11 月 15 日第 661 期校报对土木学院开展国际评估进行了报道。

土木工程学院开展学科国际评估

土木工程学院迎来西南交大史上首次学院学科国际评估

本报讯 10月27～28日,作为西南交大历史最为悠久的学院之一,土木工程学院接受了学校史上首次学院学科国际评估。

土木工程学院迎接校史上首次学院学科国际评估视频

据悉,本次国际评估专家组阵容强大,中国工程院院士、奥地利科学院院士、台湾大学杨永斌教授任组长;成员包括:美国工程院院士、美国圣母诺特丹大学 Ahsan kareem 教授,香港理工大学建设与环境学院院长徐幼麟教授,原日本土木学会会长、原日本地震工学会会长、日本早稻田大学滨田正则教授,原日本土木学会隧道委员会会长、日本早稻田大学小泉淳教授,道路与铁道工程专家、荷兰代尔夫特理工大学 Rolf Dollevoet 教授,轨道检测专家、荷兰代尔夫特理工大学李自力教授。此次国际评估是一次"提升式"评估,旨在广泛听取国际同行专家的意见与建议,找准学院与学科自身发展中存在的问题,明确与国际标准大学或学科间的差距,调整学院与学科中长期建设规划,发挥优势,取长补短,精准建设,促进学院与学科的跨越式发展。

10月27日上午,土木工程学院学科国际评估开幕式在九里校区学术交流中心多功能厅举行。专家组全体成员;我校校长徐飞,相关学院、职能部门负责人,土木工程学院负责人和教师代表出席会议。副校长冯晓云主持会议。

徐飞在致辞时谈到,大学要对未来做出承诺,而以土木为代表的交大的最优秀的学科,更加要奋发有为,直接迎接未来世界对工程科学发出的挑战,以自身的一流推动乃至引领未来工程科学的卓越发展。他说,"我们希望,通过与全球最优秀的大学、最优秀的学科和最杰出的学者一一对标,来认清差距,来找准问题,来解剖麻雀,来加快促进学院与学科尽快迈入世界顶级的行列。"由此,徐飞恳请专家组的专家们为学校土木学科乃至各方面工作把脉问诊、开出良方,同时,他也要求土木学院的教师们要倍加珍视向专家们学习的机会、开阔眼界的机会。

随后,专家组组长杨永斌院士对评估工作做了简要介绍,并对专家组工作进行了分工,以确保评估工作的顺利开展。

开幕式结束后,在杨永斌院士主持下,土木学院院长高波就学院发展概况介绍、学术带头人和学科方向情况介绍、结语三部分内容，做了土木学院学科国际评估总体报告。高波谈到，土木学院有责任也有意愿让学院变得更强，让西南交大发展得更好，希望专家们帮助学院化差距为能量，为建设更好的学院、更好的国家、更好的世界而努力。在提问环节，专家组的各位专家学者就土木学院的国外和国内科研经费的比例、研究生入学率情况、招生规模以及高水平论文发表状况等纷纷提问，高波逐一解答。

实地考察环节，专家组参观考察了我校离心机试验中心、岩土中心实验室、高速铁路线路工程教育部重点实验室、结构中心实验室，以及在建的交通隧道工程教育部重点实验室。考察过程中，专家们与土木学院的教师们进行了充分交流。

10 月 27 日下午及 28 日上午，专家组一一与研究生代表、青年教师代表、学术带头人代表、三个学科方向代表进行了座谈，审阅了相关资料文件。

10 月 28 日下午，土木工程学院学科国际评估意见反馈会于九里校区学术交流中心若愚厅举行。专家组全体专家，我校副校长冯晓云、土木学院负责人及学术带头人代表、相关单位负责人等参加会议。

杨永斌院士总结了西南交通大学土木工程学院学科国际评估工作，并对各位评估专家的意见作了汇总介绍，专家组成员们也一一发表了个人的评估意见，对西南交通大学的土木工程学科建设给予了充分肯定，并提出了一些有针对性的建议。

冯晓云代表学校承诺，一定会重视各位专家提出的宝贵意见和建议，继续做好改进工作。学科发展中心主任刘建新，土木学院高波、钱永久、王郴平、赵兴权教授等也与专家们就学校的土木工程学科建设作了交流与探讨。

至此，西南交通大学土木工程学科国际评估工作圆满落幕。据介绍，评估结果将在年内公布。

（新闻中心　土木工程学院）

（二十三）

2014 年 12 月 15 日的第 663 期校报上，人们看到了世界首台 220kV 超低损耗卷铁心节能型牵引变压器研制成功的消息。其后，于 2015 年初，我校主持研制的世界首台 220kV 超低损耗卷铁芯节能型牵引变压器、国际领先水平的数字化牵引变电所、新型高强度防污闪型腕臂支撑绝缘子、世界首套组合式同相供电装置等系列供电新技术装备，在山西中南部铁路通道陆续成功投运。

世界首台 220kV 超低损耗卷铁心节能型牵引变压器研制成功

本报讯　11 月 25 日 23∶23 分,由西南交大电气工程学院高仕斌教授主持研制的 220kV/ 56.5MVA 超低损耗卷铁心节能型牵引变压器在国家变压器质量监督检验中心完成了最严酷的短路试验,标志我国已成功研制世界上第一台 220kV/56.5MVA 超低损耗卷铁心节能型牵引变压器。

世界首台 220kV/56.5MVA 超低损耗卷铁心节能型牵引变压器由西南交通大学与常州太平洋电力设备集团、中铁工程设计咨询集团有限公司等单位从 2012 年年底开始筹划实施,历经 2 年技术攻关终于问世。试验当晚,中国铁路总公司运输局供电部和鉴定中心、国务院三峡办科技司、工信部科技司、郑州铁路局供电处、沈阳变压器研究院、中铁设计咨询集团有限公司、太平洋电力设备集团等单位的领导、专家和课题组成员共同见证了这一历史时刻。

据悉,早在上世纪 90 年代,由于硅钢片制造技术和退火工艺的改进,世界上已开发出了具有实际运用价值的卷铁心变压器。随着技术不断成熟,卷铁心变压器逐步获得市场认可,在输配电系统中获得一定量的应用。近十年,因其节能效果明显,得以在配电变压器市场全面推广并获国家政策支持。但是由于制造工艺的限制,目前世界上只能生产 35kV/10MVA 的卷铁心变压器。因此,220kV/56.5MVA 超低损耗卷铁心节能型牵引变压器的研制成功成为了变压器生产的重大变革。

据高仕斌教授介绍,为了保证变压器的优良性能,该变压器制造的硅钢片开料、铁心卷绕、铁心退火、铁心拼装、线圈绕制等工序都需要极高的工艺要求,这也成为了此次研发的主要技术难关之一。常规牵引变压器噪声为 68 分贝,该卷铁心牵引变压器噪声只有 47 分贝,其空载损耗(kW)更是比常规牵引变压器减少了 44.2%。该牵引变压器在低损耗、低噪声和超强抗短路能力以及过载能力等方面的优异性能得到了各位领导、专家和国家变压器质量监督检验中心的试验人员高度评价。据初步估算,与相同容量的传统叠铁心牵引变压器相比,该牵引变压器每年可减少 35 万度的电能损耗,市场前景广阔。

据悉,全部试验完成后,该牵引变压器将在中南通道王家庄牵引变电所挂网运行,并逐步向全国推广。

(张培　何晓琼)

（二十四）

第十四次党代会

2015年1月24～25日，中共西南交通大学第十四次代表大会隆重召开，这次大会是学校发展进程中承前启后、继往开来的重要会议，确立了学校今后30年发展的总目标，即：到建校150周年、中华人民共和国成立100周年前夕，分“三步走”将学校建成交通特色鲜明的综合性研究型一流大学。校报出版专刊对此次党代会予以报道，相关稿件刊登在2015年1月30日的666期上。在学校党委第十四届八次全体（扩大）会议上，学校明确了“建设轨道交通领域世界第一的大学”的近期奋斗目标。

深化改革　依法治校　为建设交通特色鲜明的

综合性研究型一流大学打牢坚实基础

中国共产党西南交通大学第十四次代表大会隆重召开

王顺洪同志代表学校第十三届党委作题为《深化改革　依法治校　为建设交通特色鲜明的综合性研究型一流大学打牢坚实基础》的工作报告

陈志坚同志作题为《惩防并举　正风肃纪　为学校改革发展提供坚强保障》的纪委工作报告　会议选举产生了学校第十四届党委和纪委

本报讯　1月24～25日，中国共产党西南交通大学第十四次代表大会在九里校区国际会议厅隆重召开。这次代表大会是在党的十八届四中全会胜利召开后，学校站在新起点、面临新形势、抢抓新机遇、迎接新挑战的关键时期召开的一次承前启后、继往开来的重要会议；是继续深入贯彻落实习近平总书记系列重要讲话精神和党的十八大、十八届三中、四中全会精神，认真总结我校七年来所取得的成绩与不足，科学规划今后一个时期学校的改革、建设与发展，团结和动员全校广大师生员工,为实现学校又好又快发展而奋斗的一次会议。

出席这次代表大会第一次全体会议的代表共221名(应到239名),以及学校老领导、各部门负责人中非党代表的中共党员、非党代表的上届“两委”委员、非党代表的院士,国家级千人计划、长江学者、杰出青年、教学名师中非党代表的中共党员等列席人员;学校各民主党派主要负责人及部分统战团体主要负责人,中层正职领导中的民主党派、无党派人士,全国、省市人大代表、政协委员,特殊代表人士,非中共党员的国家级千人计划、长江学者、杰出青年、教学名师等大会特邀人员。在主席台就座的有大会主席团全体成员和离退休老领导。中共四川省委组织部向大会发来了贺信。因有重要会议,不能出席学校第十四次党代会的中共四川省委副书记柯尊平同志特意致电,向学校党代会的召开表示热烈祝贺,并预祝大会圆满成功。教育部人事司副司长魏士强同志,中共四川省委教育工委副书记、四川省教育厅党组成员刘晓晨同志出席大会,并分别发表了热情洋溢的讲话。

中共西南交通大学
第十四次代表大会
视频

上午9时,中国共产党西南交通大学第十四次代表大会在雄壮的国歌声中开幕。大会主席团执行主席徐飞同志主持大会。王顺洪同志代表中国共产党西南交通大学第十三届委员会,向大会作了题为《深化改革　依法治校　为建设交通特色鲜明的综合性研究型一流大学打牢坚实基础》的工作报告(全文另发),陈志坚同志代表中共西南交通大学纪律检查委员会,向大会作了题为《惩防并举　正风肃纪　为学校改革发展提供坚强保障》的工作报告(全文另发)。从1月24日下午至25日上午,举行了代表团分团会议及主席团第二次、第三次会议。12个代表团在分团会议中审查了上届“两委”工作报告;酝酿讨论总监票人、监票人、总计票人、计票人建议名单;审查了关于上届“两委”工作报告的决议(草案);讨论大会选举办法(草案);酝酿讨论“两委”委员候选人建议名单。24日下午举行的主席团第二次会议上,主席团听取了各代表团审查上届党委、纪委工作报告的情况汇报;审查通过关于上届党委、纪委工作报告的决议(草案);审查大会选举办法(草案);审议通过总监票人、监票人建议名单,确定总计票人、计票人名单;讨论通过“两委”委员候选人建议名单。1月25日上午的举行主席团第三次会议上,主席团听取了各代表团审查关于上届党委、纪委工作报告决议(草案)的情况汇报;听取各代表团讨论大会选举办法(草案)的情况汇报;听取各代表团酝酿“两委”

委员候选人建议名单的情况汇报，确定“两委”委员候选人名单。

1月25日下午，大会举行第二次全体会议，王顺洪同志主持会议。通过了《中国共产党西南交通大学第十四次代表大会选举办法》；通过总监票人、监票人名单，宣布总计票人、计票人名单；宣布“两委”委员候选人名单。经大会选举，25人当选中国共产党西南交通大学第十四届委员会委员，7人当选中国共产党西南交通大学纪律检查委员会委员。大会通过了《中国共产党西南交通大学第十四次代表大会关于第十三届委员会工作报告的决议》（全文另发）和《中国共产党西南交通大学第十四次代表大会关于中国共产党西南交通大学纪律检查委员会工作报告的决议》（全文另发）。18：00，中国共产党西南交通大学第十四次代表大会在雄壮的《国际歌》中胜利闭幕。

大会结束后，中国共产党西南交通大学第十四届委员会和中国共产党西南交通大学纪律检查委员会分别召开了第一次全体会议，分别选举产生了学校第十四届党委常委、书记、副书记；选举了学校纪律检查委员会书记、副书记。徐飞同志向全体代表认真选出新一届党委班子表示感谢，向党代会各筹备小组的辛勤工作表示感谢，他表示，将与王顺洪同志精诚团结，带领全校师生员工落实好第十四次党代会报告的精神，落实好全面深化改革的各项工作，不辱使命，不负众望。王顺洪同志对贯彻落实第十四次党代会精神提出了要求。王顺洪同志指出，下一步希望全校各部门要抓好党代会精神的落实，从寒假开始，落实工作就要推进；“两委”报告要按具体项目做分解，要有时间表、路线图和责任人，踏踏实实一步步推进各项工作的进展。

在正式会议召开之前，1月23日晚，中国共产党西南交通大学第十四次代表大会还举行了预备会议。

（二十五）

大学章程，是大学之宪法，是完善中国特色现代大学制度、全面推进依法治校的根本依据，也是学校自主办学、实施管理和履行公共职能的基本原则。2015年初，学校接到教育部《高等学校章程核准书》（第59号），《西南交通大学章程》正式颁布实施。该消息刊登在2015年4月15日的第668期校报头版。

《西南交通大学章程》正式颁布实施

本报讯 近日，学校接到教育部《高等学校章程核准书》（第59号），《西南交通大学章程》正式颁布实施。

大学章程，是大学之宪法，是完善中国特色现代大学制度、全面推进依法治校的根本依据，也是学校自主办学、实施管理和履行公共职能的基本原则。

《西南交通大学章程》的起草工作自2012年6月正式启动。学校成立了章程制定领导小组、咨询组、工作组等工作机构，在两地三校区开展了20余轮次的调研、10余次专题调研座谈会，征集了全校各层面以及校友和董事单位等各方意见，凝聚了全体师生员工和广大校友的智慧，先后形成了《西南交通大学章程（草案）》《西南交通大学章程（修订稿）》与《西南交通大学章程（送审稿）》。历经几十次修订，章程的结构、体例、用语等方面均日臻完善。2014年5～7月，经过学校双代会、校长办公会、党委常委会（扩大）会议的审议，学校形成了《西南交通大学章程（送审稿）》报请教育部核准。2015年1月，学校收到教育部反馈意见之后，经与教育部充分沟通，形成了目前正式颁布的《西南交通大学章程》。

《西南交通大学章程》包括序言，总则，学生，教职员工，治理结构，教学科研机构，学校与社会，经费、资产与后勤，学校标识以及附则，共计9章91条。章程主要载明了学校名称、校址，办学宗旨，学科门类设置，教育形式，管理体制，经费来源、财产和财务制度，举办者与学校之间的权利义务，章程修改程序以及其他必须由章程规定的事项。

《西南交通大学章程》以根本法的形式，总结了学校在119年的发展历程中形成的重要办学制度和文化底蕴，同时也为学校综合改革、人事制度改革、学术组织建设以及内部治理结构的完善、学校与社会的关系搭建了宏观架构。学校将以全面贯彻实施《西南交通大学章程》为重要契机，与全面落实学校第十四次党代会精神，全面深化学校综合改革，全面提升行动力、竞争力、治理力紧密结合起来，切实推进学校治理体系和治理能力现代化建设，切实加快交通特色鲜明的综合性研究型一流大学建设进程。

（校长办公室）

（二十六）

校长徐飞为运达公司上市敲响宝钟

2015年4月30日的第669期校报对我校校办产业发展具有重要意义的一件事作了报道。2015年4月23日，西南交通大学产业（集团）有限公司参股企业——成都运达科技股份有限公司，成功登陆深圳证券交易所A股资本市场，成为我校校办产业兴办20多年来在中国证券交易市场上市的首家校资参股企业。

西南交大运达科技在深交所上市

本报讯 4月23日上午，西南交通大学产业（集团）有限公司参股企业——成都运达科技股份有限公司，成功登陆深圳证券交易所A股资本市场，证券简称“运达科技”，证券代码300440，成为我校校办产业兴办二十多年来在中国证券交易市场上市的首家校资参股企业。在上市仪式上，西南交通大学党委常委、校长徐飞，成都市委常委、高新区党工委书记吴凯共同为公司上市敲响了宝钟。

公司股票开市后不久，就以31.25元/股的价格迅速涨停，为上市后的第一个交易日划上了圆满的句号。我校党委常委、副校长朱健梅及学校相关部门负责人，成都高新区管委会副主任邱旭东及相关单位的领导和嘉宾共同见证了这一重要历史时刻。

运达科技成立于2006年，与我校有深厚的历史渊源，为校产集团公司参股的企业。目前，我校通过持有运达科技股东成都运达创新科技有限公司20%的股份，从而间接持有“运达科技”1150万股的原始法人股票，为单一最大股东。作为成都乃至四川高校科技成果转化的杰出企业，经过多年的发展，运达科技依靠自主创新，公司技术研发实力已在业内处于领先地位，主要产品轨道交通运营仿真培训系统已经占据了国内主要市场，机车车辆整备与检修作业控制系统及机车车辆车载监测与控制设备在细分领域也有较高市场占有率，在行业内积累了较强的市场品牌影响力,不仅为中国轨道交通的快速发展做出了突出贡献,更为我校的产学研合作及学科专业的建设提供了强有力的支撑。

本次“运达科技”成功登陆资本市场,具有里程碑式的重要意义。公司董事长何鸿云表示,在资本市场的推动下,相信运达科技在轨道交通机务运用安全产品领域将有更强的竞争力,以更好的业绩回报各位投资者、回报学校、回报社会。

(运达科技)

(二十七)

党的十八届五中全会鲜明提出创新、协调、绿色、开放、共享五大发展理念,科学回答了新形势下需要什么样的发展、走什么样发展道路的重大问题,为推动“十三五”乃至更长时期发展提供了方向指引。成都创新创业氛围浓厚,已经成为中国创新创业“3 + 2”基地城市。成都市委十二届七次全会明确提出,成都当前和今后一个时期的发展目标是建设国家中心城市。这既是落实中央“四个全面”战略布局、践行“五大发展理念”、肩负国家使命、落实省委省政府重大要求,更是推动成都在“新常态、万亿级,再出发”的新起点上实现未来发展新跨越的现实需要。2015 年 10 月 10 日下午,西南交大与金牛区正式签署合作协议,全面启动“环交大智慧城”建设。2015 年 10 月 15 日第 677 期校报刊登了这一消息。

“环交大智慧城”建设全面启动

“环交大智慧城”建设
启动仪式视频

“一核三片区”打造世界知名创新驱动示范区
——“环交大智慧城”建设启动

本报讯 10月10日下午，西南交大与金牛区正式签署合作协议，全面启动“环交大智慧城”建设，让成都正式呈现南有“科技城”、北有“智慧城”的“科技双芯”格局，为成都“创业之城、圆梦之都”注入了新的活力。

“环交大智慧城”启动仪式在西南交大九里校区国际会议厅举行。成都市市长、“环交大智慧城”推进工作领导小组组长唐良智，成都市政府资政黄平，成都市政府秘书长张正红；浙江大学常务副校长、英国皇家工程院院士宋永华，四川省测绘地理信息局局长马赟，中铁二院工程集团有限公司总经理朱颖；金牛区区委书记刘玉泉，金牛区区长唐华；西南交通大学党委书记王顺洪，校长徐飞，中国科学院院士、校学术委员会主任翟婉明；以及成都市、金牛区相关部门和学校有关校领导、学院部处负责人出席了启动仪式。仪式由徐飞主持。

“今天我们又干了一件大事”，唐良智在启动仪式上讲道，“环交大智慧城”可以被理解为中央批准四川依托成、德、绵开展全面创新改革试验后的第一个工程，是破冰之旅、扬帆之旅。他强调，实现南有“科技城”、北有“智慧城”的力量在西南交大，在“环交大智慧城”的各个单位。“智慧城”的建设有助于把成都建设成国家级创新城市，有助于把成都打造成为全球有影响力的创新创业的中心。他表示，地方政府会全力推进这次全面创新改革。

王顺洪在致辞中表示，学校与金牛区签订战略合作框架协议，就是要充分发挥政府与高校双方的优势，区校联手，共同为金牛区、成都市增添一处新的城市地标。他回顾说，学校自1986年在成都扩建总校至今，成都市委市政府、金牛区委区政府给予了全力的支持和帮助，学校也怀着感恩的心，为地方经济、社会发展积极贡献力量。王顺洪表示，随着战略合作框架协议的签署，在成都市委市政府的坚强领导下，金牛区人民政府与学校勇于担当、携手并肩、共同努力，一定能把“环交大智慧城”的美丽蓝图变成美好的现实。

在唐良智、黄平、王顺洪、张正红、宋永华、翟婉明、马赟、朱颖、刘玉泉见证下，唐华与徐飞签订了合作协议。随后，唐良智、黄平、王顺洪、徐飞、刘玉泉、唐华共同触摸闪烁的光球，“环交大智慧城”建设正式启动。

刘玉泉在启动仪式上发布了《“环交大智慧城”建设发展规划》。他表示，金牛区与西南交大将充分借鉴美国硅谷、德国慕尼黑、新加坡、以色列特拉维夫等全球创新高地建设模式,充分运用国际知名院校的科研优势,聚集区域科研院所资源,携手共建具有全球影响力的区域创新中心。“环交大智慧城”将以率先实现创新驱动发展转型为目标,以推动校院地(西南交大、各科研院所、金牛区)协同创新为核心,以优化体制机制为主攻方向,依托西南交通大学及其他高水平大学、科研院所与企业的知识、科技成果和人才资源优势,共同打造高智力密集度、高产业附加值、高创新创业活力的创新创业中心;将统筹推进经济社会和科技领域改革,统筹推进科技与商业模式创新,统筹推进校院地融合发展,统筹推进开放合作创新,加快推动西南交通大学争创“世界一流大学”和金牛区建设“中西部综合实力领先城区”。

根据合作协议,学校与金牛区将在体制机制改革、经济、科技、创新创业、教育与人才培养五大领域全面加强合作,将共同探索职务科技成果权属混合所有制改革、加快推进西南交通大学九里校区周边旧城改造,共建“智慧城”,共同推进轨道交通国家实验室(筹)建设,共同建设“菁蓉创业广场”等。通过学校与金牛区五大领域的深度合作,可率先探索“三权”改革,打造科技成果转化自贸区,让“环交大智慧城”成为体制改革与机制创新的“先行者”;打造世界超级实验室,铸造科技创新驱动新高地,让“环交大智慧城”成为创新引领与转型升级的“推动者”;探索校区、园区、社区“三区融合”,构建校院地协同发展示范区,让“环交大智慧城”成为校院地协同与区域发展的“试验者”;汇集各方创新创业资源,建设全国一流创新创业首选地,让“环交大智慧城”成为资源重聚与优城兴业的“探路者”。

据介绍,“环交大智慧城”建设将在未来10年让九里校区大变样。学校与金牛区力争用10年时间,通过起步、发展、壮大三个阶段的建设和发展,到2025年,“智慧城”将建设成为全国一流、国际知名的创新驱动示范区。目前,合作双方重点打造的是起步区,包括“一核三片区(以西南交通大学九里校区为核心,包括诸葛庙片区、银桂桥片区以及成都市青少年活动中心片区)”。

其中,作为“环交大智慧城”的核心区域和创新之源、创业之基,我校九里校区拥有轨道交通国家实验室(筹);拟率先设立中国成都知识产权自贸区;借力“环交大智慧城”建设,树立中国“智慧城”的新标杆;布局新材料与生物医药、智能制造、节能与新能源汽车、生态田园城市、现代服务业、新型城市轨道交通以及国防科技七大科技集群,致力打造成为成都创新创业策源地。

(褚睿鸿　李斌)

（二十八）

西南交大—利兹学院揭牌

2015 年 10 月 30 日下午，我校首个中外合作办学机构——西南交通大学 - 利兹学院（SWJTU - Leeds Joint School）正式揭牌运行，时任英国首相卡梅伦发来贺信。相关消息刊登在 2015 年 10 月 31 日的第 678 期校报上。2016 年 9 月，利兹学院 196 名新生入学，学校开始通过利兹学院办学探索全新的育人路径。

西南交通大学—利兹学院正式揭牌运行

本报讯 10 月 30 日下午，利兹大学校长 Alan Langlands 爵士、英国驻重庆总领事馆文化领事 Dawn Long、四川省委教育工委副书记刘晓晨、西南交通大学校长徐飞共同拨动象征“工筑未来”的“齿轮”，随着红色幕帘的缓缓落下，西南交通大学—利兹学院（以下简称利兹学院）正式揭牌并启动运行。

西南交通大学—利兹学院揭牌仪式视频

“工筑未来”，工程是未来世界的钥匙，是构建美好世界的智慧源泉。据介绍，利兹学院的办学目标是：着眼于未来工科的长足发展；致力于构筑西部教育国际化高地；提升中国高校国际影响力；服务国家“高铁外交”；助力中英科技人文交流；满足市场对高水平国际化人才的需求。2016 年，利兹学院将通过自主招生和高考两种渠道，进行本科第一批次首招，计划人数为 200 人。学院开设“机械设计制造及其自动化”“电子信息工程”“计算机科学与技术”与“土木工程”四个专业。办学模式为“4 +0”本科学历教育，学生一旦被录取，将同时注册为西南交大和利兹大学学生，享受中英双方教育资源以及相关学生权益。如果修业合格，学生将获得西南交通大学毕业证书、学士学位证书和利兹大学学士学位证书。同时,利兹学院三四年级各有至少10%的学生到利兹大学学习,而利兹学院的毕业生可在成都完成英国利兹大学研究生的申请及选拔。学院的学生培养、教学管理和学位授予等主要按照利兹大学要求进行。利兹学院全面引进利兹大学相关专业的课程设置、教学计划、教学模式及相关教材,包括思政课在内的学院所有课程均使用英文授课。

揭牌仪式在西南交大犀浦校区举行,由校党委副书记、利兹学院院长晏启鹏主持。仪式上,英国驻重庆总领事文化领事 Dawn Long;利兹大学嘉宾代表 Vivien Jones、Martin Homles、Peter Jimack、Jacqui Brown;西南交通大学副校长冯晓云、总会计师张兵、利兹学院名誉院长范平志共同见证了 Alan Langlands 校长与徐飞校长正式签定两校合作的财务协议和专业协议。

英国驻重庆总领事馆文化领事 Dawn Long、四川省委教育工委副书记刘晓晨、成都市教育局副局长赖石梅分别对利兹学院的揭牌表示了热烈祝贺。

利兹大学 Alan 校长致辞表示,利兹学院的落成为中英工程学子提供了共享两国优质教育资源的机会,为中英两国教育、文化交流注入了新的色彩,希望两校的合作项目能够持续发展,加强交流与学术沟通,给学生带来源源不断的教学资源共享。

"西南交大—利兹学院是中英两国教育合作结出的硕果!"徐飞校长在致辞中对利兹学院的可持续发展提出了建议:坚持高端、服务大局;秉承传统、开创风气;加强学习,深化合作。

揭牌仪式后,两校校领导、师生代表参观了位于9号教学楼4层的利兹学院,西南交通大学—利兹学院新闻发布会随即于17时举行。

新闻发布会上,晏启鹏副书记以"相识""相恋""订婚""筹办婚礼"等做比,介绍了利兹学院筹建的总体情况及未来规划。他强调,利兹学院是两校战略高度契合的结果,是双方办学意志的充分体现,更是办学目标上的高度一致和办学理念上的深度认同,"双方有决心有信心,把西南交通大学—利兹学院办成世界一流品牌"。同时,Alan 校长、Peter Jimack 副校长和徐飞校长热情回答了来自新华社、《中国新闻社》、《中国日报》、《中国科学报》、《中国教育报》、《中国青年报》、《四川日报》与四川卫视等新闻媒体记者的问题。西南交大党委宣传部常务副部长、新闻发言人汪铮主持新闻发布会。

晚间,西南交通大学—利兹学院揭牌仪式欢迎酒会迎来了西南交通大学、利兹大学的嘉宾、两校校友,以及利兹学院的师生代表。Alan 校长在酒会中宣读了下午收到的来自英国首相卡梅伦的贺信。贺信对利兹学院的正式揭牌表示了祝贺,这成为了利兹学院的又一份沉甸甸的祝福与期许。

徐飞校长在祝酒词中谈到，利兹学院的成立是西南交大国际化战略又一次实质性的进步，是利兹大学世界性影响结出的又一硕果，必将为中英两国开启“黄金时代”助力更多活力和动力。

酒会上，徐飞校长与Alan校长为孙颖、高玉华、蒲茂华、李捷、王慧、秦峰、陈晓鸥、宋美华、白云等9位教师颁发利兹学院认证证书。

10月31日上午，利兹大学Alan校长一行还参观了牵引动力国家重点实验室和轨道交通国家实验室（筹），对学校在轨道交通方面的雄厚实力留下深刻印象。

（陈丝丝　乔真真　夏小童　胡品）

（二十九）

根据西南交通大学第十四次党代会制定的目标任务，2015年12月4日下午，学校在峨眉校区扬华讲堂举行干部大会，宣布峨眉校区定位实施方案。2015年12月15日的第681期校报刊登了本消息。目前，峨眉校区转型升级工作正平稳推进。校区成立竺可桢书院，积极推进一体化工作，成效初显。

峨眉校区干部大会

吹响交大复兴冲锋号

西南交通大学宣布峨眉校区定位实施方案

本报讯　“随着今天这个大会的召开，冲锋号已经吹响，这次战役是西南交通大学实现复兴交大的第一仗，只能赢，不能输。”12月4日下午，西南交通大学在峨眉校区扬华讲堂举行干部大会，宣布峨眉校区定位实施方案，校党委书记王顺洪在大会上发表讲话并对峨眉校区下一步工作进行了安排部署。会上宣布了峨眉校区的人事机构、管理模式、党政领导班子，以及机关职能部处、直属单位管理模式等方面工作的安排。

校党委副书记晏启鹏,党委组织部、党委宣传部、工会、教务处、人事处、招就处、校园规划建设处、信息化与网络管理处、实验室及设备管理处、图书馆、外国语学院等单位领导参加。峨眉校区全体领导班子成员、全体助理及以上干部、整合调整单位全体教职工参加。峨眉校区党委书记任平弟主持大会。

晏启鹏代表学校党委宣布了峨眉校区定位方案、人事机构令和干部任免决定。

峨眉校区总体定位为:一、建设若干学院所在地。新办学科专业方面,坚决贯彻新学科、新专业成熟一个办一个的基本原则,不成熟坚决不办。即使成熟学科专业,也要根据学校有关新学科、新专业建设相关规定,科学论证,严格按程序决策后方可实施。同时,开办高铁国际化复合型人才培养特班和城市轨道交通应用型人才培养特班。二、建设高端培训与研究基地。其中,远程与继续教育学院相关业务落地峨眉校区,用2年时间实现战略性转移;解除国际教育学院与国际处合署办公关系,国际教育学院为学校直属二级单位,按直管式运转,落地峨眉校区,负责开展出国培训、来华留学生语言教学和中国文化教育教学。三、建设中外合作办学基地。由国际处牵头,2016年、2017年即将在峨眉办学的成都(总校)铁路相关专业学院直接负责,峨眉校区、教务处、研究生院积极配合,共同优先推进即将在峨眉校区招生的相关铁路专业中外合作办学事务。与此同时,大力推进成都校区中外合作办学条件较好的其他专业的中外合作办学,并使之落地峨眉校区。

根据安排,2015年11月1日至2019年7月31日为峨眉校区定位过渡期。过渡期间峨眉校区管理模式如下:过渡期内峨眉校区党委行政班子保留,代表学校管理峨眉校区各项工作;峨眉校区现有的“8系2部”(土木工程系、机械工程系、电气工程系、交通运输系、计算机与通信工程系、人文社科系、外国语系、财会系、基础课部、体育部)由学校相关学院(部)延伸式管理,过渡期间实行矩阵式管理模式,4年内逐渐向真正意义上的学校直接管理过渡。学校各学院是峨眉一本办学的责任主体,教务处和各学院对峨眉一本人才培养质量负责。峨眉校区机关各部处、直属单位和后勤等按照业务属性全部直接对口归入总校各机关、直属单位和后勤等,过渡期间也实行矩阵式管理。峨眉校区机关部处、“8系2部”等按照现有模式继续做好既有第二批次本科生的培养工作,确保办学平稳有序,圆满完成历史使命。过渡期后具体管理方式建议除因属地化管理必需的业务,师生服务必须的业务(如后保与安保业务)之外,其它均实施一体化、延伸式管理。考虑到峨眉离成都较远,学校将适时设立协调机构,如校区管委会,过渡期后具体管理实施方案拟于2018年启动研究决策。

过渡期间，成峨两校区要坚持人、财、物的一体化，学校加大对落地峨眉的相关学院、专业和教师支持力度，学校有关部门要在各方面制定强有力的支持政策，以政策力度和协同支持保障峨眉校区办学，将具体实施“十大计划”，即“师资队伍提升计划”“教师乐业计划”“教师关爱计划”“优质生源计划”“人才培养质量保障计划”“实验室条件改造计划”“国际化办学基本硬件条件提升计划”“校园环境与功能升级计划”“校园信息化建设先行计划”和“图书馆际间互借互享计划”。

晏启鹏表示，峨眉校区为学校改革发展做出了历史贡献，圆满完成了历史使命，即将迈上新的发展征程，书写新的辉煌。当前，学校发展面临严峻的形势与挑战，全校上下要全面认识学校第十四次党代会关于峨眉发展定位的方向指引，深刻领会学校关于峨眉校区总体定位方案决定的系统性、科学性、实践性和时代性，团结一心、锐意进取，立足实际、着眼未来，齐力推动“三地”“一园”建设，促进三校区协调平衡发展，促进学校振兴升位，为早日将学校建成交通特色鲜明的综合性研究型一流大学不懈奋斗。

随后，晏启鹏宣读了关于峨眉校区部分机构撤销的通知，根据2015年11月10日学校第十四届党委会第19次常委(扩大)会议关于“学校对峨眉校区的管理模式”和“部分职能部处、直属单位直接纳入学校(总校)对口单位实施一体化管理”的决定，撤销峨眉校区党委宣传统战部、科学技术处、规划建设处、信息网络中心、离退休办公室、教育培训中心、研究生部、国有资产管理处、图书馆等职能部门，相关干部和人员原则上纳入学校(总校)相关职能部处管理。原则上，上述撤销机构涉及人员的人事、户籍、保险等关系保持不变。晏启鹏还宣读了干部任免决定。

学校党委宣传部常务副部长汪铮作为峨眉校区领导职务变动干部代表作了发言。他表示，坚决拥护校党委的决定，将在新的岗位上为学校发展而不懈努力。汪铮深情回顾了在峨眉21年的工作经历，讲述了学校发展带给峨眉今天的桃李芬芳和广大师生的福祉。汪铮表示，急剧变化的时代，带来了未来，要在变化中坚守理想信念和坚持实干，要牢固树立“复兴交大，我的责任”的思想，为学校的兴旺发达做出积极贡献。

学校实验室及设备管理处处长高增安代表机关职能部处负责人发言。高增安围绕如何贯彻落实校党委要求，兼顾峨眉实际，用好峨眉资源，协同并肩前行，谈了自己的四点思考和认识：一、作为职能部处要全面认识学校对峨眉校区定位的系统性、科学性、实践性和时代性，认真践行“做成做优”文化，切实按照“一盘棋、一体化”的要求，做好相关职能部处之间、两地三校区之间的协同联动；二、兼顾峨眉校区现状、从峨眉校区实际和需求出发，事先谋划，建章立制，防范可能发生的管理缺位,管理错位和管理重叠,将过渡期内的各项工作“落实、落实、再落实”;三、学校各部门精诚合作,真正发挥团队精神,实现峨眉校区的平稳过渡;四、充分利用峨眉资源,调动广大干部的积极性和能动性,早日促成学校整体振兴升位,建成交通特色鲜明的综合性研究型一流大学。

外国语学院院长李成坚代表学院负责人发言。她充分肯定了校区外国语系踏实的工作作风和高效的工作精神,认为首批对接的必然性是建立在教学单位良好的基础条件之上,首批对接意味着先机和优越,可以享受情感、保障条件等方面的优待。她表示,“一步对,步步对”,学校即将迎来 2016 ~ 2017 年的本科审核评估,学院将标准、规范、高品质建设专业,积极贯彻落实“一体化、一盘棋”的方针政策,相信外国语学院一定可以在延伸式管理工作中积累经验,促进学院发展。

峨眉校区校长阎开印代表峨眉校区党政发言。他表示,坚决服从并拥护学校党委决定。同时,衷心感谢学校领导、学校各单位对峨眉校区的关心和支持;衷心感谢许小林同志、陈岩峰同志、汪铮同志为校区改革建设发展所做出的积极贡献。阎开印表示,峨眉校区上下要深刻领会学校关于峨眉校区转型升级的战略意图和良苦用心,在思想、政治与行动上始终与学校党委保持高度一致,凝心聚力,扎实工作,以强烈的使命感和责任感努力推进过渡期各项工作。在下一步工作中,峨眉校区将坚持教学工作中心地位不动摇、坚决贯彻“以学生为中心”的理念、扎实推进教职工分类发展和自我提升、持之以恒抓好安全稳定工作、峨眉校区各单位要与学校对口单位加强沟通与协调,主动作为与补位。

王顺洪在总结讲话中指出,经过全校上下共同努力和校党委反复论证研究,峨眉校区定位工作已取得了阶段性进展,今天我们在这里正式宣布校区定位方案,就是要统一校区干部师生思想,凝聚校区干部师生力量,为实现交大复兴、创建一流大学做出新贡献。

随后,王顺洪阐释了峨眉校区转型升级的形势。他指出,学校第十四次党代会报告中,明确指出了峨眉校区发展方向。校党委十四届二次全委(扩大)会议就峨眉校区定位问题也形成决议:要按照“三地”定位和“四不”原则,坚持成都、峨眉“一盘棋、一体化”,进一步优化细化峨眉校区定位总体方案,把 4 年过渡期的安排更加精细化,全校上下要同心协力、众志成城、积极稳妥推进发展。

王顺洪表示,校党委常委会对《西南交通大学峨眉校区定位总体方案》进行了深入研究,进一步明确了指导思想、总体思路与目标、定位原则、具体方案与保障举措。《总体方案》站在建设交通特色鲜明的综合性研究型一流大学的战略高度,对“三地”定位进行了具体细化,若干学院所在地、高端培训基地和中外合作办学基地都有了明确的载体,并对过渡期间峨眉校区的管理模式进行了通盘考虑,形成了具体的工作方案与干部人员安排方案。“借着西南交通大学全校‘一体化、一盘棋’的布局推进，峨眉只会越来越好。”

王顺洪说，峨眉校区定位落实、推进工作是实现交大复兴、创建一流大学的重要举措，既是大事又是难事，全校上下包括校区全体干部师生必须要高度重视、主动担当与积极稳妥推进。他提出三点要求：一、校区干部师生对校区定位总体方案精神要深入领会，把思想和行动统一到学校党委的战略部署上来。二、校区整体师资水平必须要实现快速提升。三、校区干部要积极融入到总校大家庭中。

（许金砖）

（三十）

开展“学党章党规、学系列讲话，做合格党员”的学习教育（以下简称“两学一做”学习教育），是面向全体党员深化党内教育的重要实践，是推动党内教育从“关键少数”向广大党员拓展、从集中性教育向经常性教育延伸的重要举措。根据中共中央办公厅印发的关于在全体党员中开展“学党章党规、学系列讲话、做合格党员”的学习教育方案和通知精神，2016 年 4 月 25 日，学校启动了“两学一做”的学习教育，该消息刊登在 2016 年 4 月 30 日的第 687 期校报上。自此，全校师生党员积极投入了党章党规、系列讲话的学习，并结合自身工作积极围绕学校大局努力奋斗，做合格党员。

学校部署安排“两学一做”学习教育方案

本报讯 根据中央和教育部党组的总体安排和部署，4 月 25 日下午，本学期第二次党政工作例会上，学校党委副书记晏启鹏受党委委托，部署安排了西南交大“学党章党规、学系列讲话，做合格党员”（以下简称“两学一做”）的学习教育方案。

晏启鹏首先传达了中央关于“两学一做”学习教育总体部署和教育部关于开展“两学一做”学习教育总体要求。

2016 年 2 月，中共中央办公厅印发了《关于在全体党员中开展“学党章党规、学系列讲话，做合格党员”学习教育方案》，并发出通知，要求各地区各部门认真贯彻执行。开展“两学一做”的学习教育，是面向全体党员深化党内教育的重要实践，是推动党内教育从“关键少数”向广大党员拓展、从集中性教育向经常性教育延伸的重要举措。3 月 8 日，中共教育部党组印发了《关于做好高等学校“学党章党规、学系列讲话,做合格党员”学习教育有关工作的通知》,明确指出,高等学校深入开展“两学一做”学习教育,是今年高校党的建设工作的龙头任务,也是加强党对高校领导的有力抓手。

为切实做好学校“两学一做”学习教育,学校第十四届党委会第28次常委(扩大)会议审定通过了《中共西南交通大学委员会关于在全体党员中开展“学党章党规、学系列讲话,做合格党员”学习教育的实施方案》。会议强调,开展“两学一做”学习教育,必须要实现基层党组织和全体共产党员“全覆盖”,不留盲区;要进一步规范基层支部的活动开展和组织建设,切实实现从严治党向基层延伸;要坚持问题导向,突出着力解决的主要问题,对照党章党规,认真查找存在的问题,坚持边学边改,“两学”是基础,“一做”是关键;党委常委要坚持过好双重组织生活。

大会上,晏启鹏结合实际情况和实施方案,对学习教育做了部署安排。

在学习教育内容方面,“学党章党规”要求全校师生党员都要通读熟读党章,全面理解党的纲领,牢记入党誓词,牢记党的宗旨,牢记党员义务和权利;都要认真学习《中国共产党廉洁自律准则》《中国共产党纪律处分条例》等党内法规;要结合纪念建党95周年,学习党的历史,学习革命先辈和先进典型。要结合学校120周年校庆,反思学校120年历史经验与教训。

“学系列讲话”要求认真学习以习近平同志为总书记的党中央治国理政新理念新思想新战略,深入领会系列重要讲话的丰富内涵和核心要义,深入领会贯穿其中的马克思主义立场观点方法。全校师生党员都要认真学习《习近平总书记系列重要讲话读本》等有关书目材料,学习习近平总书记关于教育工作的重要论述;学校党委、校属各党委、党总支及直属党支部要把毛泽东同志《党委会的工作方法》纳入学习教育内容。

“做合格党员”要求着眼党和国家事业的新发展对党员的新要求,坚持以知促行,做讲政治、有信念,讲规矩、有纪律,讲道德、有品行,讲奉献、有作为的合格党员。引导党员强化政治意识,保持政治本色,把理想信念时时处处体现为行动的力量;坚持自觉地在思想、政治与行动上同以习近平同志为总书记的党中央保持高度一致,始终主动向党中央看齐,向党的理论和路线方针政策看齐,做政治上的明白人;践行党的宗旨,全心全意为人民服务;加强党性锻炼和道德修养,心存敬畏、手握戒尺、廉洁从政;始终保持干事创业、开拓进取的精气神,为全力推动学校事业发展不断奋斗。

晏启鹏指出,此次学习教育要覆盖校内全体党员,除了领导干部和普通师生党员外,还要落实好党组织关系保留在学校的毕业生党员、离退休教师党员、出国境教师党员、挂职干部党员与外聘人员党员的学习教育工作,真正把每位党员都纳入党组织的有效管理，参加学习教育。

在工作措施上，活动的展开将向基层延伸，充分发挥基层党支部的作用，使全校师生党员把学和做统一起来，以知促行、知行合一，贯穿于“两学一做”学习教育的全过程。学校将通过专题学习讨论、创新方式讲党课、开展民主评议党员、召开专题组织生活会、召开领导班子民主生活会、立足岗位做贡献等措施，在全校师生党员中开展“两学一做”学习教育活动。

在时间节点上，4 月底前，以“学《党章》、讲政治、有信念”为主要内容；6 月底前，以“学《条例》、守规矩、有纪律”为主要内容；9 月底前，以“学《准则》、讲道德、有品行”为主要内容；11 月底前，以“学先进、讲奉献、有作为”为主要内容。

在工作要求上，要加强组织领导、抓好责任落实，坚持分类指导、确保取得实效，加强宣传引导、营造良好氛围，注重统筹兼顾、着力推动工作。

晏启鹏强调，学习教育要围绕学校重点工作开展，要做到学习教育开展与推动学校改革发展紧密结合，与党员干部履职尽责紧密结合，与保障改善民生紧密结合，把学习教育作为推动学校各项工作的重要机遇和重要动力，引导全校师生党员坚定理想信念、保持对党忠诚、树立清风正气、勇于担当作为，为实现交大复兴不懈奋斗。学校各级党组织要高度重视，把开展“两学一做”学习教育作为今年党建工作的龙头任务，结合实际，制定具体实施方案，用心用力，抓细抓实。各基层党组织开展“两学一做”学习教育情况要及时报学校“两学一做”学习教育领导小组办公室（设在党委组织部）。

此前的 4 月 16 日上午，晏启鹏为党员发展对象专题讲解了“两学一做”。

（党委宣传部　党委组织部　党委办公室）

（三十一）

我国扶贫开发始于 20 世纪 80 年代中期，通过近 30 年的不懈努力，取得了举世公认的辉煌成就，但是，长期来贫困居民底数不清、情况不明、针对性不强、扶贫资金和项目指向不准的问题较为突出。2013 年 11 月，习近平同志到湖南湘西考察时首次作出了“实事求是、因地制宜、分类指导、精准扶贫”的重要指示。2014 年 1 月，中办详细规制了精准扶贫工作模式的顶层设计，推动了“精准扶贫”思想落地。党的十九大报告更是明确指出：“坚决打赢脱贫攻坚战。让贫困人口和贫困地区同全国一道进入全面小康社会是我们党的庄严承诺。”在扶贫开发工作进入“啃硬骨头、攻坚拔寨”的冲刺期之际，我校根据四川省委省政府安排，于 2015 年 7 月开始对口帮扶、精准扶贫马尔康市。2016 年 4 月 30 日的第 687 期《西南交大报》上，反映了我校在马尔康开展精准扶贫工作的推进情况。目前，我校正在开展对马尔康市松岗镇哈飘村、峨边彝族自治县五渡镇双凤村、阿坝县麦尔玛乡阿布洛村等的定点帮扶。

王顺洪书记率队赴马尔康扎实推进精准扶贫工作

本报讯 没有农村贫困地区的小康就没有全面的小康,精准扶贫工作是关乎我国全面建成小康社会目标的重大举措,脱贫攻坚的号角已全面吹响。如今在四川省农村扶贫开发重点县马尔康的各条扶贫工作战线上都活跃着西南交大人的身影。

王顺洪书记(左二)赴马尔康

4月13日,党委书记王顺洪率领学校14个职能部门和学院负责人奔赴西南交通大学对口帮扶的马尔康市,扎实推进精准扶贫工作。王顺洪书记一行经过6个多小时的长途跋涉,刚到马尔康就与市委、市政府召开工作座谈会,深入研究部署学校精准帮扶马尔康有关工作。马尔康市委书记张培云对王顺洪书记一行表示热烈欢迎,对西南交通大学的关心和支持表示衷心感谢,并详细介绍了马尔康精准脱贫工作的总体思路、推进情况、面临的困难和2016年重点工作。与会的学校各单位负责人分别汇报了各自工作开展情况、主要做法、工作成效和下一步工作计划。

王顺洪对马尔康脱贫攻坚以及学校有关单位的工作所取得的成绩给予充分肯定。他强调,总书记说“没有西部强,就没有中国强。没有农村的小康,特别是没有贫困地区的小康,就没有全国的小康”,西南交通大学党政班子对此有高度的政治认识和政治自觉。学校发挥自身优势参与精准扶贫,既是实现党的十八大确定的宏伟目标、贯彻中央“四个全面”战略布局、落实习总书记扶贫开发重要战略思想的政策要求,也是履行社会服务职能、体现学校社会价值的内在需要和重要途径,是学校义不容辞的责任担当。西南交通大学用心、用情地帮助马尔康脱贫攻坚,马尔康市委书记张培云深受感动和鼓舞,他动情地表示:“西南交通大学急我们之所急,想我们之所想,解我们之所难,王顺洪书记出的都是实招,都是马尔康最需要的妙招。”

马尔康市地处青藏高原南缘，系阿坝藏族羌族自治州州府所在地，2015 年撤县设市，全市幅员面积 6639 平方公里，辖 11 乡 3 镇 105 个行政村，居住着藏、羌、回、汉等 15 个民族，全市人口 5.8 万，其中农村人口 3.4 万，贫困村 29 个、贫困户 844 户 2949 人，是集“老、少、边、穷、病、灾”于一体的贫困地区，是《四川省农村扶贫开发纲要(2011 ~ 2020 年)》确定的“四大片区”中的高原藏区片区县之一。据市委书记张培云介绍，2016 年的脱贫攻坚目标是要完成 10 个贫困村的摘帽、355 户 1258 名贫困人口的脱贫工作，这是一场艰巨的脱贫攻坚战。

从去年 7 月开始，四川省委省政府确定西南交通大学对口帮扶、精准扶贫马尔康市，西南交通大学高度重视，加强落实推进，成立了由党委书记王顺洪、校长徐飞为组长，分管对外合作的副校长朱健梅为副组长，对外合作与联络处、党委组织部及相关部门第一负责人为成员的工作领导小组，实质性推进并做好马尔康精准扶贫工作。至今，校市双方多次对接，西南交通大学汇聚教育资源和发挥自身优势，开展了包括学校选派多名干部到扶贫攻坚一线挂职、接收马尔康选派干部到学校挂职锻炼、共建党性教育基地和开展干部技能提升培训工作、接收首批马尔康代培学生进入交大附中、调研规划马尔康生态和农牧产业发展、切实开展乡村道路规划及危桥检测、道路重建勘察设计和提升改造等工作，点对点精准帮扶，并全方位联动起来。

14 日上午，王顺洪一行调研学校定点帮扶的松岗镇哈飘村。该村距离马尔康城区 20 余公里，平均海拔 2670 米，共有 12 户 34 人为精准扶贫对象。王顺洪认真听取了村情概况介绍，对该村贫困户分布、现有资源、基础设施、公共服务与产业扶持等情况进行了细致调研，并逐一入户走访了解情况。

在工作座谈和调研走访中，王顺洪对学校对口帮扶、精准扶贫马尔康工作提出了明确要求，进行了详细安排和部署：1. 对外合作与联络处会同党委组织部结合马尔康脱贫攻坚工作实际，制定《西南交通大学对口帮扶马尔康精准扶贫工作实施方案》，全面系统构建政策、项目、措施到村到户到人的精准帮扶机制，明确工作清单，逐项对照落实，推动精准扶贫工作“全动员”与“全覆盖”；2. 计划财务处根据学校精准扶贫工作的需要，按照国家政策和学校党委常委会决策，适时调整并做好有关预算工作，确保项目安排和资金使用精准；3. 学生工作处积极探索在马尔康建立研究生挂职锻炼基地，通过家校互动、设立勤工助学岗位等方式，加强对马尔康籍学生的关注、关爱和帮扶，结合对口帮扶马尔康、推进精准扶贫工作等内容，开展学生思想政治教育，鼓励学生结合马尔康经济社会发展开展创新创业活动；4. 产业(集团)公司及其下属公司对口帮助马尔康企业发展，帮助其做好产业发展规划和转型升级,使马尔康产业发展实现集约化和品牌化,学校产业、后勤与保卫等有关部门在同等条件下要主动优先从马尔康招聘社会用工;5. 学校工会引导、鼓励并帮助广大教职工踊跃认购马尔康的特色农副产品,建立点对点、订单式销售服务渠道;校工会、学生工作处、校团委、后勤保障处(校医院)与附属医院等单位要联合开展下乡义诊、衣物和图书捐赠等活动;6. 产业(集团)公司(勘察设计院)、土木工程学院、建筑与设计学院等加强马尔康乡村道路规划建设、危桥检测及道路提升改造,要立足长远建设精品工程,逐步实现村村通与路路通;7. 党委组织部扎实开展干部人才驻村帮扶工作,要选派优秀学生到马尔康挂职,同时要加强互派干部挂职锻炼,在有关干部成长方面要给予政策倾斜,要积极为驻村干部创造良好工作条件和保障;8. 党委统战部把长期对口支援蒲江中学的好举措、好经验带到马尔康,积极开展对口帮扶工作,同时要充分发挥民主党派、无党派人士的积极作用,支持其对口联系支援马尔康;9. 学校团委在马尔康加强研究生支教团建设,首批支教团在今年暑假到位,同时要重点面向马尔康开展大学生暑期"三下乡"社会实践、关爱留守儿童等志愿服务活动;10. 招生就业处要灵活运用农村学生单独招生、自主招生等政策,加大对马尔康贫困家庭高中毕业生的支持力度;11. 信息化与网络管理处支持马尔康加强数字化网络基础设施规划、建设和运营管理;12. 后勤保障处要积极探索在马尔康开辟新的农副产品供应基地,为马尔康农副产品销售创造条件;13. 附属中学、子弟小学加强与马尔康中小学交流互动,互相取长补短,积极开展学生代培、教师培训、学生交流等工作,要在马尔康消除因学致贫工作中发挥积极作用;14. 党委宣传部加强有关宣传工作。

精准扶贫工作是政治、时代与历史责任。王顺洪强调,学校党政领导班子成员要高度重视,一对一与学校定点帮扶的哈飘村贫困户建立结对认亲帮扶,做到"心到、政策到、扶持到、力度到",确保对精准扶贫工作的认识与行动到位,切实增强抓好扶贫工作的紧迫感和责任感。全校各有关单位要主动向前、主动参与、主动作为和对号入座,坚持问题导向,认真对接需求,明确具体方案,把教育扶贫与产业扶贫相结合,把整村推进与分户施策相结合,把帮扶马尔康工作做细、做好、做扎实与做到位,狠抓落实,纵深推进,精准发力,切实提升扶贫工作的精度和准度,通过校地紧密合作,帮助马尔康早日实现脱贫目标,促进马尔康经济社会文化各项事业全面提升和可持续发展。

14 日中午,阿坝州委常委、组织部长徐芝文专程前往松岗镇代表州委州政府会见王顺洪书记一行,并对西南交通大学长期以来给予阿坝州经济社会发展特别是脱贫攻坚工作的关心和支持表示衷心的感谢。

(朱炜　李三源)

（三十二）

文科是学校的底色和底蕴，在学校推进的四大学科行动计划中，为了推动文科持续、又好又快的发展，3 月 21 日下午，学校召开“文科繁荣计划”推进大会。2016 年 3 月 31 日的第 685 期校报对此进行了报道。目前，学校文科建设已经取得了不少成绩，尤其是获得了 2 项国家社科基金重大项目，分别是《歌德及其作品汉译研究》与《方志中方言资料的整理、辑录及数字化工程》。

“文科繁荣计划”推进大会

繁荣文科　以文化人　学校召开“文科繁荣计划”推进大会

本报讯　为大力推进“文科繁荣”学科行动计划，实现文科持续、又好又快的发展，3 月 21 日下午，西南交通大学在犀浦校区综合楼召开“文科繁荣计划”推进大会。

全体在校校领导，校学术委员会委员，文科学院班子成员、教授委员会委员、学科带头人、各平台主任、各类人才称号教师，党委办公室、校长办公室、党委组织部、党委宣传部、机关党委、战略发展处、教务处、研究生院、科学技术发展研究院、文科建设处、人事处、计划财务处、资产与实验室管理处、国际合作与交流处、校工会、教师发展中心、图书馆等单位主要负责人，其他各教学科研单位党政领导代表出席了大会。大会由副校长冯晓云主持。

校党委副书记桂富强作了题为《文科繁荣：现状、目标与举措》的报告，介绍了目前文科的发展现状、发展目标、存在问题与发展举措。他表示，“十三五”期间文科繁荣发展总目标为文科整体上一个新台阶、为学校建设交通特色鲜明的综合性研究型一流大学提供有力支撑：努力构建定位清晰、特色明显、交叉互补与活力强劲的学科布局；形成一批以“文科名家”为核心，视野开阔、功底扎实、学风优良、勇于创新与专兼结合的学术团队;开拓一批引领主流与占据前沿的学术领域;推出一批代表各自领域最高水平的标志性研究成果;建设一批直接服务国家战略和地方需求的重要智库,提升我校文科研究的影响力和话语权。

随后,七位学院和部处代表作了发言交流。经济管理学院党委书记李军作了题为《抢抓机遇　深化内涵　促进经管学科跨越发展》的汇报;人文学院院长杨文全以《创建"双一流"背景下文科发展与学术繁荣的思考》为题进行了汇报;马克思主义学院院长林伯海以《马克思主义学院建设现状、规划与举措》为题进行了汇报;外国语学院院长李成坚作了题为《定位、功能与价值凸显:"十三五"外语学科发展规划》的汇报;公共管理与政法学院院长陈光以《发展新常态　学院再出发》为题进行了汇报;建筑与设计学院院长沈中伟作了题为《造奇峰、促融合、引未来——让设计共创交大未来》的汇报和教务处处长郝莉以《谈谈我校工科学生通识教育》为题进行了汇报。

校长徐飞以《繁荣文科　以文化人》为题进行了讲话,着重讲了"进一步增进文科发展共识""进一步明确文科发展定位""进一步明晰文科发展方针"三方面的内容。

在"进一步增进文科共识"方面,他指出,发展文科的出发点和落脚点应回归到办大学的根本目的——培养"全人",在交大语境下,"全人"就是"有社会担当和健全人格、有职业操守和专业才能、有人文情怀和科学素养、有历史眼光和全球视野、有创新精神和批判思维"的"五有人"。他还用"单向度的人"和"精致的利己主义者"两个概念来阐述了学生只关注专业知识的后果。"大学不能只培养专业人和效率人,而应在工具理性与价值理性起飞、科学与人文共舞的氛围中,造就有良知贤能的'全人'。"他表示,要建设成为交通特色鲜明的综合性研究型一流大学,工科是底气,理科是砥柱,文科则是底色。即便不谈综合性大学,单就大学应造就"全人"的根本诉求和培养"五有"交大人的目标,特别是从成为一所高贵的受人尊敬的有灵魂的大学的意义上讲,学校都应该把文科建设好、发展好。

在"进一步明确文科发展定位"方面,他认为,文科发展定位,不能仅仅盯着学科和专业,不能就文科而谈文科,而要从人才培养、科学研究、服务社会、文化传承的高度定位。交大文科发展定位包括五个方面:全校素质教育、通识教育和博雅教育的主力军;服务国家战略、行业需求和区域发展的思想库和智囊团;人文社会科学研究的重镇;文科专业人才培养的高地;文化传承与创新的担当者。其中,将文科发展定位为"全校素质教育、通识教育和博雅教育的主力军",主要是因为素质、通识与博雅教育的本义在于人的全面发展。培养"全人",需要人文社会科学的熏陶。强调文科在大学教育中的独特地位和作用,是引导学生走向"专业成才、精神成人”的必由之路。思想库、智囊团，当前流行的用语是智库，其规范定义是指由专家组成、多学科的、为决策者处理社会、经济、科技、军事、外交等各方面问题出谋划策，提供最佳思想、理论、策略、方法等的公共研究机构。将文科发展定位为“思想库和智囊团”则是希望其围绕国家战略、行业需求和区域发展出思想、出理论、出策略、出方法。科学研究是大学的基本职能，没有原创的科学研究和卓越的学术成果，不能称其为大学。学校要使若干文科学科、若干研究领域成为人文社会科学研究的重镇，在学界、同行头脑中建立某种关联性。通识教育，是对全校而言，但同时还要培养好文科专业的学生。现在学校的毕业生广泛分布在政府部门、事业单位、社会组织和各类企业，也不乏自主创业者和自由职业者。不仅有工程师，还有学界翘楚、政界精英与商界才俊，这个变化使得校友资源更为丰富，社会影响更加深远。文科是一所大学储存、唤起与创新记忆的重要载体，西南交通大学在双甲子的伟大办学历程中有着丰富的精神积淀，需要我们不断挖掘、传承与创新，这既是中国大学的使命，也是交大文科的使命。

在“进一步明晰文科发展方针”方面，徐飞谈到，交大文科发展方针为“入主流，有特色，精干化，高水平”。入主流，就是文、史、哲基础扎实，底蕴深厚；经、管、法关注社会，回应关切。有特色，就是不同质，不复制、不复古，有所为有所不为，有独门功夫，尤其要注意体现交通特色。精干化，就是队伍精锐，规模精干，成果精品。高水平，就是有与国际国内同行平等对话的能力，人才和成果有高显示度、高认可度和高影响力。可从“问题导向、学科融合、国际路径”三个方面下功夫落实 12 字方针。问题导向就是研究要跟着问题走，而不是闭门造车，想当然地研究什么，问题可由理论和现实两个方面产生。学者要注意锤炼问题意识和学术质感，善于从理论体系和学科逻辑提炼问题，从理论自身的自洽性和逻辑性、本原性和终极性、完备性和超越性、思辨性和纯粹性、批判性和创新性等诸多方面洞察问题，进而做出具有原创性和前沿性的高水平研究。另一方面，人文社会科学天然具有实践的品质。当前中国处在剧烈转型期，涌现出大量的政治、经济、文化、社会问题需要解决，同时也给人文社会科学提供了广阔的舞台。学科交叉融合是学科发展的普遍趋势，“他山之石可以攻玉”“功夫在诗外”。国际化是我们确立的三大战略之一，文科要快速发展，也要遵循国际路径，一方面，社会科学要国际化，虽然经过多年发展，我国社会科学在规范性研究上有了长足进步，但与国际一流水平还有相当大的差距；另一方面，人文学科（中文、历史、哲学等）也要国际化，只有通过不同文明的对话，才会实现文明的交融。当然，在国际化的过程中，我们必须始终坚定正确的政治方向，坚持本土研究特色。

校党委书记王顺洪以《繁荣文科　复兴交大》为题进行了讲话。他从“文科发展必须坚守意识形态主阵地,要强化阵地意识”“文科发展必须牢记人才培养使命,要强化使命意识”“文科发展必须凸显交通特色和优势,要强化特色意识”与“文科发展必须坚持有为才有位,要全面强化在学校发展中的作用”等四个方面指出、概括了学校文科发展的方针。

在分析“文科发展必须坚守意识形态主阵地,要强化阵地意识”时,王顺洪说:“高校是新时期意识形态建设的前沿阵地,是意识形态生产和交汇的重要结合点,在全社会有很强的引领、示范和辐射作用,只有牢牢把握高校意识形态工作的主动权,才能进--步增强党的凝聚力、号召力,才能赢得青年、赢得未来。”他认为,学科意义上的文科建设与高校意识形态工作密切相关,除了语言学、考古学、体育学等少数学科外,绝大多数文科类学科都具有鲜明的意识形态属性。因此,要始终坚持学校党委对文科发展的统一领导,保证学校文科发展的社会主义办学方向,坚守马克思主义意识形态阵地,打造意识形态工作的高原和高峰。他强调,在文科发展过程中,要始终贯彻一条主线,那就是必须坚持以发展着的马克思主义为指导,大力培育和践行社会主义核心价值观,弘扬中国精神和中华美德,加强道德教育和实践,提升师生思想道德素质,巩固马克思主义在意识形态领域的指导地位,巩固全党全国人民团结奋斗的共同思想基础,“这既是文科发展的根本任务和方向,也是文科发展的实践载体和途径,更是文科发展的政治责任和要求,必须牢牢把握,一以贯之”。

在阐释“文科发展必须牢记人才培养使命,要强化使命意识”时,王顺洪表示,人才培养是大学安身立命之基,为谁培养人,培养什么人,怎样培养人是高校办学治校的首要问题,也是办好中国特色社会主义大学的关键所在。如果一所大学,只重视科学、技术和专业知识的学习,而遗忘了人文精神,用梁思成先生的话说,这就是“半个人的世界”。他表示,真正的教育应该是“全”人教育。人文教育、通识教育的提出,就是要把人塑造成“全”人、大人,而不是残缺的人。所以,要始终牢记人才培养的出发点和落脚点,那就是西南交大培养出来的人才,无论工科、理科、医科,还是文科,都是一个“全”人,一个真正的站立起来的有健全人格、全面素养的人,而不是精神和品位残缺的人。他认为,尤其在我们这样一所以工科见长的大学,文科繁荣,除了自身学科发展和专业人才培养需要以外,还要促进更多的理工科学生形成全面的知识结构,促使学生在认知、情感与意识等方面全面、协调、健康发展,着力培养学生感悟、想象、创造和获取新知识的能力。文科发展不应该停留在人文社会科学知识传播层次上的“知识教育”,而更应该关注学生综合能力的培养。他强调,文科发展还要在全体师生提升思想道德修养和科学文化素质,形成正确的世界观、人生观和价值观的过程中创新招、想办法、出实招、下功夫。

在强调“文科发展必须凸显交通特色和优势，要强化特色意识”时，王顺洪认为，我校的文科，只有围绕交通特色，做强做优做特，才能大显身手，才能大有可为。他表示，我校文科要借助学校在交通领域的优势，把握轨道交通大发展和“一带一路”战略推进等历史机遇，走出一条“特色化、差异化”发展道路，使之真正成为学校发展不可或缺的重要一翼。他指示，无论经、管、法等社会科学，还是文、史、哲等人文科学都要、也能在学科建设和研究方向上凝练交通特色，“全校都把交通特色做强，做成全世界有名，西南交大就在世界扬名，成为一流大学了。”在介绍完我校文科中的部分学科已经凝炼出了一条与交通相关的特色发展道路后，他希望在此基础上，将涉及交通领域研究的平台与团队进行整合，建立一个大平台（比如叫“一带一路现代轨道交通研究院”，对国家实验室建设形成支撑，打造我校在轨道交通领域的综合优势），形成一支大团队，产出一批高水平成果，彰显交大力量，发出交大声音，并且持之以恒，连续做下去，最终建设成为能够为国家交通发展提供智力支撑的高水平专业高端智库，为我校“双一流”建设创造交通特色集群优势。

在诠释“文科发展必须坚持有为才有位，要全面强化在学校发展中的作用”时，王顺洪希望文科要自强。他说，文科发展要立意高远，更要基于现实，不能求全，不能铺摊子；要入主流、有特色、精干化、高水平；要坚持文理工交叉融合的原则，科学规划，差异化发展；要强化基础、引导交叉、面向应用、协调发展。要把文科繁荣发展目标与现实路径结合起来，要把基础文科建设与应用文科发展结合起来，要把重点领域精品文科建设与通识教育结合起来，要把文科教育与工程教育结合起来，要把高水平人才培养要求与分类指导和管理结合起来。同时，他还指出，文科老师要自强。他说：“文科要发展，老师是关键。3 月 3 日我看望并调研了李群湛教授团队，大家都知道群湛教授身患癌症，一般人得了癌症可能会被吓倒，而群湛教授仍然奋战在教学科研一线，长期带病坚持工作，忘我敬业奉献，创造了非凡业绩，这是弘扬交大‘竢实扬华、自强不息’精神的典范，更是对‘复兴交大，我的责任’、‘复兴交大，我要领先’‘复兴交大，众志成城’这份责任和担当的集中体现和生动诠释。”同时，他还举了文科学院中朱玲教授、汪启明教授、徐伯初教授等例子，表扬了文科学院中老师们有责任担当、甘于奉献的优秀事例。他强调，学校文科的发展，一定程度上决定着学校发展的速度、高度、美誉度和知名度，也影响着学校的排名和师生的信心和士气。除了在人才培养、学科建设等发展方面发挥好文科人极大的、不可或缺的作用外，在学校的文化建设上，全体文科人更要主动作为。他指示大家要做好、做强西南交大的软实力。

讲话最后,王顺洪表示学校一定会全力以赴支持文科发展。他介绍道,2 月 29 日学校第十四届党委会第 26 次常委会议审定通过了《中共西南交通大学委员会关于进一步促进文科繁荣发展的意见》和《西南交通大学文科繁荣计划纲要 2016～2020)》,明确提出要加强对文科发展的组织领导与保障,设立文科发展战略委员会和校学术委员会文科专委会,改进和完善考核评价体系,建立健全文科发展投入机制;在学校财力紧张的情况下,学校党委仍然计划每年投入 500 万元设立文科繁荣专项基金。同时规划了到 2020 年的文科发展目标,提出了学科实力提升计划、"文科名家"建设计划与学术平台拓展计划等 6 大计划,促进文科繁荣发展。3 月 11 日校长办公会又通过了《西南交通大学文科繁荣专项基金管理办法》和《西南交通大学文科学术激励办法》等 6 个保障文科繁荣的系列配套文件。

"西南交大文科发展的春天来了",王顺洪表示,有为才有位,随着文科各学科、各学院的发展与进步,西南交大的文科所获得的条件与支撑将会越来越好。

(夏小童)

(三十三)

高温超导磁悬浮的研究在稳步推进的同时,我校中低速磁悬浮的技术也在一代代科技人员的努力下,不断发展,至今硕果累累。1994 年 10 月,学校成功研制我国首台 4 吨载人磁浮车系统;2001 年 4 月,学校在青城山修建了中低速磁浮列车中试平台,通过青城山中低速磁浮列车试验线的设计、施工与联调联试,初步掌握了磁浮列车系统设计技术,验证并初步掌握中低速磁浮交通系统关键技术,为以后的中低速磁浮车工程化和应用打下技术基础。2012 年 1 月 20 日,我校参与设计的中低速磁浮列车在南车株洲电力机车有限公司内下线。这是一条按商业运行条件设计的磁浮列车及试验线路,磁浮列车运行速度 100km/h,能适应试验线各种曲线及坡道的要求。2015 年 12 月 26 日,振奋人心的消息传来,中低速磁悬浮商业运营示范线"长沙磁浮快线"正式试运行,其核心技术来自我校几代科研工作者 30 多年的努力。随后,经过近 5 个月的空载调试后,2016 年 5 月 6 日,我国首条具有完全自主知识产权的中低速磁悬浮商业

我校参与设计的中低速磁悬浮列车下线

运营示范线——长沙磁浮快线开通试运营。该消息刊登在2016年6月15日的校报第689期上。目前,我校的中低速磁浮技术愈加成熟。2017年,由西南交通大学和中车大连公司联合研制的新一代中低速磁浮试验车在1700米试验线上完成120km/h的运行试验,最高121km/h,打破中低速磁浮车辆运行速度世界纪录。

核心技术助力世界最长中低速磁浮线载客运行

本报讯　5月6日,在经过近五个月的空载调试后,我国首条具有完全自主知识产权的中低速磁悬浮商业运营示范线——长沙磁浮快线开通试运营。它也是世界上最长的中低速磁浮运营线,西南交通大学为其提供了核心技术。

长沙磁浮快线全长18.55公里,线路设计最高100km/h,每列车最大载客量363人。从外观上看,它似乎并没有什么特别之处,但实际上,靠着分布在列车上的多个悬浮控制器,车体始终与轨道保持着8~10mm的间隙。和轻轨、地铁等交通工具相比,磁浮列车具有噪声低、爬坡能力强、转弯半径小及造价低等优点。在此之前,该项技术仅被日本、韩国掌握。

四川新闻报道我校核心技术助力世界最长中低速磁浮线载客运行视频

磁浮列车是20世纪的一项技术发明,其原理并不深奥:它运用磁铁“同性相斥,异性相吸”的性质。科学家将“磁性悬浮”运用在铁路运输系统上,使列车完全脱离轨道而悬浮行驶,成为“浮”在空中的列车。

正式开通试运营的长沙磁浮快线采用了西南交大与南车株洲电力机车有限公司研制的中低速磁浮列车系统技术,其悬浮系统核心技术正是由西南交通大学提供。“我们主要负责悬浮控制系统技术设计,软件编写与调试”,张昆仑教授说。作为西南交通大学磁浮技术与磁浮列车教育部重点实验室教授、中低速磁浮列车研究团队负责人,他自豪地表示:“长沙磁浮快线的运营意味着西南交通大学磁浮技术已经成熟,并已率先走向工程化。”

承载着我国紧跟并超越世界尖端轨道交通水平的“梦想列车”见证了学校几代科研工作者30年来敦笃励志、果毅力行——从零起步到全面掌握磁浮交通系统工程化技术,形成可推广应用能力,走出了一条我国磁浮轨道交通自主研制之路。

中低速磁悬浮列车技术的研发应用仅仅是学校在轨道交通研发的一个缩影。目前,学校已在轨道交通方面建成了国家级、省部级重点科研基地等近50个大型实验室,涵盖了轨道交通研发的全领域。其中,在当今最前沿的真空管道磁悬浮技术上,学校建成了全球首个真空管道高温超导磁悬浮列车原型试验平台,经过两年多的实验,已进入了真车试验线的研制。

真空管道高温超导磁悬浮列车也被称为未来高速列车的原型,它最大的亮点是在真空管道里运行,由于排除了空气阻力等影响,运行时不仅更节能,速度也更快。

未来,学校将开展高铁、新型城市轨道、高速及超高速高温超导磁悬浮交通的创新研究。与此同时,学校正在开发全智能化焊接机器手,为未来高速列车的制造提供保证。

(新闻中心)

(三十四)

2016年10月15日的第694期校报报道了四川省与西南交通大学签署战略合作协议这一消息,这标志着"十三五"期间省校战略合作迈上了新台阶。双方将在"十三五"期间,重点围绕战略决策咨询、科技创新与成果转化、教育合作、干部人才培养、养老服务业发展和支持学校"双一流"建设等领域,深化开展多层次、多领域、多形式与可持续的战略合作。同年,我校与成都市人民政府签署了《成都市人民政府与西南交通大学深入推进全面创新改革共建世界一流大学战略合作框架协议》,这也是我校深化校地合作所取得的重大成果。

四川省与西南交大签署战略合作协议

四川省与西南交通大学签署战略合作协议

本报讯 10月8日上午,四川省与西南交通大学签署战略合作协议。四川省委书记王东明,省委副书记、省长尹力,西南交通大学党委书记王顺洪,党委副书记晏启鹏出席签署仪式。签署仪式由省政府秘书长唐利民主持。

签署仪式上,省长尹力致辞表示,这次省校战略合作协议的签署,标志着"十三五"期间省校战略合作迈上了新台阶。希望各方进一步完善多渠道、多层次、全方位的长效合作机制,在战略决策咨询、科技创新与成果转化、教育合作和干部人才交流培养等方面深化合作交流,在与四川经济社会发展共振中,实现联动发展、互利共赢。

在四川省委书记王东明、省长尹力和西南交通大学党委书记王顺洪的共同见证下,副省长杨兴平、校党委副书记晏启鹏分别代表四川省政府和西南交通大学正式签署了战略合作协议。

根据协议,双方将本着"优势互补、互惠双赢、扩大合作、共同发展"的原则,以此次战略合作协议的签署为契机,重点围绕战略决策咨询、科技创新与成果转化、教育合作、干部人才培养、养老服务业发展和支持学校"双一流"建设等领域,深化开展多层次、多领域、多形式、可持续的战略合作。据悉,"十三五"期间,四川省将在共建轨道交通国家实验室、共同打造"环交大智慧城"、共同打造"环交大知识经济圈"、共建"高端国际教育园"、共建西南交大—攀枝花阳光康养产业研究院、共建西南交大(中国)土地信息产业研究院、共同建设城市轨道交通重大示范项目、合作建设西南交通大学医学院附属医院、共建轨道交通海外高层次人才创新创业基地与共建成都特种车辆质量检测平台等10个重点合作项目上给予学校大力支持。长期以来,西南交通大学扎根四川,积极服务于国家战略和地方经济、社会、文化发展。此次,学校将进一步发挥智力优势,为四川省做出更卓越的贡献。

杨兴平还代表省政府分别与四川大学、电子科技大学、西南财经大学、西南民族大学与中国民用航空飞行学院等其他5所在川部委属高校负责人签署战略合作协议。

省政府秘书长唐利民主持签署仪式并介绍四川省与6所高校合作的有关情况。在签署的协议中,省校各方认真贯彻落实中央和省委省政府重大战略部署,共提出65项重点合作项目。合作内容更具靶向性、精准性、实效性,必将成为省校战略合作的"新范本",助力四川全面创新改革、决胜全面小康和高校"双一流"

建设。

四川省省直有关部门主要负责同志参加签署仪式。省委常委范锐平、吴靖平、甘霖,副省长刘捷、王铭晖,学校相关职能部处和学院主要负责人代表邱延峻、陈维荣、潘炜等参加协议签署仪式。

(战略发展处　新闻中心)

(三十五)

在改革的路上,2016 年的交大迈出了一个大步:《西南交通大学专利管理规定》(西交校科 2016〔1〕号),简称“交大九条”,由学校党委常委会通过,于 2016 年 1 月颁布实施。这是学校积极推进职务科技成果混合所有制改革的至关重要的一举。2010 年来,学校在省委、省政府和成都市委、市政府的发动、支持与鼓励下,致力于促进科技成果转化,在实践中探索出了一条职务科技成果混合所有制改革的“小岗村”路子,此次改革得到全国高度关注,中央电视台《新闻联播》分别于 2016 年 5 月和 2017 年 5 月两次进行了报道。校报也在 2016 年 10 月 15 日的第 694 期上刊登了相关职务科技成果混合所有制的报道。

职务科技成果混合所有制将带来什么

《西南交通大学专利管理规定》(西交校科 2016〔1〕号),简称“交大九条”,由学校党委常委会通过,2016 年 1 月颁布实施。这是学校积极推进职务科技成果混合所有制改革的至关重要的一举。广大教师看到“交大九条”的出台可谓眼前一亮、精神一振。自文件印发以来,学校已有 120 余项职务发明专利分割确权,7 家高科技创业公司成立。

职务科技成果混合所有制改革的央视报道视频

这一改革更是引起社会的广泛关注,由于攻坚难、涉水深而被业内誉为具有破冰意义的“小岗村”实践。5 月 21 日,中央电视台新闻联播头条,用近 5 分钟的时间报道学校改革相关内容,这是新闻联播创办 40 年来,首次将高校科技成果转化放到头条。7 月 22 日,中央电视台《经济半小时》又对此进行了时长 30 分钟的专题报道。这就如同在高校院所科研人员心中投下了一枚重磅炸弹。那么,职务科技成果混合所有制改革到底将给我们带来什么?

科技成果转化难的问题一直是制约科学技术真正成为第一生产力的瓶颈。2013年,全国高校拨入科技经费1170亿元,除接受委托开发391亿元之外,779亿元科研经费只产生专利许可、专利转让收入4.34亿元,占比0.56%。科研人员不能拥有科研成果的知识产权,缺少推进成果转化的动力,多数科研成果只能是刻在奖杯上、写在职称评定报告中与锁在柜子里。2010年来,西南交大在省委、省政府和成都市委、市政府的发动、支持、鼓励下,致力于促进科技成果转化,在实践中探索出了一条职务科技成果混合所有制改革的新路子。

学校探索推行的职务科技成果混合所有制给予发明人明确的知识产权预期,极大激发了科技人员研发技术,转化科研成果的积极性。“交大九条”的核心是:分割职务成果专利权给成果完成人,使成果完成人“晋升”为与学校平等的共同专利权人;将成果完成人的“转化后奖励”前置为“国有知识产权奖励”,以产权来激励成果完成人进行科技成果转化。据介绍,学校与职务发明人就专利权的归属和申请专利的权利签订奖励协议,规定或约定按30%:70%的比例共享专利权。这意味着我校的所有权改革通过让科技人员占有知识产权的70%比例,实现了职务科技成果知识产权向科技人员的实际让渡,使科技人员成为科技成果转化的主体。

据介绍,职务科技成果混合所有制改革将显著提高科技成果转化率。实现混合所有制后,不再存在股权奖励问题,自然也不再需要与股权奖励有关的校内外审批手续;改革变以机构为中心的创新体系为以团队为中心的创新模式,变高校院所科技成果转化的计划经济模式为市场经济模式;通过职务科技成果混合所有制产生的混合所有制公司可以很好地承担创新主体作用。

职务科技成果混合所有制改革也将彻底解决可转化科技成果供给不足的问题。职务科技成果混合所有制由于给予职务发明人明确的知识产权预期,可以鼓励职务发明人从立项到科研全过程培育成果的可转化价值属性,从而产生出更多的可转化科技成果,极大改善科技成果供给侧结构,并挤出大量专利泡沫。

科技成果不转化是国家科研投入和发明人创造性劳动的最大流失,避免流失的有效途径就是职务科技成果的混合所有制。成果只有转化了,国家科研投入才能避免流失,税收、就业机会、国有股权及其分红、产业结构向高端的调整随之而来。职务科技成果的混合所有制将激发广大科技工作者的创新热情,将给中国创新创业带来无限动力。

(三十六)

新能源空铁

2016年11月21日,我校首席教授、中国科学院院士翟婉明担任总设计师的世界首条新能源空铁试验线成功运行。该消息刊登在2006年11月30日的第697期校报上。这是一款我国拥有完全自主知识产权的新型现代交通系统,该系统通过采用新能源与现代轨道交通的概念叠加,为世界首创,是适合中国国情的全新现代城乡交通新制式。新能源空铁的转化也成为职务科技成果混合所有制改革的一个范例。

世界首条新能源空铁试验线成功运行

世界首条新能源空铁试验线成功运行的四川新闻报道视频

本报讯 11月21日,西南交通大学首席教授、中国科学院院士翟婉明担任总设计师的世界首条新能源空铁试验线在四川成都双流成功运行。

新能源空铁试验线工程位于成都双流西南航空港经济开发区,西航港大道、牧华路二段路口东南角地块内。试验线总长1410m,其中右线长1113m,左线长348m,全线最小曲线半径30m,最大上坡坡度6%;设车站1座、列车配套静调库1处。该试验线定位为专用试验线,主要任务是通过试验线的建设和试运行,对设计方案、空铁运行系统、动力系统、通讯信号系统及相关设备系统的技术进行验证,完成相关技术性能数据的采集,在此基础上形成项目技术标准。

四川省人民政府副省长刘捷、西南交通大学校长徐飞,新能源空铁总设计师翟婉明院士等出席试验线运行启动仪式。

启动仪式上,翟婉明院士介绍了新能源空铁技术特点与试验线总体情况。新能源空铁具有绿色环保、噪音低，运营安全性高，占用土地少，适应性强，投资少、工期短，环境协调性好等特点。

中唐空铁集团有限公司董事长唐通、中国企业家联合会执行副会长孟晓苏以及中车南京浦镇车辆有限公司、中铁宝桥集团有限公司代表也逐一发言，对试验线成功运行表示祝贺。

启动仪式后，徐飞在接受记者采访时表示，翟婉明院士担任总设计师的新能源空铁试验线正式启动，标志着西南交通大学在轨道交通领域整体优势明显。学校当前不仅致力于高速铁路研究，还致力于城市轨道交通、城际轨道交通研究，同时大力推进新能源、磁浮技术研究。徐飞说，翟婉明院士团队十年磨一剑，前期经过了漫长的技术储备，从着力研发到试验线启动，从跟随到领先，走过了一条自主创新之路，值得全校科研工作者学习。他希望科研团队与中唐空铁及其他协作单位密切配合，进一步优化技术，早日实现新能源空铁的产业化。

据悉，目前世界各国，无论地铁、地面轨道还是既有的悬挂式轨道交通，均采用外接电力作为动力源驱动列车运行。新能源空铁不同于目前世界各国轨道交通采用外接电力驱动的方式，而是采用自主创新开发的超级锂电池能量包作为动力源，是我国首创的技术领先、经济适用的一种新型城市轨道交通制式。

新能源空铁受到了媒体高度关注。目前，《人民日报》、新华社、中央电视台、中国新闻社、《中国教育报》、《科技日报》、《中国科学报》、《中国交通报》、凤凰卫视、香港卫视、东方卫视、四川卫视、《四川日报》与《成都日报》等 20 余家中央、地方重要媒体前来采访，凤凰网、新浪网与腾讯网等门户网站纷纷转载相关报道。

（阮琦　蔡京君）

（三十七）

为落实党的十八大和十八届三中、四中全会精神，根据《中共中央关于全面深化改革若干重大问题的决定》和《国家中长期教育改革和发展规划纲要（2010 ~ 2020 年）》，为建立现代大学制度，推进学校治理体系和治理能力现代化建设，学校于 2015 年 7 月发布《西南交通大学综合改革方案》。该改革方案有 6 大任务，包括校园管理体制改革、教育教学改革、科研体制机制改革、政产学研用协调体制构建、资源配置改革与人事制度改革。其中，校院两级管理体制改革是学校综合改革的重点、难点、关键点与敏感点。2016 年 11 月 23 日，学校发布《西南交通大学校院两级管理体制改革实施意见》，希望通过改革，切实解决办学治校中的突出问题，全面激发学校发展源动力，土木工程学院率先开展试点改革。2016 年 11 月 30 日的第 697 期校报对学校启动校院两级管理体制改革进行了报道。

我校校院两级管理体制改革拉开序幕

本报讯 11月23日,《西南交通大学校院两级管理体制改革实施意见》(以下简称《实施意见》)正式发布。该《实施意见》于11月14日上午的西南交通大学第十四届党委会第49次常委(扩大)会议审定通过。11月14日下午的2016~2017学年第一学期第二次党政工作例会上,校党委书记王顺洪面向全体在校校领导、中层干部及师生代表宣布:以《实施意见》的通过为标志,"西南交通大学校院两级管理体制改革拉开序幕了"!

党政例会上,校党委副书记晏启鹏就《实施意见》进行了简要说明。

据介绍,校院两级管理体制改革是现代大学的基本要求,是建设世界一流学科、一流大学的需要,是当前我国高等教育改革实践的前沿,为推进这项基础工程的顺利展开,在开展外部的学习调研,进行前期基础工作,并通过党委全委会研究及进一步广泛听取意见后,学校特制订了《实施意见》。《实施意见》的主要内容包括改革的必要性与紧迫性、总体要求、具体举措、实施安排与保障条件五大部分。

目前,学校现有的内部管理体制逐渐显现出诸多弊端,发展矛盾十分突出,管理模式与发展要求极端不相适应。矛盾倒逼改革,全面推进学校事业发展迫切需要抓紧的积极有序推进学校综合改革,学校综合改革的症结而正在校院两级的管理体制改革。学校希望通过改革,切实解决办学治校中的突出问题,全面激发学校发展源动力。

《实施意见》指出,此次改革的核心是要重新明确学校和教学科研单位的权责划分;突破口在于校机关转变职能,全面下放管理权责;遵循的原则是"整体规划、分步实施,点上突破、面上稳健,权责对等、责权统一,标本兼治、合力监督"。学校希望到2018年底,破解现有阻碍教学科研单位自主发展的主要束缚,基本构建校院"定位清晰、重心下移、权责对等、协调联动"的新型校院两级治理体系。这就要求机关部门在"服、废、放、统"事项上下功夫,在体制、机制与制度上破立结合以最终实现"四个转变":从资源粗放配置向重新整合优化的转变;对教学科研单位管理从过程管理向目标管理和契约管理的转变;使校机关职能从管理向服务的转变;使学校管理重心在机关向教学科研单位有序下移的转变。

《实施意见》提出了8项主要任务,包括:完善学校层面决策体系;厘清校院两级权责;完善教学科研单位内部决策体系;优化校机关机构设置,转变校机关管理服务职能;制定教学科研单位治理总规程,建立健全以总规程为核心的并与之相配套的制度体系;探索以学科集群为单位,优化教学科研单位布局;增强教学科研单位承接权力和责任的能力;充分利用社会力量支撑办学。

此次校院两级管理体制改革主要分两个阶段推进,2016 年 1 月 ~2016 年 12 月为基础准备阶段,2017 年 1 月 ~2018 年 12 月为推进实施阶段。此后的时间,将继续监督并推进具体改革方案的深度实施,确保改革措施到位。

学校要求,相关职能部门要对号入座,主动开展相关工作,按照改革要求修订和完善相关指导性文件,要积极梳理权责和制定配套改革方案,于 2016 年 12 月 31 日前完成相关方案的制定、征求意见、决策、发文工作。同时,各学院可自由申请成为校院两级管理体制改革试点学院,本次试点先行中,不定试点学院数量,不齐步走,成熟一个,推进一个,经改革方案论证和学校决策等环节,最终确定为试点学院。

（陈姝君）

（三十八）

“习近平总书记坐了我校研制的高铁列车模拟驾驶舱了!”2017 年 6 月 8 日,这一消息传遍交大。由我校提供技术支持的列车驾驶仿真培训系统是我国第一套自主研制的列车模拟驾驶仿真培训系统。6 月 8 日,正在哈萨克斯坦访问的国家主席习近平在哈萨克斯坦总统纳扎尔巴耶夫陪同下,参观阿斯塔纳专项世博会中国国家馆。在“智慧能源的一天”展区,习近平邀请纳扎尔巴耶夫一同登上由我校研制的高速列车模拟驾驶舱。该消息刊登在 2017 年 6 月 20 日的校报第 706 期上。

习近平邀请纳扎尔巴耶夫一同登上我校研制的高铁列车模拟驾驶舱

本报讯　6 月 8 日,正在哈萨克斯坦访问的国家主席习近平在哈萨克斯坦总统纳扎尔巴耶夫陪同下,参观阿斯塔纳专项世博会中国国家馆。在“智慧能源的一天”展区,习近平邀请纳扎尔巴耶夫一同登上由我校研制的高速列车模拟驾驶舱。我校杰出校友、中国铁路总公司总工程师何华武院士在现场为两国元首介绍了有关情况。

本届世博会是首次由中亚国家举办的世博会,以“未来的能源”为主题,聚焦新能源开发利用,是发展中国家与发达国家分享经验、共同推广绿色经济理念的平台。据介绍,中国馆围绕"未来能源,绿色丝路"的主题,设置了创意新颖,科技感十足的展示亮点。"智慧能源的一天"展区,按照家庭、交通、城市服务与乡村四大能源使用场景,以"新能源的一天"为体验线索,采用全沉浸式互动、实体造型、影像互动、实物装置、机械沙盘以及虚拟现实互动等展出形式,诠释新能源与人类生活各方面的联系。

在"智慧能源的一天"展区,高铁列车模拟驾驶舱迎来了络绎不绝的参观者,受到各国领导和媒体的高度关注。进入列车号为 G2017 的高铁列车模拟驾驶舱,可以体验到从陕西西安出发,途经甘肃、新疆,抵达阿斯塔纳专项世博会园区的沿途不同地理、气候条件下驾驶高铁列车的感受,欣赏中哈两国的美丽风光和有关能源合作项目的展现。

由我校提供技术支持的列车驾驶仿真培训系统是我国第一套自主研制的列车模拟驾驶仿真培训系统,能够逼真地模拟轨道交通系列动车的操纵环境、各类运行环境、运行条件与运行性能,全面实现了列车驾驶实操模拟训练,还可以进行故障应急处理、非正常行车处理和突发事件处理训练。该装备广泛应用于北京、上海、广州等 20 个城市的轨道交通,武广、沪宁等 8 条高速铁路以及大秦、朔黄等 7 条重载铁路,并在 2010 年上海世博会上展出。该成果获得 2011 年四川省科技进步一等奖。

中国高铁,早已成为享誉世界的中国名片。在"一带一路"倡议之下,中哈之间在产能、基础设施等方面,有多项合作正在开花结果。哈萨克斯坦首都阿斯塔纳的轻轨项目建成之后,将成为中国留在阿斯塔纳的一张"城市名片"。

(蔡京君　朱炜)

(三十九)

全国高校思想政治工作会议于2016 年12 月7~8 日在北京召开,中共中央总书记、国家主席、中央军委主席习近平出席会议并发表重要讲话,明确了高校办什么样的大学、怎样办学、培养什么样的人、怎样培养人、为谁培养人等根本性问题,也提出了一系列加强学校党的领导和各项管理工作的具体举措。学校对此进行了认真学习,并于2017 年5 月25 日召开了西南交通大学思想政治工作会议,提出要通过思政工作的一流带动全校各项工作实现一流,牢牢抓住"双一流"建设和贯彻落实全国高校思想政治工作会议精神的重要契机,团结一心、再接再厉,为创建轨道交通领域世界第一的大学而继续奋斗。2017 年6 月20 日的校报第706 期对此进行了报道。

西南交通大学思想政治工作会议隆重举行

西南交通大学思想政治工作会议

本报讯 “思想政治工作是中国共产党由弱到强并取得中国革命和建设胜利的一个锐利武器。我们今天要加快学校发展,必须全面加强学校思想政治工作,并由此带动实现西南交通大学的各项工作的全方位加强,从而全面推动学校不断前进”,在5月25日召开的西南交通大学思想政治工作会议上,校党委书记王顺洪对思想政治工作的地位进行了如是强调。

西南交通大学思想政治工作会议视频

会议在九里校区大学生会堂隆重举行,总结了学校近年来的思想政治工作,研究部署了下一阶段的工作任务。全体校党委常委、党委委员;校长助理;全校中层领导干部、助理;全体思想政治理论课督导专家;全体思想政治理论课任课教师;全体哲学社会科学课任课教师;全体心理研究与咨询中心任课教师;全体专兼职辅导员;全体共青团干部;组织员代表;部分第十四次党代会代表;教师代表;各类人才代表;关工委代表、离退休人员代表;民主党派组织代表、统战团体代表;峨眉校区领导班子成员和相关部门负责人;学生代表参加会议。校党委副书记、校长徐飞主持大会。

会议中,校党委副书记晏启鹏首先作《中共西南交通大学委员会关于加强和改进新形势下思想政治工作的实施意见》(以下简称《实施意见》)的说明,强调了习近平总书记在全国高校思想政治工作会议上讲话的重要性,对学校下一步加强和改进思想政治工作的具体举措进行了说明。

思想政治理论课教师代表,马克思主义学院党委书记刘占祥教授;教学科研单位负责人代表，国家级教学名师、交运学院副院长罗霞教授；教工党支部书记代表，力学与工程学院国家级实验教学示范中心党支部书记高芳清副教授；学生代表，校学生会副主席、社团联合会理事长、2013级公管与政法学院钱磊同学——发言，从不同角度说明了对学校加强和改进思想政治工作的思考和体会。

“今天，我们在这里隆重召开西南交通大学思想政治工作会议，就是要全面贯彻全国、全省高校思想政治工作会议精神和习近平总书记系列重要讲话精神及治国理政新理念新思想新战略，尤其是习近平总书记关于教育的系列重要讲话精神，就是要站在实现‘两个一百年’奋斗目标和中华民族伟大复兴中国梦的战略高度，着眼于保证中国特色社会主义伟大事业后继有人的战略考量，谋篇布局西南交通大学的各项工作”，校党委书记王顺洪同志在讲话中首先开门见山地强调了学校召开此次会议的意义，并向全校提出四点要求：一、全面深刻领会总书记重要讲话精神和全国高校思政会精神，牢牢把握正确政治方向，扎根中国大地办大学；二、全面深刻领会“四个服务”，深刻理解加强和改进高校思政工作的特殊重要性和现实紧迫性；三、客观总结学校思政工作的经验与不足，科学把握新形势下学校思政工作的总体要求；四、遵循三大规律，齐心协力谱写学校思想政治工作新篇章。其中，王顺洪立足学校现阶段思想政治工作实际，着眼学校和国家的长远发展，提出了新形势下学校的思想政治工作的总体框架和总体要求，包括：明确方向，加强学习，加强领导，建好队伍，问题导向，狠抓落实，全校行动，改革创新。

王顺洪谈道，高校思想政治工作是一项涉及面广、贯穿于高校各方面工作的系统性工程。我们必须要有“大思政”的工作理念，推动全员参与、全方位参与、协同参与，将思想政治教育各环节紧密衔接，侧重相辅、主次相成，形成有效的育人合力，切实提高学校思想政治工作整体水平。

王顺洪强调《实施意见》是一个非常非常重要的文件，请全校务必要高度重视，认真学习，认真领会，认真贯彻，持之以恒抓出成效。他希望全校绝不仅仅就思政会而谈思政工作，要切实领会思政工作是涉及和影响全校各项工作好坏、优劣的全局性工作。在又一次对习总书记在全国高校思想政治工作会议上的重要讲话进行回顾后，王顺洪希望大家从全局工作来体会思政工作的重要性，来实现思政工作的全面加强。他要求，大家要认真研读习总书记的重要讲话和中央31号文件，要不折不扣地学习贯彻好《实施意见》。

王顺洪说：我们要通过西南交通大学思政工作的一流带动全校各项工作实现一流，要逐步实现西南交通大学校院两级党政班子和干部队伍领导力、执行力与战斗力一流；党风政风、校风师风与班风学风一流；教育教学、人才培养与学生工作一流；师资队伍、思政队伍、管理队伍与服务队伍综合素质一流；引才引资工作一流;科学研究和学科整体水平一流;马克思主义学院与马克思主义理论学科、哲学社会科学等学科一流;组织干部工作、新闻宣传工作、统战工作、群团工作一流;离退工作和老同志作用发挥一流;财务资产管理与后勤保障一流;对外合作与校友工作一流;校容校貌、校园秩序一流……总之,学校工作要实现全面、全方位一流。这12个“一流”,全校要逐一地突破实现。学校要成立创一流工作领导小组,制定创一流的标准,全力推进学校创一流工作的评比、考核与奖惩,要通过全校各项工作争创一流的过程,实现学校向一流的不断靠近,助推西南交通大学整体步入一流大学行列。

“要把西南交通大学建设成轨道交通领域世界第一的大学!”王顺洪谈到最近与徐飞校长形成的共识,指出,“这绝不是一句空洞的口号,全校一定要一起努力、一起拼搏、一起奋斗!一定要敢于拼搏、敢于胜利、敢于冒尖!一定要牢牢记住:复兴交大,我的责任;复兴交大,我要领先;复兴交大,众志成城!一定要更加紧密地团结在以习近平同志为核心的党中央周围,高举中国特色社会主义伟大旗帜,坚决维护核心,坚持‘四个意识’,忠诚担当,牢牢抓住‘双一流’建设和贯彻落实全国高校思想政治工作会议精神的重要契机,团结一心、再接再厉,为创建轨道交通领域世界第一的大学而继续奋斗!以实际行动和优异成绩书写中华民族伟大复兴中国梦的西南交大篇章,迎接党的十九大胜利召开!”

大会最后,徐飞要求全体师生认真学习领会王顺洪书记讲话精神,统一思想,提高认识,立足本职,扎实做好工作,全面提高学校做好思想政治工作的水平和学校争创一流的水平。他向各部门、学院、单位全面贯彻落实全国高校思想政治工作会议精神和本次会议的精神提出了四点要求。

一、抓好传达学习。徐飞要求,全校上下必须充分认识新形势下学校思想政治教育工作的重要性,组织师生员工认真学习、深刻领会全国高校思想政治工作会议精神和习近平总书记重要讲话精神,真正学习领会王顺洪书记讲话精神和学校颁发的《实施意见》,宣传好落实好本次会议精神。各部门、学院、单位要把学习贯彻落实本次思想政治工作会议精神作为当前及今后一段时期重要的政治任务抓紧抓好,要通过党委中心组的学习、党政联席会议研究、教职工思想政治理论的学习、党支部的“三会一课”等多种形式来做好学习的工作,增强做好工作的责任感和使命感,把思想建设放在西南交大各项工作的重中之重的地位。

二、抓好队伍建设。徐飞说,我们要建好一支高水平的专业教师队伍、高素质的思想政治工作队伍和党务工作队伍,将党中央的各项要求贯穿于人才培养、人才引进和学校干部人事工作的全过程。作为学生的良师益友,我们要对表“四有”好老师,坚持教书和育人相统一,言传和身教相统一,虔心问道和关注社会相统一,学术自由和学术规范相统一,将思想政治工作贯穿教育教学全过程。作为思想政治工作的干部,我们要明晰岗位责任,守好一段渠,耕好责任田,把自己摆进去,敢抓敢管,敢闯敢试,敢于攻坚克难,为学校思想政治工作再上一个新台阶做出自己的贡献。

三、抓好协同育人。徐飞提出,学校应建立全员、全过程、全方位与全天候的“四全”育人机制,把立德树人作为学校工作的中心环节,把思想政治工作贯穿于人才培养全过程,要通过“五课堂”协同推进人才培养,构建价值塑造、人格养成、能力培养与知识探究四位一体的具有交大特色的创新人才培养体系。希望青年学子严格按照习近平总书记的要求,做到志存高远、德才并重、情理兼修与勇于开拓,自觉地充实自我,提高个人修为,下得苦功夫,求得真学问,在建设伟大祖国和推动人类社会进步中大显身手。

四、抓好贯彻落实。徐飞认为,我们要聚焦“双一流”建设、综合改革、人才培养、科学研究、服务社会与师资队伍建设等重点任务,创新工作理念和工作方式,把解决思想问题和解决实际问题有机地结合起来,加强理论创新和实践创新,确保各项举措出实招、下实功、办实事与见实效。

徐飞说:“站在新的历史起点上,让我们携起手来,进一步学习贯彻习近平总书记系列重要讲话精神和治国理政新理念新思想新战略,以中央31号文件为指针,牢牢抓住人才培养这一根本使命,不断开创学校党的建设和思想政治工作新局面,做出新业绩、新贡献,以优异的成绩迎接党的十九大的胜利召开。”

(陈姝君)

(四十)

2017年6月25日,具有完全自主知识产权、达到世界先进水平的中国标准动车组被正式命名为“复兴号”,于6月26日顶岗“和谐号”,奔跑在我国最繁忙的高速铁路干线——京沪高铁上。“复兴号”中国标准动车组构建了体系完整、结构合理、先进科学的高速动车组技术标准体系,标志着我国高速动车组技术全面实现自主化、标准化和系列化,极大增强了我国高铁的国际话语权和核心竞争力。自2012年以来,中国铁路总公司集合有关力量,开展中国标准动车组设计研制工作,我校多个科研团队均深度参与其中。2017年7月12日的校报第707期对此予以了报道。

我校科研团队助力“复兴号”研制成功

本报讯 6月26日，由中国铁路总公司牵头组织研制、具有完全自主知识产权、达到世界先进水平的中国标准动车组“复兴号”由北京南站和上海虹桥站双向首发，分别担当G123次和G124次高速列车。此前，6月25日，中国铁路总公司总经理陆东福与中国中车董事长兼党委书记刘化龙为中国标准动车组“复兴号”揭牌，我校副校长张文桂、首席教授张卫华受邀见证了这一激动人心的时刻。2012年底开始研发、2014年完成方案设计、2015年下线、2017年正式亮相，“复兴号”的诞生历尽艰辛，而我校多个科研团队也深度地参与其中。

我校科研团队参与“复兴号”研制

据悉，首批命名为“复兴号”的中国标准动车组有CR400AF和CR400BF两种型号，前者由青岛四方机车车辆股份公司生产，后者由长春轨道客车股份有限公司生产。与前辈“和谐号”相比，“复兴号”在快捷、安全、经济与舒适四个因素的比拼中全面胜出。同时，“复兴号”整体设计及车体、转向架、牵引、制动与网络等关键技术皆为中国自主研发，具有完全自主知识产权，在254项重要标准中，中国标准占84%。张卫华介绍，中国标准动车组“复兴号”，不仅达到了标准统一、司乘界面统一、互联互通和零部件互换的研发要求，更是做到“硬件完全自主，软件不依赖于人”，实现自主产权和自主生产，是中国高速列车发展的重要里程碑。

“激动！”张卫华直言，“从‘和谐’走到‘复兴’殊为不易，我们在铁总领导下，与铁科院、中国中车等单位一起，在‘复兴号’的研发制造过程中付出了辛勤劳动，才能取得这样的成绩。”据介绍，张卫华在中国标准动车组的研发过程中担任了总体组专家，并任转向架组副组长，参与了转向架的研发，以及转向架设计、技术等评审工作。目前，张卫华还受铁总委托，致力于高速受电弓的国产化工作，负责高速受电弓的动力学参数分析设计，有望结束我国高铁“无弓”的尴尬局面。

牵引动力国家重点实验室曾京教授团队与长客、四方展开全方位合作，包括两个型号动车组的列车系统动力学分析等方面的理论研究、系列台架试验,以及系列跟踪试验、模态试验,为中国标准动车组的长期安全运行,提供了理论与试验支撑。其中,两个型号动车组都在滚动振动试验台上进行了试验,最高试验速度达到600km/h;在新建车体疲劳试验台上,完成了 CR400BF 动车组车体疲劳研究性试验,该试验是世界上第一次将纵牵力、惯性力与过隧道时产生的气密性力同时加载的试验。

牵引动力国家重点实验室金学松教授团队作为 CR400BF 车型车辆振动噪声设计的核心团队,全程组织、参与了整车的低噪声正向设计,并通过现场考核试验,跟踪测试和验证评估了低噪声设计的效果。最终,车内噪声全部达到"优秀"指标,减振降噪效果大大优于同型号的"和谐号"。

据介绍,轨道交通国家实验室(筹)高速列车数字化仿真平台也帮助"复兴号",在全面分析和掌握高速列车性能外,同时掌握了高速列车和其它支撑系统的匹配关系,定性分析、定量仿真和计算了列车及其运行支撑系统与环境之间的相互耦合关系。

动车组的接地系统为车载人员、设备提供安全的地电位,是保障车载人员、设备电气安全的关键环节。电气工程学院吴广宁教授团队针对我国高速铁路的特点,构建了"车—轨"接地回流动态耦合模型并验证了其有效性,基于该模型提出了新型的混合接地策略,并在"复兴号"CR400BF 型动车组上进行了实施,有效改善了"车—轨"回流匹配关系。同时,材料科学与工程学院戴光泽教授团队接受了长客的接地装置国产化研发任务,历时 3 年多,国产化轴端接地装置成功应用在 CR400BF 型动车组上。

材料学院陈辉教授团队也开展了中国标准动车组焊接残余应力测试、分析与调控,制动盘广域环境下制动过程伤损机理研究,7 系铝合金、标动转向架构架材料焊接适应性、环境适应性研究。

信息科学与技术学院方旭明教授团队则与北京飞天联合合作研发了列车 wi-fi 系统,参与了中国标准动车组的研发与上车测试,成为"复兴号"WiFi 设备的合格供应商。

众多科研团队的全情参与让中国标准动车组"复兴号"动力性能更强,行车更加安全舒适。如张卫华所说,为了实现"中国梦",轨道交通复兴之路的"复兴号"才刚刚启动,我们正积极开展下一代高铁的研究,要在更经济、更环保、更安全与更高速这"四更"上做文章,助力实现中国高速铁路的可持续发展;同时,我们正在开展超高速真空管道磁悬浮交通研究,以期引领世界轨道交通的发展。全体西南交大人正在为建设轨道交通领域世界第一的大学的目标而奋斗,为中国轨道交通的快速发展贡献自己的力量。

（陈姝君　许金砖）

（四十一）

2017 年当地时间 5 月 31 日，肯尼亚蒙巴萨——内罗毕标轨铁路（简称“蒙内铁路”）正式通车运营。蒙内铁路是中国帮助肯尼亚修建的一条全线采用中国标准的标轨铁路，是肯尼亚独立以来的最大基础设施建设项目，也是肯尼亚实现 2030 年国家发展愿景的“旗舰工程”。在这一工程里，中国不仅帮助肯尼亚造了一条铁路，而且手把手教出了一支过硬的工程施工队伍。因此蒙内铁路通车时，肯尼亚总统肯雅塔发推特说：这条铁路是为国家“新的工业化”打下基础。其中，以我校为首的轨道交通职业教育联盟就先后组织 60 多名教师赴肯尼亚开展培训工作，培训近千名学员，涉及机务、工务、车务、电务与车辆五大铁路工种，助力中国标准扎根“一带一路”。除了开展援外培训项目，学校也努力培育愿意前往“一带一路”前沿的国际班学子，强化了他们的海外工程实操教学以及外语教学。响应习近平总书记“一带一路”倡议，西南交大人走向了最前方。相关通讯报道刊登在 2017 年 7 月 12 日的校报第 707 期上。

肯尼亚学员实习期间合影

以教育服务“高铁走出去”　助力实现“一带一路”蓝图

当地时间 5 月 31 日 11：30，中国企业承建的肯尼亚蒙巴萨—内罗毕标轨铁路首班列车发车。列车驾驶室里，两位皮肤黝黑的肯尼亚姑娘——艾丽斯和肯西莉亚在中方指导司机的带领下，兴奋而又谨慎地担负行车任务。与此同时，北京时间的 6 月 1 日，远在中国西南腹地的西南交通大学师生也关注着蒙内铁路的开通，特别是蒙内铁路技术人才培训项目管理团队成员、远程与继续教育学院教师刘梦豪、邓燏,“看到同学们熟悉的面孔出现在视频、照片里,真的很有成就感,为他们感到骄傲”,他们激动地说道。

在“一带一路”战略实施和高铁“走出去”的大背景下,西南交大人已深深参与到“一带一路”沿线国家的铁路建设服务工作中,学校除了提供科技支撑、人才支持,特别在教育服务方面,大胆作为,走出了西南交大的道路。

打包提供铁路教育服务 助力中国标准走出去

蒙内铁路是海外第一个全部采用中国标准实施的项目,是中国铁路实施“走出去”战略的又一重大成果,也是中国标准走出去的重要机遇。随着铁路建设的持续推进,肯尼亚政府向中国路桥提出了本土铁路建设和运营管理人才培养的需求。机务、工务、车务、电务、车辆……任何一个单位都难以独立承担国际铁路人才教育培训的全部任务!怎么办?此时,西南交大领衔的轨道交通职业教育联盟抓住机遇,承接了这一订单,开启了铁路教育服务“打包”提供的新路径。

2015 年 1 月,占据轨道交通领域教育培训领军地位的西南交大发挥在铁路行业的不可替代的影响力,引领打造了与铁路行业和企业结合的国内首家轨道交通职业教育联盟。“以此平台聚众家之长、合多方之力,实现聚合发展,打造轨道交通职业教育的王者之师!”校党委副书记、校长徐飞的话语掷地有声。

2015 年 4 月,蒙内铁路技术人才培训项目正式启动。我校引领负责国际商务谈判、合同管理、团队建设和项目运行。联盟内的 8 个铁职院校选派 60 余名优秀教师参与了进来,其中一些老师的教龄已近 30 年。项目开办了两期共 25 个班级,培训了 893 名当地学员。培训结束时,肯尼亚交通部常务秘书 Wilson Nyakera Irungu 先生称赞道:“在西南交大的帮助下,这批学生将成为肯尼亚铁路发展的希望所在。”

远继学院国际培训部主任温郸冰介绍,为了确保教学质量,管理团队确定了全新培养方案,采取“专业教师 + 翻译”和“专业教师英文授课”的教学模式,使用英文同步教材,连教学文件都有统一规范的模板。赴肯教师需要接受岗前培训,并按照要求提前备课。管理团队更不断调整培训方案、课程大纲,组织开发了许多实训科目。在肯尼亚期间,管理团队实施听课制度,监控教学质量,同时,也要求所有老师互相听课以取长补短。另外,每周的教学研讨例会上,还会总结教学过程中的经验教训,并对下周的工作进行安排讨论。管理团队领队、外国语学院翻译中心主任戴若愚则会在这里将他的教学经验分享出来,“我更多的是指导老师怎样克服跨文化交流中间存在的障碍,怎么样把中国技术、中国铁路标准传授给学生,让学生能懂与会。”

深入浅出的理论讲解，强调动手的实操训练，丰富多彩的课堂互动，以及蒙内铁路建设现场对相应专业的认知实习，让学员们更快地掌握了作业标准、作业程序，让中国铁路标准深深扎根在他们心中。

除了培训学生外，学校还在2015年应中国路桥公司要求，组织和实施了肯尼亚铁路培训学院来华教师培训，为肯尼亚培训各铁路专业教师和教学管理人员。同时，在组织肯尼亚当地员工培训过程中，每个专业课堂都有肯尼亚铁路学院教师跟班学习。

可以说，通过蒙内铁路的培训项目，西南交大开创了学校在中国“高铁走出去”战略布局下的海外铁路运营全系统培训新领域，探索了联合开展海外教育培训项目的新模式，锻造了一支外语水平较高、专业素质过硬的管理队伍，使得学校领衔的轨道交通职业教育联盟具备了在海外承接大规模人才培训项目的能力。管理团队负责人、远继学院副院长欣羚说：“人才培训需求会越来越多，我们将拥有广阔天地！”

扎实做好援外培训　促进合作共赢

由新华社拍摄的蒙内铁路英文纪录片《My Railway, My Story》近日在肯尼亚国家电视台黄金时段播出，主要讲述了蒙内铁路沿线中肯两国铁路建设者的故事，远在成都西南交通大学的师生上了银幕，原因就是一位蒙内铁路的实验室技术员 Onesmus Mwokio Muchiki 被他的中国导师推荐到学校接受了援外培训。

学校从2015年起开始承办商务部和科技部援外培训项目，结合参训国实际和学员需求，学校聘请业内专家为学员授课，围绕世界铁路发展改革等开展沟通交流，促进与“一带一路”沿线各国的教育合作和发展共赢。“援外培训是展现中国高速铁路、重载铁路、城轨交通等技术实力的舞台，把中国铁路技术标准推向国际的一个很好的窗口，是‘一带一路’国家战略的重要支撑点。”电气工程学院郭锴老师与所有参与援外培训的老师一样，对此有着很明确的认识，因此格外用心地备课。

至2016年的两年间，学校共举办了19期援外班，而2017年还有7期商务部援外研修班。来自亚洲、非洲、南美洲和欧洲等40余个国家的475名学员在涉及铁路规划、建设、运营及投融资等领域的培训中获益匪浅。

2015年，学校受中国政府委派作为对口单位与印度共建铁道大学。2017年4月，根据学校与印度铁道部签订的《高速铁路高层管理人员培训项目服务合同》，开办的第一期培训班顺利启动，学校正全力做好教师组织、课程授课及配套服务等各项保障工作，以培训班为依托，为中印高铁务实合作加油助力，为中印友谊建功立业。

近期,中国路桥将投资建设中肯友谊——肯尼亚铁路培训中心,由我校负责该中心的后期教学和运营工作,这将为蒙内铁路提供绝大部分运营所需的一线技术人员和管理人员。另外,未来,学校还将与内罗毕大学携手培养肯尼亚高层次铁路人才。

与此同时,学校在轨道交通领域已经累计培养了来自全球 80 余个国家和地区的 4000 余名国际留学生。这些留学生大多来自"一带一路"沿线国家,其中有 6 成以上选择了轨道交通领域相关专业。这批留学生回国后,不仅对本国轨道交通建设和发展发挥了重要作用,还成为了中国与"一带一路"各国沟通友谊、交流文化的使者。其中,土木工程学院毕业的巴基斯坦籍 Inamullah Khan 博士谈道,在学习期间,他产生了为"一带一路"战略做贡献的强烈内生动力,完成学业后,他在巴基斯坦国立科技大学任助教,目前正助力中国——巴基斯坦经济走廊的建设。

当前,学校还参与了援建埃塞俄比亚铁道学院项目等等。扎实开展教育服务,在"一带一路"沿线国家唱响合作共赢之歌,西南交大的路越走越通畅。

着力培养中国学子 奔赴"一带一路"最前线

随着"一带一路"建设战略的大力推进,海外国际工程项目对于复合型人才的需求越来越高,学校与社会企业多方合作,除了开设援外培训班,更在国内开创了国际工程班的人才培养模式。"'一带一路'战略的核心是中国技术、中国标准的当地化,用中国标准带领沿线国家加速其工业化进程,让中国标准、中国体系在'一带一路'沿线扎根,国内的国际班和面向国际的教学服务都是为这个服务的。"同时在国际班承担教学工作的戴若愚恳切地谈道。

2015 年,学校在国内首次开办了联合培养高铁国际化人才的中国中铁国际班,对涉及土木工程、机械设计制造及其自动化、测绘工程、工程管理、电气工程及其自动化、法语、英语、翻译等专业的 65 名签约学生,实行订单式培养,重构了学生第 4 学年课程体系,强化了海外工程实操教学以及外语教学,增设工程英语与商务英语、国际法律与风俗礼仪、国际项目管理与国际商务等四方面课程,以此努力培养适应轨道交通国际竞争的复合型人才。去年,第一届国际班学子毕业,他们中的许多人已奔赴海外;今年,第二届中国中铁国际班 91 名学生也毕业了,即将走向"一带一路"最前沿。

在肯尼亚紧挨着蒙内铁路的一个施工现场,新近到中铁公司工作的技术员王中强正负责着现场技术交底、函件收发、合同解读与变更索赔等工作。他是地球科学与环境工程学院 2016 届毕业生,也是学校首届中铁国际班学员。"中铁国际班的平台让我的大学生活发生了巨大变化”，他说，“国际班就是来海外工作的一个入门。”

“国际班的课程就像是我们奔赴战场前的干粮，让我能够更加自信从容去往海外项目。”国际班学员、经济管理学院毕业的刘丽妮，现在是中铁建工集团国际工程公司阿尔及利亚分公司1021套商品房项目的一名预算员，她谈道，这一平台“让我们认识了很多共同在海外奋斗的同胞，也结识了不少有资深海外工作背景的老师和前辈，这是一笔宝贵的财富”。

国际班学员、电气工程学院毕业的曹檩子，在毕业之后参与到铁总国际和北方工业联合中标的巴基斯坦拉合尔第一条地铁——“橙线铁路”的建设工作当中，和蒙内铁路一样，这条线路同样采用中国标准，使用中国设备。“公司所参与的工程是中巴经济走廊下的示范性工程，很明显这就是‘一带一路’战略在最基层的人们手上一点一点实现的过程”，曹檩子为此而自豪着。

招生就业处董鹏飞老师介绍，经过两年教学实践，国际工程班培养模式逐渐走向成熟，形成了完整的课程体系、组建了成熟的教学队伍。目前，我校国际班的培养模式受到用人单位好评，已作为模板推广到了全国其他高校，更吸引了包括中国交建、中国建筑、中铁二院等大批“一带一路”建设主力军来校开展联合培养。

在日前隆重召开的西南交通大学思想政治工作会议上，党委书记王顺洪在讲话中提出：要把西南交通大学建设成轨道交通领域世界第一的大学。这一重要论断是在全国高校认真贯彻落实党中央建设世界一流大学与一流学科战略决策部署的大背景下提出来，是基于以习近平同志为核心的党中央提出的“一带一路”国家战略和人类命运共同体的战略高度确立的。在把学校建设成轨道交通领域世界第一的大学的目标指引下，围绕“一带一路”战略、中国高铁“走出去”战略，全校师生将在科技服务、教育服务领域积极开展各项工作，迎来发展新貌。

（陈姝君　罗杨）

（四十二）

2017年9月30日的校报第709期上，刊登了一则喜讯：《我校入选世界一流学科建设高校》。建设世界一流大学和一流学科（简称“双一流”建设）是中国高等教育领域继“211工程”“985工程”之后的又一国家战略。2015年8月18日，中央全面深化改革领导小组会议审议通过《统筹推进世界一流大学和一流学科建设总体方案》，并于同年11月由国务院印发，决定统筹推进建设世界一流大学和一流学科；2017年1月，经国务院同意，教育部、财政部、国家发展和改革委员会印发《统筹推进世界一流大学和一流学科建设实施办法（暂行）》。西南交大在这一过程中扎实推进学科建设,并努力展示出自己的实力,终于进入首批137所“双一流”建设高校。当年的12月20日下午,以“扎实推进‘双一流’建设,为‘交通强国’矢志奋斗”为主题的西南交通大学“双一流”建设推进大会举行,吹响了奋进的号角,如校党委书记王顺洪所言:“全校上下务必要以永不懈怠的精神状态和一往无前的奋斗姿态,勇于担当、敢于胜利,撸起袖子加油干,每天多做一点、做好一点,我们就离目标更近一点,只要功夫深,铁杵磨成针,我们的目标一定能够达到!”

我校入选世界一流学科建设高校

本报讯　日前,世界一流大学和一流学科(简称“双一流”)建设高校及建设学科名单出炉。根据教育部、财政部与国家发改委印发的《关于公布世界一流大学和一流学科建设高校及建设学科名单的通知》,学校入选本期世界一流学科建设名单。此次公布的名单中,交通运输工程学科仅有4所大学,即西南交通大学、东南大学、长安大学(自定)、大连海事大学(自定)。由此可知,支撑轨道交通、高铁等科技发展,带领中国轨道交通、高铁技术,冲击或巩固其世界领先地位的重任,落在了西南交通大学肩上。

据了解,学校以交通运输工程学科为对象建设世界一流学科。目前,教育部首次返回给学校的建设方案中,学科内涵主要包括:交通基础设施、交通载运装备及服役安全、交通电气化与自动化、交通通信信号及控制、交通运输规划与管理等方向。建设内容覆盖交通运输工程、土木工程、机械工程、电气工程、信息与通信工程、测绘科学与技术、材料科学与工程、力学、地质资源与地质工程、建筑学、管理科学与工程等学校全部优势学科。

学校希望在全校上下的奋力拼搏下,各优势学科补强短板、全面发展,各其它学科鼓足干劲,既立足本身学科特点,又发掘与轨道交通的交叉点,借帆远航,使学校成为引领未来交通发展方向的策源地,成为交通运输领域吸引和汇聚国际一流师资的学术高地、一流成果的研发基地、一流技术的转化中心、国际领军人才培养中心、国际学术交流中心和交通历史文化的传承中心,推进实现学校“交通特色鲜明的综合性研究型一流大学”的总目标,扎扎实实建设轨道交通领域世界第一的大学。

学校将通过改革、创新、发展,理顺办学体制机制,激发教学基层和师生活力,促进学校形成具有中国特色和国际竞争力的管理体系、师资体系、人才培养体系和科学研究体系,大幅度提高交通运输及相关学科的研究水平、创新能力和国际影响力,增强学校对国家战略发展的服务和支撑能力。

(四十三)

2017 年至 2018 年,学校积极推进综合改革,土木工程学院开启第二轮综合改革,地球科学与环境工程学院携手外国语学院成为综合改革试点学院,在学院积极作为的同时,精简机构及人员、加强工作协同、提高效能的机关改革也拉开序幕。2017 年 9 月 21 日,党委办公室与校长办公室合并成立党政办公室,校园规划与建设处、后勤保障处合并成立后勤与基建管理处及“饮食服务中心”“物业服务中心”“医幼及场馆服务中心”与“维修、水电及运输服务中心”4 个服务中心。2017 年 9 月 30 日的校报第 709 期对此进行了报道。

党委办公室、校长办公室合并成立党政办公室
校园规划与建设处、后勤保障处合并成立后勤与基建管理处

本报讯 近日,为精简管理机构、加强工作协同与提高工作效能,学校决定合并党委办公室、校长办公室及其挂靠机构成立党政办公室,合并后勤保障处(后勤集团)、校园规划与建设处成立后勤与基建管理处及 4 个中心(“饮食服务中心”“物业服务中心”“医幼及场馆服务中心”“维修、水电及运输服务中心”)。

9 月 21 日下午,学校召开会议宣布党政办公室机构调整及干部任免决定。校党委书记王顺洪同志出席会议,党政办公室全体工作人员参加会议。

人事处处长郭俊同志首先宣读了学校关于设立党政办公室机构的通知,撤销“西南交通大学党委办公室”“西南交通大学校长办公室”及其挂靠机构,设立“西南交通大学党政办公室”机构。党委组织部主持工作的副部长韩旭东同志宣读了学校党委关于相关干部任免的决定,免去甘灵同志的党委办公室主任以及钟冲同志的校长办公室主任职务,聘任靳能法同志为新成立的党政办公室主任。党政办公室 3 位副职领导干部待定。

在甘灵、钟冲、靳能法 3 位同志先后表态发言后,王顺洪同志讲话。

王顺洪同志首先充分肯定了原党委办公室、校长办公室在学校改革建设发展中所作出的重要贡献,对甘灵、钟冲 2 位同志长期以来的无私奉献表示衷心感谢。他强调,新组建的党政办公室,是学校党委为进一步精简管理机构、加强工作协同、提高中枢效能而作出的重大决策。他希望党政办全体成员顺应新形势,适应

新要求：

一、要坚守忠诚品格。忠诚是每个人立于长久不败之地的法宝，也是人生中、事业中最值得坚守和追求的品格。要对党忠诚、对人民忠诚，对事业忠诚，以一流为标准，带好头，发挥好表率作用。

二、要增强政治意识。要讲政治纪律，讲政治规矩，不能在原则性、根本性的问题上出现丝毫差错。在办文办会办事中，更是要绷紧这根弦，一字入公文，九牛拔不出，一定要仔细仔细再仔细，细心细心再细心。

三、要增强方向意识。无论工作大小，都有方向问题。作为学校核心部门、首脑机关，必须正方向、明方向，在狠抓落实中推进事业新发展，在做成做优中实现个人新突破。

四、要增强全局意识。一定要善于跳出单位看单位，善于紧紧围绕全局的大目标来规划局部的小目标，把全局确定的大任务细化为本单位贯彻落实的小任务。一定要能够换位思考，站到全局去想问题、做事情。

五、要增强群众意识。要以热情周到的服务赢得群众认可和肯定，要经常深入群众、深入基层，和师生员工广交朋友，多听一听大家的心声，当好领导的“千里眼”和“顺风耳”。

六、要构建团结和谐的工作局面。“相互补台，好戏连台；相互拆台，一起垮台”。一定要相互支撑、主动补台；相互提醒、相互促进；多沟通、多宽容。努力构建和谐相处、协同共进的同事关系。

七、要狠抓落实，崇尚实干。要有担当，少说多做，千方百计把任务完成好，养成“事交我办您放心”的好品格。

八、要重视学习。选择学习就是选择进步、选择幸福、选择跟上时代和选择责任与担当。要努力建设学习型的党政办，人人都做有心人，积小成以成大成。

九、要廉洁自律，守住底线。要有更高标准，更严要求，老老实实做人，踏踏实实干事，在任何情况下都不逾越法律、纪律和道德的底线，做到“一身正气两袖清风，一尘不染克己奉公”。

同日下午，学校召开会议宣布后勤与基建管理处机构成立及干部任免决定。校党委书记王顺洪同志，校党委常委、副校长蒲云同志出席会议。原后勤保障处(后勤集团)和原校园规划与建设处的全体干部与部分员工参加会议。蒲云同志主持会议。

人事处处长郭俊同志宣读了学校关于设立后勤与基建管理处机构的通知，撤销“西南交通大学后勤保障处(后勤集团)”“西南交通大学校园规划与建设处”，设立“西南交通大学后勤与基建管理处”和4个中心(“饮食服务中心”“物业服务中心”“医幼及场馆服务中心”“维修、水电及运输服务中心”)。党委组织部主持工作的副部长韩旭东同志宣读了学校党委关于相关干部任免的决定，聘任高庆同志为党委组织部正处级调研员，李兴代同志为党委组织部副处级调研员，张川同志为对外合作与联络处副处级调研员；任命关秦川同志为后勤与基建管理处处长兼党委副书记，陈兴莲同志为后勤与基建管理处党委书记兼副处长，后勤与基建管理处的3位副处长、1位总工程师及4位中心的主任待定。

高庆、李兴代、张川、陈兴莲、关秦川5位同志先后表态发言。

王顺洪同志对后勤和基建为学校改革发展做出的贡献给予充分肯定，对后勤和基建人的辛勤付出表示衷心感谢。他对因年龄原因离开后勤基建工作领导岗位的高庆、李兴代、张川同志表示感谢，并希望他们继续关心、支持学校后勤与基建事业，支持学校改革发展。

王顺洪同志对新成立的后勤与基建管理处提出6点希望：

一、要坚守忠诚品格，与学校同心同向同行。只有在国家教育、学校发展大背景下，后勤与基建发展才有更广阔的天地；唯有与学校同心同向同行，方能实现单位发展，实现个人进步。习近平总书记把对党的领导干部的要求凝练为“忠诚、干净、担当”，这既是每位同志立于不败之地的法宝，也是人生事业当中最值得坚守追求的品格。

二、要撸起袖子加油干。后勤基建工作来不得半点虚假，必须实干、实干又实干，通过实干干出后勤基建人的地位、干出全校师生的认可。用一流的标准衡量工作，争取各方面一年小变样、三年大变样、五年彻底变样。只要用心，后勤基建工作就可以争创一流，跻身全国前列。

三、要开拓奋进，开拓后勤基建新的业绩和辉煌。后勤基建管理学校三校区，师生多、面积大、管理难，大和难也是机会，大和难就是市场，大和难就是资源。后勤基建人要提高效率、精简人员，建设好管理、技术骨干队伍，实现社会效益、经济效益的最大化。

四、要树立全局意识、大局意识。牢记大河有水小河满，大河没水小河干，想学校所想、急学校所急。

五、要有后勤基建人的精气神。在各项工作中做到服务至上，关心群众，加强精神文明建设，后勤基建的每一位员工要争做模范。

六、要做成事、做优事，坚守底线不出事。严守政治纪律，做到政治安全不出事；安全无小事，后勤与基建管理处对此要有足够多的认识，要严守工作程序和操作安全；安全工作要加强又加强。

蒲云同志指出，此次机构合并是学校深化改革发展的重要举措。他希望新班子在学校党政领导下团结协作,认真贯彻落实王顺洪书记讲话精神,希望后勤与基建管理处在改革中闯出新路,为学校下一步改革发展做出示范,继往开来、再创辉煌。

（党政办公室）

（四十四）

2017 年 10 月,学校终于实现国际 3 大顶级期刊“零的突破”。10 月 27 日,国际顶级学术期刊 Science 发表了我校材料科学与工程学院(材料先进技术教育部重点实验室)博士生杨倩参与的论文“Size effect in ion transport through angstrom - scale slits”(离子在埃级别狭缝中传输的尺寸效应),该工作由我校荣誉教授、曼彻斯特大学诺贝尔物理学奖得主 Andre Geim(安德烈 · 海姆)教授引领,并作通信作者。这标志着我校国际化战略取得巨大突破,同时,也展现出我校国际科研影响力的提升。2017 年 12 月 30 日的校报第 713 期上刊登了对杨倩的专访。

Panda Girl 的石墨烯之路

——访材料科学与工程学院博士生杨倩

2010 年 10 月 5 日,诺贝尔物理学奖揭晓,英国曼彻斯特大学科学家安德烈 · 海姆和康斯坦丁 · 诺沃肖洛夫因为在二维材料石墨烯方面的贡献获此殊荣。石墨烯是碳的同素异形体,是目前世界上最薄、强度最大、质量最轻、导电和导热性最好、透光性和电子传输性最优异的新型材料。此后,石墨烯迅速成为物理学界和材料学界的关注热点。

那一年,在西南交通大学的校园里,材料科学与工程学院大二学生杨倩也和小伙伴们一起关注着这一学界盛事。那时的她想不到,有一天能加入安德烈 · 海姆团队;那时的她想不到,在国内没能亲眼见到的习近平总书记,可以在英国的实验室里见到;那时的她想不到,10 年后自己的名字也能刊印在国际顶级期刊 Science 和 Nature Materials 上。

杨倩目前已经从英国返校,开始了她的博士毕业论文撰写。回首在英国的时光,她一直认为自己是非常幸运,但优异成绩的背后,离不开的是自己的努力与坚持,离不开的是导师的支持与交大提供的国际化平台。

“零的突破”载入交大史册

10月,杨倩参与的论文“Size Effect in Ion Transport through Angstrom - scale Slits”(离子在埃级别狭缝中传输的尺寸效应)发表在国际顶级学术期刊 Science 上,实现了西南交大“零的突破”。该研究由我校荣誉教授、曼彻斯特大学安德烈·海姆教授引领,并作通信作者。11月13日,Nature 子刊 Nature Materials 又第一次出现了第一作者为交大人的文章,题为 *Ultrathingraphene - based membrane with precise molecular sieving and ultrafast solventpermeation* 的文章,发现了一种基于氧化石墨烯(GO)的高通量分子分离膜。杨倩介绍,两项成果主要在英国曼彻斯特大学国家石墨烯研究院(NGI)完成,研究长达两年。如校党委副书记、校长徐飞在我校国际化工作大会上所说,这是“一个载入史册的事情”。这标志着学校实现国际3大顶级期刊“零的突破”,而就在2016年,仅有13项来自中国的科研成果(含联合科研成果)在 Science 上发表,此次论文的发表也展现了我校国际科研影响力的提升以及国际化工作所取得的进步。

谈及 Nature Materials 发表的研究成果,杨倩表示,这一成果突破了 GO 膜只能运用于水溶液中的物质分离的限制,通过对 GO 膜进行结构调控,得到层间相互贯穿的小孔,从而实现有机分子的快速渗透。据杨倩的导师周祚万教授介绍,分离和纯化一直是工业生产和高技术领域的关键技术。在“氧化石墨烯(GO)的高通量分子分离膜研究”之前,科研人员均采用基于特定高分子或 GO 构筑的膜(微米级别厚度)进行实验,有机溶剂无法通过此薄膜。杨倩的研究主要聚焦于膜分离技术,研究扩大了石墨烯基薄膜的使用范围,不仅可以降低成本、提升效益,也为海水淡化以及饮用水的纯化提供了一种全新的思路。当然,目前的研究依旧停留在实验室阶段,在工业化的扩大生产方面还需进一步提升。

熊猫女孩的两年苦与乐

2014年,立足于学校的长远发展,建设一流大学,学校启动实施国际化战略。三年来,学校大力推进本土学生学习经历的国际化,大力培养具有全球视野和国际竞争力的高素质人才。仅周祚万教授就已经有5位优秀的博士得到前往国际顶尖机构联合培养的机会,其中就包括了杨倩。

2015年1月22~24日,应周祚万邀请,诺奖获得者安德烈·海姆教授来校访问,并受聘成为我校荣誉教授。就在安德烈·海姆教授访问期间,学校提出希望派遣一位同学前往曼彻斯特大学进行联合培养。杨倩由于出色的英文基础与专业知识,顺利拿到了这一资格,并获得了国家留学基金委和国家自然科学基金项目资助。当年9月,杨倩便前往曼彻斯特,开始了在英国的求学时光。

"Panda Girl",当杨倩来到曼彻斯特大学的实验室,她发现安德烈·海姆教授这样亲切地称呼她,而同事们对这个名字似乎也很是熟悉。在后来与同事们的交流中,杨倩才得知,安德烈·海姆教授十分喜爱中国熊猫,在他在结束交大的访问回国之后,曾多次向同事提及:在中国不仅见到了熊猫,而且还带回来一个"熊猫女孩"。随诺奖导师学习的过程中,杨倩深感导师思维的活跃以及思路的新颖独到,"他对于科研的态度更多的是一种乐在其中,这个领域长时间的研究使得导师的思维更加独到"。杨倩也感慨,实验室里有顶尖的设备和优秀的团队,特别是身边的同事都很优秀,所有人都处于一种很自律的状态,她也会不自觉地想要提高自己。她深深明白,自己代表西南交大,"过硬的专业知识积累极其重要,只有对基础知识较为熟悉,才可以与文献积累碰撞出创新的火花。"于是,杨倩愈加勤奋。

"英国的学习富有乐趣也更具挑战。"两年里,导师把关科研选题的大方向,杨倩需要不断查阅文献,了解研究领域前沿进展,扩充知识,在做出一些初级的数据之后,判断这个领域是否具有继续做下去的潜力。同时,大量的实验挤占着杨倩的时间。其中,进行埃级别二维离子通道实验时,实验制备时间长,一次实验器件的完成有时需要数十台仪器协同操作。每一次实验都会经过诸多严密的步骤,这个过程所花费的时间不等,实验顺利时一两个星期便可完成,不顺利时,则会不断重头再来,让杨倩颇感"遥遥无期"。为了得到更高纯度的石墨烯材料,实验组均采用机械剥离的方式进行制备,这类方法的效率却很低,"制备石墨烯需要三五天,而且量也很少,实验期间如出现样品污染等问题,整个实验就得重头再来。有次做了大概一个星期,发现了样品污染的问题,然后整个实验便白费了",杨倩轻松地述说着那时面对的困难,但真正经历之时,却是难上加难,好在她坚持了下来,并取得了可喜的成绩。如她所说,"往往再坚持一下,就能有不错的结果。"

幸运的背后是什么?

人们也许会说,她英语与成绩好,幸运得到了跟随诺奖导师学习的机会,然后顺理成章地发表了高水平论文。似乎"幸运女神"始终伴随着杨倩,其实幸运总是眷顾着有准备的人,杨倩正是那个有准备的人,而机会则是来自于学校与导师周祚万教授。

当谈及与石墨烯的缘分时,杨倩认为,周祚万的鼓励与引导十分关键。在大三的"功能高分子材料"专业课上,杨倩第一次听他周祚万介绍了高分子材料最前沿理论以及相关科研进展方面的信息。"周老师的教导使我更加理解材料,材料的各种可能性、潜在应用也深深吸引了我,从那时开始觉得,自己以后可能会去做这个东西。"同时,教学中,周祚万注重学生理解,引导大家在现有知识的基础上,进行科研的创新。本就有着良好学习习惯和自主学习意识的杨倩也因此更加沉浸于科研之乐。大三之后的杨倩积极参加学校的 SRTP 训练项目以及学科竞赛,并进入课题组。"在接触一些实验基础训练之后,我了解了实验的基本操作以及规范,知道了怎么去查文献以及从中找到自己的思路。此外,和实验室的师兄师姐进行交流,让我对科研产生了更清楚的认识,也养成了对科研的态度。"随着科研取得一些成绩,杨倩对于科研更有兴趣了,研究方向也渐渐延伸到石墨烯等材料前沿热点问题。

本科毕业时的杨倩以专业第一的成绩成功保研,顺利拿到浙江大学的录取通知书。可是出于对于交大实验室的熟悉以及对成都这座城市的习惯,杨倩毅然选择继续留在交大做周祚万的直博生,开展碳基纳米材料研究。

对于爱徒,周祚万用"有方法、刻苦"来形容她。要知道,杨倩在读博之初,为了进一步提高自己的英语能力和专业竞争力,抓紧课余时间苦练英语,经过半年的努力,她的英语不仅满足专业学习要求。而且也能与同行业的外籍友人无障碍交流。

乘着学校实施国际化战略的东风,顺着导师周祚万的牵线搭桥,杨倩这才"幸运"地获得了前往曼彻斯特大学投入安德烈·海姆教授门下的机会。

且行且知　未来可期

回忆起英国的两年,杨倩记忆尤为深刻的是 2015 年 10 月 13 日。那一天,习近平总书记参观曼彻斯特大学国家石墨烯研究院,而刚到英国的杨倩也有幸见到了他。"实验室中的中国学者和学生很多,总书记的到来为我们带来了更多的鼓励",杨倩谈道,石墨烯的运用广泛,除了海水淡化,在智能手机的屏幕、电池等电子产品以及衣服、鞋等日常生活用品等方面均有运用。目前,虽然中国的石墨烯产业发展快,但偏重于原材料的生产,而在电池电极材料、薄膜晶体管制备等成熟技术上存在核心技术不足、原创过少等问题,曼彻斯特大学国家石墨烯研究院则是世界上最为出色的研究中心,习总书记此行正是在寻求双方在石墨烯研究方面的合作。

对此,作为石墨烯材料的研究者,杨倩深感机遇与挑战并存。"现在国家提倡创新,努力营造创新的社会氛围,随着政府投入的逐步增加,科研条件和环境氛围也在慢慢转暖,但赶上世界先进水平,仍需要很长的路要走",杨倩表示,博士毕业之后,将继续从事石墨烯材料的研究。

每一次的科研都是一次尝试,而每一次的尝试都是科研路上的且行且知。

“我们的生活中充满机遇和挑战,通过提升材料的性能来提高我们的生活品质,这是一件很有成就感的事情。”乐在其中的杨倩,未来可期。

(刘小泽 陈姝君)

(四十五)

近年来,随着国家“一带一路”倡议的推进,拥有着世界最大的边界层风洞——XNJD-3大型边界层风洞的我校风工程试验研究中心,迈出国门,承担了如印度尼西亚、马来西亚、坦桑尼亚、莫桑比克等国相关工程的抗风科研项目。2018年4月12日的校报第717期上,人们欣喜地看到,2018年3月,风工程试验研究中心中标1915恰纳卡莱大桥的风洞试验项目,这是世界最大跨度桥梁的风洞试验项目。

风洞试验研究中心

我校中标世界最大跨度桥梁风洞试验项目

本报讯 日前,接土耳其1915恰纳卡莱大桥项目总承包商KGM通知,我校已成功中标世界最大跨度桥梁的风洞试验项目,这是迄今为止学校通过国际竞标获得的最重要的桥梁科研项目。据悉,该风洞试验时间紧、难度大,全过程和结果均要经受国外同行专家的严格审查。

1915恰纳卡莱大桥是跨径770m+2023m+770m的特大悬索桥,计划投资32.5亿美元,建成后将超过日本明石海峡大桥(主跨1991m)而刷新桥梁跨径世界纪录。土耳其政府要求大桥在2023年土耳其共和国建国100年之际建成通车。风洞试验是大跨径和特大跨径桥梁设计中的关键环节之一。1915恰纳卡莱大桥风洞试验项目于2018年3月初面向全世界具有开展大型桥梁风洞试验能力的科研机构进行公开招标,我校土木工程学院风工程试验研究中心(陆地交通地质灾害防治技术国家工程实验室风工程试验中心)和以廖海黎教授为首的桥梁风工程团队代表学校参与了竞标,最终凭借我们优良的科研业绩和优越的试验条件,击败了国外数家实力强劲的对手而中标。

1915 恰纳卡莱大桥全桥模型风洞试验将在我校 XNJD－3 大型边界层风洞进行，该风洞建成于 2008 年，是目前世界最大的边界层风洞，能够模拟地球表面最强自然风对工程结构的作用，其主要技术指标达到世界领先水平。在我校的大型科研试验平台中，XNJD－3 风洞算得上是一艘“航空母舰”，曾经在舟山连岛工程、港珠澳大桥、沪通公铁两用长江大桥、杨四港长江大桥、平潭海峡公铁两用大桥与深中通道伶仃洋大桥等大国工程中屡立战功，为学校赢得了声誉。

我校风工程试验研究中心经过 20 多年建设，已发展成为国际知名的风工程科研机构，在桥梁风工程方面练就了一支学术技术过硬、在国内外具有广泛影响力的科研团队。该实验室 2012 年 9 月被国家发展改革委批准与学校抗震实验室等联合组建陆地交通地质灾害防治技术国家工程实验室，2012 年 12 月被四川省科学技术厅批准为四川省重点实验室。

近年来，随着国家“一带一路”战略的推进，风工程试验研究中心也跨出国门，在承担海外科研项目方面不断取得佳绩，先后承担了印尼苏马拉都大桥、马来西亚槟城二桥、坦桑尼亚 Kigamboni 大桥、莫桑比克马普托大桥、美国 Gerald Desmond 大桥与马尔代夫中马友谊大桥与挪威 Hlogaland 悬索桥等工程的抗风科研项目。

（土木工程学院）

（四十六）

中共西南交大委员会全面从严治党工作会议

全面从严治党是党的十八大以来党中央作出的重大战略部署，是“四个全面”战略布局的重要组成部分，也是全面建成小康社会、全面深化改革、全面依法治国顺利推进的根本保证。2017 年 10 月 18 日，习近平同志在十九大报告中强调，坚定不移全面从严治党，不断提高党的执政能力和领导水平。在 2018 年党的十九大精神学习贯彻的第一年里，在认真学习党的十九大精神的同时，学校党委召开了全面从严治党工作会议，并就相关工作作了部署，期待通过全面从严治党，建设有一流领导力、凝聚力、向心力的西南交通大学党组织，为学校改革建设与发展保驾护航。有关报道刊登在2018年4月28日的校报718期上。

中共西南交通大学委员会召开全面从严治党工作会议

本报讯　“全校广大党员、干部必须要从党和国家事业发展的战略高度深刻理解和把握新时代全面从严治党的重大意义，要从实现交大历史性伟大复兴的战略高度深刻理解和把握新时代全面从严治党的新部署、新要求。”党委书记王顺洪同志在4月18日下午召开的中共西南交通大学委员会全面从严治党工作会议上说道。

会议在九里校区国际会议厅召开。全体在校校领导，校党委委员、纪委委员；各二级党委、党总支、直属党支部委员和纪委委员；各二级单位党政主要负责人；学生党员代表、教师党员代表、离退休党员代表；学校各民主党派基层组织、统战团体负责人；省级及以上人大代表、政协委员等参加大会。校党委副书记、校长徐飞同志主持大会。

中共西南交通大学委员会全面从严治党工作会议视频

党委副书记、纪委书记张学龙同志首先作了《牢记使命　忠诚事业　一刻不停歇地推动全面从严治党向纵深发展》的专题发言。他首先传达了习近平总书记在中央纪委二次全会上的讲话及中央纪委二次全会精神。在学校纵深推进全面从严治党的工作安排方面，张学龙同志就2018年全面从严治党工作要点的任务分解和与各单位签订的《责任书》了简要说明。他指出，责任书就是军令状，请各单位一定要认真对待，抓好学习、研究与落实。张学龙同志还介绍了学校纪委落实全面从严治党监督责任的工作打算，并代表学校纪委和23个二级纪检组织，以及全校97名专兼职纪检监察干部，向学校党委、全体党员和广大师生郑重承诺，一定要努力做到“三有”——有担当的勇气、有担当的本领、有担当的底气，协助党委努力构建风清气正、正气充盈、美好和谐的校园政治生态和育人环境，为建设“轨道交通领域世界第一的大学”、实现“交通特色鲜明的综合性研究型一流大学”总目标保驾护航。

王顺洪同志作了《全面从严治党，建设有一流领导力、凝聚力、向心力的西南交通大学党组织，为学校改革建设与发展引航护航》的主题讲话。他重点讲了五方面内容。

王顺洪同志首先提出要进一步提高全校从严治党重要性的认识。在解读了全面从严治党的内涵和重要意义后，他指出，从党的自身建设需要来看，全面从严治党是确保党始终成为中国特色社会主义事业坚强领导核心的战略举措；从实现学校自身发展目标来看，全面从严治党是复兴交大、创建一流大学的根本保证；从学校改革发展现状来看，全面从严治党是增强学校整体凝聚力、战斗力的关键之举。

王顺洪同志明确阐述学校全面从严治党的总目标和总要求是：全面贯彻党的十九大精神，以习近平新时代中国特色社会主义思想为指引，坚持和加强党对学校的全面领导，实现学校领导力的全面提升；坚持和加强党的政治建设，牢牢把握社会主义办学方向，扎根中国大地办大学；坚持和加强全校党员、干部理想信念和社会主义核心价值观教育，保持全校各级党组织的先进性和纯洁性，从而带动全校师生学习和工作的积极性、主动性、创造性；层层压实管党治党主体责任，坚持思想建党和制度建党相统一、坚持使命引领和问题导向相统一、坚持抓“关键少数”和管“绝大多数”相统一、坚持行使权力和担当责任相统一、坚持严格管理和关心信任相统一、坚持党内监督和群众监督相统一，建设有一流领导力、凝聚力、向心力、战斗力的学校党组织，为学校改革建设发展、实现交大历史性伟大复兴引领保驾护航。

王顺洪同志强调了学校全面从严治党必须坚持的若干重点。其一，坚决维护党中央权威和集中统一领导。其二，党委必须全面领导好学校工作，履行好管党治党、办学治校主体责任。王顺洪同志强调，党委全面领导学校工作，要把好方向，要管好大局，需要全校上下坚决维护学校党委决策权威和统一领导。其三，必须锲而不舍地落实好中央八项规定精神。王顺洪同志指出，下一步，学校党委将把贯彻中央八项规定作为全面从严治党的中心任务来抓。其四，加强制度建设、纪律建设，严肃执纪问责。王顺洪同志要求全校党员、干部要认真学习党章、践行党章，深刻理解和把握政治纪律、组织纪律、廉洁纪律、群众纪律、工作纪律、生活纪律，同时，校党委也将建立健全各项党风廉政建设、全面从严治党的制度，用制度来管人管事。

就全面加强对学校从严治党工作的领导，建设忠诚坚定、担当尽责、遵纪守法、清正廉洁的纪检监察干部队伍方面，王顺洪同志谈道，在加强工作领导方面，要成立学校全面从严治党领导小组，做好相关工作的顶层设计，全校各二级基层党组织也要承担好本单位管党治党的主体责任；在加强学校纪检监察干部队伍建设方面，要加强学习培训、实战锻炼和考核评价；同时，全面从严治党工作要持之以恒、严抓落实。

王顺洪同志强调:“学校要发展,交大要复兴,必须要有党的坚强领导,必须要充分发挥好党委的领导核心作用。全体党员务必要争当先锋,关键时刻敢于亮明共产党员身份,起到先锋模范带头作用;全校各级党组织务必成为一个又一个有战斗力的堡垒,能引领本单位攻克一个又一个困难,取得一个又一个新成果、新进展、新胜利。有了全校党组织和全体共产党员的发力,西南交通大学的发展一定会越来越好、快、顺、稳。西南交通大学必将不断开拓复兴的新局面。”

“全面从严治党是开辟新局面、再上新台阶的关键,抓好组织落实是关键中的关键”,徐飞同志在要求全校上下就王顺洪同志全面从严治党专题讲话精神进行认真学习贯彻落实的同时,讲了三点意见:

一、讲政治。扎根中国大地,建设轨道交通领域世界第一的大学,为中国特色社会主义事业培养“有理想、有本领、有担当”的合格建设者和可靠接班人,必须旗帜鲜明讲政治,必须始终坚持党对学校工作的全面领导,必须始终坚持以“立德树人”为根本目标。要进一步提高政治站位,要深刻认识全面从严治党必须决心坚毅,抓铁有痕,只有进行时、没有完成时。

二、敢担当。大家要切实担负起自己应负的责任。一方面,全校各责任主体要认真履行“一岗五责”,层层传递压力、层层压实责任,以责任链条倒逼全面从严治党各项任务落实。另一方面,力戒以怕出事为借口而慢作为、不作为的“四风”新问题。

三、抓落实。各单位要提高认识、高度重视,自觉把思想和行动统一到学校决策部署上来。要抓好学习传达,强化责任落实。

他强调,学校全面从严治党和纪检监察工作每年要与学校党政重点工作同部署、同落实、同检查、同考核,把全面从严治党的各项任务落在实处。学校纪检监察部门要深入研究,探索建立健全对学校重大工作、重要问题等的保障机制,既要督促检查、保障工作推进,更要监督监察、严肃追责问责,保障工作质量。

(陈姝君)

（四十七）

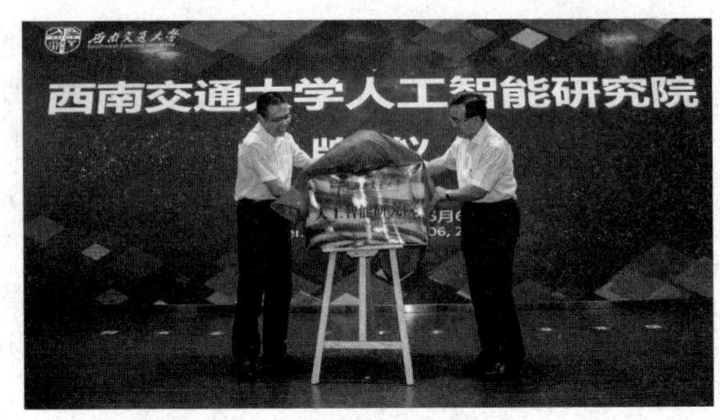

我校人工智能研究院揭牌成立

人工智能（Artificial Intelligence），英文缩写为 AI。它是研究、开发用于模拟、延伸和扩展人的智能的理论、方法、技术及应用系统的一门新的技术科学。近年来，人工智能发展如火如荼，数据驱动的智能时代正在到来，万物智能、万物智联，必将催发一个全新的社会形态。人工智能无论是被称为“下一个风口”“最强有力的创新加速器”“驱动未来的动力”，还是关于它会不会比人更聪明甚至取代人的各种争论都在说明，人工智能迎来了黄金发展期。作为学校着眼未来的，作为学校结合交通学科特点深入推动国家交通强国和网络强国战略实施的重大部署，2018 年 6 月 6 日，西南交通大学人工智能研究院成立。6 月 15 日，西南交通大学“人工智能创新行动计划”领导小组随即成立。相关报道呈现在 2018 年 6 月 15 日的第 721 期《西南交大报》上。学校将以研究院为基点，加快推进人工智能学科布局与发展，在原有优势学科基础上拓宽人工智能专业教育内容，积极探索“人工智能 +”复合专业培养新模式，重视人工智能与轨道交通、信息科学、数学、物理学、生命科学、人文社科与医学等学科专业教育的交叉融合。

西南交通大学人工智能研究院揭牌

本报讯 6 月 6 日的西南交通大学数字化战略工作大会上，校党委书记王顺洪，校党委副书记、校长徐飞为“西南交通大学人工智能研究院”揭牌，这标志着人工智能研究在西南交大进入新时代。

据悉，学校组建人工智能研究院是积极响应和贯彻落实国务院《新一代人工智能发展规划》和教育部《高等学校人工智能创新行动计划》的重大举措，也是学校结合交通学科特点深入推动国家交通强国和网络强国战略实施的重大部署。

学校将以“双一流”建设为契机，坚持任务牵引和问题导向相结合，推动多学科交叉融合，实施协同创新、联合攻关，着力解决一批交通、机械、信息等领域的核

心技术和关键技术,在较短的时间内,力争重点实现以下目标任务:

一、大力拓展后高铁时代智能交通、智能制造领域的研究方向,重点推进智能交通、大数据智能、大数据备份、类脑智能计算、"互联网+"、智能制造等研究,形成一批有重大影响的科研成果。

二、以人工智能为切入点,围绕先进交通和未来交通打造跨学科、跨院系、跨学校的综合交叉科研平台和创新团队,承担国家重大科技任务,探索"人工智能+X"的人才培养模式,培养造就一批领军人才和优秀拔尖人才。

三、积极开展国际学术交流与合作,努力建设成为交通与人工智能领域国际合作联合实验室。

(人事处)

(四十八)

2018年6月19日,值习近平总书记提出"一带一路"倡议五周年之际,在北京国家会议中心举行的2018世界交通运输大会十大重点主题论坛——"高速铁路技术发展论坛"上,由西南交通大学和中南大学联合发起的"'一带一路'铁路国际人才教育联盟"(RTEA)正式揭牌,与此同时,"西南交通大学天佑铁道学院"也正式对外宣告成立。作为西南交通大学向着布局中国铁路教育全球网络迈出的具有重要历史意义的一步,"西南交通大学天佑铁道学院"的成立与建设,是学校敏锐把握国家铁路事业发展脉搏,主动服务"一带一路"倡议、交通强国战略,精准对接"一带一路"铁路国际化人才培养需求,坚定不移朝着"交通特色鲜明的综合性研究型一流大学"总目标、扎扎实实建设"轨道交通领域世界第一"的西南交通大学的重要战略性抓手,也将是中国铁路教育走向世界中央舞台的全新平台和亮丽名片。2018年6月30日的第722期《西南交大报》上,刊登了相关报道。

"一带一路"铁路国际人才教育联盟在北京揭牌

从数字看西南交大在2018世界交通运输大会中的精彩呈现

6月18~21日，由中国科学技术协会、交通运输部、中国工程院主办的2018世界交通运输大会（World Transport Convention，简称WTC）在北京举行。我校精心准备、广大师生积极组团参会，使交大智慧、交大力量和交大影响辐射全球。

一场学术盛宴

2018世界交通运输大会的主题为"交通让世界更美好"，为展示交通建设技术创新成果，推进综合交通运输体系建设，深化"一带一路"基础设施互联互通，进一步推进国际交流合作，内容涵盖科学与技术研讨、成果与产品展示及学科报告发布和科技奖励等方面，包括开幕式暨主旨报告、"一带一路"国际交通研讨会、学术论坛、交通科技博览会等六大板块组成，是全球交通运输领域的一场学术盛宴。

中国工程院傅志寰、孙永福、胡文瑞、何华武、卢春房等30多位院士，以及来自50多个国家和地区的交通主管部门、驻华使馆、国际组织、高校、科研机构、企事业单位的6000多位代表出席会议。

本届大会重点打造了36个品牌论坛、150个交流单元、150场学术报告栏、1300场学术报告，内容涵盖了大数据、高铁技术、未来交通、城市大脑、智能交通、交旅融合、新能源汽车、共享经济与绿色出行等交通运输领域热点和前沿话题。

大会还倾力打造10大高端论坛。其中，6月19~20日，我校与中国公路学会等联合主办的"高速铁路技术发展论坛"和"艰险山区重大交通基础设施论坛"两个高端论坛吸引众多参会代表，好评如潮。我校副校长何川等主持论坛。我校校长徐飞、四川省交通投资集团有限责任公司董事长雷洪金出席相关论坛并致辞。

中国工程院院士杜彦良出席论坛并作"交通基础设施寿命安全保障发展战略研究"主题报告。我校共有6位学者在论坛上发声，张卫华教授作"未来轨道交通技术发展"主题报告、高仕斌教授作"智能牵引供电系统"主题报告、韦凯研究员作"恶劣气候下超高速铁路无砟轨道扣件系统的科学设计方法"主题报告、仇文革教授作"高能地质环境对隧道的技术挑战与科学应对"主题报告、李永乐教授作"复杂山区风特性及大跨度桥梁抗风性能"主题报告、王明年教授作"高海拔特长隧道设计施工关键技术研究"主题报告。此外，藏区高速董事长李永林、中铁二院总经理朱颖、四川交投实业董事长罗晓勇等多位业内知名专家出席论坛并作主题报告。

大会期间,我校教授、学者主持或参与主旨发言47场次,在轨道交通、结构工程、公路工程、交通工程、运输规划以及交叉学科等几乎全部学部进行了主旨发言。

值得关注的是,2018年世界交通运输大会倾力打造的国际化展台——交通科技博览会汇集了全球交通运输领域的最新技术、工程实例和智能交通、未来交通生态体系。我校以展板、视频和实物三位一体的特装展形式亮相本次科技博览会,受到来自四面八方的关注。我校的展板图文并茂地展示了学校近年取得的10余项标志性成果;视频通过影像形式展示了学校在人才培养、学科建设、科学研究与平台建设等方面取得的瞩目成就;更精心选送"高速铁路模拟仿真驾驶器"和"真空管道高温超导磁悬浮交通沙盘模型"两件实物展品参展。

三件大事

事件一:中国公路学会与西南交大达成战略合作

6月19日,在2018年世界交通运输大会上,学校与中国公路学会签订了战略合作协议。在签约仪式上,中国公路学会理事长翁孟勇和我校校长徐飞分别致辞,中国公路学会副理事长兼秘书长刘文杰和我校副校长何川在双方领导和代表的见证下签署战略合作协议。双方将在交通运输科技创新方面加深合作,共同推动行业科技进步。

据协议,我校将为"未来交通研究所"智库建设提供支持,并支持其在成都建设试验研究中心,为其提供场地和人力资源。中国公路学会将为该试验研究中心提供建设资金、仪器设备。双方将依托"未来交通研究所"的成都试验研究中心,对接国家创新驱动发展战略,开展交通运输方面的基础研究、技术开发、标准规范制定等,整合科学研究成果,实现科技成果的转移转化。双方还将在学术活动与学术任职方面相互支持。通过该战略合作协议,也将推动交通运输部、教育部共建西南交通大学,促进交通运输行业的科技创新和人才培养。

事件二:"一带一路"铁路国际人才教育联盟揭牌

6月19日,时值习近平总书记提出"一带一路"倡议5周年之际,在"高速铁路技术发展论坛"上,由我校和中南大学联合发起的"'一带一路'铁路国际人才教育联盟"(RTEA)正式揭牌。原铁道部部长、中国工程院院士傅志寰,原铁道部常务副部长、中国工程院院士孙永福,原中国铁路总公司副总经理、中国工程院院士、中国铁道学会理事长卢春房,国家铁路局党组成员郑健,民革中央副主席、中国工程院院士、中南大学校长田红旗,我校校长徐飞,中国土木工程集团有限公司董事长袁立,中南大学副校长陈春阳,我校副校长冯晓云等专家、领导出席了揭牌仪式,仪式由我校副校长何川主持。

联盟的发起得到了中国工程院、商务部、国家铁路局、国家国际发展合作署、中国铁路总公司、中国铁道学会、詹天佑基金会等单位的指导与支持。联盟成立后,将致力于开展铁路国内国际化人才和目标国属地化人才学历教育与专业培训,构建铁路国际人才培养体系,制定铁路教育国际标准,实施铁路专业及人才国际认证,并力争成为国家教育对外开放的新型高端智库;同时,将建立由中国工程院院士杜彦良担任召集人,两院院士、行业翘楚、教育专家等为主要成员的联盟战略咨询委员会。据悉,联盟秘书处将设在西南交通大学天佑铁道学院。

事件三:西南交通大学天佑铁道学院成立

6 月 19 日,学校向着布局中国铁路教育全球网络迈出了具有重要历史意义的一步。在“高速铁路技术发展论坛”上,西南交通大学天佑铁道学院正式对外宣告成立。天佑铁道学院的成立与建设,是学校敏锐把握国家铁路事业发展脉搏,主动服务“一带一路”倡议、交通强国战略,精准对接“一带一路”铁路国际化人才培养需求,坚定不移朝着“交通特色鲜明的综合性研究型一流大学”总目标、扎扎实实建设“轨道交通领域世界第一”的重要战略性抓手,也将是中国铁路教育走向世界中央舞台的全新平台和亮丽名片。

学校基于主持的中国工程院重大咨询项目、数十载铁路教育国际合作成功实践经验,在杜彦良院士带领下,联合数十位院士向中国工程院上报了《关于“面向‘一带一路’建设天佑铁道学院”的建议》,得到中国工程院的高度关注和充分肯定。学校以习近平新时代中国特色社会主义思想为指引,以“詹天佑学院”为工作基础,先行先试,率先升级启动西南交通大学天佑铁道学院建设。今后,天佑铁道学院将致力于加快构建铁路国际高等教育共同体,谋划构建中国铁路教育全球网络,体系化、前瞻性、全周期地开展铁路人才培养培训,释放人才红利、汇聚人才资源,以新平台、新机制积极破解“一带一路”铁路互联互通人才短板,以教育和铁路之力,传播中国文化,推广中国模式,全方位服务“一带一路”铁路建设。

与中南大学共同发起“‘一带一路’铁路国际人才教育联盟”(RTEA)就是天佑铁道学院建设的重要阶段性成果。2018 年 4 月,学校与埃塞俄比亚科技部签署合作备忘录,共同举办铁路学历教育项目。根据该合作协议,第一批约 150 名埃塞学生即将于今年 9 月进入天佑铁道学院。

按照学校总体方案,天佑铁道学院属学校二级机构,定位为带有管理协调职能的教学科研单位,相关干部配备比照研究生院模式进行,下设“天佑铁道学院建设办公室”作为具体工作的实施机构;学院将实行理事会领导下的院长负责制,理事会成员由来自政、产、学、研各界知名人士组成,杜彦良院士担任名誉院长。主要职责任务包括:承担"一带一路"沿线国家铁路国际人才的培养、培训工作;对外协调组织"一带一路"海外天佑铁道学院建设;代表学校对外联系国家"一带一路"建设相关部委;承担和组织"一带一路"国家相关智库建设工作等。

五大校长论道交通强国

为促进交通院校进一步深入学习贯彻党的十九大精神,践行"交通强国"战略,不断提高交通院校的开放度、竞争力、贡献率,WTC2018 大学校长论坛举办,论坛主题为"筑交通之基,立强国之本"。同济大学党委书记方守恩以"面向未来的交通运输工程学科建设与人才培养"为主题,提出了新的思考。长安大学校长陈峰围绕校企合作—高校支撑交通强国发展的新模式进行了主题阐述。大连海事大学校长孙玉清则以"智能航运下的海事院校一流学科专业建设"为题发声。重庆交通大学校长唐伯明提出了交通强国战略—国际影响力提升行动计划。

我校校长徐飞作题为《中国"交通强国"的重大意义和战略内涵》的主题报告。徐飞指出,中国交通基础设施建设快速推进,交通技术创新实现跨越式发展,取得了举世瞩目的巨大成就,为建设交通强国奠定了坚实基础。他从交通强国是世界强国的显著表征等 7 个维度,系统阐明"通过交通使国家强大"的重大意义,深刻阐述交通强国的战略内涵。最后,徐飞给出了中国到本世纪中叶之前建设交通强国"三步走"的战略目标。

六篇大会优秀论文

为鼓励广大交通科技工作者认真实践、深入研究的积极性,推进交通运输科技进步,世界交通运输大会执委会、学术委员会经研究决定,开展 2018 世界交通运输大会优秀论文评选并表彰。最终,共有 74 篇论文从 1829 篇论文中脱颖而出被评为优秀论文。其中,我校有 6 篇论文获此殊荣,充分体现了学校在相关领域的基础理论研究水平。

七个国际桥梁大赛奖

6 月 19 日下午,北京国家会议中心,2018 世界交通运输大会"中交公规院杯"世界大学生桥梁设计大赛现场总决赛上,我校荣获一等奖 1 个,二等奖 1 个,三等奖 2 个,优胜奖 2 个,最佳组织奖 1 个,共 7 个奖项。其中,钟昌均、马佳星、唐绪、胡豪、吴凌峰同学共同设计完成的作品《通灵之眼》夺得大赛一等奖。郭贞妮、舒阳、傅宇成、杨文慧、尤子菻团队获得二等奖。

2018世界交通运输大会已圆满落下帷幕，我校在大会上的精彩呈现受到中国日报网（英文版）、中国经济网、中国高速公路、中国金融智库等多家重量级校外媒体的持续追踪聚焦。已经取得成绩属于过往，我校将以习近平新时代中国特色社会主义思想为指引，深入推进“双一流”建设，主动对接“一带一路”、“交通强国”与中国高铁走出去等国家战略需求，坚定不移朝着“交通特色鲜明的综合性研究型一流大学”总目标，扎扎实实建设“轨道交通领域世界第一的大学”，为谱写中华民族伟大复兴中国梦的西南交通大学篇章而努力奋斗。

（科学技术发展研究院　党委宣传部）

（四十九）

推进成峨两地校区均衡发展、实现三校区管理一体化，这是学校多少年来一直想办都未能办成的大事情，在2018年7月2日，这件大事又推进了一大步。当日，学校三校区一体化办学管理方案正式公布，峨眉校区党工委，峨眉校区管委会正式宣布成立，这是实现交大复兴、创建一流大学历史征程上具有重要意义的大事，标志着学校全面深化改革迈出关键一步，同时也标志着峨眉校区内涵式发展进入了快车道，峨眉校区办学事业掀开了新篇章。该报道登载于2018年7月20日的第723期《西南交大报》上。

三校区一体化办学管理方案正式公布

把峨眉校区建设成为复兴交大的新高地，
建设成为复兴交大的重要力量、重要方面军

学校召开三校区一体化办学管理方案及干部宣布大会

本报讯　7月2日下午，三校区一体化办学管理方案及干部宣布大会在峨眉校区扬华讲堂举行，会场内三面均悬挂横幅——“敢想敢干敢闯敢拼　奋力建设轨道交通领域世界第一大学”“同心同德同向同行 扎实推进峨眉校区建设发展各项工作”“坚定不移朝着‘三地一园’办学方向建设美丽和谐峨眉校区”,令全体峨眉校区教职员工格外振奋,与窗外的风雨形成鲜明的对比。

据悉,学校第十四次党代会作出了“科学定位成都、峨眉两校区功能布局,实现两校区的平衡协调发展和资源效益最大化”的重大战略部署,同时明确了峨眉校区“若干学院所在地、高端培训与研究基地、中外合作办学基地”和“高端国际教育园”这一校区新定位。三年来,学校审时度势,顺势而为,稳步推进峨眉校区转型升级。经历了许多风险考验,解决了不少棘手的事和复杂的事,也办成了不少大事和难事,开拓性地推进了峨眉校区办学事业的发展。7 月 2 日当天,《西南交通大学三校区一体化办学管理方案》正式发布,峨眉校区党工委,峨眉校区管委会正式宣布成立,这是学校发展史上的一件大事,标志着学校全面深化改革迈出关键一步,同时也标志着峨眉校区内涵式发展进入了快车道,峨眉校区办学事业掀开了新篇章。

校党委书记王顺洪同志,校党委副书记、校长徐飞同志,校党委副书记晏启鹏同志,副校长姚发明同志、校党委常委沈火明同志,峨眉校区常务副书记张秀峰同志,峨眉校区常务副校长高增安同志出席会议;学校相关学院、机关部处主要负责人,西南交大峨眉校区党工委、峨眉校区管委会全体成员,峨眉校区全体教职工等参加会议。徐飞同志主持会议。

奏唱国歌后,姚发明同志首先宣读了学校党委三校区一体化办学、峨眉校区机构设置与调整有关决定。决定指出,撤销中共西南交通大学峨眉校区委员会、中共西南交通大学峨眉校区纪律检查委员会;成立中共西南交通大学峨眉校区工作委员会、中共西南交通大学峨眉校区纪律检查工作委员会;设立峨眉校区党工委,作为学校党委在峨眉校区的派驻党组织;设立峨眉校区管理委员会;峨眉校区管理委员会与峨眉校区党工委合署办公。同时,学校成立三校区一体化办学管理领导小组和工作推进组,其中,领导小组组长由王顺洪、徐飞担任,而工作推进组办公室设在峨眉校区党工委、峨眉校区管理委员会下设的峨眉校区综合办公室。另外,姚发明同志还宣布了教学科研单位在峨眉校区的机构设置,以及职能部门机构设置及岗位调整的实施方案。

党委组织部部长韩旭东同志宣读了《关于成立中共西南交通大学峨眉校区工作委员会和中共西南交通大学峨眉校区纪律检查工作委员会的通知》,宣读了《三校区一体化有关中层领导干部任免的通知》,作了《关于三校区一体化相关科职干部岗位调整的说明》和《关于三校区一体化原峨眉校区党组织和党员组织关系隶属调整的说明》。据悉,晏启鹏同志兼任峨眉校区党工委委员、书记,峨眉校区管理委员会主任;张秀峰同志任峨眉校区党工委员、委常务副书记;高增安同志任峨眉校区管理委员会常务副主任兼任竺可桢书院院长;杨德友同志任峨眉校区党工委委员、副书记,兼任纪工委委员、书记,继续担任竺可桢学院党总支书记;张占军同志任峨眉校区党工委委员、管委会副主任;苏谦同志任峨眉校区党工委委员、管委会副主任;张祖涛同志任峨眉校区管委会副主任。

期间驻峨眉校区机关部门代表、教务处处长郝莉同志从本科教学质量保障一体化、教学改革与创新一体化、管理模式一体化、学生学习与发展支持工作一体化、教学文化营造一体化等方面汇报了本科教学管理一体化工作;在峨眉校区办学学院代表、土木工程学院党委书记刘学毅同志分享了自己关于峨眉校区转型升级和三校区一体化的感受和体会,分析了土木学院即将面临的困难和问题,并汇报了学院未来将开展的工作;教师代表黄高勇同志讲述了在峨眉转型升级过程中,自己不忘初心、积极转型,不断提升自身能力的亲身经历,鼓励全体峨眉校区教师在三校区一体化进程中共同努力,为学校发展作出贡献。

"尽管我不再担任校区相关职务,但我一定会全力支持一体化后峨眉校区党工委、管委会的工作,也会继续关心支持校区的发展",沈火明同志的表态令人动容。在回顾了自2016年起兼任峨眉校区校长及竺可桢书院院长的经历后,他表示,在大家的共同努力下,峨眉校区各项工作得到了扎实有序的推进,较好地实现了校区一体化的阶段目标,为此他衷心感谢峨眉校区全体师生员工对他工作的支持、对校区发展的支持、对校区转型升级所付出的努力。

作为峨眉校区党工委委员、书记,峨眉校区管理委员会主任,晏启鹏同志表示,将坚决完成组织给予的任务。他指出,峨眉校区转型升级的3年是不平凡的,转型之路走得实、稳、好,但也走得不易,他为此衷心感谢沈火明同志等峨眉校区师生员工的付出。他表示,校区转型升级之路开始迈入新的阶段,有更多精彩篇章待写,"我们有决心、有信心,抵达胜利的彼岸"。他说,面对新任务新挑战,我们要准确把握自身定位,加强学习,增强本领,履职尽责,担当作为,开拓创新,真抓实干,努力交出一份令学校党委放心、令师生满意的时代新答卷。

"推进成峨两地校区均衡发展、实现三校区管理一体化,这是学校多少年来一直想办都未能办成的大事情,今天经过大家的不懈努力和理解支持,这件大事又推进了一大步。"王顺洪同志代表学校党委行政,在以《团结一心　众志成城　推进新时代新峨眉建设》为题的总结讲话中指出,这是实现交大复兴、创建一流大学历史征程上具有重要意义的大事,学校开启了峨眉校区办学的新阶段,峨眉校区将再次扬帆远航。

在向全校师生员工,尤其向峨眉校区师生和有关学院的努力表示衷心感谢后,王顺洪同志指出,每代人各有使命担当,"我们这新一代交大人必须把工作做好,必须把峨眉建设好、发展好,要奋力担当起新时代建设新峨眉的重任"。

王顺洪同志谈道,新峨眉肯定要以"三地一园"为发展导向,实现整体水平和校区办学实力的整体提升。要紧紧围绕人才培养的最核心工作,全校一起努力、奋斗,在软件、硬件两方面同时发力,在师资水平、国际化水平、实验设施、基础设施、育人环境以及社会美誉度等方面,都要把峨眉校区往一流推进。峨眉校区要成为学校交通特色鲜明的综合性研究型一流大学的重要方面军,要成为学校轨道交通领域世界第一大学的重要力量。

为建设好新峨眉,王顺洪同志提出了四点希望与大家共勉。

一、峨眉校区党工委、管委会作为学校党政派驻峨眉的机构,要按照学校党委决策部署,以一流的执行力、战斗力与凝聚力,尽快完成角色转换,尽快适应工作节奏,尽快进入工作状态。要充分发挥好党工委、管委会"联动上下""协调左右""沟通内外"的作用。

二、各职能部门和教学科研单位要主动站位、强化执行,充分认识到三校区一体化办学管理带来的新变化,认识到管理责权的实质性变化,心中时刻要把峨眉、犀浦、九里装在一起,要切实肩负起全校包括峨眉各项工作、九里各项工作的主体责任。要主动关心好原峨眉教师队伍的成长发展,并把峨眉校区作为培养人才和培养干部的重要基地;要关心好在峨眉校区学习、生活的学生,要给予他们更多的关注。王顺洪同志强调,要做到各项人才培养政策三校区同部署、同落实、同考核,硬件都要尽快补起来,确保峨眉校区与成都校区的人才培养质量同保障、同提升,让峨眉校区、九里校区、犀浦校区的学生都能享受到学校方方面面的条件,使三校区的学生能够享受到完全一致的教育教学资源。

三、各单位党政一把手要亲自挂帅、亲自出征,切实履行好三校区一体化办学第一责任人的责任。王顺洪同志特别强调,会议内容是三校区一体化,所以,当然也包括九里校区的一体化,九里校区的相关管理工作同样要加强,要防止九里校区空心化,同样要用足用好资产等。他指出,三校区一体化工作,万事开头难,在这种关键时期,我们的干部就越是要站位靠前,冲锋在前,要思想到位、行动到位、动员到位、考核到位。他希望党员干部们要敢想敢干敢闯敢拼,扎实推进九里校区、峨眉校区,尤其是峨眉校区建设发展各项工作,坚定不移朝着"三地一园"办学方向,建设美丽和谐峨眉校区,在新时代把新峨眉建设好,把峨眉校区的战略支撑作用最大化、最优化。

四、全体干部师生一定要与学校党委同心同德同向同行,始终保持跟着学校党委部署走的自觉和行动,不观望、不掉队,苦斗加巧干。王顺洪同志希望大家精准把握三校区一体化办学的涵义,紧紧围绕一体化办学管理的工作目标,认真完成好本职工作。全校干部师生要有主人翁的精神和态度,主动补台,把工作做好,工作要有预见性,要做到细致、到位、扎实与精准。还要弘扬“竢实扬华、自强不息”的交大精神,不断提升自身本领、磨炼自身能力、增强自身水平,立志做一个实干家、一个奋斗者,为复兴交大作出无愧于时代、无愧于历史的业绩。

王顺洪同志还就峨眉校区最后一届二本学生的培养工作以及做好期末、暑期及开学准备工作等作了强调。

徐飞同志在会议中要求全校各学院、单位及教职员工认真领会王顺洪书记讲话精神,落实各项决策部署。他强调:第一,峨眉校区将按照新的体制机制、管理模式运行,希望大家尽快适应、熟悉新的体制机制和管理模式,确保所有工作平稳有序、不断不乱,这是底线要求;第二,学校各职能部处、二级学院要牢固树立主人翁心态,切实担负起治学办校主体责任,一视同仁地重视三校区工作,把三校区同时纳入自己服务、管理、操心的范畴,当前还应倾注更多心力给峨眉校区;第三,峨眉校区党工委、峨眉校区管理委员会要牢固树立当家人的心态,切实担负起统筹、协调、督促、督办的责任,把各项工作落实、落地、落细,主动作为,创造性地开展工作。值此复兴交大、建设一流大学的关键时期,三校区实现一体化办学,既是峨眉校区发展的里程碑,也是学校发展的新起点,徐飞说道:“我们要坚定地朝着‘三地一园’的方向,建设美丽和谐的峨眉校区,把峨眉校区建设成为办学高地,在改革方面成为先锋,实现高水平、内涵式的发展。”

最后,大会在校歌声中落下帷幕。

（陈姝君）

（五十）

2013 年 11 月 4 日,校长办公会审议通过了西南交通大学理科振兴行动计划。自理科振兴行动计划实施以来,学校全面实现升位博士点任务目标,物理学与数学学科分别拿到博士学位授权点,在平台建设方面实现了理科高级别平台零的突破,研究生培养能力也大幅度提升,各方面取得不错的成绩。但是,国家对基础学科促进原始创新能力提升做出新要求,要求大幅提高理科发展内涵质量等。面临不断发展变化的新形势,2018 年 7 月 11 日下午,以“创一流复兴理科,强基础复兴交大”为主题的“理科振兴”推进大会举行。会上,还揭牌成立了前沿科学技术研究院。2018 年 7 月 20 日的第 723 期《西南交大报》刊登了有关消息。

西南交通大学召开"理科振兴"推进大会

本报讯　7月11日下午,西南交通大学"理科振兴"推进大会在犀浦校区召开。会议主题是"创一流复兴理科,强基础复兴交大"。全体在校校领导,校学术委员会委员,数学学院、物理科学与技术学院、力学与工程学院、信息科学与技术学院、生命科学工程学院负责人以及教师代表,相关学院院长,学校职能部处负责人等参加了大会。会议由学校党委书记王顺洪主持。

副校长周仲荣作了题为"对深入推进理科振兴行动计划的思考"的大会报告。周仲荣围绕"我校理科概况""理科振兴计划与主要成效""理科发展新形势与新问题""理科振兴的改革发展举措"与"2018～2020年任务与要求"五方面进行了说明。我校理科发展历史悠久,人才培养亮点突出,培养了著名力学家孙训方,著名数学家侯振庭,中科院院士李树森等杰出校友。但是,目前理科板块整体上仍处于发展迟缓、整体水平不高的情况。自理科振兴行动计划实施以后,理科板块有了以下的建设成绩:在博士学位点建设方面,全面实现升位博士点任务目标,获得了物理学一级学科博士学位授权点和数学一级学科博士学位授权点;在队伍建设方面,实现了物理学、数学高层次人才零的突破,2014年至今在数学、物理学引进了中科院院士(双聘)李安民,以及"千人计划"入选者李维萍、许宇鸿;在平台建设方面,实现学校理科高级别平台零的突破,系统可信性自动验证国家地方联合工程实验室于2016年获国家发改委批准建设,成为我校理科发展的第一个国字号平台;人才培养方面,研究生培养能力大幅度提升;科研项目方面,国家级科研项目数量整体呈上升趋势。面对国家新要求、学科发展内涵质量要求提升、学校的期待目标提高等新形势,理科振兴发展面临新问题:理科振兴需要从重点建设调整到板块建设;理科振兴需要从散点式建设调整为系统建设;理科发展速度偏缓、水平偏低,提升空间大;高层次人才数量少、学校新进教师数量不足、正高职称增长数量不足等方面的共性瓶颈问题。针对新问题,理科振兴的改革发展举措为制定基于"双一流"导向的理科板块综改方案,深入推进理科振兴计划。学校制定了七条发展举措,在理念定位、分类指导、基础教学、人才评价、理工/军民融合、资源六方面进行支持。最后,报告要求相关学科在2018～2020年期间完成教育部第五轮学科排名与国际ESI排名两方面的指标任务。

数学学院院长李维萍、物理学院院长刘庆想、生命学院院长李卫东、力学学院院长康国政、围绕相关学科如何振兴进行了发言。

李维萍以《坚持发展基础数学,建设以应用计算与数据科学为特色的西南交通大学数学学院》为题,分析了目前数学学科面临的困境,在人才、教学培养体系、体制机制保障等方面提出了解决路径。同时,他表示,学院应该大力发展数据科学,创一流学科。

刘庆想在发言中表示学院以综合改革为手段促进学院学科发展。目前,学院综合改革的主要举措是通过有效手段保证教学落到实处;推进科研带学科,把"成绩、成果、成效"导向贯穿其中;实施"借帆远航计划"。未来,学院希望学校在研究生指标、师资队伍建设方面给予支持。

李卫东在题为《化学及药学学科建设的思考》的发言中讲述了学科近年来取得的成绩,并且在师资队伍与资源、科学研究水平、社会服务与学科声誉方面确立了工作目标。今后将通过产——学——研的模式,促进学科融合的纵深发展。

康国政在题为《注重传承、夯实基础、砥"力"前行》的发言中表示,力学是连接科学和工程的桥梁,教学方面需要强优势,建设一支引领国内力学教学水平的师资队伍;科研方面需要补短板,以"固体材料与结构的强度与破坏"研究方向为中心,重点突破、以点带面,整体推进,培育完整的人才梯队。

科学技术发展研究院院长周祚万介绍了前沿科学技术研究的新布局,我校特色的前沿方向,包括但不限于:未来交通、信息科学、智能制造、新材料、能源科学与精准医学。

在会上,我校前沿科学技术研究院正式成立,校党委书记王顺洪和校党委副书记、校长徐飞共同为前沿科学技术研究院揭牌。据介绍,作为学校二级科研单位,前沿科学技术研究院将会成为与国际接轨的学术组织管理和团队建设机制"人才特区",探索和建设目标任务考核"学术特区",研究生招生指标分配将向研究院适度倾斜,研究院纳入"双一流"建设优先支持对象,重点支持基础研究项目和非共识项目。学校还专门设立了学校前沿科学技术领导小组和专家委员会。

最后,徐飞作了题为《振兴理科　以理强基》的报告。徐飞以"四个回归"作为开头,重点强调了理科的基础地位和支撑作用。在回归常识方面,他强调了两个常识,分别是理科是工科的基础,基础不牢、地动山摇;大学科研应回归本位——基础研究。在回归本位方面,他强调了教授应该作为教书育人的本职工作;在回归初心方面,学校应该坚持建校之初交通强国、教育报国的初心;在回归梦想方面,应该振兴理科,完成建一流大学的目标。

在理科发展要点方面,徐飞表示要入主流、强基础,以学科规划调控顶层设计,优化学科结构、凝练学科方向、突出学科重点,要以目标驱动推进持续发展,学校将安排具有相当强度的专门建设经费,持续振兴理科。针对数学、物理、化学、力学与数据科学学科，徐飞分别提出了理科振兴的目标和路径。同时，徐飞认为要以坚实深厚的理科推动一流本科标杆大学创建，理科自身要与时俱进，通过理科和工科深度融合渗透，调整优化专业结构，改造升级原有工科专业，着力提升专业建设水平。根据新时代对人才培养的新要求，通过数字化、信息化、网络化、智能化与协同化推动"新工科"建设，前瞻布局未来战略性新兴学科，建设若干面向未来、适应需求、引领发展的一流专业。最后，在发展要点中，徐飞表示，前沿科学技术研究院要坚决贯彻《国务院关于全面加强基础科学研究的若干意见》和《教育部高校基础研究"珠峰计划"》精神，结合学校"双一流"建设，聚焦未来交通、智慧交通、磁技术、先进智能制造、类脑机器人、新材料、新能源、区块链、量子信息与精准医学等领域，充分发挥我校轨道交通学科特色和优势。同时，前沿科学技术研究院建设要与理科振兴有机结合，使之相辅相成，相得益彰，突出基础、前沿、交叉、引领，力争形成在国际上"领跑"的若干前沿学科或研究方向，以抢占科技竞争和未来发展制高点。

最后，王顺洪要求大家认真抓好落实，扎扎实实地把学院理科振兴的相关工作做好。理科振兴的实现非一蹴之功，需要全校上下进一步统一认识、共同努力，把各项举措、各项政策落实到位，推进交大发展工作的稳健前行。"西南交通大学是大家的交大，让我们共同为交大复兴一起努力，一起奋斗，一起加油。"

（**夏小童**）

后 记

从1978到2018,四十年风雨兼程,四十年砥砺奋进。在改革开放40周年的时间节点上,梳理西南交通大学改革开放、奋进不息的发展脉络,意义非凡。

走出“文化大革命”的动荡,借改革开放之风帆,西南交大在天府之国书写了新的篇章。在本书的编写过程中,我们深深感受到了改革开放40年来,西南交大人“竢实扬华,自强不息”的精神;深深感受到一切成绩的取得都是基于薪火相传的努力;深深感受到从那些交大故事中透出的交大力量。看到这一切,我们当更加自信的走向未来。在中国迈入新时代之际,如何写好教育奋进之笔,积极开展把习近平新时代中国特色社会主义思想转化为发展高等教育事业的生动实践,成为摆在我们面前的又一新命题。风帆正起新征程,奋进远航向未来,交大的未来,在我辈手中,与学校党委同心同向同行,路在脚下,梦在前方。

最后,感谢学校支持《西南交大报》历史报纸数字化工作以及历史视频数字化修复工作,促使本书的尽早诞生,让大家可以得见“旧闻”生发出的新的光芒。感谢为《西南交大报》的出版付出心血的一代又一代校报人和学生记者们,你们笔耕在前,用文字记录着西南交通大学的发展,用新闻报道着西南交通大学复兴的步伐,用评论鼓舞着西南交通大学师生的士气,书写了今天的新闻、明天的历史。我们将有校报以来的历届总编名单整理出来,向他们为校报、为学校新闻宣传工作作出的贡献致以深深的敬意,他们是:韩敬民、阎涛、王元良、朱铃、万少萍、陈子毅、马时亮、赵惇祥、霍小陆、李振、韩晋贤、张玉珍、果力琴、张宝生、谢成枢、向仲敏、汪铮。感谢1978年以来,曾在和正在校报工作的同仁们,他们是:张玉珍、张涛、杨永琪、张光艳、唐瑛、曲美蓉、朱正安、马小荣、田红、许金砖、陈姝君、崔良平、顾成威、阮琦、夏小童。感谢本书诸多图片的提供者鞠红伟、蔡京君、徐锦豪等同志。感谢在本书的资料收集、文字校对等方面给编者巨大帮助的校报学生记者们——陈喜润、淮秀、廖子恒、陶玉祥、唐衡璇、国希、李菲、高金锋、左一寒、李奕漩、周永楠、林雨森、刘中梅、郭晓文、罗湘颖、李文峰、孙雨萱、徐豪。感谢为本书相关新闻配制视频的电视台同事陈薇、李秀云。谢谢你们！

因篇幅有限，历史事件的梳理或有缺漏，挂一漏万之处，还请读者海涵。